Eva Björg Ægisdóttir

VERLOGEN

EVA BJÖRG ÆGISDÓTTIR

VERLOGEN

EIN ISLAND-KRIMI

Aus dem Isländischen von
Freyja Melsted

Kiepenheuer
& Witsch

Für Gunni

Die Geburt

Die weißen Bettbezüge erinnern mich an Papier. Sie rascheln bei jeder Bewegung, und es juckt am ganzen Körper. Ich mag keine weißen Bettbezüge, und Papier mag ich auch nicht. Etwas an der Struktur fühlt sich komisch an. Ein griffiger Stoff, der an meiner empfindlichen Haut klebt. Deshalb habe ich seit der Ankunft kaum ein Auge zugemacht.

Meine Haut ist fast so weiß wie der Stoff und erinnert mich ironischerweise auch an Papier. Sie ist dünn, und wenn ich mich bewege, dehnt sie sich auf eigenartige Weise. Es kommt mir vor, als könne sie jeden Augenblick reißen. Die blauen Adern sind deutlich erkennbar, und ich kratze mich, obwohl ich weiß, dass ich das nicht soll. Die Fingernägel hinterlassen rote Striche, und ich zwinge mich aufzuhören, bevor es blutet. Die verstohlenen Blicke der Ärzte und Hebammen sind ohnehin schon schlimm genug.

Offensichtlich denken sie, dass mit mir etwas nicht stimmt.

Ich frage mich, ob sie bei den anderen Frauen im Flur auch so unangekündigt ein und aus spazieren. Ich bezweifle es und habe das Gefühl, sie warten nur darauf, dass ich etwas anrichte. Sie stellen übergriffige Fragen und untersuchen meinen Körper. Beäugen die Narben an den Handgelenken und werfen einander ernste Blicke zu. An meinem Gewicht haben sie auch etwas auszusetzen, aber ich bin zu müde, um ihnen zu erklären, dass ich schon immer so war. Ich bin nicht magersüchtig, sondern einfach nur schlank gebaut und habe meist nicht viel Appetit.

Manchmal vergesse ich über Tage hinweg zu essen und merke es erst, wenn mein Körper vor Hunger zittert. Aber das mache ich nicht mit Absicht. Wenn ich einfach eine Tablette schlucken könnte, um die notwendigen Nährstoffe und Kalorien zu mir zu nehmen, würde ich es sofort tun.

Aber ich sage nichts und ignoriere die aufgeblähten Nasenflügel und prüfenden Blicke des Arztes. Ich glaube, er mag mich nicht besonders. Vor allem nicht, seit ich beim Rauchen im Zimmer erwischt wurde. Sie haben so getan, als wollte ich das ganze verdammte Krankenhaus abfackeln, dabei habe ich doch nur das Fenster weit aufgerissen und etwas Rauch in die Nacht hinausgeblasen. Ich hätte nicht gedacht, dass es überhaupt jemand merkt, aber sie kamen sofort, zu dritt oder viert, und befahlen mir, die Zigarette auszumachen. Im Gegensatz zu mir fanden sie die Situation überhaupt nicht lustig. Nicht einmal, als ich die Zigarette aus dem Fenster warf und wie eine Verbrecherin die Arme hob, entschlüpfte ihnen ein Lächeln. Aber ich konnte mir das Lachen nicht verkneifen.

Seitdem lassen sie mich nicht mehr mit dem Kind allein. Eigentlich bin ich ganz froh darüber, denn ich traue mir ohnehin nicht zu, mich ohne Hilfe darum zu kümmern. Immer wenn sie damit kommen und es an meine Brust legen, beißt es auf meine Nippel. Wenn es zu saugen beginnt, fühlt es sich an wie tausend Nadeln, die mich von innen stechen. Wenn das Kind auf meiner Brust liegt, sehe ich keine Ähnlichkeit mit mir. Die Nase ist zu groß für das Gesicht, und in den dunklen Haarsträhnen klebt immer noch Blut. Ich finde es nicht sonderlich hübsch und erschrecke, als es plötzlich mit dem Saugen aufhört und zu mir hochblickt. Mir direkt in die Augen sieht, als würde es mich mustern. Das ist sie also, meine Mutter, denkt es vermutlich.

Für eine Weile sehen wir einander an. Hinter den dunklen Wimpern liegen steingraue Augen. Die Hebammen meinen, dass sich die Farbe mit der Zeit verändern wird, aber ich hoffe nicht.

Grau hat mir schon immer gefallen. Ich wende den Blick schnell ab und spüre Tränen aufwallen. Als ich wieder hinunterschaue, starrt das Kind mich immer noch an.

»Verzeih mir«, flüstere ich. »Verzeih mir, dass ich deine Mutter bin.«

SONNTAG

»Nicht so schnell.« Elma legte einen Zahn zu, aber Alexander hörte nicht auf seine Tante und rannte weiter. Die hellen schulterlangen Haare leuchteten in der Dezembersonne. »Fang mich doch.« Er drehte sich kurz mit funkelnden Augen zu ihr um, doch dann stolperte er und fiel hin.

»Alexander!« Elma lief zu ihm und beugte sich hinunter. Sie erkannte schnell, dass er sich abgesehen von ein paar kleinen Kratzern auf den Handflächen nicht wirklich verletzt hatte. »Ganz ruhig, es ist alles in Ordnung. Nichts passiert. Nichts Schlimmes jedenfalls.« Sie half ihm auf, strich den Sand von seinen Händen und wischte die Tränen von seinen roten Wangen. »Wollen wir mal schauen, ob wir am Strand irgendwelche hübschen Muscheln oder Schneckenhäuser finden?«

Alexander zog die Nase hoch und nickte. »Und Krebse.«

»Ja, vielleicht finden wir auch Krebse.«

Der Junge vergaß den Unfall schnell wieder, und Elma konnte ihn nicht überzeugen, ihre Hand zu nehmen, bevor er wieder losrannte.

»Vorsicht«, rief sie ihm hinterher.

Als sie zum schwarzen Sandstrand gelangten, blieb er plötzlich stehen und beugte sich nach unten. Irgendetwas hatte seine Aufmerksamkeit auf sich gezogen.

Sie ging langsam zu ihm und atmete tief die Meeresluft ein. Trotz der Kälte schien die Sonne hell, und die weiße Schneedecke, die am Morgen noch über allem gelegen hatte, war verschwunden. Die Wellen wogen sich in der sanften Brise, und überall war es still. Elma lockerte ihren Schal und beugte sich zu Alexander hinunter.

»Was hast du da gefunden?«

»Den Fuß von einem Krebs.« Er hielt ein rotes Bein hoch.

»Wow«, sagte Elma. »Den nehmen wir auf jeden Fall mit.« Alexander nickte und legte das Bein vorsichtig in die Box, die Elma ihm hinhielt. Dann sprang er auf und machte sich auf die Suche nach weiteren Schätzen.

Alexander war vor Kurzem sechs geworden, und in seinen Augen war die Welt voller faszinierender Dinge. Er liebte die gemeinsamen Strandausflüge bei der Landspitze Elínarhöfði, denn dort gab es viel Spannendes zu entdecken. In ihrer Kindheit war Elma auch gerne dort zum Strand gegangen. Hatte immer eine Box für Muscheln mitgenommen und beim Erkunden des Ufers jegliches Gefühl für Zeit und Raum verloren. Die Geräusche und der Geruch hatten eine beruhigende Wirkung. Als lägen alle Sorgen der Welt in weiter Ferne.

Sie erinnerte sich vage an die Geschichte hinter dem Namen Elínarhöfði. Irgendwas mit der Schwester des Gelehrten Sæmundur fróði aus dem 12. Jahrhundert, die Elín hieß. Die beiden hatten noch eine Schwester namens Halla, die auf der anderen Seite des Fjords lebte. Und wenn Elín Kontakt zu Halla aufnehmen wollte, setzte sie sich auf die Landspitze und winkte ihr mit einem Taschentuch zu, damit Halla sie auf der anderen Seite von einem nach ihr benannten Felsen aus sehen konnte. Elma wollte Alexander die Geschichte erzählen, aber als sie ihn gerade eingeholt hatte, klingelte ihr Handy.

»Elma ...« Aðalheiður klang kurzatmig am Telefon.

»Mama, ist alles in Ordnung?« Elma setzte sich neben Alexander auf einen großen Stein.

»Ja.« Rascheln und ein hastiger Atemzug erklangen in der Leitung. »Doch, ich bin nur grade dabei, die Lichterketten für Weihnachten aufzuhängen. Ich will das endlich erledigen. Keine Ahnung, warum ich es nicht schon längst gemacht habe.«

Ihre Eltern schmückten meist viel zu viel und viel zu früh. Wobei es vor allem ihre Mutter war, die sich um die Weihnachtsdeko kümmerte. Ihr Vater würde sicher helfen, aber Aðalheiður gab ihm gar nicht die Gelegenheit dazu. Meist nutzte sie die Zeit, während er bei der Arbeit war, um so viel wie möglich zu dekorieren.

»Soll ich dir helfen?«

»Nein, nein, ich mach das schon. Ich habe mich nur gefragt ... dein Vater wird in zwei Wochen siebzig. Könntet ihr Schwestern vielleicht zusammen nach Reykjavík fahren und ein Geschenk für ihn besorgen? Ich weiß, dass er sich neue Wathosen fürs Angeln wünscht.«

»Nur wir beide?« Elma verzog das Gesicht. Ihre Schwester und sie hatten sich noch nie besonders nahegestanden, obwohl sie nur drei Jahre auseinander waren. »Ich weiß nicht, Mama ...«

»Dagný wollte unbedingt mit dir zusammen fahren.«

»Warum fährst du nicht mit ihr?«

»Ich habe hier genug zu tun«, sagte Aðalheiður. »Ich dachte, ihr könntet nächstes Wochenende fahren und einen Ausflug draus machen. Hier liegt noch ein Gutschein für ein Spa rum, den dein Vater und ich nie einlösen werden. Ihr solltet ihn nehmen und auf dem Weg dort vorbeischauen.«

»Der Gutschein, den ich euch zu Weihnachten geschenkt habe?« Elma ließ ihren Ärger darüber durchklingen.

»Ach so, ja, war der von dir? Ich wünsche mir jedenfalls, dass ihr den Tag genießt. Ein bisschen Schwesternzeit zusammen verbringt.«

»Mama, den Gutschein habe ich für euch gekauft. Papa und du habt euch ein wenig Erholung verdient. Ihr fahrt nie weg.«

»Was für ein Unsinn, wir fahren doch im Frühling nach Prag. Du wirst dich doch hoffentlich für den einen Tag überwinden können ...«

»Das ist also eine beschlossene Sache?«

»Stell dich nicht so an, Elma ...«

Da fiel Elma ihr ins Wort. »Ich mache nur Witze. Natürlich fahre ich. Kein Problem.«

Sie steckte das Handy weg und ging zu Alexander, der schon fast beim Ufer war. Es war lange her, dass ihre Schwester und sie Zeit allein miteinander verbracht hatten. Elma passte immer wieder auf Alexander auf, vor allem weil er manchmal sogar selbst anrief und darum bat, von ihr abgeholt zu werden. Aber abgesehen davon lief der Kontakt meist über ihre Eltern. Elma fragte sich manchmal, wie das Verhältnis aussähe, wenn sie nicht wären.

»Elma, schau mal, wie viel ich schon gefunden hab.« Alexander öffnete die Hand und zeigte ihr eine Menge bunter Steine. Er sah seinem Vater Viðar mit jedem Jahr ähnlicher. Von ihm hatte er die zierlichen Gesichtszüge und die blauen Augen. Wie der Vater war er herzensgut und wurde nie wütend.

»Die sind aber schön«, sagte sie. »Das sind wahrscheinlich Zaubersteine, die Wünsche erfüllen können.«

»Wirklich?«

»Ja, da bin ich ganz sicher.«

Alexander legte die Steine in die Box, die Elma ihm hinhielt.

»Ja, das glaube ich auch«, sagte er und lächelte, sodass seine Zahnlücke hervorblitzte. Dann strich er Elma eine Haarsträhne aus dem Gesicht.

Elma lachte. »Oh, danke dir, sind meine Haare verwuschelt?«

Alexander nickte. »Ja, schon.«

»Und was willst du dir mit dem Stein wünschen?« Elma stand auf und klopfte den Sand von ihrer Hose.

»Ich will ihn dir geben. Damit du dir was wünschen kannst.«

»Bist du sicher?« Elma nahm seine Hand, und sie gingen Richtung Auto. »Du könntest dir alles Mögliche wünschen. Ein Raumschiff, ein U-Boot, Lego ...«

»Ach, ich bekomm sowieso alles, was ich will. Ich schreibe einfach eine Liste für den Weihnachtsmann. Du brauchst die Steine viel mehr, weil der Weihnachtsmann nur zu den Kindern kommt und nicht zu den Erwachsenen.«

»Ja, da hast du vermutlich recht.« Sie öffnete die Tür zur Rückbank, und Alexander kletterte hinein.

»Ich weiß, was du dir wünschen solltest.« Alexander sah Elma bedeutungsvoll an, während sie ihm dabei half, den Sicherheitsgurt anzulegen.

»Ach, das weißt du? Kannst du etwa Gedanken lesen?«

»Ja. Also, nein, aber ich weiß es trotzdem«, sagte Alexander. »Du wünschst dir einen Jungen, so wie mich. Mama sagt, dass du deshalb manchmal traurig bist. Weil du keinen Jungen hast.«

»Aber du bist doch auch mein Junge?«, sagte Elma und küsste ihn auf die Stirn. »Ich brauch gar keinen anderen.«

Das Handy vibrierte in ihrer Tasche, bevor Alexander etwas sagen konnte.

»Bist du gerade unterwegs?«, fragte Sævar. Seine Stimme klang heiser, und Elma war froh, dass sie abgelehnt hatte, als er sie am Vorabend gefragt hatte, ob sie mit tanzen kommen wolle. Hin und wieder fanden in Akranes Tanzfeste statt, bei denen viele aus dem Ort zusammenkamen, so auch gestern. Elma hatte sich bisher noch nicht hingewagt. Die Vorstellung, dort lauter Leute zu treffen, mit denen sie jahrelang nicht gesprochen hatte, schreckte sie ab. Man würde sie nur mit Fragen löchern, darauf hatte sie keine Lust.

»Ich bin früh aufgestanden und habe mit meinem kleinen Neffen einen Strandausflug gemacht«, sagte sie. »Und, wie geht's dir? Wie war's gestern?«

Sævar stöhnte als Antwort, und Elma lachte. Sie wusste, dass er kaum Alkohol vertrug und meist tagelang verkatert war. Er war kräftig gebaut, aber schon wenige Schlucke machten ihn betrunken. »Das ist nicht der Grund für meinen Anruf, obwohl ich dir das auch noch erzählen muss ...« Er räusperte sich, und sein Tonfall wurde ernst:»Soeben wurde eine Leiche gefunden.«

Elma warf einen Blick auf Alexander, der im Auto saß und seine Steine betrachtete.»Was? Wo?«

»Wo bist du?«, fragte Sævar, ohne ihre Frage zu beantworten. Im Telefon erklangen Hintergrundgeräusche.

»Bei Elínarhöfði.«

»Kannst du mich abholen? Ich glaube, ich sollte noch nicht wieder fahren ...«

»Bin auf dem Weg«, sagte Elma und legte auf. Sie steckte das Handy in die Jackentasche und setzte sich ans Steuer. Im Rückspiegel lächelte sie Alexander zu. Dem Jungen, der ihr Zaubersteine geben wollte, damit sie nicht mehr traurig sein müsste.

Elma brachte Alexander nach Hause und fuhr dann zu Sævars blauem Wohnblock. Die Kripo Akranes zählte nur drei Mitarbeiter, darum war Elma besonders dankbar für einen Kollegen wie ihn. Sie hatten sich vom ersten Tag an gut verstanden, und obwohl sie es mit sehr schwierigen Fällen zu tun hatten, machte die Arbeit mit ihm immer Spaß. Hörður, der Leiter der Kriminalabteilung, war deutlich ernster, aber Elma beklagte sich nicht. Er war ehrlich, gerecht, und sie fühlte sich in ihrem Job wohl.

Sævar wartete bereits in der Kälte auf sie, die Hände in den Taschen vergraben und die Schultern bis an die Ohren hochgezogen. Er trug eine hellgraue Jogginghose und eine dünne schwarze Jacke. Die dunklen Haare waren verwuschelt und standen im Nacken ab. Er kniff die Augen zusammen, als wäre das wenige Tageslicht schon zu viel des Guten.

»Ist bei dir Sommer?«, fragte Elma, als er einstieg.

»Ich friere nie«, sagte Sævar und strich mit seinen eiskalten Händen über Elmas Arm.

»Lass das, Sævar!« Elma zog den Arm weg und warf ihm einen wütenden Blick zu. Dann drehte sie die Heizung auf und schüttelte mit gequälter Miene den Kopf.

»Danke dir«, sagte Sævar. »Von innen sah es absolut nicht kalt aus. Nichts als Sonnenschein und blauer Himmel.«

»Ich dachte, alle Isländer hätten ihre Lektion in der Sache gelernt. Wenn man drinnen ist, sieht es immer nach gutem Wetter aus, aber innerhalb einer Stunde kann es völlig umschlagen, das ist das altbekannte isländische Fensterwetter.« Elma fuhr vom Parkplatz auf die Straße. »Weiß man, um wen es sich handelt?«

»Noch nicht, aber allzu viele kommen nicht infrage, oder?«

»Echt?«

»Erinnerst du dich noch an die Frau, die im Frühjahr verschollen ist?«

»Ja, klar, Maríanna. Denkst du, das könnte sie sein?«

Sævar zuckte mit den Schultern. »Sie hat in Borgarnes gelebt, und der Kollege, der als Erster vor Ort war, geht davon aus, dass es sich um eine Frau handelt. Sie hatte wohl immer noch eine Menge Haare.«

Elma wollte sich gar nicht vorstellen, wie die Leiche wohl aussah, wenn das tatsächlich Maríanna war. Sie war schon vor etwa sieben Monaten verschwunden. Am 4. Mai, einem Freitag, hatte sie eine Nachricht hinterlassen, in der sie ihre jugendliche Tochter um Verzeihung bat. Maríanna war an dem Abend verabredet, also rechnete ihre Tochter erst spät mit ihr. Daran war nichts ungewöhnlich, das Mädchen konnte sehr gut auf sich selbst aufpassen. Als Maríanna am Samstagnachmittag aber immer noch nicht nach Hause gekommen war und auch nicht ans Telefon ging, rief das Mädchen ihre Pflegefamilie an, bei der sie jedes zweite Wochenende verbrachte. Die verständigten dann die Polizei. Es stellte sich heraus, dass Maríanna nie zu ihrer Verabredung gegangen war. Nach tagelanger Suche wurde ihr Auto bei einem Hotel in Bifröst gefunden, doch keine Spur von Maríanna.

Die Nachricht an ihre Tochter legte die Vermutung nahe, dass sie Selbstmord begangen hatte. Da nie eine Leiche gefunden wurde, blieb der Fall offen. Doch seit ihrem Verschwinden war nichts Neues aufgekommen. Bis jetzt.

»Wer hat sie gefunden?«, fragte Elma.

»Irgendwelche Leute, die da in der Gegend ein Sommerhaus haben«, antwortete Sævar.

»Wo lag sie genau?«

»Im Lavafeld bei Grábrók.«

»Grábrók?«, wiederholte Elma.

»Du weißt schon, der Krater. In der Nähe von Bifröst.«

»Ja, ich kenne Grábrók.« Elma nahm kurz den Blick von der Straße und sah Sævar an. »Aber war das nicht ein Selbstmord? Das haben wir doch damals angenommen, nicht wahr?«

»Kann natürlich sein. Mehr habe ich noch nicht erfahren, aber vermutlich muss ohnehin ein Rechtsmediziner kommen, um die Todesursache festzustellen. Die Leiche ist nach so langer Zeit sicherlich in keinem guten Zustand mehr. Der Parkplatz, wo ihr Auto entdeckt wurde, liegt nicht gerade direkt daneben, vielleicht ist sie selbst in diese Höhle gekrochen und wollte nie gefunden werden.«

»Komische Art, sich ...«

»Sich umzubringen?«, sprach Sævar ihren Gedanken zu Ende.

»Genau«, sagte Elma, als sie aufs Gaspedal trat und so tat, als würde sie Sævars Blick auf ihr nicht bemerken. Nicht etwa, weil sie das Thema meiden wollte. Ganz und gar nicht. Aber immer, wenn es um Selbstmord ging, musste sie nun mal an Davíð denken.

Als Davíð und sie sich kennengelernt hatten, studierte Elma gerade im zweiten Jahr Psychologie und wusste aber bereits, dass es nicht ganz das Richtige für sie war. Er war mitten im BWL-Studium, hatte große Träume und viele Ideen, was er alles aufbauen könnte. Neun Jahre später war aus den Träumen und

Ideen nichts geworden, und Elma fand das völlig in Ordnung. Sie hatten beide gute Jobs, eine eigene Wohnung, ein Auto und alles, was sie brauchten. Davíð war manchmal etwas bedrückt, aber sie machte sich darüber nicht allzu viele Gedanken. Sie ging davon aus, dass er nachts genauso schlief wie sie, und als sie an jenem Tag im September nach Hause kam, dachte sie, er würde sie dort erwarten. Aber dem war nicht so.

»Vielleicht ist sie es gar nicht«, sagte Elma nach einer kurzen Stille.

»Nein, vielleicht nicht«, antwortete Sævar.

Beim Abzweig nach Borgarnes bogen sie nach links ab. Akrafjall, der Hausberg von Akranes, sah aus der Nähe ganz anders aus. Das Auto vor ihnen wurde langsamer und fuhr auf einen Schotterweg ein, der zum Berg führte. Vermutlich Leute, die auf den Gipfel gehen wollten, solange die Sonne noch schien und der Himmel klar war. Elma sah Sævar an. Seine Augen waren rot, und seit er sich ins Auto gesetzt hatte, roch es aufdringlich nach Rasierwasser und Zahnpasta, was seine Alkoholfahne trotzdem nicht ganz überdecken konnte.

»Du riechst, als wärst du immer noch betrunken. Oder in eine Wanne voller Schnaps gefallen. Hattest du Spaß gestern?«

Sævar steckte sich einen Kaugummi in den Mund. »Besser?«, fragte er und hauchte sie an.

»Ich sag lieber nichts.« Sie wollte ihn unbedingt ein wenig damit aufziehen, dass er zu tief ins Glas geschaut hatte. Er verschonte sie ja auch nie, wenn ihr das mal passierte. Im Sommer hatte Begga einmal alle von der Arbeit zu sich nach Hause eingeladen. Elma trank für gewöhnlich nicht übermäßig viel, aber an dem Abend hatte sie sich nicht ganz unter Kontrolle und endete mit dem Kopf über der Kloschüssel wie ein sturzbesoffener Teenager. Aus irgendeinem Grund hielt sie es für eine gute Idee, den Whiskey zu probieren, den jemand mitgebracht hatte. Aber vermutlich spielte die Flasche Rotwein auch eine gewisse Rolle.

Sie erinnerte sich vage daran, die Herrschaft über die Playlist übernommen zu haben, was unter den Kollegen nur für sehr wenig Begeisterung sorgte, mit Ausnahme von Begga, die lautstark zu den Backstreet Boys mitsang.

Sævar öffnete das Fenster einen Spalt und sah Elma entschuldigend an. »Mir ist ein bisschen schwindlig. Ich brauche etwas frische Luft.«

»Soll ich anhalten?«

»Nein. Nein, geht schon.« Er machte das Fenster wieder zu. »Elma, wenn ich das nächste Mal auf die Idee komme, auf eines dieser Tanzfeste zu gehen, dann halte mich davon ab, okay?«

»Ich kann nichts versprechen.«

»Dafür bin ich einfach zu alt.«

»Ja, das bist du.«

Sævar runzelte die Stirn. »Du solltest sagen: ›Nein, zu alt bist du noch lange nicht, Sævar.‹«

Elma lächelte. »Fünfunddreißig ist nicht allzu schlimm. Du hast noch viel vor dir.«

»Sechsunddreißig.« Sævar seufzte. »Das Ende rückt immer näher.«

Elma lachte. »Sei nicht so dramatisch. Wenn du schon nach einem heiteren Abend gleich im Selbstmitleid versinkst, werde ich dich beim nächsten Mal rechtzeitig warnen. Oder zumindest darauf achten, dir am Tag danach aus dem Weg zu gehen.«

Sævar antwortete mit einem weiteren Seufzer.

Grábrók lag etwa eine Autostunde von Akranes entfernt. Auf dem Weg schlief Sævar ein. Sein Kopf kippte zur Seite, und er zuckte kurz, bevor er sich wieder aufrichtete. Elma machte die Musik leiser und drehte die Heizung ein wenig auf. Ihr war immer noch kalt vom Strandausflug. Bei dem Gedanken an Alexanders Worte musste sie lächeln. Wenn sie doch nur die Zeit anhalten und etwas länger genießen könnte, wie unschuldig und aufrichtig er in diesem Alter war. Die Jahre vergingen viel zu schnell. Es kam ihr vor, als hätte sie Alexander erst gestern auf der Geburtsstation zum ersten Mal im Arm gehalten, noch ganz verschrumpelt und rot, mit schneeweißen Haaren auf dem Kopf. Seit sie vor etwa einem Jahr zurück nach Akranes gezogen war, verbrachte sie aber wieder deutlich mehr Zeit mit ihren beiden Neffen Alexander und Jökull, der im September zwei wurde. Seitdem schienen sie zumindest nicht mehr ganz so schnell groß zu werden.

Nördlich von Borgarnes veränderte sich die Landschaft ein wenig, sie fuhren vorbei an verwelkten Wiesen und einzelnen Bauernhöfen. Kurz vor Bifröst führte der Weg durch ein großes Lavafeld. Vor den meisten Sommerhäusern standen Autos. Anscheinend wollten viele die letzten sonnigen Wochenenden des Jahres genießen, bevor der Winter begann.

Grábrók war vor etwa tausend Jahren zum letzten Mal ausgebrochen und gehörte zu den kleineren Vulkanen Islands, aber es handelte sich um einen schönen Berg mit einem großen Krater in der Mitte. Eigentlich waren es sogar drei Krater, denn an beiden Seiten des Hauptkraters lagen noch zwei kleinere. Die Hänge waren steil und von grauem und rotem Geröll aus Lavagestein bedeckt, auf dem vereinzelt etwas bräunliches Gras wuchs. Um den Krater herum lag ein großes moosbedecktes Lavafeld. Am Fuße des Vulkans sah Elma ein Polizeiauto stehen, und sie bog kurz vor dem Parkplatz, der normalerweise voller Touristen und Busse war, auf einen Schotterweg in Richtung der Kollegen ein.

Sie stupste Sævar kurz an, der ein paarmal blinzelte und gähnte.

»Geht's dir etwas besser?«, fragte Elma, als sie aus dem Auto stieg.

Sævar antwortete mit einem Nicken, aber allem Anschein nach fühlte er sich immer noch nicht besonders gut. Eigentlich sah er jetzt sogar noch müder aus als vorher.

Beim Polizeiwagen stand ein Mann mittleren Alters, ein Polizist aus Borgarnes. Elma hatte ihn schon einmal wo gesehen. Er war vor ihnen angekommen und hatte bereits mit den Findern der Leiche gesprochen. Zwei Jungen, die mit den Eltern des einen das Wochenende in einem Sommerhaus in der Nähe des Vulkans verbrachten. Sie waren beim Versteckspielen auf die Leiche gestoßen. Der Polizist legte zum Schutz vor der blendenden Sonne die Hand an die Stirn. Es war beinahe windstill, aber dennoch kalt. Elma fror und zog sich den Schal enger um den Hals. Etwas amüsiert beobachtete sie, wie Sævar sich an seine dünne Jacke klammerte.

»Es ist kein schöner Anblick«, sagte der Polizist, als sie ihn begrüßten. »Aber bei der Kripo habt ihr es natürlich öfter mal mit so etwas zu tun.«

Elma lächelte. Auf ihrem Schreibtisch landeten vor allem Verkehrsunfälle und Einbrüche. Zum Glück konnte sie die Fälle, bei denen sie eine Leiche zu Gesicht bekommen hatte, an den Fingern einer Hand abzählen. Obwohl sie und ihre Kollegen für den gesamten Westen Islands zuständig waren, hatte sie sich bei ihrem Wechsel zur Kriminalpolizei Vesturland auf einen ruhigen Alltag eingestellt. Doch schon in ihrer ersten Woche wurde eine Leiche beim alten Leuchtturm in Akranes gefunden. Ein Mordfall, der im ganzen Land Wellen schlug.

»Es sind schwierige Umstände«, fuhr der Mann fort. »Die Höhle ist tief und eng. Man muss sich bücken, um überhaupt hineinzukommen. Die armen Jungs dachten, sie hätten einen Schwarzelf gesehen, und haben sich sehr erschrocken.«

»Einen Schwarzelf?« Elma hob die Augenbrauen.

»Wenn du die Leiche siehst, wirst du verstehen, was ich meine.«

Es war alles andere als leicht, sich auf der schroffen Lava fortzubewegen. Elma musste höllisch aufpassen, nicht auf den hervorstehenden messerscharfen Steinspitzen hinzufallen. Mit gesenktem

Blick konzentrierte sie sich darauf, bei jedem Schritt sicher aufzu-
treten. Zweimal gab das Moos unter ihren Füßen nach, sodass sie
das Gleichgewicht verlor. Für einen Moment hielt sie inne und bewunderte die gewaltige Landschaft. Sie befanden sich auf der Süd-
seite des Kraters und waren weder von der Hauptstraße noch vom
Parkplatz östlich des Vulkans aus zu sehen.

Der Polizist hatte die Fundstelle der Leiche gekennzeichnet.
Ansonsten wäre es schwierig geworden, sie wiederzufinden, denn
jeder Stein glich dem nächsten. Selbst als sie stehen blieben,
konnte Elma die Leiche nicht sofort sehen. Erst als der Polizist ihr die genaue Stelle zeigte, erkannte sie im Moos den Eingang zu einer schmalen Höhle. Wobei Höhle vielleicht nicht der
richtige Ausdruck war, es wirkte eher wie ein Loch im Lavafeld.
Die Öffnung führte schräg nach unten und sah nicht besonders
spektakulär aus, aber als Elma sich nach unten beugte, erkannte
sie, wie tief die Höhle eigentlich war. Außerdem wirkte sie deutlich breiter und geräumiger, als der schmale Eingang vermuten
ließ. Eine erwachsene Person konnte beinahe aufrecht darin stehen.

Sævar nahm die Taschenlampe des Polizisten und warf einen
Blick ins Dunkle. Der Lichtstrahl erhellte das schwarze Gestein,
während Elma in die Höhle kletterte und sich vortastete. Drinnen angekommen schienen alle Geräusche auf einmal in weiter
Ferne, und es kam ihr vor, als höre sie ein leises Rauschen. Vielleicht war es auch nur das Echo ihres eigenen Atems. Sie drehte
sich zu Sævar um und fand es plötzlich unangenehm eng, riss
sich aber zusammen und richtete den Blick wieder in die Höhle
hinein. Als das Licht der Taschenlampe auf den Bereich vor ihr
fiel, schnappte sie plötzlich nach Luft.

Jetzt verstand Elma auch, warum die Jungs dachten, sie hätten einen Schwarzelf gesehen. Die Leiche trug dunkle Kleidung,
und der Kopf lag etwas höher als der restliche Körper. Der Schädel war hellgrau und braun, hier und da hingen ein paar Haar-

strähnen daran. Vom Gesicht war nichts mehr übrig, keine Haut, nur zwei leere Augenhöhlen und darunter die Zähne.

Sævar leuchtete etwas weiter nach unten, und dunkle, zerfetzte Kleidung kam zum Vorschein; ein schwarzer Mantel, ein blaues Oberteil und Jeans. Elma drehte sich um und sah Sævars kreidebleiches Gesicht. Plötzlich erlosch das Licht der Lampe, und es war wieder stockdunkel. Sævar ging ein paar Schritte weg und beugte sich vor. Elma hörte Würgegeräusche, bevor er sich auf die Lavasteine übergab.

Zwei Monate

Sie meinten, das sei ganz normal. Das Gefühl werde mit der Zeit verschwinden. *Wochenbettweinen* nannte die Hebamme mit den lockigen Haaren es, als in den Tagen nach der Geburt bei mir die Tränen flossen. *Das geht vielen Frauen so,* fügte sie hinzu und sah mich mitleidig an. Ich wollte ihr die hässliche Drahtbrille am liebsten aus dem Gesicht reißen, sie auf den Boden werfen und darauf herumtreten. Das machte ich aber nicht, sondern wischte die Tränen weg und setzte ein Lächeln auf, wenn die Hebammen vorbeikamen. Tat so, als wäre alles in Ordnung, als wäre ich völlig verzückt von diesem Kind, das ich nie vorgehabt hatte zu bekommen.

Sie kauften es mir alle ab. Strichen über die dicken Backen meiner Tochter und umarmten mich zum Abschied. Das Lächeln verschwand sofort von meinen Lippen, als ich ihnen den Rücken zukehrte, aber das sahen sie nicht mehr. Auch nicht, wie im Auto die Tränen über meine Wangen strömten.

Als ich vom Krankenhaus nach Hause kam, wurde es in meinem Kopf immer dunkler, und ich hatte Angst, am Ende von der Finsternis verschluckt zu werden. Keine Spur von Freude oder Glück, nur Leere. Ich schlafe und wache. Die Tage vergehen alle gleich, und währenddessen liegt sie da. Dieses kleine dunkelhaarige Mädchen, das nach vielen qualvollen Stunden plötzlich da war. Ihr Geheul ist mittlerweile ein fernes Rauschen, das ich kaum beachte. In den ersten Wochen verspürte ich den Drang, sie zu schütteln, wenn sie weinte. Ich wollte nur, dass sie aufhörte zu weinen, damit ich wieder klare Gedanken fassen könnte. Wenn es richtig laut wurde, ging ich aus dem Zimmer, sonst hätte ich es sicher durchgezogen. Ich hätte sie geschüttelt wie eine Stoffpuppe. Es klingt schrecklich, aber so empfand ich. Ich war wütend. Vor allem auf sie, weil sie so viel von mir verlangte, aber auch auf die Welt, der alles egal war. Ich stellte mir vor, wie sie mir versehentlich runterfiel oder ich ein Kissen auf ihr Gesicht drückte und dann alles vorbei wäre. Ich würde ihr damit einen Gefallen tun. Die Welt ist ein hässlicher Ort voller schrecklicher Menschen. Diese Vorstellungen und Gedanken kamen mir nachts, wenn ich tagelang nicht geschlafen hatte und mich weder tot noch lebendig fühlte, sondern irgendwo dazwischen. Als wäre ich nicht mehr ich selbst. Als wäre von mir nichts mehr übrig.

Und um die ganze Wahrheit zu sagen – wenn das überhaupt möglich ist –, ich fand sie auch nicht schön. Sie war es einfach nicht. Ihr Gesicht passte nicht zu einem Baby. Die Miene war ausdrucksstark, die Nase groß und die Augen aufmerksam, daher war ich mir sicher, dass in diesem Kind ein erwachsener Mensch steckte. Jemand, der mich ständig beobachtete und nur auf einen Fehler von mir wartete. Das konnte nicht meine Tochter sein. Das Kind, das ich neun Monate in mir getragen hatte. Während der Schwangerschaft redete ich mir ein, dass es das wert sein würde, wenn sie einmal auf der Welt war, aber noch ist es nicht so. Ich spüre es einfach nicht.

Deshalb weiche ich ihren Blicken aus. Ich habe schnell abgestillt und ihr danach die Flasche gegeben. Mochte das Gefühl nicht, dass sie sich von meinem Körper ernährte. Fand es unangenehm, sie so nah bei mir zu haben, sah, wie sie die kleinen grauen Augen öffnete und mich beim Trinken anstarrte. Wenn sie weinte, legte ich sie in den Kinderwagen und schob ihn vor und zurück, bis sie aufhörte. Manchmal dauerte es nur ein paar Minuten. Manchmal Stunden. Aber früher oder später verstummte sie immer.

Dann legte ich mich ins Bett und weinte mich in den Schlaf.

Als wenig später die Spurensicherung ankam, ging es Sævar, der sich ins Auto gesetzt hatte, schon wieder viel besser. Elma hatte ein paar Minuten neben ihm gewartet, war dann aber wieder an die frische Luft gegangen, denn in Sævars Nähe roch es wie in einem Klub um fünf Uhr morgens. Sie lehnte sich an den Wagen und blickte über das Lavafeld. Plötzlich zog sich der eben noch klare Himmel zu und wurde dunkel und grau. Eine dicke Wolke schob sich vor die Sonne, und ein kalter Wind wehte über die Landschaft.

Elma vergrub die Nase im Schal und versuchte, die Kälte zu ignorieren. Kurz darauf kam ihr Chef Hörður in einem Jeep an. Die Nachricht vom Leichenfund hatte ihn in seinem Sommerhaus in Skorradalur erreicht, wo er das Wochenende mit seiner Familie verbrachte. Er begrüßte sie schnell, setzte seine Fellmütze auf und ging zu den Mitarbeitern der Spurensicherung. Zu Elmas Überraschung schritt er trittsicher wie ein erfahrener Wanderer über das Lavafeld. Als er zurückkam, öffnete er den Kofferraum seines Wagens.

»Gígja wollte, dass ich euch was mitbringe«, sagte er und holte eine Thermoskanne und ein paar Pappbecher hervor.

»Das ist aber lieb von ihr, sag ihr Danke von uns.« Elma nahm erleichtert den Becher entgegen. Hörður und seine Frau konnten unterschiedlicher nicht sein. Er wirkte immer sehr förmlich, sie war viel ungezwungener und hatte Elma von ihrem ersten Treffen an wie eine alte Bekannte behandelt.

Hörður schenkte ihr Kaffee ein und nickte in Richtung des Autos. »Was ist mit ihm los?«

»Er ist ein bisschen schlapp.«

»Schlapp?«

»Ja ...« Elma lächelte breit. »Er hat gestern etwas zu tief ins Glas geschaut.«

Hörður schüttelte den Kopf. »Ist er für solche Dummheiten nicht eigentlich schon zu alt?«

»Das habe ich ihm auch gesagt«, seufzte Elma und trank vorsichtig einen Schluck Kaffee. Er war immer noch brennend heiß.

»Das sieht nicht gut aus«, sagte Hörður nach kurzem Schweigen. Er blickte über das Lavafeld, wo die Spurensicherung sich in blauen Overalls bereit machte und Leuchten aufstellte. Noch war es hell draußen, aber die Höhle musste ausgeleuchtet werden.

»Nein, die Leiche sieht aus ... ja, als liege sie schon mehrere Monate da.«

»Kann es sein, dass die Person gestürzt ist?«

»Nein, das denke ich nicht«, sagte Elma. »Von der Lage der Höhle passt das nicht. Und sie ist gar nicht tief genug. Vermutlich ist sie eher hineingekrochen, um nicht gefunden zu werden. Wäre sie wahrscheinlich auch nie, wenn die Jungs die Höhle nicht für ein ideales Versteck gehalten hätten.«

»Also ist sie vielleicht hineingekrochen, um dort zu sterben.«

»Genau. Womöglich wollte sie nicht gefunden werden. Wollte nicht tot aufgefunden werden.«

»Sind wir sicher, dass es sich um eine Frau handelt?«

»Ja, relativ sicher«, sagte Elma. Auf dem Schädel hingen noch ein paar lange Haare, und sie schien einen Mantel zu tragen. Außerdem waren die Turnschuhe sehr klein, kaum größer als sechsunddreißig. Selbst Elma hätte sich trotz ihrer kleinen Füße nicht hineinzwängen können. »Aber ob es Maríanna ist, weiß ich nicht sicher. Auch wenn es sehr wahrscheinlich ist. Die Liste der verschwundenen Frauen in den letzten Monaten und Jahren ist schließlich nicht sonderlich lang.«

»Nein, und Maríanna ist die Einzige, die nie gefunden wurde.« Hörður warf den Becher in einen Mülleimer neben einer Bank. Er rückte seine Mütze zurecht und rieb die Hände aneinander. Eine Ewigkeit schien zu vergehen, bis sie aus der Ferne gerufen wurden und aufblickten. Ein Mitarbeiter der Spurensicherung winkte sie zu sich. Hörður eilte los, doch Elma klopfte erst noch an Sævars Fensterscheibe. Bei seinem Anblick erschrak sie beinahe. Sein Gesicht war immer noch bleich, aber mittlerweile eher gräulich. Die Augen waren geschwollen, und er schien zu zittern. Trotzdem stieg er aus und lächelte gequält.

»Willst du meinen Schal?«, fragte sie, obwohl ihr selbst eiskalt war.

»Nein, ich ...«

»Komm schon.« Sie wickelte ihren Schal um Sævar und tat so, als würde ihr der kalte Wind auf ihrem nackten Hals nichts ausmachen. »Der steht dir sogar ganz gut.«

»Danke.« Er versuchte ein Lächeln, aber es sah nicht ehrlich aus.

»Bald kannst du wieder zurück ins Bett«, sagte sie und stupste ihn, als sie losgingen.

»Ehrlich?«

»Nein, eigentlich nicht.« Elma lachte. »Wir müssen sicher erst noch zur Station. Aber ich kann dir auf dem Weg dorthin etwas Frittiertes besorgen.«

»Uff, sag das nicht.«

»Ist es wirklich so schlimm?« Für gewöhnlich sagte Sævar nie Nein zu frittiertem Essen. Elma hatte ihm einmal dabei zugesehen, wie er zwei frittierte Würstchen mit Käse und Pommes verdrückte, sich zum Nachtisch Chips gönnte und danach immer noch nicht satt war.

»Ich saufe nie wieder«, stöhnte Sævar.

»Sie haben einen Ausweis gefunden«, sagte Hörður, als sie zu ihm aufgeholt hatten. Der Mitarbeiter der Spurensicherung reichte ihnen eine durchsichtige Tüte mit Ausweispapieren, die in der feuchten Höhle offensichtlich nass geworden waren. Die schwarzen Buchstaben sahen verblasst aus, aber der Name war deutlich erkennbar: Maríanna Þórsdóttir.

»Wie lange ist es her, dass sie verschwunden ist?«, fragte er.

»Das war Anfang Mai. Also etwa sieben Monate«, antwortete Hörður.

»Die Leiche scheint jedenfalls größtenteils ganz gut erhalten zu sein«, sagte der Mann. »Vor allem die von Kleidung bedeckten Bereiche, also eigentlich alles außer dem Schädel und den Händen. An einigen Stellen ist auch noch Weichgewebe vorhanden, etwa im Nacken und am Hals. Wir haben schon etwas genauer geschaut und sind relativ sicher, dass der Schädel gebrochen ist, also sollte auch ein Gerichtsmediziner kommen. Die Leiche wird obduziert, nicht wahr?«

»Ja, natürlich«, sagte Hörður. »Könnte der Schädelbruch von einem Sturz stammen?«

Der Mann verzog ein wenig das Gesicht. »Das halte ich für unwahrscheinlich. Du siehst, wie die Höhle liegt. Man muss hineinkriechen, um zur Leiche zu kommen. Da würde ich eher von einer anderen Ursache ausgehen.«

Hörður schien nachzudenken. »Ja, stimmt«, sagte er dann. »Wir holen den Gerichtsmediziner.«

Elma sah die Enttäuschung in Sævars Gesicht. Auf einen Arzt aus Reykjavík zu warten, bedeutete mindestens zwei weitere Stunden in dieser Kälte.

Die Dunkelheit kam von Osten und legte sich langsam über den Himmel. Sie hatten den ganzen Tag der Spurensicherung bei der Arbeit zugesehen, und als der Gerichtsmediziner endlich ankam, war es schon dämmrig. Er brauchte aber nicht länger als etwa eine Stunde, um sich ein Bild von der Lage zu machen und ein paar Proben zu entnehmen, bevor die Leiche nach Reykjavík gebracht wurde, wo man am nächsten Tag mit der Obduktion beginnen würde.

Der Gerichtsmediziner und die Spurensicherung waren sich einig, dass die Verletzungen an Maríannas Schädel nicht von einem Sturz stammen konnten. Auf ihrem Oberteil war ein großer dunkler Fleck – möglicherweise Blut. Die Leiche war in keinem guten Zustand, was die Untersuchung erschwerte, aber einiges deutete auf eine kriminelle Absicht hin. Obwohl es verwunderlich war, dass Maríannas sterbliche Überreste nicht in einen Sack gepackt oder zumindest eine Decke über sie gelegt worden war. Da lagen auch keine Steine, um ihren Körper zu bedecken. Wer auch immer sie in die Höhle gebracht hatte, war davon ausgegangen, dass niemand sie dort finden würde.

Nach dem langen Arbeitstag fuhren Hörður, Elma und Sævar zur Polizeistation nach Akranes, um die nächsten Schritte zu besprechen. Elma saß bereits beim vierten Kaffee im Besprechungsraum und hatte beinahe die ganze Kekspackung verdrückt, die eben noch ungeöffnet auf dem Tisch gelegen hatte. Sævar saß ihr gegenüber und gähnte, als er den Laptop von sich wegschob. Sein Gesicht war nicht mehr ganz so bleich, aber er hatte den ganzen Tag über nur Softdrinks getrunken. Er sah auf seine Armbanduhr und danach Elma an. Sie spürte seinen Blick auf ihr und hob den Kopf.

»Was?« Das gelbe Licht der Deckenlampe machte auch sie müde, und sie hielt sich beim Gähnen die Hand vor den Mund.

»Sollten wir nicht Maríannas Tochter anrufen?«

»Ich übernehme das«, sagte Elma. Die Tochter hieß Hekla. Sie lebte bei einem Ehepaar namens Sæunn und Fannar, die sie nach dem Verschwinden der Mutter zu sich genommen hatten. Als Kind hatten sie Hekla für eine Weile als Pflegeeltern aufgenommen, und auch danach verbrachte sie jedes zweite Wochenende bei ihnen, wie bei einer Art unterstützenden Pflegefamilie. Warum sie ursprünglich zu ihnen gekommen war, wusste Elma nicht genau, aber Maríannas soziale Umstände waren bekanntlich nicht die besten gewesen. Sæunn und Fannar hatten viel geholfen, als im letzten Frühjahr nach Maríanna gesucht wurde, und sich sofort bereit erklärt, Hekla wieder dauerhaft bei sich aufzunehmen.

»Sollten wir sonst noch jemanden kontaktieren?«, fragte Sævar.

»Also, Maríannas Vater lebt in Reykjavík«, erinnerte sich Elma. »Aber ich weiß noch, dass sowohl ihr Bruder als auch die Mutter bereits verstorben sind. Ansonsten hatte sie keine näheren Verwandten.«

Sie beugte sich nach unten und streichelte Birta, die zu ihren Füßen Platz genommen hatte. Sævars Hündin wollte meist lieber bei ihr sitzen als bei ihrem Herrchen, wenn er sie zur Arbeit mitbrachte. Was oft vorkam, seitdem Sævar sich nach siebenjähriger Beziehung von seiner Freundin getrennt hatte. Er brachte es nicht übers Herz, sie allein zu Hause zu lassen, deshalb gehörte sie in der Polizeistation mittlerweile fast zum Inventar. Seine Ex hatte bereits einen Neuen und erwartete ein Kind. Sævar freute sich erklärtermaßen für sie, aber Elma fragte sich, ob er das wirklich so meinte. Über Birtas Entscheidung, sich immer zu Elma zu legen, schien er auch nicht sonderlich erfreut, aber darüber machte er immerhin Witze. Elma hatte beobachtet, dass er Birta konzentriert anstarrte, wenn sie bei ihr lag, wie um ihr telepathisch mitzuteilen, lieber zu ihm zu kommen. Birta reagierte nicht auf ihn, aber das tat sie auch sonst nicht, wenn Elma in der Nähe war. Dann gehorchte sie ihm ohnehin nicht mehr, sondern sah Elma nur fragend an und wartete auf Anweisungen von ihr.

»Ich rufe ihren Vater an«, sagte Sævar, ohne den Blick von Birta abzuwenden.

»Wie du willst«, antwortete Elma und erhob sich. Birta sprang auf und folgte ihr gehorsam ins Büro, wo sie sich wieder zu ihren Füßen legte.

Die Pflegeeltern Sæunn und Fannar sahen auf dem Papier nahezu perfekt aus. Sie war Zahnärztin, er Ingenieur, und sie lebten im Neubauviertel des Ortes in einem Einfamilienhaus – einer dunkelgrauen Box mit Terrasse aus Beton. Neben Hekla hatten sie einen Sohn, einen Jungen, den sie erst zur Pflege aufgenommen und dann adoptiert hatten. Er hieß Bergur und ging seit einigen Monaten in die erste Klasse der Grundschule. Bei ihrer Begegnung im Frühjahr hatte Sæunn Elma ohne Hemmungen erzählt, dass sie den Entschluss zu adoptieren nach zahlreichen Fehlgeburten getroffen hatten. Nicht für alle Eltern kam infrage, Kinder zur Pflege aufzunehmen oder zu adoptieren, die nicht ihre leiblichen Nachkommen waren, aber Sæunn und Fannar schienen Bergur und Hekla nicht weniger zu lieben als andere Eltern ihre Kinder. Sie empfingen Elma und Sævar in ihrem Haus mit vielen Fotos und abstrakten Bildern an den Wänden, signiert von Hekla und Bergur in unterschiedlich großen Buchstaben.

Hekla saß über ausgebreiteten Schulbüchern am Küchentisch. Sie trug einen viel zu großen schwarzen Kapuzenpulli, und die dunklen Haare hatte sie zu einem hohen Pferdeschwanz zusammengebunden. Als sie eintraten, blickte sie auf und nahm aus einem Ohr den Bluetooth-Kopfhörer.

Elma lächelte ihr zu, Hekla erwiderte das Lächeln zögerlich.

»Wollen wir uns nicht ins Wohnzimmer setzen?«, fragte Sæunn und deutete nach rechts. Sie ließ Elma und Sævar vorgehen, wartete auf Hekla und legte die Hand auf ihre Schulter. Sæunn überragte ihren Mann um ein paar Zentimeter und war deutlich größer als Hekla, die für ihr Alter eher klein wirkte. Sie reichte Elma gerade einmal bis zur Schulter, und Elma war auch keine Riesin, sondern ziemlich durchschnittliche eins achtundsechzig groß.

»Heute Morgen ...«, begann Elma, als sie sich gesetzt hatten. Sie erzählte vom Leichenfund und sah, wie sich die Gesichtsausdrücke ihrer Gesprächspartner veränderten. Zu sehr ins Detail wollte sie nicht gehen, sie sprach deutlich und fasste sich kurz. Selbst versuchte sie, nicht an die Überreste zu denken, die schon lange nicht mehr an den Menschen erinnerten, den sie einmal gebildet hatten.

»Im Lavafeld bei Grábrók?«, wiederholte Fannar. Er war bis an die Sofakante vorgerückt. Irgendwo im Haus erklangen schrille Stimmen von Zeichentrickfiguren aus einem Fernseher. »Ich verstehe nicht. Warum ausgerechnet dort? Ist sie selbst dort hingefahren?«

»Wir werden unser Bestes geben, das herauszufinden«, sagte Elma. »Maríannas Überreste werden zu einem Rechtsmediziner gebracht, der sie morgen genau untersuchen wird und hoffentlich die Todesursache feststellen kann.«

»Todesursache? Ihr habt doch gesagt, dass sie ...«, Sæunn sah Hekla neben ihr fragend an und senkte die Stimme, »dass sie sich wahrscheinlich selbst das Leben genommen hat?«

Die Worte schienen auf Hekla keinen Eindruck zu machen, vermutlich kannte sie alle Spekulationen über das Verschwinden ihrer Mutter bereits und ging sie immer und immer wieder im Kopf durch. Ihre momentanen Gedanken waren unmöglich zu erkennen. Sie sah sie mit starrer Miene und großen Augen an, die Mundwinkel zeigten dabei leicht nach unten.

»Ja, das dachten wir«, sagte Sævar. »Ohne die Leiche konnten wir aber nichts bestätigen. Das war nur eine unserer Vermutungen.«

Sæunn legte den Arm um Hekla, die sich mit dem Kopf an ihre Schulter lehnte. Den Blick wandte sie von ihnen ab und starrte auf eine Glasschale auf dem Wohnzimmertisch.

»Sobald wir mehr wissen, melden wir uns«, sagte Elma.

»Wir werden die Ermittlungen natürlich wieder aufnehmen«,

fügte Sævar hinzu. »Darum wollten wir fragen, ob ihr euch noch an etwas erinnert, das relevant sein könnte. Informationen, die im Frühjahr nicht aufgekommen sind? Egal was.«

»Ich ... ich weiß nicht.« Sæunn sah ihren Mann an. »Fällt dir noch etwas ein, Fannar?«

Fannar schüttelte langsam den Kopf.

»Hekla«, sagte Elma. »Du hast deine Mutter zum letzten Mal am Donnerstagabend, dem 3. Mai, gesehen, richtig? Weißt du noch, ob an dem Tag etwas anders war als sonst?«

Hekla schüttelte den Kopf. »Sie war einfach wie immer.«

»Und die Tage davor? Hat sich deine Mutter irgendwie ungewöhnlich verhalten?«

»Ich weiß nicht.« Hekla blickte hinunter auf ihre schwarzen Fingernägel und knibbelte an dem Lack. »Also, sie hatte einfach gute Laune. Ich glaube, sie hat sich auf diesen ... auf das Treffen mit diesem Typen gefreut. Hing die ganze Zeit am Handy.«

Genau das hatte Hekla im Frühjahr auch gesagt. Bei der Untersuchung von Maríannas Laptop hatten sie viele Nachrichten zwischen Maríanna und dem Mann, den sie treffen wollte, gefunden. Die meisten Unterhaltungen hatten über ihre Social Media Accounts stattgefunden, zu denen die Polizei Zugang bekommen hatte.

Elma beobachtete Hekla. Sie war schwer zu lesen, zeigte kaum Emotionen und sagte von sich aus nicht viel. Das Gefühl hatte sie schon zu Beginn der Ermittlungen im Frühjahr gehabt. Sie ließ einen nicht an sich heran, es war schwer, mehr aus ihr herauszubekommen als direkte Antworten auf konkrete Fragen. Sie hatte weder geweint noch sonst irgendeine innere Unruhe gezeigt. Natürlich waren Kinder alle unterschiedlich, und es gab mehr als einen Weg, mit einem Vorfall wie diesem umzugehen. Hekla trug ihre Gefühle jedenfalls nicht nach außen. Die Umstände von Maríannas Verschwinden waren aber auch etwas speziell. Lange Zeit wusste niemand, ob sie wiederkommen würde.

Vermisstenfälle wie dieser konnten für die Angehörigen schwieriger sein, als wenn jemand tot gefunden wurde. Die Ungewissheit machte den Trauerprozess komplizierter, und oft blieben Freunde und Verwandte in einer Art Vakuum zurück, aus dem sie keinen Ausweg sahen.

»Und was jetzt?«, fragte Sæunn.

»Wie Sævar schon sagte, werden wir die Ermittlungen wieder aufnehmen. Wir melden uns, wenn wir Neues erfahren, und auch, falls wir noch mehr Informationen von euch brauchen«, sagte Elma.

Sie verabschiedeten sich, und Sæunn begleitete sie zur Tür.

»Ich denke, Hekla würde irgendeine Form von Traumatherapie guttun«, sagte sie und warf einen Blick zurück ins Wohnzimmer, wie um sich zu versichern, dass Hekla sie nicht hörte. »Die Sache nimmt sie sehr mit.«

»Natürlich«, sagte Elma. »Ich werde das veranlassen. Das ist kein Problem.«

Sæunn nickte.

»Und wie lief es ansonsten bei euch?«, fragte Elma.

»Wie es lief?«

»In den letzten Monaten, meine ich. Hat sie sich gut an die neuen Umstände gewöhnt?«

»Ja, sehr gut«, sagte Sæunn. »Sie weiß aber nicht so recht, wie sie mit all dem umgehen soll, und sie kommt mir etwas verloren vor. Deshalb denke ich, dass ihr etwas Unterstützung guttäte. Das Verhältnis zu ihrer Mutter war nicht wie bei den meisten Kindern. Am Ende der Wochenenden bei uns wollte Hekla oft nicht zurück nach Hause, und wir mussten sie überreden, wieder zu ihr zu gehen.«

»Verstehe.«

»Ja«, fuhr Sæunn fort. »Also hatte es auf eine gewisse Weise auch etwas Gutes für Hekla. Damit will ich nicht sagen, dass an Maríannas Tod etwas gut war, auf keinen Fall. Aber Heklas

Situation hat sich zum Besseren gewandelt, und ich weiß, wie froh sie ist, endlich bei uns leben zu können.«

Elma lächelte, auch wenn sie die Aussage seltsam fand. Offensichtlich waren Sæunn und Fannar besser bei Kasse als Maríanna. Ihr Haus war größer, das Auto schicker. Maríanna brauchte etwas Unterstützung, aber es wirkte nicht so, als hätte das Hekla geschadet.

»Wann kam sie zum ersten Mal zu euch?«

Sæunn lächelte. »Als sie drei Jahre alt war, noch ganz winzig. Sie war so ein wundervolles Kind, und ich hätte sie am liebsten fest umarmt und nie wieder losgelassen.«

Fünf Monate

Ich war nicht immer so leer. Als Kind war ich voller Emotionen – Wut, Hass, Liebe und Kummer. Vielleicht habe ich damals zu viel gefühlt, und jetzt ist nichts mehr übrig. Diese Taubheit in meinem Körper, in meiner Seele, lässt mich Dinge tun, die andere schlimm finden, aber das ist mir egal. Es scheint nichts mehr da zu sein, außer der feuerroten kochenden Wut, die ich nicht unter Kontrolle habe. So wie schon damals als Kind, wenn meine Finger zitterten und mir ganz heiß im Gesicht wurde. Ich fühlte mich wie ein Luftballon, der immer größer wurde, bis er mit einem lauten Knall platzte. Manchmal ließ ich die Wut an meinen Eltern aus. Manchmal an einer Puppe namens Matthildur. Sie hatte eine Glatze, und ihre Augen klappten zu, wenn man sie hinlegte. Ich hatte keine Lust, wie meine Freundinnen mit ihr in einem Puppenwagen herumzuspazieren. Und schon gar nicht, ihr Kleider anzuziehen und ein Fläschchen zu geben, mit etwas, das aussah wie Milch.

Einmal wurde ich richtig wütend. Ich weiß nicht mehr, warum genau, vermutlich wegen etwas, das meine Eltern getan oder eben nicht getan hatten. Aber egal. Ich weiß nur noch, dass ich die Zimmertür zugeschlagen habe und mit aller Kraft versuchte, die Tränen der Wut zurückzuhalten, ohne Erfolg. Ich stand mitten im Zimmer und musste an Matthildur denken, die in ihrem hübschen Kleid auf meinem Bett lag. Die Augen starr in die Luft gerichtet und mit diesem dämlichen Grinsen im Gesicht, als wäre sie immer fröhlich. Ich nahm sie hoch, und ohne lang nachzudenken, schlug ich ihren Kopf gegen die Wand. Immer und immer wieder, bis mir die Hände wehtaten und ich ganz außer Atem war vor lauter Anstrengung. Am Ende habe ich sie losgelassen, und sie fiel auf den Boden. Dann hielt ich inne und spürte, wie sich ein taubes Gefühl in mir ausbreitete. Ich wusste nicht, ob es mir gut ging oder schlecht. Wütend war ich nicht mehr, aber als ich die Puppe mit einem rosa Farbfleck auf der Stirn auf dem Boden liegen sah, kam es mir vor, als hätte ich etwas falsch gemacht. Ich hob sie auf, hielt sie eng an meinen Körper und wiegte sie, während ich vor mich hinmurmelte: *Verzeih mir, verzeih mir.*

Es ist ein komisches Gefühl, so klein zu sein und sich zu fühlen wie ein schwarzer Fleck auf einem weißen Laken. Als würde sich die Welt in einem Höllentempo vorwärtsbewegen, als müsste man sich irgendwo festhalten, um nicht hinzufallen. Ich wollte das Böse in mir immer verstecken, aber ich wusste, dass es da war – klein und schwarz mit Hörnern und einem Schwänzchen. Es saß auf meiner Schulter, flüsterte Befehle und stupste mich mit den spitzen Hörnern an. Ich verstand nicht genau, warum, doch es machte mich glücklich. Glücklicher als alles andere. Das war mir nicht erst als Jugendliche oder Erwachsene klar geworden. Nein, das wusste ich schon, als ich noch im Kindergarten war und die kleine Villa gekniffen habe. Villa war ein nerviges, hässliches Mädchen, das nach Pisse stank. Sie war ein Jahr jünger als ich und redete immer in einem weinerlichen Tonfall. Ganz egal, was sie sagte, sogar wenn sie eigentlich fröhlich war. Wenn ich an sie denke, habe ich immer den Schnodder vor Augen, der aus ihrer Nase triefte. Diese kleine Zunge, die schnell über die Oberlippe leckte, als wäre der Rotz ein Leckerbissen. Immer wenn die Erzieherin den Raum verließ, schlich ich zu ihr hin und kniff sie von hinten in den Arm, sodass sie erschrak und aufheulte. Das gehörte zu den wenigen Dingen, die mir zu der Zeit Freude bereiteten. Ich muss um die fünf gewesen sein.

Das war natürlich, bevor meine Taten ein Nachspiel hatten. Kinder können nämlich nicht für ihre Vergehen verantwortlich gemacht werden, Jugendliche aber schon. Auch wenn sie eigentlich gar nicht wissen, was sie tun, und immer noch Kinder sind, auch wenn ihre Körper sich verändern und die Welt größer wird. Das habe ich zu spüren bekommen, als ich mit dreizehn in der Umkleide des Schwimmbads ein Bild von diesem fetten Mädchen gemacht habe, deren Namen ich nicht mehr weiß. Wir nannten sie immer nur *Klopsi*, was sich, glaube ich, auf ihren Namen reimte. In der Pause habe ich den anderen in meiner Klasse das Bild gezeigt. Sie lachten und machten Würgegeräusche, und das Mädchen sah aus der Ferne zu. Ihre molligen Wangen waren so rot wie der Pulli, den sie jeden Tag trug, das ganze Jahr über. Als alles herauskam, musste ich mich bei ihr entschuldigen. Mit meinen Eltern zu einem Treffen mit ihren Eltern gehen, die mich ansahen, als wäre ich Dreck, der in ihrem Abfluss festhing, während der Schulleiter über Mobbing und seine Folgen schwafelte.

Danach war ich schlau genug, mich nicht mehr erwischen zu lassen. Meistens jedenfalls. Natürlich wurde ich mit der Zeit reifer und verstand, dass man sich gut präsentieren muss, wenn man in dieser Welt etwas erreichen will. Niemandem seine wahren Gedanken preisgeben darf, auch wenn einem klar ist, dass alle dieselben schrecklichen Gedanken haben, die nur keiner laut auszusprechen wagt. Ich habe also relativ schnell gelernt, den Mund zu halten und zu lächeln. Süß zu sein. Ja zu sagen.

In den Augen der meisten war ich ein ganz normales Mädchen. Vielleicht etwas hitzköpfig, wie meine Großmutter gesagt hätte. In letzter Zeit habe ich aber das Gefühl, mich selbst nicht unter Kontrolle zu haben. Ich stelle mir vor, dass meine Seele die Farbe wechselt; manchmal ist sie gelb, hie und da blau und gelegentlich auch knallrot.

»Elma, mein Schatz, versuch doch bitte, nett zu deiner Schwester zu sein. Ein bisschen Höflichkeit kostet nichts.«

»Was meinst du? Ich bin immer nett.« Elma sah ihrer Mutter dabei zu, wie sie versuchte, eine Lichterkette zu entwirren, die sie schnell noch auf einen Strauch vor dem Haus hängen wollte, obwohl es bereits gegen neun Uhr abends war. Elma hatte lange gearbeitet und das Abendessen verpasst. Als sie endlich Feierabend machen konnte, warteten bei ihren Eltern die Reste der Lammkeule mit Kartoffelgratin auf sie, die sie in der Mikrowelle erwärmte. Elma schlang das Essen in Rekordzeit hinunter, während ihre Mutter sie zu dem Leichenfund löcherte. Aðalheiðurs Neugier kannte keine Grenzen, und obwohl Elma immer wieder betonte, dass es nicht viel zu erzählen gebe, hörte sie nicht auf zu fragen.

»Na gut.« Ihre Mutter schien es gelassen zu nehmen.

Elma zog die Jacke enger um sich. Ihr war immer noch kalt vom Tag, und sie freute sich schon auf das warme Bett, während ihre Mutter damit kämpfte, die Lichterkette an dem Strauch festzumachen.

»Lass mich dir helfen«, sagte Elma und griff nach dem einen Ende der Kette. Als sie die Weihnachtsbeleuchtung an den Zweigen befestigt hatten, sah sie ihre Mutter noch einmal an und wiederholte: »Ich bin immer nett zu ihr, sie ist diejenige, die ...«

Ein Seufzen ihrer Mutter ließ sie verstummen. »Ach, Elma, warum müsst ihr euch immer so anstellen? Schon seit ihr ganz klein wart, ständig diese Streitereien.«

»Aber, Mama ...« Elma verschlug es beinahe die Sprache. »Du weißt doch, wie das damals für mich war. Sie war diejenige, die nichts mit mir zu tun haben wollte. Wenn sie sich nur ein kleines bisschen für mich interessiert hätte, und sei es nur ein einziges Mal ...« Elma merkte, dass sie lauter wurde, und riss sich zusammen, um nichts zu sagen, was sie später bereuen würde. »Du erinnerst dich einfach nicht mehr daran.«

»Ist das so?«, fragte ihre Mutter, doch dann lächelte sie. »Ich erinnere mich jedenfalls noch gut, dass du ein Loch in ihr Lieblingskleid geschnitten hast.«

»Das war aber ...«

»Und ich weiß noch, wie du Seife in ihr Aquarium gegeben hast, sodass alle Fische gestorben sind.«

»Ja, aber das ...«

»Ich könnte noch lange so weitermachen, meine Liebe. Du bist auch nicht völlig unschuldig. Du spielst gerne das Opfer in diesem Schwesternkrieg, aber dafür braucht es immer zwei.«

Elma spürte, wie sie rot wurde. »Du hast sogar selbst gesagt, dass sie mich nie wollte. Sie konnte mich vom ersten Tag an nicht leiden.«

»Das stimmt so nicht, Elma!«

»Was?«, platzte es lauter als geplant aus ihr heraus.

Aðalheiður straffte die Schultern. »Das kannst du einer Dreijährigen doch nicht übel nehmen. Als du kamst, war es schwer für sie, nicht mehr das Baby in der Familie zu sein. In den ersten Monaten nach deiner Geburt schien sie in ihrer Entwicklung einen Rückschritt von einem ganzen Jahr zu machen. Sie brauchte wieder einen Schnuller, konnte nur noch mit Teddy einschlafen und redete plötzlich anders.« Aðalheiður lachte. »Ihre Stimme war auf einmal wieder ... ja, wie die von einem Baby. Auf einmal konnte sie kein R mehr sprechen. Aber deine Schwester war immer lieb zu dir, Elma. Sie lag stundenlang neben dir und hat deine dicken Backen gestreichelt. Nur mit einem Finger, um dir ja nicht wehzutun.« Ihre Mutter lächelte. »Ich bitte euch nur, nett zueinander zu sein. Mehr nicht. Du kannst manchmal etwas forsch sein, mein Schatz.«

Elma schwieg. Könnte sie ihrer Mutter doch nur irgendwie erklären, wie es für sie war, Dagný als große Schwester zu haben. Im Schatten von jemandem zu leben, den alle so wundervoll fanden? Immer nur als Dagnýs kleine Schwester angesehen zu werden?

»Hallo.« Dagnýs Stimme erklang im Haus, und Elma stöhnte innerlich. »Ist jemand da?«

Aðalheiður sah Elma eindringlich an. »Na dann, wollen wir zusammen einen Tee trinken?«

»Hier seid ihr also«, sagte Dagný, als sie durch die Terrassentür kam. Sie sah aus wie eine Ballerina, die Haare in einem perfekten Dutt, keine einzige Strähne fiel heraus. Elma hätte nichts dagegen gehabt, ihr ähnlich zu sehen, aber meist waren die Leute eher verwundert, wenn sie erfuhren, dass sie Schwestern waren. Elma wusste auch genau, warum: Dagný war schön, aber Elma war ... na ja, wie sie eben war. Nicht hässlich, aber auch nicht sonderlich hübsch. Ausgesprochen durchschnittlich. Dunkelblonde Haare, helle Haut und Sommersprossen. Nichts, das herausstach oder Leuten in Erinnerung blieb. Als Teenager hatte Elma versucht, Aufmerksamkeit über ihren Kleidungsstil und die Frisur zu erlangen, wurde dafür aber nur schief angesehen und für komisch gehalten. Sonderbar. Und sie war nicht der Meinung, dass negative Aufmerksamkeit besser war als gar keine. Nein, dann wollte sie lieber gar keine und begnügte sich irgendwann damit, sich widerstandslos in die Umgebung einzufügen, wo sie nur wenige wirklich wahrnahmen.

»Ich habe heute Kleinur gebacken«, sagte Dagný lächelnd und hielt zwei volle Plastiktüten mit dem traditionellen Schmalzgebäck hoch.

»Na, sieh einer an«, sagte Elma und hatte durchaus Lust auf einen kleinen Nachtisch. Sie trugen die Kartons mit den Lichterketten, die dieses Jahr nicht zum Zug kommen würden, ins Haus und gingen in die Küche.

»Was habt ihr heute gemacht?«, fragte Aðalheiður und setzte Wasser für den Tee auf.

»Na ja, also ich habe Kleinur gebacken – wie man sieht. Und Viðar war mit den Jungs im Schwimmbad.« Dagný legte die Tüten auf den Tisch.

»Gute Idee von ihnen. Das Schwimmbad ist richtig schön geworden, nach all den Renovierungen.« Aðalheiður stellte Teller, Tassen und eine Box mit einer Auswahl von Teebeuteln auf den Tisch. »Also, was haltet ihr von meiner Idee? Euer Vater feiert einen runden Geburtstag, und ich wollte zu einer Feier einladen, aber es soll eine Überraschung werden. Nur die Familie und ein paar Freunde, ich glaube, das könnte ganz lustig werden. Ich wollte schon immer mal eine Überraschungsparty veranstalten, aber ich kenne mich da nicht so aus ... da muss man so viel bedenken, also, wenn ihr sie vielleicht organisieren könntet ...«

»Elma und ich kümmern uns darum«, sagte Dagný sofort. »Nicht wahr, Elma?«

»Ja, klar«, antwortete Elma. »Wir könnten vielleicht sogar einen Raum mieten.«

Das Wasser kochte auf, und Aðalheiður befüllte die Tassen und setzte sich. Elma wählte sich einen Tee und tunkte den Beutel ins heiße Wasser.

»Gute Idee«, sagte Dagný. »Was hältst du davon, wenn wir am Samstag nach Reykjavík fahren? Wir könnten Deko besorgen und Geschenke, und vielleicht braucht er auch ein neues Hemd und ...« Sie verstummte, doch dann platzte es aus ihr heraus: »Ja, ich gebe es zu, ich mache nichts lieber, als Partys zu planen!«

»Klingt gut«, antwortete Elma und tunkte das Gebäck in den Tee. Dagný schien kein Problem damit zu haben, mit Elma Zeit zu verbringen, und Elma fragte sich, ob nur sie unter ihrem kühlen Verhältnis zueinander gelitten hatte. Dagný musste sich doch zumindest der Tatsache bewusst sein, dass sie nach Davíðs Tod nicht einmal richtig ihr Beileid ausgedrückt hatte. Elma konnte an den Fingern einer Hand abzählen, wie oft sie zu Besuch gekommen war, als sie noch mit Davíð in Reykjavík zusammengelebt hatte. Manchmal fragte Elma sich, ob Dagný zwischendurch einfach vergaß, dass sie noch eine Schwester hatte.

Ihr Vater kam in die Küche, und Elma wurde aus ihren Gedanken gerissen. Das Gebäck in ihrer Hand war zur Hälfte im Tee geschmolzen. Sie hatte ganz vergessen, es wieder herauszunehmen.

* * *

Heklas Schlafzimmerfenster war in vielerlei Hinsicht ausgesprochen gut entworfen. Es war völlig dicht, sodass man auch bei Sturm nichts hörte. In der Wohnung, in der sie mit Maríanna gelebt hatte, hielt sie das Getöse nachts immer wach. Ein weiterer Vorteil – und ein noch größerer – war, dass man das Fenster ganz weit öffnen konnte, fast wie eine Tür, sodass Hekla heimlich hinausklettern konnte, wann immer sie wollte. Die einzige Schwierigkeit dabei war, es so zu schließen, dass es sich später von außen wieder öffnen ließ. Das war nicht leicht, aber sie hatte vor Kurzem die perfekte Lösung gefunden. Wenn sie einen Haargummi an dem Fenstergriff und dem Außenrahmen befestigte, blieb das Fenster gut genug geschlossen, und sie konnte später einfach den Haargummi lösen und wieder hineinklettern.

An dem Abend hatte sie aber Angst, der Wind könnte das Fenster aufstoßen und der Gummi reißen. Immer wieder zogen einzelne Böen stark daran. Hekla befestigte zur Sicherheit noch zwei weitere Haarbänder und hoffte das Beste, während sie am Haus entlangschlich, gebückt am Schlafzimmerfenster von

Sæunn und Fannar vorbeihuschte und in das Auto stieg, das am Ende der Straße auf sie wartete.

Sie nahm auf dem Beifahrersitz Platz und begrüßte Agnar mit einem Lächeln. Er lächelte verlegen zurück und trat das Gaspedal durch, sodass der Motor laut aufheulte, worüber sich einige Nachbarn mit Sicherheit noch beschweren würden. Heklas Körper wurde fest gegen den Sitz gedrückt.

»Das war Maríanna«, sagte sie nach einer Weile. »Die da gefunden wurde. Du weißt schon, die Leiche.«

Agnar nahm den Blick von der Straße und sah sie an. Er legte seine Hand auf ihren Oberschenkel. »Geht's dir gut, oder ...?«

Hekla nickte. Sie wollte jetzt nicht über Maríanna sprechen, aber sie hatte das Gefühl, etwas sagen zu müssen. Agnar schien auch nach den richtigen Worten zu suchen. Er stotterte beinahe, als er sagte: »Soll ich ... also, soll ich was machen?«

Sie sah ihn an und fragte sich, was er meinte. Es gab nichts, was er jetzt tun könnte. Er hatte schon mehr als genug getan. »Hast du Geld?«, fragte sie, fest entschlossen, erst mal nicht weiter über Maríanna nachzudenken. »Ich hätte gerade so richtig Lust auf ein Eis.«

Agnar lächelte und fuhr zu einem Drive-in. Sie kamen kurz vor Ladenschluss an, und ein Mädchen bediente sie genervt. Kurz darauf bekam Hekla ihr Eis und kaute knirschend auf den Lakritz- und Daimstückchen, bis ihr schlecht wurde.

Sie fuhren noch eine Weile durch den Ort. Am Hafen hielten sie an, und Agnar steckte sich etwas Kautabak unter die Oberlippe. Hekla konnte das Zeug nicht ausstehen. Mit dem Tabak unter der Lippe sah er aus wie ein Hamster. Sie aß das Eis ganz langsam, denn sie wusste, sobald sie fertig war, würde Agnar sie küssen wollen oder so etwas in der Art.

»Soll ich das für dich wegwerfen?«, fragte er.

»Ja, ja.« Hekla hörte auf, mit dem Löffel in dem kleinen Rest Eis zu stochern, und reichte ihm den Becher.

Er steckte ihn in eine Tüte hinter dem Fahrersitz. Dann nahm er ihre Hand und strich mit seinen langen, dünnen Fingern über ihren Handrücken. In seiner Hand wirkten ihre Finger seltsam kindlich. Kurz und dick. Sie fühlte sich wie ein kleines Mädchen, das allein im Auto mit einem fast Zwanzigjährigen eigentlich nichts zu suchen hatte. Er lehnte sich vor, küsste sie, und sie versuchte, an etwas anderes zu denken.

Als Hekla später am Abend in ihrem Bett lag, überkam sie ein schlechtes Gewissen. Sie hatte mit Agnar schon viel gemacht, ihm so einige Versprechen gegeben, und war nicht mehr sicher, ob sie alle einhalten könnte. Auch wenn er eigentlich nichts getan hatte. Hekla spürte aber, dass ihr Interesse mit jeder Nachricht und jedem Blick von ihm abnahm. Je aufdringlicher er wurde, desto weniger wollte sie ihn sehen.

Hekla fand ihn nicht einmal mehr attraktiv. Wobei sie ihn eigentlich nie so wirklich süß gefunden hatte, außer ganz am Anfang. Und damals war es vielleicht auch nur, weil ihr davor noch nie ein Junge Aufmerksamkeit geschenkt hatte und sie diese Aufmerksamkeit zu dem Zeitpunkt wirklich brauchte.

Sie hatten sich eines Abends kennengelernt, als Hekla bei ihren Freundinnen Tinna und Dísa in Akranes war. Aus irgendeinem Grund fanden sie es spannend, mit den Jungs in der Gegend herumzufahren. Sie gingen bis ans Ende der Straße, damit ihre Eltern die Jungs nicht sehen würden. Als ein kleines blaues Auto am Straßenrand anhielt, stiegen sie ein und zwängten sich zu dritt auf einen Sitz.

Agnar saß neben ihr. Groß und schlank, mit vielen Pickeln im Gesicht und viel zu viel Gel in den Haaren. Jedes Mal, wenn der Fahrer eine scharfe Kurve machte oder außerhalb des Ortsgebiets beschleunigte, berührten sich ihre Arme. Einer zündete eine Zigarette an, und im Auto war es erst total verqualmt und nach dem Lüften dann eisig kalt. Auf dem Nachhauseweg fragte Agnar sie nach ihrem Namen auf Snapchat, obwohl seine

Freunde ihn aufzogen und lachten. Am nächsten Tag wurde sie von einer Nachricht von ihm geweckt, und im Laufe der nächsten zwei Wochen intensivierten sich die Chats immer mehr. Sie erzählte ihm viele Dinge, die sie noch nie laut ausgesprochen hatte. Über ihre Mutter, die Schule, die Hänseleien und die Wut. Agnar sagte genau das Richtige. Er verstand sie und war bereit, ihr zuzuhören. Endlich einer, der sie wahrnahm und mehr von ihr wollte.

Das Gefühl hatte sie bis dahin nicht gekannt. Tinna und Dísa waren ihre ersten wirklichen Freundinnen, und sie wusste selbst nicht, wie sie es geworden waren. In der Schule in Borgarnes schenkte ihr keiner Beachtung, und sogar ihre Mutter zeigte nur begrenztes Interesse an ihr. Manchmal fragte Maríanna nach ihrem Befinden, ihr Blick schweifte aber ab, sobald Hekla antwortete. Sie nahm auch nicht ernst, dass Hekla die Schule wechseln wollte, und als sie zu Fannar und Sæunn ziehen wollte, wurde sie geradezu wütend. Als wäre Hekla ihr etwas schuldig.

Einmal hatte Maríanna sie bei einem Wutanfall mit einem Kochlöffel auf den Kopf geschlagen und gefaucht: *Weißt du überhaupt, was ich alles für dich aufgegeben habe?* Hekla erinnerte sich noch gut daran, denn in dem Augenblick begann ihr Hass auf sie. Seitdem war sie nicht mehr ihre *Mama* – nur noch Maríanna.

Als Hekla zwei Wochen später erneut das Wochenende bei Sæunn und Fannar verbrachte, traf sie sich wieder mit Agnar. Er holte sie zusammen mit einem Freund ab, weil er selbst noch keinen Führerschein hatte. Ihr erstes Treffen war abends gewesen, und in der Dunkelheit hatte sie ihn nicht richtig gesehen. Aber im Tageslicht erkannte sie seine bleiche Haut und die vielen Pickel und erschrak beinahe bei dem Anblick. In ihrer Vorstellung hatte er ganz anders ausgesehen. Auf den Bildern, die er ihr auf Snapchat geschickt hatte, war die Haut nicht zu erkennen gewesen, und sie hatte auch nicht die langen Arme gesehen, die an eine Krabbe erinnerten. Auch seine Bewegungen waren sonderbar; er hatte völlig verkrampfte Schultern, aber schleuderte zugleich Arme und Beine vor und zurück. Das war nicht der Junge, der ihr in den letzten Wochen nicht mehr aus dem Kopf gegangen war.

Merkwürdigerweise vergaß sie das alles aber schnell wieder. Er sagte schöne Dinge und behandelte sie wie etwas Besonderes. So hatte sie sich noch nie zuvor gefühlt, also sah sie über alles andere hinweg. Nahm nur die schönen Worte wahr und nicht ihn selbst. Erst jetzt wurde ihr klar, dass sie nicht wirklich ihn mochte, sondern das Gefühl, das er ihr gab, und das brauchte sie jetzt nicht mehr. Die Frage war nur, wie sie ihn jetzt wieder loswurde.

Sieben Monate

Reykjavík ist genau wie in meiner Erinnerung, eine kleine Stadt, die sich groß aufspielt. Die meiste Zeit des Jahres ist der Himmel grau, und ein Auto dreckiger als das andere. Diejenigen, die sich nach draußen wagen, gehen mit schnellen Schritten und tragen alle die gleichen dicken Jacken, ziehen ihre Mützen bis über die Augen, weil bei all dem Regen und Wind ohnehin alles grau aussieht.

Ich wünschte, ich hätte nie hierherkommen müssen.

Heute bekomme ich die Schlüssel zur neuen Wohnung. In den letzten Monaten habe ich außerhalb von Reykjavík zur Miete gelebt. Es fühlt sich komisch an, jetzt eine eigene Wohnung zu besitzen. Ich fühle mich zu jung für so etwas Großes. Wobei die Wohnung eigentlich nicht sonderlich groß ist, sondern klein und billig und in einem Wohnblock – einem großen, hässlichen Klotz, der eindeutig einen neuen Anstrich nötig hat. Hinter dem Gebäude befindet sich eine eingezäunte Fläche, in der Mitte steht ein Sandkasten, in dem das Gras wuchert.

Die Wohnung befindet sich im zweiten Stock. Als ich endlich oben bin, schlägt mein Herz wie wild, weil ich ja das Kind tragen muss, und es ist nicht gerade ein Leichtgewicht. Ein Zehn-Kilo-Klumpen auf meiner Hüfte.

Ich lege sie auf den Boden, während ich die Schlüssel raussuche. Sie bewegt sich nicht, sondern starrt nur regungslos in ihrem roten Schneeanzug vor sich hin. Die Arme hängen lose am Körper, und sie hat immer denselben ernsten Gesichtsausdruck. Die Mundwinkel nach unten gezogen, fast wie ein Hufeisen.

»Also gut, das ist jetzt unser neues Zuhause«, sage ich und öffne die Tür. Das mache ich neuerdings oft, rede vor mich hin. Sowohl mit ihr als auch mit mir selbst. Aber ich habe niemanden mehr um mich, der antworten könnte, nur eine erdrückende Stille.

Ich war nicht auf die muffige Luft vorbereitet, die mich erwartet. Als ich mit dem Mädchen hineingehe, hinterlassen die Schuhe nasse Abdrücke auf dem alten Parkett. Aber eigentlich ist die Wohnung ganz in Ordnung. Eine Küche, ein Wohnzimmer und ein Schlafzimmer, das wir uns teilen müssen. Im Wohnzimmer steht ein schwarzes Ledersofa und in der Küche ein kleiner Esstisch, aber das war's auch schon. Nichts im Vergleich zu dem Haus, in dem ich aufgewachsen bin. Kein Flügel im Wohnzimmer oder ein Kamin, in dem abends ein Feuer knistert. Außer den Geräuschen der Nachbarn, die durch die dünnen Wände zu hören sind, und dem Straßenlärm, der durch das Küchenfenster dringt, ist es völlig still.

Mir tun die Schultern und der Rücken weh, also lege ich das Mädchen wieder auf den Boden. Die grauen Augen wandern durch die Wohnung. Beäugen unser neues Zuhause. Sie ist immer noch groß, das war sie von Anfang an. Viel größer als andere Kinder in ihrem Alter. Ein paar Tage nach ihrer Geburt bekam sie lauter kleine Pickel im Gesicht. Die Hebammen sahen darin nichts Abnormales, aber ich konnte sie nicht anfassen, ohne dass mir übel wurde. Jetzt ist die Haut zum Glück schön glatt, aber sie sieht trotzdem nicht aus wie andere Babys. Ihr Gesichtsausdruck ist so erwachsen. Sie babbelt nicht, prustet auch nicht oder lächelt. Aber sie weint und schreit, wenn sie unzufrieden ist. Ohne Tränen. Und es gibt keinen Weg, sie zu beruhigen, bis sie von sich aus beschließt, wieder aufzuhören. Die restliche Zeit starrt sie in die Luft und gibt mir das Gefühl, dass mit mir etwas nicht stimmt. Natürlich ist sie nur ein Kind, und daran muss ich mich ständig erinnern, aber trotzdem werde ich dieses Gefühl nicht los. Dass sie mich beobachtet. Über mich urteilt.

Ich setze mich aufs Sofa und zünde eine Zigarette an. Ist ja nicht so, als könnte der Geruch hier drinnen noch schlimmer werden. Der graue Rauch steigt auf, und ich beschließe, diese Zigarette meine letzte sein zu lassen. Ich habe ohnehin niemanden mehr, mit dem ich rauchen kann. Alle meine Freunde sind weg. Meine Eltern auch. Seit ich ausgezogen bin, hat sich niemand bei mir gemeldet. Aber das ist mir völlig egal. Sie waren nur ein Haufen unbedeutender Seelen ohne Zukunft, nur Vergangenheit. Ich bin nicht wie sie.

Nachdem ich fertig geraucht habe, öffne ich ein Fenster und werfe die Kippe raus. Ich beobachte, wie sie einen kleinen Abdruck im Schnee hinterlässt. Diese Straßen und diese Häuser kenne ich alle nicht. Sie sind mir völlig fremd. Vor der Wohnungsbesichtigung war ich noch nie in diesem Stadtteil. Aber das gibt mir ein gutes Gefühl, denn es heißt, dass mich niemand wiedererkennen wird und ich hier vorerst sicher bin.

Vorerst muss ich keine Angst haben.

MONTAG

Sæunn konnte Leute nicht ausstehen, für die Kinderbekommen etwas Selbstverständliches war. Vielleicht war das der Grund, warum sie Maríanna von Anfang an nicht gemocht hatte. Sie stand auf, kippte den restlichen Haferbrei in den Müll und gab die Schale in die Spülmaschine.

Die Kaffeemaschine mahlte die Bohnen mit dem dazugehörigen Lärm. Die schwarze Flüssigkeit füllte die Tasse, bevor es wieder völlig still wurde. Sæunns Haare waren immer noch nass von der Dusche, und nach dem Morgensport fühlte sie sich auf angenehme Art erschöpft. Doch dann musste sie an Maríanna denken und konnte den Morgen nicht mehr so genießen wie sonst immer. Sie musste an ihr unbekümmertes Gehabe denken und wie sie ständig bemitleidet werden wollte. Sæunn hatte manchmal den Drang verspürt, sie anzuschreien, ihr zu sagen, dass die Welt sich nicht nur um sie allein drehte. Bei ihrem ersten Treffen hatte sie noch Mitleid mit ihr. Sæunn setzte sich wieder an den Küchentisch, vor ihr lag die Zeitung, aber anstatt sie zu lesen, starrte sie aus dem Fenster.

Der Tag, an dem sie Maríanna kennengelernt hatte, war vor allem von zwei verhängnisvollen Anrufen geprägt gewesen. Der erste kam vom Krankenhaus, ihr wurde mitgeteilt, dass die dritte künstliche Befruchtung nicht geklappt hätte. Sie wollte es nicht glauben, lachte nervös und stammelte, dass es sich dabei um einen Fehler handeln müsse. Die Ergebnisse müssten noch einmal überprüft werden. Könnte es sich um eine Verwechslung handeln? Denn sie spürte es, sie spürte eine eigenartige Bewegung in ihrem Bauch. Wie kleine Seifenblasen, die in ihr herumschwebten. Hallo, Kleines, hatte sie am Abend davor noch geflüstert und über ihren Magen gestrichen. Hallo, du. Sie hätte schwören können, dass jemand in ihr mit einem kleinen Kicken zurückgrüßte, oder mit einem Winken oder was auch immer Kinder da drinnen machten.

Schließlich hatte Fannar ihr den Telefonhörer aus der Hand genommen und sie in seine Arme geschlossen. Sie festgehalten, noch bevor ihr bewusst war, dass sie weinte. Hatte sie wirklich gerade den freundlichen Arzt am Telefon angeschrien? Sie, die sich nie vor anderen aufregte. Ihr Vater hatte immer gesagt, ihr Blut würde nicht richtig fließen. War sie wirklich am Leben? So kam es ihr nicht vor. Nicht, als sie in Fannars Armen weinte und spürte, wie die Seifenblasen in ihrem Bauch eine nach der anderen zerplatzten. Popp, popp, popp. Tschüss, Kleines. Tschüss, du kleines Wesen, das nie da war.

Das war das erste Gespräch. Das zweite war deutlich besser. Das Jugendamt suchte eine Pflegefamilie für ein kleines Kind. Ob sie bereit seien? Sie war nicht gleich vor Freude an die Decke gesprungen, aber ein kleiner Funken Hoffnung kam auf. Fannar war skeptisch gewesen, und auch sie fragte sich, ob sie wirklich bereit wären. Doch während sie durch verschiedene Foren scrollte, in denen schwangere Frauen über Schmerzen, Müdigkeit, Reflux und Schlafmangel klagten, wusste sie, dass sie stärker war als diese anderen Mütter. Also sagte sie zu, das Kind kam, und sie bereute es nicht eine Sekunde lang.

Hekla. Mit ihren dunklen und struppigen Haaren, dem schüchternen Lächeln und den merkwürdigen Fragen. Sæunn wusste, dass sie etwas Besonderes war. Anders als die anderen Kinder. Zurückhaltender und verschlossener. Vielleicht eine Folge der bisherigen Erziehung, über die sie nicht weiter nachdenken wollte. Sie glaubte fest daran, dass Hekla nicht nur zufällig zu ihnen gekommen war, sondern als eine Art Wiedergutmachung von Gott, weil sie kein eigenes Kind bekommen konnte. Deshalb war es nicht leicht für sie, als ein halbes Jahr später der Anruf kam, dass Heklas Mutter sie wieder zu sich nehmen wollte. Sie weinte sogar noch mehr als nach den drei Anrufen vom Krankenhaus. Denn jetzt war das Kind echt und nicht nur in ihrem Kopf. Sie hatte Hekla im Arm gehalten, neben ihr gelegen, während sie schlief, an unzähligen Spielplätzen ihre Hand gehalten, Hunderte Kratzer weggeküsst und noch mehr Tränen getrocknet.

Zum Glück willigte Maríanna ein, dass Hekla jedes zweite Wochenende bei ihnen verbrachte, und das war immer noch besser als gar nichts. Hekla machte mit ihnen Urlaub, und an Ostern fuhren sie zusammen in ein Sommerhaus, aber es wurde mit jedem Mal schwieriger, sie wieder abzugeben. Sæunn bemühte sich sehr um ein gutes Verhältnis zu Maríanna und hoffte, sie würde eines Tages einsehen, dass Hekla es bei ihnen besser hatte. Aber das schien Maríanna egal zu sein. Sæunn suchte oft das Gespräch, ganz freundlich natürlich, denn ihr war klar, dass sie Hekla ganz verlieren könnte, wenn Maríanna sich das in den Kopf setzte. Aber egal, was sie sagte und wie oft Hekla darum bat, Maríanna ging nicht auf sie ein.

Sæunn hörte Schritte im Flur und trank ihren Kaffee aus. In der Zahnarztpraxis stand ein langer Tag bevor, und sie musste noch Pausenbrote vorbereiten, Kleidung raussuchen und den beiden Kindern Frühstück machen. Bei dem Gedanken entkam ihr ein Lächeln. Bergur war sieben Jahre alt, und sie hatten ihn mit sechs Monaten erst nur vorübergehend aufgenommen. Kurze Zeit später stellte sich aber heraus, dass er auf Dauer bei ihnen bleiben würde. Endlich. Sæunn wollte es monatelang nicht wahrhaben und konnte erst richtig entspannen, als sie die Adoptionspapiere in den Händen hielt. Im Gegensatz zu Maríanna hatte Bergurs Mutter das getan, was für ihr Kind das Beste war, und ihn zur Adoption freigegeben. Maríanna hielt stur an Hekla fest, es spielte keine Rolle, was das Mädchen wollte oder was offensichtlich das Beste für sie war. Maríanna schien Hekla nicht einmal zu mögen. Ihre eigene Tochter. Und einer Sache war sich Sæunn absolut sicher: Maríanna hatte Hekla nicht verdient.

* * *

Die Obduktion sollte um neun Uhr beginnen. An einer Straßenecke in Reykjavík betraten Elma, Sævar und Hörður ein Gebäude der Uniklinik, das aber mehr wie ein normales Wohnhaus aussah. Von außen wirkte es unscheinbar, und kaum jemand käme auf die Idee, dass im Keller reihenweise Leichen in speziellen Kabinen lagen. Dass dort Körper aufgeschnitten und Innereien auf Tabletts aus Stahl gelegt wurden.

Das war nicht Elmas erste Obduktion. Sie kannte in etwa die Abläufe und wusste, was sie erwartete. Doch als es losging, wurde ihr schnell klar, dass die Leichen bisher immer in einem deutlich besseren Zustand gewesen waren. Während der Gerichtspathologe vorsichtig die Kleidung aufschnitt, starrte sie auf den Schädel. Im hellen Obduktionsraum sah er ganz anders aus als in der Höhle. Viel realer und zugleich irrealer. Elma fand es unglaublich, dass der Schädel bei allen Menschen gleich aussah, unabhängig von der äußeren Erscheinung. Unabhängig davon, welche Persönlichkeit, Gedanken und Gefühle ihn mit Leben füllten. Letzten Endes bestanden alle Menschen aus Fleisch und Knochen, die irgendwann verrotten, zerfallen und verschwinden würden.

Als der Pathologe die Kleidung entfernt hatte und der Körper zum Vorschein kam, bekam Elma ein flaues Gefühl im Magen. Die Farbe der Haut war hellbraun und grau. Der Arzt erklärte, dass er besonders vorsichtig vorgehen müsse, weil die Haut in diesem Zustand nicht besonders robust sei. Wenn er sie berührte, erinnerte es eher an Weichkäse oder Grütze.

»Wir können uns glücklich schätzen, dass die Umstände in der Höhle so gut waren. Der Sommer war ausgesprochen nass, und in der Höhle hielt sich die Temperatur konstant niedrig. Kaum Sonnenlicht, wenn überhaupt«, sagte der Pathologe. Er steckte die Kleidung in eine Plastiktüte und legte sie beiseite.

»Aber sollte die Leiche bei der hohen Luftfeuchtigkeit nicht eigentlich schneller verrotten?«, fragte Sævar.

»Gute Frage«, sagte der Arzt und freute sich offensichtlich über das Interesse. »Du hast recht, für gewöhnlich fördert die Luftfeuchtigkeit den Zerfall des Gewebes, doch unter gewissen Umständen kann sich darin ein Stoffgemisch namens Adipocire, sogenanntes Leichenwachs, bilden. Bestimmte chemische Prozesse führen dazu, dass Bakterien und Insekten das Gewebe nicht abbauen können. Man kennt das vor allem von Wasser- oder Moorleichen.«

»Aber die Leiche wurde in einer Höhle gefunden«, sagte Sævar.

»Ganz genau.« Der Gerichtspathologe lächelte. »In so einer feuchten, engen Höhle gibt es keine Durchlüftung, was diese Reaktion ermöglicht. Der Untergrund der Höhle bestand aus feuchtem Lehm und Moos, das die Leiche zum Teil bedeckte, sie ist also in den Boden eingesunken und ein Teil davon geworden.«

Die übrig gebliebene Haut sah nicht mehr nach solcher aus. Wo einst Blut geflossen war und Adern gelegen hatten, waren nur noch rotbraune Flecke. Elma konzentrierte sich auf ihren Atem, während sie die Obduktion mitverfolgte. Sie wollte sich nicht übergeben müssen wie Sævar am Tag davor.

»Aber das gilt nicht für den gesamten Körper«, fuhr der Gerichtspathologe fort. »Manche Teile lagen nicht so gut geschützt, von den Händen und dem Gesicht sind fast nur noch die Knochen übrig, abgesehen von ein paar Sehnen und Bändern, die meist sehr langsam verrotten. Vom Gehirn und von den Augen ist natürlich nichts mehr da. Aber beim Oberkörper ist noch einiges dran, wie ihr seht. Am Schädel ist auch noch etwas Weichgewebe, Sehnen und dergleichen. Vor allem im Nacken und an den Stellen, die direkt auf der Erde lagen.«

»Gibt es Hinweise auf irgendwelche Verletzungen?«, fragte Elma und nahm den Blick von der Leiche.

»Ja, das versuche ich gerade herauszufinden«, sagte der Gerichtspathologe. »Wenn die Leiche so vor uns liegt, sehen wir dunkle Flecken auf der Haut im Bereich des Magens und der Brüste, die könnten von Tritten oder Schlägen stammen.« Er deutete mit dem Finger im Plastikhandschuh auf den Oberkörper, holte dann eine Kamera hervor und machte ein Bild. »Der Riss im Schädel ist so klein, dass er vermutlich nicht zum Tod geführt hat, wohl eher eine Blutung infolge der Schläge. Der Riss ist vorne auf der Stirn, also war der Täter entweder kleiner als Maríanna oder stand über ihr.«

»Wie meinst du das?«, fragte Hörður.

»Na ja, wenn die Person größer war als Maríanna, wäre der Riss weiter oben auf dem Schädel. Ich gehe aber davon aus, dass sie mit einem Stock oder Ähnlichem auf den Kopf geschlagen wurde. Wenn Maríanna auf dem Boden lag, lässt sich nichts über die Körpergröße der angreifenden Person sagen. Zu den Verletzungen am Körper würde die Theorie aber passen. Also, dass sie sich zum Zeitpunkt der Schläge in einer Liegeposition befand.«

»Aber woher kommen die Blutungen?«, fragte Hörður. »Hätte sie nicht vor allem innere Blutungen, wenn keine Waffen benutzt wurden?«

»Ja, das ist richtig, aber am Kopf kam definitiv eine Waffe zum Einsatz, auch wenn ich nicht sagen kann, was es genau war«, sagte der Arzt. »Schwer zu erkennen, wo die stärkste Blutung war. Sie hat viel innerlich geblutet, aber offenbar auch eine Menge Blut verloren.« Er runzelte die Stirn und beäugte die Leiche. Dann zog er einen Stahlwagen auf Rädern näher und musterte die Messer, die darauf lagen.

»Meinst du, sie war bereits tot, als sie in die Höhle kam?«, fragte Elma.

»Ja, das denke ich. Soweit ich weiß, wurde um die Leiche herum kaum Blut gefunden, also wäre das die logische Annahme.«

»Haben die Schläge sie getötet?«, fragte Hörður.

Der Pathologe legte die Kamera beiseite und sah sie an. »Ja, ich denke schon«, sagte er. »Natürlich kann man es nicht mit hundertprozentiger Sicherheit sagen, wenn die Leiche in solch einem Zustand ist, die Prellungen am Körper und der Riss auf dem Schädel sind jedoch starke Hinweise. Die genaue Todesursache kann ich aber noch nicht feststellen. Darüber werden wir mehr erfahren, wenn wir uns die inneren Organe ansehen. An ihnen lassen sich Verletzungen meist noch lange später nachvollziehen.« Er nahm ein Messer und lächelte ihnen ermutigend zu, bevor er loslegte.

»Ich werde die Zähne zur Bestätigung noch mit den Röntgenbildern von Maríanna Þórsdóttirs Gebiss abgleichen, aber ich denke, wir können davon ausgehen, dass es sich um sie handelt«, sagte der Pathologe zwei Stunden später. Sie standen vor dem Obduktionsraum, und obwohl der Geruch dort besser war und sie keinen geöffneten Körper vor sich hatte, war Elma ein wenig übel.

In Maríannas Hals wurden Spuren von Blut gefunden, und von der Haut im Gesicht war zwar nichts mehr übrig, aber der Pathologe war trotzdem ziemlich sicher, dass die stärkste Blutung von einem Schlag ins Gesicht herrührte, der einen Nasenbruch zur Folge hatte. Das Blut war in den Hals und den Kopf geronnen und hatte ihre Atemwege behindert. Ob der Blutverlust, die inneren Blutungen oder das Ersticken letztendlich zum Tod geführt hatten, konnte er nicht mit Sicherheit sagen. Aber es war relativ klar, dass Maríanna brutal zusammengeschlagen worden und ihren Verletzungen ziemlich schnell erlegen war.

»Alles klar, wir bleiben in Kontakt.« Hörður war schon auf halbem Weg die Treppe hoch.

»Eine Sache noch«, sagte Elma. »Hast du eine Idee, warum der Täter sie nicht in einen Plastiksack gesteckt oder sonst irgendwie bedeckt hat?«

Der Gerichtspathologe zuckte mit den Schultern. »Es ist vielleicht nicht meine Aufgabe, hier Vermutungen anzustellen«, sagte er, »aber eins kann ich euch sagen, in einer dicken Plastiktüte wird eine Leiche viel besser konserviert – Haare, Körperflüssigkeiten und Erbgut. Wer auch immer sie da versteckt hat, hoffte vielleicht, dass die Natur mit der Zeit die Spuren beseitigen würde. Und unter normalen Umständen wäre das gar keine so schlechte Idee gewesen. Ich bezweifle, dass die Person sich Gedanken über die chemischen Prozesse gemacht hat.«

»Kann es sein, dass sie auf dem Weg zur Höhle in Plastik gehüllt war?«

»Ja, das kann natürlich sein, aber mehr kann ich dazu leider auch nicht sagen.«

Elma nickte. Sie hatte sich gefragt, wie es möglich war, zu dieser Jahreszeit unbemerkt eine Leiche quer über ein Lavafeld zu tragen. Anfang Mai ging die Sonne erst kurz vor Mitternacht unter. Und es würde wohl kaum jemand mit einer Leiche über die schroffe Lava gewandert sein, um noch nach einem geeigneten Ablageort zu suchen. Die Person musste den Ort gut gekannt haben. Vielleicht schon von der Höhle gewusst haben. Außerdem war Elma sich relativ sicher, dass zum Tragen mindestens zwei Personen nötig gewesen waren.

»Ich schicke euch im Laufe des Tages die Bilder und den vorläufigen Bericht«, sagte der Pathologe beim Abschied. Elma atmete erleichtert auf, als sie draußen an die frische Luft kamen, und es ging ihr sofort ein wenig besser. An Obduktionen würde sie sich nie gewöhnen. Sie verstand nicht, wie man auf die Idee kam, so etwas beruflich zu machen. Aber wahrscheinlich wurde es irgendwann zur Routine wie alles andere auch. Der Gerichtspathologe arbeitete ruhig und gewissenhaft, und die Arbeit mit einer Leiche schien ihm nicht nahezugehen. Die bleichen Gesichter von Sævar und Hörður erweckten aber den Anschein, dass ihnen ähnlich zumute war wie ihr. Auf der Rückfahrt nach Akranes war es jedenfalls erst mal eine Weile lang still.

»Vielleicht sollten wir uns was zu essen holen«, sagte Sævar endlich.

»Ich habe ehrlich gesagt keinen Appetit«, sagte Hörður, aber er willigte ein, bei einer Tankstelle anzuhalten, um Sandwiches zu kaufen.

Nach einer halben Cola und einem Bissen Schokolade fühlte sich Elma ein wenig gestärkt, aber mehr brachte sie nicht hinunter.

»Wir müssen den Fall wieder ganz von vorne aufrollen«, sagte Elma, als sie die Stadt hinter sich ließen. »Die Umstände sind ganz andere als im Frühjahr.«

»An der Sache war damals schon irgendwas komisch. Deswegen ist das ja so krass.« Sævar zerknüllte die Verpackung seines Krabbensandwiches. »Ich meine, sie hat ihrer Tochter eine Nachricht hinterlassen. Eine Nachricht, die nach einem Abschiedsbrief aussah, und wir haben halt angenommen, dass Maríanna selbst nach Bifröst gefahren ist. Alles deutete auf Selbstmord hin.«

»Ich weiß«, sagte Elma. »Es hat die Suche erschwert, dass ihr Auto so nah bei der Bushaltestelle von Bifröst gefunden wurde, unter den Busfahrern konnte sich zwar niemand an sie erinnern, aber im Grunde hätte sie überall sein können. Die Hunde fanden in der Umgebung des Autos keine Spur, also war es die naheliegende Vermutung.«

»Und dann war da natürlich noch das Handy«, sagte Sævar.

»Das Handy?«, Elma sah ihn an.

»Wir haben uns die Daten der Sendemasten angesehen, und das letzte Signal kam aus Akranes. Deshalb haben wir zuerst dort gesucht. Aber als das Auto in Bifröst auftauchte, hat sich das Suchgebiet natürlich verändert. Es war alles so wirr.«

»Stimmt«, sagte Elma. »Sie war also wahrscheinlich in Akranes, bevor sie nach Bifröst gefahren ist.«

»Ganz genau. Aber das Handy hat ab diesem Zeitpunkt um Mittag herum keine Signale mehr gesendet. Vielleicht war der Akku leer ...«

»Oder jemand hat es aus dem Weg geschafft«, warf Elma ein. »Den meisten Menschen ist bewusst, wie wichtig Handys mittlerweile für Ermittlungen sind. Wenn man Krimis liest oder die Nachrichten mitverfolgt, weiß man so etwas.«

»Das wird noch einen ordentlichen Medienrummel geben, wenn sich die Geschichte erst einmal rumgesprochen hat«, sagte Hörður und seufzte.

Der Fall Maríanna Þórsdóttir war Elma noch in frischer Erinnerung. Es kam nicht oft vor, dass in Island junge Frauen verschwanden, und er hatte zu seiner Zeit großes Medieninteresse ausgelöst. Wahrscheinlich lag Hörður mit seiner Vermutung richtig – jetzt, da klar war, dass Maríanna ermordet wurde, würden sich die Journalisten erst recht auf die Sache stürzen.

Bei den Ermittlungen im Frühjahr hatte sich schnell herausgestellt, dass Maríanna eine lange Geschichte psychischer Krankheiten hatte. Sie nahm Antidepressiva und kämpfte immer wieder mit Drogen- und Alkoholsucht. Als ihre Tochter eines Freitags von der Schule nach Hause kam, fand sie auf dem Küchentisch neben einem zerknitterten 5000-Kronen-Schein eine alte Rechnung, auf die eine Nachricht gekritzelt stand. *Verzeih mir. Ich liebe dich, Mama.*

Für gewöhnlich hinterließ Maríanna keine solchen Nachrichten, aber Hekla machte sich keine weiteren Gedanken darüber. Sie bestellte für das Geld eine Pizza und schlief noch vor Mitternacht ein, ohne sich zu fragen, warum ihre Mutter nicht wieder nach Hause gekommen war. Sie wusste, dass Maríanna an dem Abend eine Verabredung hatte. Erst im Laufe des nächsten Tages begann sie, sich Sorgen zu machen. Sie versuchte, ihre Mutter am Handy zu erreichen, aber es war ausgeschaltet. Gegen Abend rief Hekla dann Sæunn an, die sie abholte und die Polizei verständigte.

Die Ermittler fanden schnell heraus, dass Maríanna nie zu ihrer Verabredung gegangen war. Erst dann wurde der Fall richtig ernst, denn zu dem Zeitpunkt war sie über vierundzwanzig Stunden verschwunden gewesen. Der Mann, mit dem sie sich treffen wollte, hieß Hafþór und arbeitete wie so viele in der Gegend als Schichtarbeiter im Ferrosilizium-Werk bei Grundartangi. Doch es gab keine Hinweise darauf, dass er etwas mit Maríannas Verschwinden zu tun hatte, sie kannten einander kaum und hatten erst kurz davor angefangen, sich zu treffen. Es muss ihn ganz schön enttäuscht haben, von ihr versetzt zu werden. Er versuchte oft, sie anzurufen, aber gab irgendwann auf. Das ging auch aus den Handydaten hervor.

Maríanna hatte einen Ex-Freund, mehrere sogar, aber keine der Beziehungen war von Dauer gewesen. Elma und ihre Kollegen hielten sich bei den Ermittlungen nicht lange mit ihrer Vergangenheit auf, schließlich stand Maríanna zu dem Zeitpunkt mit keinem ihrer Ex-Freunde mehr in Kontakt. Der einzige noch lebende Verwandte war ihr Vater in Reykjavík. Hekla hatte ihn zum letzten Mal gesehen, als ihre Großmutter noch am Leben war. Sie verstarb, als Hekla zehn Jahre alt war. Auch Maríannas Bruder war nicht mehr am Leben. Während sie mit Hekla schwanger war, beging er im Alter von fünfundzwanzig Jahren Selbstmord.

Nachdem sie bereits überall in Akranes und Umgebung nach Maríanna gesucht hatten, wurde ihr Auto deutlich weiter nördlich in Bifröst gefunden. Ein alter verrosteter Golf. Damit hatten sie keineswegs gerechnet, denn die letzten Signale von Maríannas

Handys kamen aus Akranes, weshalb sie sich bei der Suche auf diese Gegend konzentriert hatten. Aus den Handydaten ging auch hervor, dass nicht der Akku leer gegangen war, sondern das Handy manuell ausgeschaltet wurde. Entweder von Maríanna selbst oder einer anderen Person. Sie vermuteten Ersteres.

Im Auto war nichts. Weder das Handy noch ihr Portemonnaie, Blut oder sonst irgendwelche Hinweise auf eine Auseinandersetzung. Innen war das Fahrzeug in einem abscheulich verdreckten Zustand. Auf dem Boden lagen leere Dosen und Essensreste. In einer Plastiktüte befand sich ein schimmliger Badeanzug. Allem Anschein nach hatte Maríanna das Auto einfach am Parkplatz der Privatuni Bifröst stehen gelassen und war von dort aus entweder zu Fuß gegangen oder mit dem Bus gefahren. Tagelang wurde in der Umgebung des Autos gesucht, das Gebiet abgegangen und in den nahe gelegenen Seen getaucht, aber keine Spur von Maríanna. Nicht einmal die Hunde konnten etwas finden.

Im Grunde war es keine große Überraschung, als die Suche erfolglos blieb. In der Gegend befanden sich überall Lavaspalten und Risse, in die man leicht hineinfallen konnte. Ab und zu verschwanden Menschen einfach völlig spurlos, und nach einer Weile wurde die Suche eingestellt. Der Fall blieb offen, aber sie gingen von Selbstmord aus. Jetzt war klar, dass ihre damalige Vermutung nicht richtig war, und Elma musste an einige Aspekte denken, die eigentlich schon damals darauf hingedeutet hatten.

Zum Beispiel hatte Maríanna an dem Morgen ihres Verschwindens noch Wäsche gewaschen. Vielleicht war das kein bemerkenswertes Detail, aber beim Anblick der nassen Wäsche in der Wohnung war Elma doch irgendwie stutzig geworden. Wäre der Selbstmord geplant gewesen, hätte Maríanna wohl kaum morgens noch ihre Waschmaschine eingeschaltet. Die Wohnung sah ziemlich unordentlich aus, die Betten waren nicht gemacht, und im Kühlschrank gab es sowohl Hackfleisch als auch rohes

Hähnchen. Warum einkaufen, wenn man plant, sich das Leben zu nehmen? Dachte sie etwa, Hekla würde danach selbst für sich kochen?

Sie überprüften die Aufnahmen der Überwachungskameras im Supermarkt vom Tag davor, sahen Maríanna mit einem Einkaufswagen durch die Gänge streifen, und Elmas erster Gedanke war: Sie sieht nicht wie jemand aus, der beschlossen hat, zu sterben. Aber dann musste sie an Davíð denken. Bei ihm war sie auch nicht auf die Idee gekommen, dass er sich umbringen wollte, also war ihr Urteilsvermögen in dem Bereich vielleicht nicht das beste. Darum sagte sie auch nichts, sondern sah nur diesem Mädchen, das einige Jahre jünger war als sie, dabei zu, wie sie Cola und Süßigkeiten in einen Einkaufswagen legte und mit zwei vollen Tüten den Laden verließ. Und trotzdem ließ der Gedanke an die Wäsche und den Müll in der Wohnung Elma nicht los, was vielleicht der Grund dafür war, dass sie auch danach ab und zu noch durch die Akte blätterte. Als Davíð von ihr gegangen war, hatte er das Bett gemacht, seine Kleidung sorgfältig zusammengelegt und im Schrank verstaut. Das Bett hatte er sonst nie gemacht, und meist lag ein Stapel ungewaschener Kleidung auf seiner Seite. Deshalb ahnte Elma sofort, dass etwas passiert war.

Aber die psychischen Probleme, die Nachricht und das Auto untermauerten ihre Theorie, dass hinter Maríannas Verschwinden keine kriminelle Absicht steckte. Niemand hatte einen Groll gegen sie gehegt, sie hatte keine Beziehung mit unausgewogenen Machtverhältnissen geführt und war in keine dubiosen Geschäfte verwickelt gewesen. Sie hatte keine Verbindungen zu irgendwelchen dubiosen Dingen, und deshalb gab es keinen Grund, die Ermittlungen fortzusetzen, nachdem wochenlang nichts Neues mehr aufgekommen war. Sie konzentrierten sich wieder auf andere und dringendere Fälle.

Elma fürchtete sich vor der bevorstehenden Medienberichterstattung. Sie sah schon die Schlagzeilen über die Unfähigkeit der

Polizei in Akranes vor sich. Kleinste Details, die sie übersehen oder nicht übersehen, aber falsch interpretiert hatten, würden hochgespielt werden. Sie überprüfte noch einmal eine Übersicht von Maríannas Handy- und PC-Nutzung. All diese Informationen waren sie bereits der Reihe nach durchgegangen. Das Handy war nie aufgetaucht, und als der Netzbetreiber ihnen die Daten sechs Monate vor ihrem Verschwinden zur Verfügung stellte, entdeckten sie keine Auffälligkeiten. Am Laptop chattete sie vor allem mit Freundinnen auf Facebook. Auch mit Hafþór, mit dem sie an dem Abend verabredet war, schrieb sie hin und her. Er sollte sie abholen kommen, und danach wollten sie zusammen nach Reykjavík fahren und dort etwas essen. Als Maríanna nicht ans Handy ging, fuhr er zu ihrer Wohnung. Die Daten seines Handys bestätigten die Aussage.

Heklas Pflegemutter Sæunn hatte Maríanna in der Woche ihres Verschwindens oft angerufen, fast täglich hatten sie miteinander telefoniert. Elma wusste nicht mehr, was Sæunn über die Gespräche gesagt hatte, und notierte sich, sie noch einmal genauer dazu zu befragen. Aus den Daten ging auch hervor, dass Maríanna an jenem Freitag, dem 4. Mai, am frühen Nachmittag wiederholt versucht hatte, Hekla anzurufen, sie aber angeblich noch Unterricht hatte und deshalb nicht rangehen konnte. Der letzte Anruf war um 14 : 27, aber eigentlich hätte Hekla um zwei Uhr fertig sein müssen. Ihr letztes Fach an dem Tag war Schwimmen. Vermutlich befand sie sich zum Zeitpunkt des Anrufs noch in der Umkleidekabine und hatte das Handy auf lautlos gestellt.

Elma seufzte und lehnte sich im Stuhl zurück. Sie erkannte nichts Neues in den Dokumenten, niemand schien ihr verdächtig. Wenn nicht eine stark verweste Leiche auf dem Tisch eines Gerichtspathologen in Reykjavík gelegen hätte, wäre sie wieder zu genau demselben Schluss gekommen: Maríanna Þórsdóttir war aus freien Stücken verschwunden.

* * *

Hörður schob die Krümel des Brötchens, das er gerade gegessen hatte, auf dem Schreibtisch zu einer Linie zusammen. Die Liste seiner Aufgaben war ohnehin schon sehr lang, und jetzt kam auch dieser Fall noch dazu. Ein Fall, bei dem man ihnen vorwerfen würde, ihn nicht schon früher gelöst zu haben. Hörður spielte mit dem Gedanken, im nächsten Jahr aufzuhören. Er war schon fast im Rentenalter, und langsam ging ihm die Energie aus. Wobei das vielleicht nicht ganz stimmte, Energie hatte er eigentlich genug, aber einfach keine Lust mehr. Das Interesse an der Arbeit schwand mit jedem Monat, und er freute sich schon darauf, wieder etwas anderes zu tun. Wollte die Zeit zum Reisen nutzen, so wie er und Gígja es sich immer erträumt hatten. Mittlerweile war ihm klar, dass er nicht beliebig viel Zeit hatte. Vor allem seit Gígjas Brustkrebsdiagnose. Die Krankheit sei noch im Anfangsstadium, hatten die Ärzte gemeint. Der Krebs habe sich noch nicht ausgebreitet. Aber das machte die Sache nicht weniger furchterregend. Er schob die Krümel auf dem Tisch hin und her, bis er sie schließlich in der Hand sammelte und in den Mülleimer unter seinem Schreibtisch warf.

Im Moment kam es ihm so vor, als würde jede zweite Person in seinem Alter an irgendetwas erkranken, und er hatte höllische Angst davor, was im schlimmsten Fall passieren könnte. Auch wenn der Krebs nicht so schlimm war wie anfangs befürchtet, setzte er alles in einen neuen Zusammenhang. Die Zeit war wertvoll, und er wollte die Jahre gut nutzen. Manchmal überraschte der Tod die Menschen, wenn sie es am wenigsten erwarteten. Sogar im Alter dachten die meisten, nach diesem Tag komme immer noch einer. Jahr für Jahr. Der Gedanke, dass dem eben nicht so war, machte ihm Angst.

Es klopfte an seinem Büro, und Hörður putzte die letzten Krümel von seinen Händen.

»Komm rein.«

Elma öffnete die Tür. »Wollten wir uns nicht um vier zur Besprechung treffen?«

Hörður blickte auf die Uhr. »Stimmt, ja, es ist schon so spät. Gib mir noch ein paar Minuten. Ich muss noch einen Anruf machen.«

Elma nickte und lehnte die Tür hinter sich an. Sie hatte sich verändert, seit sie vor gut einem Jahr bei ihnen angefangen hatte. Bei ihrem ersten Treffen hatte sie sehr ernst gewirkt, aber das hatte natürlich einen guten Grund. Hörður hatte erst vom Tod ihres Partners erfahren, als Gígja – die immer alles über alle wusste – viel später einmal danach fragte. Er konnte sich kaum vorstellen, wie schmerzhaft es sein musste, einen geliebten Menschen zu verlieren. Selbst hatte er bisher nur seine Eltern in hohem Alter verloren, aber darauf hatte er sich jahrelang vorbereiten können. Einen Partner oder nahen Verwandten zu verlieren, der mitten im Leben stand, war etwas ganz anderes. Im Nachhinein erkannte Hörður, dass Elma zu Beginn ihrer Tätigkeit nicht sie selbst gewesen war. Mittlerweile kam sie fast immer mit einem Lächeln zur Arbeit und redete manchmal mehr als eigentlich angemessen.

Hörður suchte im Handy Gígjas Nummer heraus. Sie musste heute zur Strahlenbehandlung nach Reykjavík, und er konnte sie nicht wie geplant begleiten. Stattdessen fuhr ihre Tochter mit ihr, und Gígja hatte am Morgen gute Laune gehabt. So gute Laune, dass er sich fragte, ob sie froh war, diesmal von jemand anderem begleitet zu werden. Mutter und Tochter wollten die Gelegenheit nutzen und einen Einkaufsbummel machen, essen gehen und sich vielleicht sogar einen Film ansehen. Wahrscheinlich würden sie erst spät wiederkommen, hatte Gígja gesagt. Hörður hoffte nur, ihre Tochter würde Gígja mit der Shoppingtour nicht überfordern.

* * *

Sævars prüfender Blick wandelte sich zu einem unausstehlichen Grinsen.

»Was?«, fragte Elma schließlich genervt.

Das Grinsen verschwand sofort, er senkte den Blick und tat so, als wäre er mit der Akte beschäftigt. »Nichts, nichts.«

»Spuck's aus, Sævar. Was ist los, habe ich Soße auf der Stirn, oder was?«

Sævar sah sie an und schüttelte den Kopf. »Nein, es ist nur der Pulli.«

»Der Pulli?« Elma blickte hinunter. Sie trug einen dicken Strickpulli, der an den Ärmeln bereits ziemlich ausgefranst war.

»Soll das Etikett so außen dran sein?«

»Habe ich ihn etwa falsch herum an?« Elma spürte, dass sie rot wurde.

Sie trug den Pulli tatsächlich auf links. Es war etwa vier Uhr nachmittags, sie war bereits in die Stadt gefahren, hatte den Gerichtspathologen getroffen und den Rest des Tages im Büro verbracht. Aber bisher hatte sie niemand darauf hingewiesen, also war es vermutlich niemandem aufgefallen.

»Vielleicht soll das ja so sein«, sagte Sævar.

Elma lachte und stand auf. »Nein, natürlich nicht. Denkst du, ich habe Zeit ...«

In dem Augenblick betrat Hörður den Raum, und Elma setzte sich wieder. Der Pulli musste wohl noch eine Weile falsch herum bleiben.

»Dem Gerichtspathologen fällt es schwer, eine eindeutige Todesursache festzustellen. In Maríannas Atemwegen wurde Blut gefunden, was womöglich auf einen Schlag ins Gesicht hindeutet. Sie hatte innere Blutungen und bekam definitiv auch einen Schlag auf den Kopf, also ist schwer zu sagen, was davon sie tatsächlich umgebracht hat, vielleicht spielt das aber auch keine Rolle. Wir wissen nur, dass die Schläge sie getötet haben, und das reicht uns eigentlich«, sagte Hörður, als er Platz genommen hatte.

Elma sah sich das Bild von Maríanna an, das vor ihr auf dem Tisch lag. Dieses Foto hatten sie auch an die Medien geschickt, als über ihr Verschwinden berichtet wurde. Es stammte von ihrem Facebook-Profil. Ein Selfie, vermutlich bei irgendeiner Veranstaltung entstanden. Zumindest sah sie zurechtgemacht aus, trug ein schwarzes Top, die Haare waren gewellt, und roter Lippenstift umrahmte ein geheimnisvolles Lächeln. Kaum zu glauben, dass es sich um dieselbe Person handelte, die am Morgen vor ihnen auf dem Tisch gelegen hatte.

»Also ein paar Dinge sind mir schon im Frühjahr seltsam vorgekommen«, sagte Elma und zählte auf, was sie gerade in ihren alten Notizen gelesen hatte.

»Bei keinem dieser Aspekte hätten bei uns im Frühjahr unbedingt die Alarmglocken läuten müssen«, sagte Sævar, als sie fertig war. »Ein voller Kühlschrank und eine Waschmaschine sind kaum Gründe, von einem Mord auszugehen.«

»Nein, aber es sind kleine Hinweise auf ihre Gedanken«, sagte Elma. »Ich will nur sagen, dass es nicht unbedingt danach aussah, als wollte sie sich umbringen. Das sind eher Hinweise darauf, dass sie vorhatte wiederzukommen, um das Wochenende mit ihrer Tochter zu verbringen. Und noch eine Sache ist mir aufgefallen. Hätte sie für einen Selbstmord nicht eher ein Wochenende gewählt, an dem ihre Tochter nicht zu Hause war? Hekla verbrachte jedes zweite Wochenende bei ihrer Pflegefamilie in Akranes. Warum ausgerechnet eines der Wochenenden wählen, an dem sie in Borgarnes war?«

»Ja, im Nachhinein ist das alles leicht gesagt, aber so kommen wir nicht weiter«, sagte Hörður ruhig. »Jetzt ist klar, dass es kein Selbstmord war, und es bringt auch nichts, sich endlos Gedanken darüber zu machen, was wir hätten tun oder bemerken sollen. Mittlerweile wissen wir, dass Maríanna an dem Tag nicht wieder nach Hause gekommen ist. Wann hat sie denn damals Feierabend gemacht?«

»Um zwölf«, sagte Elma. »Ihre Tochter kam gegen drei nach Hause, und da war Maríanna nicht da, aber sie hat um 14:27 noch versucht, ihre Tochter anzurufen. Danach hat sie das Handy nicht mehr benutzt.«

»Alles klar, also gehen wir davon aus, dass sie zwischen zwölf und drei Uhr das Haus verlassen hat«, sagte Hörður.

»Na ja, eigentlich haben wir keine Beweise dafür, dass sie mittags nach Hause gefahren ist«, sagte Elma. »Sie könnte die Nachricht auch am Morgen vor der Arbeit hinterlassen haben.«

»Aber wir sind sicher, dass sie bis um zwölf auf der Arbeit war, richtig?«, fragte Hörður. »Wo hat sie noch mal gearbeitet?«

»Bei einem Bauunternehmen, das vor allem Tiefbauarbeiten macht. Sie saß dort am Empfang«, sagte Sævar. »Und ja, ihre Kollegen haben bestätigt, dass sie um zwölf gegangen ist.«

»Na gut, also war sie am Vormittag auf der Arbeit und ist danach womöglich weggefahren, so zwischen zwölf und ...«

»Um 15:07 hat ein Sender in der Nähe von Akranes ein Signal von ihrem Handy empfangen«, sagte Elma.

»Also ist sie nach Akranes gefahren«, bestätigte Hörður. »Die Frage ist, ob sie allein war oder ob jemand sie begleitet hat. Ja, und was sie da wollte?«

»Vielleicht jemanden treffen?«, schlug Elma vor.

»Niemand hat sie angerufen oder ihr geschrieben«, sagte Sævar. »Dazu geht aus den Handy- und Computerdaten nichts hervor. Eigentlich ist sie immer nur nach Akranes gefahren, um Hekla hinzubringen oder abzuholen.«

»Gab es einen Grund für sie zu denken, dass Hekla dort sein könnte? Ich meine, sie hat zwischen halb zwei und halb drei ein paar Mal versucht, sie anzurufen«, sagte Elma.

»Ich weiß nicht, wie sie darauf hätte kommen sollen. Hekla war ja in der Schule, nicht wahr? Normalerweise kam sie um halb drei vom Schwimmunterricht nach Hause«, sagte Sævar. Er lehnte sich zurück und verschränkte die Hände im Nacken. »Das sind wir im Frühjahr alles durchgegangen. Hekla wusste nicht, warum Maríanna sie erreichen wollte, und wir haben keine Hinweise darauf gefunden, was sie in Akranes wollte oder wie das Auto nach Bifröst gekommen ist.«

»Ich weiß.« Elma seufzte. »Aber jetzt müssen wir es herausfinden.«

Für eine Weile war es still im Büro. Hörður klopfte mit dem Stift auf den Tisch. »Uns bleibt nichts anderes übrig, als mit den Ermittlungen noch einmal ganz von vorne zu beginnen. Leute zu befragen, Dokumente zu prüfen. Alles noch einmal zu machen, aber mit anderen Augen. Es muss etwas geben, das wir damals übersehen haben.«

»Aber in Anbetracht der spärlichen Beweismittel könnte der Täter doch auch jemand gewesen sein, den Maríanna nicht kannte oder zu dem sie keinen Kontakt hatte?« Elma wusste, dass so etwas bei den schwierigsten Fällen manchmal vorkam. Kein offensichtliches Tatmotiv. Ein Zufallsmord. Die falsche Person am falschen Ort.

»Kann sein«, sagte Sævar. »Aber das passiert wirklich nur in Einzelfällen.« Auf Island waren solche Zufallsmorde äußerst selten. Es gab meist einen Grund für die Tat, auch wenn er noch so unbedeutend war. Streitereien in einer Bar oder Nachbarschaftsfehden. Elma warf einen Blick aus dem Fenster, wo ein paar Menschen sich an ihre Jacken krallten und mit gesenkten Blicken gegen den Wind ankämpften.

»Das Auto stand bei der Bushaltestelle in Bifröst, also könnte eine beliebige Person es nach dem Beseitigen der Leiche dort geparkt und den nächsten Bus genommen haben«, sagte sie.

»Ja, und wenn nicht schon sieben Monate vergangen wären, könnte sich eventuell ein Busfahrer noch an irgendetwas erinnern.« Sævar rieb sich erschöpft die Stirn.

»Die letzten Menschen, die Maríanna gesehen haben, waren ihre Kollegen, nicht wahr?«, sagte Elma.

»Ja, aber wir haben damals mit ihnen gesprochen, ihnen ist nichts Verdächtiges aufgefallen.«

»Und der Mann, den sie treffen wollte, er hieß Hafþór«, erinnerte sich Elma.

»Er behauptete, dass es nie zu dem verabredeten Treffen gekommen sei«, sagte Hörður. »Er hat ein paar Mal vergeblich versucht, sie anzurufen. Das geht auch aus den Daten seines Handys hervor.«

»Hat er ein Alibi?« Als Elma neulich die Akte überprüft hatte, war ihr kein wasserdichtes Alibi untergekommen.

Sævar zuckte mit den Schultern. »Nicht wirklich. Er hat allein gelebt, hing nur zu Hause rum, als Maríanna seine Anrufe nicht beantwortete. Danach ging er auf irgendeine Party.«

»Also gut, dann sollten wir uns ihn noch einmal genauer ansehen«, sagte Hörður. »Was ist mit dem Vater?«

»Dem Vater?«

»Dem Kindsvater. Heklas Papa?«

»Über den liegen uns keine Informationen vor. Soweit ich weiß, wurde er nie offiziell angegeben.« Elma hatte im Frühjahr recherchiert, aber ohne Erfolg. Niemand wusste etwas über ihn, am wenigsten Hekla, die mit zweitem Namen Maríönnudóttir hieß, nach ihrer Mutter und nicht wie sonst üblich nach dem Vater.

»Vielleicht lohnt es sich, ihn zu suchen«, sagte Hörður. »Was noch? Kommt sonst noch jemand infrage?«

»Viel mehr haben wir nicht in der Hand«, sagte Sævar. »Ich meine, wir haben mit den Freunden gesprochen, den Kollegen und allen, die regelmäßig Kontakt zu Maríanna hatten. Haben die Handy- und Computerdaten überprüft und keine Hinweise darauf gefunden, was passiert ist. Ihre Freundinnen hat die Nachricht von Maríannas Verschwinden nicht sonderlich überrascht, und sogar die Tochter hat bestätigt, dass sie manchmal sehr bedrückt war. Außerdem gab es bei den Befragungen keinerlei Hinweise darauf, dass ihr irgendjemand etwas Böses wollte.«

»Kamen die Informationen über Maríannas psychische Probleme nur von den Freundinnen und der Tochter?«, fragte Hörður.

»Hier war noch irgendwo ein ärztlicher Bericht, aus dem hervorging, dass sie Antidepressiva nahm«, sagte Elma. »Und das Jugendamt hat sich natürlich um Heklas Fall gekümmert, seit sie drei Jahre alt war. Zu der Zeit kam auch die Pflegefamilie ins Spiel, also Sæunn und Fannar.«

»Na gut, dann müssen wir mit allen noch einmal sprechen«, wiederholte Hörður und klappte die Mappe zu.

»Wo fangen wir an?«

Es wurde kurz still im Besprechungsraum. Elma empfand den Fall als sehr verworren und hatte keine Ahnung, wie sie die Sache am besten angehen sollten. Am naheliegendsten schien es, erst mit den Leuten aus ihrem nächsten Umfeld zu sprechen, zu prüfen, ob dabei vielleicht neue Informationen ans Licht kamen. Aber wo sollten sie beginnen? Mit ihrer Tochter? Den Freundinnen oder Kollegen?

»In Borgarnes?«, schlug Sævar vor.

Hörður nickte. »Morgen«, sagte er. »Vielleicht wäre es am besten, zuerst mit dem Polizisten zu sprechen, der damals als Erster in Maríannas Wohnung war. Und dann sollten wir uns noch mit ihren Freundinnen und Kollegen unterhalten. Ja, und mit diesem Mann, den sie treffen wollte, Hafþór.«

»Was ist mit Hekla und ihren Pflegeeltern?«

Hörður überlegte. »Ich werde sie über den Stand der Dinge informieren, aber lasst uns erst später ausführlicher mit ihnen sprechen.« Er sah sie an, seine Miene war plötzlich bestimmt, als hätte der Fall einen Funken in ihm gezündet. »Im Gegensatz zu damals wissen wir jetzt, dass Maríanna ermordet wurde. Sie wurde ermordet, die Leiche im Lavafeld bei Grábrók versteckt und das Auto in Bifröst stehen gelassen. Sie hat ordentliche

Schläge abbekommen, der Schädel war gebrochen und der Körper mit Prellungen übersät, so als hätte jemand noch weiter auf sie eingeschlagen, nachdem sie bereits zu Boden gefallen war. Es gibt keine Anzeichen auf sexualisierte Gewalt, aber möglicherweise steckten starke Emotionen hinter der Tat. Wut. Ich habe das Gefühl, dass es jemand war, den Maríanna gut kannte.«

Ein Jahr

An ihrem Geburtstag singe ich nicht, aber ich kaufe einen Kuchen, stecke eine Kerze darauf und stelle ihn vor ihr auf den Tisch. Wir beobachten, wie die Kerze ausbrennt, und das Geräusch des Müllfahrzeugs draußen füllt die Stille zwischen uns. Dann puste ich die Flamme aus und reiche ihr den Kuchen.

So hatte ich mir das alles nicht vorgestellt. Ich hatte einen Plan. Habe alles getan, um ihn umzusetzen, aber die Dinge sind nicht wirklich nach meinem Willen gelaufen. Die Welt kann von einem Augenblick zum nächsten zusammenbrechen, und eine kleine Lüge kann das Bild, das andere von einem haben, völlig auf den Kopf stellen. Ich glaube nicht an Gott, aber frage mich trotzdem, ob er mich bestraft. Ob dieses Kind meine Strafe für das ist, was ich getan habe. Denn wenn ich zu ihr hinüberblicke, sehe ich nichts und fühle nichts. Sie könnte genauso gut eine Unbekannte sein. Das Kind von jemand anderem. Mit all diesen schwarzen Haaren sieht sie mir nicht im Geringsten ähnlich, und sie ist viel zu groß für ihr Alter. Aufgrund der Speckfalten auf ihren Oberschenkeln passt sie in viele Hosen gar nicht hinein. Während der Schwangerschaft habe ich jede Menge teure Kleider für sie gekauft, die ich mir eigentlich gar nicht leisten konnte. Also, das hätte ich besser mal gelassen. Sie ist nicht wie die Kinder in der Werbung, und ehrlich gesagt sieht sie in Sachen von Ralph Lauren und Calvin Klein auch völlig albern aus. Sie passen nicht zu ihr, weil sie nicht eins dieser schönen kleinen Mädchen ist, für die solche Kleider gedacht sind.

Erst habe ich überlegt, sie zur Adoption freizugeben. Sah zwei Menschen vor mir, die sie aufnehmen und wie ihre eigene Tochter behandeln würden. Vielleicht hätten meine Eltern dann beruhigt auf Island bleiben können. Das letzte Mal von ihnen gehört habe ich ein paar Monate nach der Geburt, als per Post ein Brief kam. Ich erkannte sofort die Handschrift meiner Mutter auf dem Umschlag und habe ihn aufgerissen wie ein wild gewordenes Kleinkind. Darin befand sich nur eine Karte, und sie haben dem standardisierten Vordruck nichts Weiteres hinzugefügt, nur ihre Namen hat meine Mutter daruntergeschrieben. Nicht Mama und Papa, nein, ihre Vornamen, als wäre ich eine entfernte Verwandte und nicht ihre Tochter.

Deshalb erwarte ich nicht viel, als am Tag darauf ein weiterer Umschlag kommt, auf dem in der schönen Zierschrift meiner Mutter ihr Name steht. Der Brief sieht mitgenommen aus, als hätte der Postbote ihn in eine Pfütze fallen lassen. Als ich die Wohnung betrete, lege ich ihn auf den Küchentisch, mache Kaffee und versuche, ruhig zu atmen. Erst als der Kaffee fertig ist, setze ich mich hin, um den Brief zu öffnen. Der Umschlag ist dünn, aber darin rutscht etwas hin und her. Als ich ihn aufmache, fällt eine silberne Kette auf den Tisch. Sie ist zierlich und schön. Für einen schmalen Kinderhals gedacht. Der Anhänger ist ein Silberplättchen, und darauf steht der Buchstabe H. Der Anfangsbuchstabe des Namens meiner Tochter.

Als Sæunn die Tür öffnete, hörte sie sofort das Gelächter. Schallendes Gelächter, die Art, von dem man Magenkrämpfe bekam, bis man kaum noch atmen konnte. Wann hatte sie zuletzt so gelacht? Sicher nicht mehr, seit sie ein Teenager war. Fannar war ein guter, schlauer, treuer und zuverlässiger Mann, aber er war nicht witzig. Sie lachten manchmal zusammen, aber selten lange und nie so, dass sie sich dabei völlig gehen lassen konnte. Nicht wie das Lachen, das gerade aus Heklas Zimmer drang.

Sie trat näher und lauschte eine Weile, bevor sie klopfte. Wenn sie das nur noch einmal erleben könnte. Diese Zeit, die in der Erinnerung so voller Abenteuer war. Als Jugendliche hatte sie gedacht, das Leben würde immer so sein. Als käme das Erwachsenenalter erst viel später, als könnte sie immer dieses junge Mädchen bleiben, das nicht entscheiden musste, wer sie war und was sie machen wollte. Die Zeit schien endlos zu sein, und wenn Sæunn jetzt zurückdachte, konnte sie kaum glauben, wie schnell es in Wahrheit vorbei war. Die Erwachsenenjahre hatten sich angeschlichen, und eh sie sich's versah, war alles anders. Ihre Freundinnen waren immer noch dieselben, aber bei ihren Treffen lagen sie nicht mehr zusammen auf dem Bett, hörten Musik auf ihren Walkmans und redeten über Jungs. Nein, sie redeten nur noch über Immobilienkredite, Gehaltserhöhungen und Politik. Über ihre Männer, die Kinder, die Kollegen und Bekannten. Nie lachten sie so wie gerade in diesem Zimmer gelacht wurde.

»Hekla?« Sie öffnete vorsichtig die Tür, und die Mädchen schnappten nach Luft. Sie lagen auf dem Bett, natürlich mit ihren Handys, und die Socken bildeten einen kleinen Haufen auf dem Boden.

»Ja«, sagte Hekla und richtete sich ein wenig auf, immer noch außer Atem.

»Wollt ihr Mädels zum Essen bleiben? Ich dachte, ich bestelle Pizza.«

»Uh, ja, ja. Ich meine, ja, bitte«, rief Dísa.

»Ich muss nur meine Mutter fragen«, sagte Tinna.

»Ich auch«, sagte Dísa.

»Ich ruf eure Mütter an«, versicherte Sæunn und bewunderte die Mädchen still. Sie waren immer so höflich und sprachgewandt, aber sehr verschieden. Tinna war groß und hatte dichte blonde Haare, die gefärbt aussahen, korpulent, aber nicht dick. Sie war ruhiger als Dísa, sagte nicht viel, schien sich aber sehr gewählt auszudrücken. Sie war nicht wirklich schüchtern, wirkte aber verschlossen. Zurückhaltend. Ganz anders als Dísa, die keine Scheu kannte und wie eine Erwachsene mit Sæunn plauderte. Sæunn vergaß manchmal, dass sie erst fünfzehn war, denn Dísa kam immer wieder mal zu ihr in die Küche, um sich zu unterhalten, während Tinna und Hekla an ihren Handys hingen.

Sie kannte die Eltern der beiden gut, vor allem die Mütter. Über die Freundschaft ihrer Töchter hatten sie sich mit der Zeit ebenfalls sehr gut angefreundet, zumindest so gut, wie erwachsene Frauen sich in einem gewissen Alter noch anfreunden konnten. Das gehörte auch zu den Dingen, die sich veränderten, wenn man erwachsen wurde. Die Freundinnen waren nicht mehr wie früher. Sie konnte keine neuen Freundschaften schließen, in denen sie der anderen Person voll und ganz vertraute und ihr alle Geheimnisse erzählte. Sie unterhielten sich beim Kaffeetrinken, redeten vielleicht sogar über persönliche Themen oder tratschten ein wenig. Alles Dinge, die sie einander ein wenig näherbrachten, aber nicht zu nahe. Keine von ihnen zeigte sich je von einer anderen als ihrer besten Seite.

Als sie die Tür schloss, setzte kurz darauf das Gelächter wieder ein. Sie fragte sich, ob Hekla bei Maríanna auch so glücklich gewesen wäre. Eigentlich war sie sicher, dass dem nicht so war. In der Schule in Borgarnes hatte sich Hekla nicht wohlgefühlt, wegen ihrer Freunde, oder eher, weil sie eben keine Freunde hatte. Das hatte sie ihr an einem Sonntagabend vor Maríannas Verschwinden anvertraut. An dem Tag hatte Sæunn beobachtet, wie sich in ihr eine Angst ausbreitete. Mit jeder Minute wurde Hekla wortkarger und ihr Blick leerer, bis Sæunn sie schließlich beiseitenahm und fragte, was los sei. Nicht *ob* etwas los sei, sondern *was* los sei.

Hekla brach in Tränen aus und erzählte, wie einsam sie in der Schule sei. Unter vielen Menschen allein zu sein sei so viel schlimmer, als gar niemanden um sich zu haben. *Bitte, bitte, schick mich nicht zurück,* flehte sie unter Tränen, und Sæunn rief natürlich Maríanna an und schilderte ihr die Lage. Könnte Hekla nicht etwas länger in Akranes bleiben, um wieder auf die Beine zu kommen? Nein, das war natürlich nicht möglich. Hekla sollte zur Schule gehen. Wie immer kam nichts als Teilnahmslosigkeit von dieser Frau, die sich ihre Mutter nannte. Aber darüber musste sie sich jetzt keine Sorgen mehr machen, dachte Sæunn, als sie die Nummer von Tinnas Mutter wählte.

* * *

Als Hörður nach Hause kam, war Gígja in der Küche. Im Kindersitz neben ihr saß das jüngste Mitglied ihrer Enkelkinderschar, die fünfte in der Reihe. Eine kleine Madame mit dichter Haarpracht, die vor Kurzem ihren ersten Geburtstag gefeiert hatte.

»Solltest du in deinem Zustand babysitten?«, fragte Hörður

und öffnete den Kühlschrank. Er wusste, dass Gígja nach der Strahlentherapie oft müde war, und auch die vielen Einkaufstüten beim Eingang waren ihm nicht entgangen. Mutter und Tochter hatten in der Stadt offensichtlich nicht nur tatenlos rumgesessen, und jetzt kümmerte sie sich auch noch um die Enkelin, anstatt sich auszuruhen. Er sagte aber nichts zu den Einkäufen, wollte nicht vorwurfsvoll klingen.

»Ach was, das ist doch nichts«, sagte Gígja, ohne ihren Blick von dem Mädchen zu nehmen, das sie gerade fütterte. »So kann ich mich besser entspannen, als wenn ich im Bett die Füße hochlege.«

»Ja, aber ist das nicht eigentlich das, was die Ärzte empfehlen ...«

Gígja unterbrach ihn. »Wenn ich morgen sterbe, dann will ich lieber meinen letzten Tag auf Erden mit meinen Liebsten zusammen verbringen, statt nur im Bett zu liegen.«

Hörður brummte zur Antwort, aber er verstand keineswegs, wie sie so offen über den Tod sprechen konnte. Wenn er ehrlich war, fand er es ausgesprochen unangenehm. Gígja lächelte ihm zu, und um ihre Augen herum traten Fältchen zum Vorschein. Sie beklagte sich immer über sie, aber Hörður fand sie schön. Sie verliehen ihr einen fröhlichen und herzlichen Ausdruck. Erinnerten ihn daran, was für ein schönes Leben sie gehabt und wie viel sie gelacht hatten. Als sie lächelte, konnte er einfach nicht anders und lächelte zurück. Legte die Hände auf ihre Schultern und küsste sie auf den Scheitel.

Gígja hatte mit Beginn der Behandlung ihre Stunden reduziert, zumindest auf dem Papier. Sie dachte, Hörður wüsste nicht, dass sie trotzdem jeden Tag zur Arbeit ging und auch Aufgaben mit nach Hause nahm, während sie nebenbei noch auf die fünf Enkel aufpasste. Genau das Gegenteil von dem, was die Ärzte empfohlen hatten. Ihm war klar, dass er mit ihren Kindern sprechen musste. Sie bitten musste, ihre Mutter zu schonen, während sie in Behandlung war. Er müsste aber aufpassen, dass Gígja es nicht mitbekam, sie würde das nicht gut finden.

Hörður setzte sich ihr gegenüber und zog eine Grimasse für seine kleine Enkeltochter. Sie neigte den Kopf zur Seite und starrte ihn mit ihren großen Augen an. Er hatte nie wirklich gut mit Kindern gekonnt. Wusste nie so recht, was er tun oder sagen sollte. Fand es albern, die Stimme zu verstellen, wie so viele es machten, wenn sie mit Kindern sprachen.

»Sollen wir heute Abend nicht einfach was bestellen?«, fragte Gígja. »Ich habe es nicht geschafft, in den Supermarkt zu gehen, und wir haben nicht viel zu Hause.«

»Ich kümmere mich darum«, sagte Hörður, stand auf und ging ins Wohnzimmer.

Gígja gab der Kleinen ein kleinen Bissen Brot mit Leberwurst, den sie sofort laut prustend wieder ausspuckte, sodass der Speichel ihr Kinn hinuntertropfte.

»Bist du schon satt, mein Schatz?«, fragte Gígja und wischte ihr mit dem Lätzchen über den Mund. »Lass uns doch Sibbi fragen, ob er und die Familie nicht auch zum Essen bleiben wollen«, rief sie dann Hörður zu. »Sie sollten in ein paar Minuten hier sein.«

»Ja, doch, das könnten wir auch machen«, sagte er. Dann suchte er die Nummer seines Sohnes raus und verabschiedete sich von dem Wunschgedanken, sich einfach aufs Sofa zu legen und ein Nickerchen zu machen. Er liebte Gígja und dachte sich oft, dass sie die ideale Partnerin für ihn war, aber manchmal wünschte er sich trotzdem, sie wären sich ein bisschen ähnlicher. Gígja fühlte sich am allerwohlsten, wenn das Haus voller Menschen war, wenn sie von Kindern umgeben war und allem, was dazugehörte. Natürlich mochte er das auch, aber manchmal war es zu viel des Guten. Manchmal wollte er einfach mit ihr alleine einen ruhigen Abend verbringen.

* * *

Die Seife bedeckte fast den gesamten Boden der Dusche im Schwimmbad von Akranes. Eine Gruppe Mädchen, die gerade ein Schwimmtraining abgeschlossen hatte, machte sich einen Spaß daraus, mit der Seife aus dem Spender Seifenblasen zu machen. Elma musste aufpassen, auf dem Weg zu der einen freien Dusche nicht auf dem Boden auszurutschen. Sie zog sich schnell ihren Badeanzug an und war froh, als sie das Gelächter hinter sich lassen konnte.

Die Dunkelheit draußen und die Lichter, die auf dem Wasser tanzten, als Elma sich ins Becken gleiten ließ, schufen eine wohlige Stimmung. Draußen war es kalt, aber der Pool war angenehm warm, und sie schwamm sofort los. Das Wasser umschmeichelte ihren Körper und fühlte sich gut an. Wenn sie mit dem Kopf untertauchte und ihre Umgebung kaum noch hörte, kam sie sich vor wie in einer anderen Welt. In den Fitnessraum war sie gar nicht erst gegangen, zu dieser Tageszeit platzte er aus allen Nähten. Leute standen Schlange, um die wenigen Geräte auf dem Balkon über der Turnhalle zu benutzen.

Nach vierzig Längen hob Elma sich aus dem Becken und setzte sich in den Whirlpool. Sie war außer Atem vom Schwimmen, aber im Warmen konnte sie sich gut entspannen. Es war ein ruhiger Abend, und der Whirlpool war verhältnismäßig leer. Kleine Tropfen glänzten im Licht der Lampen. Elma schloss die Augen und ließ die Tropfen auf ihr Gesicht fallen.

Plötzlich griff von hinten jemand um ihre Schultern, und sie zuckte zusammen.

Sie drehte sich schnell um. »Sævar! Willst du mich zu Tode erschrecken?«

Sævar lachte und ließ sich ins Wasser gleiten. »Wusste ich doch, dass ich dir hier über den Weg laufen würde.«

»Also hast du beschlossen, mir den Schrecken meines Lebens einzujagen?« Elma wurde plötzlich bewusst, dass ihre Haut nach dem Schwimmen wahrscheinlich voller roter Flecke war. Nach einer Anstrengung glich sie manchmal einer rot-weißen Landkarte.

»Ich bekenne mich schuldig.« Sævar grinste.

»Du hättest mit mir schwimmen sollen, ein wenig Bewegung würde dir guttun.«

»Willst du sagen, dass ich dick bin?«

»Nein, so habe ich das nicht gemeint.«

»Ich habe das Gefühl, du willst mir damit sagen, dass ich dick bin.« Sævar runzelte die Stirn.

Elma verdrehte die Augen. Sævar durfte man nicht allzu ernst nehmen. Er hatte seinen Spaß daran, sie zu ärgern, und meist gelang es ihm viel zu leicht. Das bemerkte sie aber oft erst, wenn sie das verschmitzte Funkeln in seinen Augen sah.

»Wie auch immer«, sagte sie. »Ich bin vorhin noch einmal genau die Uhrzeiten der Anrufe durchgegangen. Maríanna hat in ganz kurzen Abständen ihre Tochter angerufen. Fast, als wäre etwas passiert. Sie hat es beinahe im Minutentakt versucht, also muss es etwas Dringendes gewesen sein.«

»Hm«, sagte Sævar und hielt den Kopf nach hinten ins Wasser. »Was denn zum Beispiel?«

»Keine Ahnung. Und dann sind da noch die ganzen Telefonate zwischen Sæunn und Maríanna an den Tagen vor ihrem Verschwinden.« Der Pool war etwas zu heiß, also richtete sie sich ein wenig auf. »Es muss um Hekla gegangen sein. Vielleicht ist Maríanna nach Akranes gefahren, weil sie ihre Tochter dort vermutet hat.«

»Schon möglich«, sagte Sævar. »Das erklärt trotzdem nicht, warum sie tot im Lavafeld bei Grábrók aufgefunden wurde. Außer, du willst damit sagen, dass Sæunn sie umgebracht hat.«

Ein älterer Mann setzte sich neben sie. Er machte die Sprudelanlage im Whirlpool an und lehnte sich dann mit geschlossenen Augen zurück.

Elma musste etwas lauter sprechen, damit Sævar sie hören

konnte. »Nein, das will ich damit nicht sagen, ich überlege nur, was da auf dem Weg passiert ist. Ja, und ob Hekla vielleicht etwas zu verbergen hat. Womöglich ist sie an dem Tag nach Akranes gefahren. Maríannas Familie könnte auch mit dem Fall zu tun haben. Ja, oder der Mann, den sie treffen wollte. Vielleicht ist Hafþór schon früher zu ihr gefahren, und sie war in Schwierigkeiten oder sogar in Gefahr. Aber warum hat sie dann Hekla angerufen? Warum nicht einfach den Notruf oder ...«

»Elma, ich habe höchstens die Hälfte von dem gehört, was du gesagt hast«, unterbrach sie Sævar. Er hatte die Augen immer noch geschlossen, und Elma stieß ihn leicht an und schüttelte resigniert den Kopf. Sie merkte selbst, wie zusammenhangslos ihre Gedanken waren, also war es vielleicht gut, dass Sævar sie nicht hörte. Manchmal vertiefte sie sich so sehr in die Ermittlungen, dass sie an nichts anderes mehr denken konnte. Das Problem kannte Sævar offensichtlich nicht und schien neben ihr völlig zu entspannen. Vielleicht sollte sie sich an ihm ein Beispiel nehmen und nicht immer nur an die Arbeit denken. Bei so großen Fällen wie diesem war das aber leichter gesagt als getan. Sie lehnte sich zurück und schloss die Augen. Kurz darauf hörte die Sprudelanlage auf, und es wurde wieder still im Pool.

»Also, was hast du gesagt?« Sævar richtete sich auf.

Elma warf einen Blick zu dem anderen Mann im Becken und sagte dann leise: »Ich habe nur gesagt, dass wir noch einmal mit Hekla sprechen sollten. Wenn jemand etwas weiß, dann am ehesten sie.«

»Da bin ich ganz bei dir, lass uns das morgen angehen«, sagte Sævar.

»Wir müssen uns aber auch ansehen, ob ...«, begann Elma, doch ihre Worte wurden erneut von der Sprudelanlage verschluckt, die der alte Mann wieder anmachte. Sævar lehnte sich vor, um besser zu hören, aber Elma schüttelte nur den Kopf. Sie lehnte sich zurück und beobachtete, wie über ihnen der Dampf tanzte.

Achtzehn Monate

Die Hebammen meinten, es würde mit der Zeit einfacher werden, und ich schätze, sie hatten recht. Manche Dinge sind tatsächlich einfacher geworden, seit ich einen Job habe. Wir wachen auf, ich ziehe sie an und bringe sie zur Tagesmutter. Ganze acht Stunden muss ich mich um nichts anderes kümmern als um mich selbst und die Arbeit, und ich liebe meinen Job.

Ich betreue den Empfang einer Anwaltskanzlei in der Innenstadt. Dort darf ich mich schick anziehen, gehe ans Telefon und begrüße die Leute, die in die Kanzlei kommen. Ich führe Protokoll bei Sitzungen, versende Briefe und habe das Gefühl, endlich wieder ich selbst zu sein. Fast alle Anwälte sind Männer, aber unter ihnen ist auch eine Frau. Sie ist ein paar Jahre älter als ich, groß und elegant, trägt immer Hosenanzüge, die Frisur sitzt stets perfekt, und die Fingernägel sind lang und gepflegt. Manchmal unterhalten wir uns in der Kaffeeküche. Ich will ihre Freundin sein, aber noch lieber wäre ich sie. Manchmal sehe ich mir heimlich den Jura-Studiengang auf der Webseite der Uni an und gebe mich meinen Träumen hin. Dann vergesse ich alles um mich herum und tauche ganz in diese Vorstellung ein, die so weit entfernt scheint von meinem Leben in den letzten Monaten und Jahren. Nach dem Arbeitstag muss ich immer zurück in die Realität. Werde wieder zur alleinerziehenden Mutter in der hässlichen Etagenwohnung, die weder Zeit noch Geld für ein Studium hat.

Es ist viel Verkehr, und ich hetze mich nicht, auch wenn ich schon spät dran bin. Als ich endlich bei der Tagesmutter klopfe, geht sofort die Tür auf, und sie steht mit dem Mädchen auf dem Arm vor mir. Alles andere als erfreut, mich zu sehen.

»Du bist zu spät«, sagt sie und streicht sich die ungekämmten mausbraunen Haare aus der Stirn. Sie hat einen großen lila Fleck im Gesicht, auf den ich immer starren muss. Er bedeckt fast die halbe rechte Wange und sieht aus wie ein Tintenfleck.

»Entschuldige, ich wurde aufgehalten. Kommt nicht wieder vor.« Ich lächle und versuche, nicht darüber nachzudenken, dass meine Tochter nur wenige Zentimeter von diesem ekelhaften Fleck entfernt ist.

»Du musst da besser drauf achten«, sagt sie. »Es gibt genug andere Kinder auf der Warteliste, ich will niemanden aufnehmen, der ständig meinen Arbeitstag in die Länge zieht. Um fünf mache ich Feierabend.«

»Verstanden. Das sehe ich natürlich ein«, sage ich und nehme ihr meine Tochter ab. Ich verkneife mir die Bemerkung, dass es erst zehn nach fünf ist. Was kann sie in diesen zehn Minuten so Wichtiges vorgehabt haben?

»Beim nächsten Mal muss ich dir das in Rechnung stellen.«

»Es wird nicht wieder vorkommen.« Ich lächle immer noch, auch wenn ich sie am liebsten in ihr ungeschminktes Gesicht schlagen würde. Die Tagesmutter schiebt mich aus der Tür, noch bevor ich dem Mädchen ordentlich die Jacke anziehen kann. Sie hat natürlich sofort angefangen zu schreien, als ich sie genommen habe, also beeile ich mich und gehe mit dem Kind auf der Hüfte und der Jacke in der Hand zum Auto.

»Mist«, brumme ich, als mir der Handschuh runterfällt und im frischen Schnee landet. Mit Müh und Not bekomme ich das Auto auf und setze die Kleine in den Kindersitz. Sie schreit, Schnodder fließt aus ihrer Nase und verteilt sich auf den Wangen. Warum sind Kinder bloß immer so dreckig? Sie schlägt mich ins Gesicht und zieht an meinen Haaren, während ich sie festschnalle. Ich will zurückschreien, aber reiße mich zusammen und zähle bis zehn. Als ich mich umdrehe, um den Handschuh zu holen, erschrecke ich.

»Hast du den verloren?«, sagt ein Mann und reicht mir einen braunen Handschuh.

»Ja, danke«, sage ich schnell und betrachte seine gerade Nase und die dunklen Augenbrauen.

»Langer Tag?«, fragt er und grinst.

»Na ja. Schon.« Ich lache. Streiche die Haare aus dem Gesicht und hoffe, dass ich immer noch einigermaßen gut aussehe. Für die Arbeit mache ich mich immer zurecht, stecke die Haare hoch oder glätte sie. Schminke mich mit Kajal und frische mehrmals täglich den Lipgloss auf.

»Sie hat dich erwischt«, sagt er.

»Was?«

»Deine Wange blutet.«

»Oh«, sage ich, streiche über meine Wange und spüre sofort die Wunde. »Sie ist total müde, die Arme, und ... ja, wahrscheinlich hatten wir beide einen langen Tag.« Ich versuche noch einmal zu lachen, aber mir wird plötzlich klar, wie seltsam ich vermutlich aussehe. Vor ein paar Minuten saß der Haarknoten noch einwandfrei, aber jetzt ist er lose, und nach dem Gerangel mit dem Kind bin ich sicher ganz rot im Gesicht. Zu allem Überfluss habe ich in so einem Schneesturm auch noch eine Nylonstrumpfhose und hohe Schuhe an. Ich sehe nicht gerade aus wie die Mutter des Jahres, aber das ist eigentlich auch nichts Neues.

»Du musst dich nicht entschuldigen, ich kann mir gut vorstellen, wie das wohl ist.«

Das bezweifle ich, aber ich sage nichts. Nicke nur, lächle verlegen und öffne die Tür zum Fahrersitz. Eigentlich will ich der Situation so schnell wie möglich entfliehen.

»Holt ihr jetzt den Papa ab?«, fragt er, bevor ich mich ins Auto setzen kann.

Ich halte inne und lächle in mich hinein. Diese Frage kann nur eins bedeuten.

»Es gibt keinen Papa, wir sind nur zu zweit.«

»Ach, ist das so?«, fragt der Mann, und jetzt wird auch er verlegen.

Deshalb beschließe ich, ihm die Sache einfach zu machen. Noch bevor er mehr sagen kann, werfe ich ein: »Ich gebe dir mal meine Nummer.«

Am nächsten Tag ruft er an, und wir beschließen, uns zu treffen. Da ich mein Leben meist allein schaukle und nicht gerade fünf Babysitter an der Hand habe, bleibt mir nichts anderes übrig, als ihn zu mir nach Hause einzuladen. Ich merke, dass er zögert. Wahrscheinlich hätte er mich lieber in einem Restaurant oder einer Bar getroffen, weg vom Kind und dem Zuhause, das so offensichtlich einer alleinerziehenden Mutter gehört. Aber dann willigt er ein. Ja, er kommt zu mir. Warum nicht gleich heute Abend? Das klingt gut. Besser als gut, würde ich gerne sagen. Ich will gar nicht darüber nachdenken, wie lange es her ist, dass ich Zeit mit jemand anderem als mit ihr verbracht habe.

Gegen Abend scheint sie die Erwartungshaltung in der Luft zu spüren. Sie weint, während ich sie bade. Weint, als ich sie anziehe, und will nichts essen. Und wie fast immer, wenn sie sich so aufführt, belässt sie es nicht einfach nur beim Weinen. Nein, sie attackiert mich. Kratzt, beißt und wirft sich in einem hochgefährlichen Manöver auf den Boden. Ich fange ihren Kopf, bevor er aufprallt, aber dann packt sie meine Wange. Sie kneift fest zu, sodass ich aufschreie, und eh ich mich versehe, schnellt meine Hand direkt in ihr Gesicht. Aus Reflex. Der Schlag hallt in der Wohnung wider, und dann herrscht ein paar Sekunden lang völlige Stille. Kurz darauf fängt sie aber wieder zu schreien an. Lauter denn je.

Ich blicke auf die Uhr, es ist schon viel zu spät, und plötzlich muss auch ich weinen. Die Tränen strömen über meine Wangen und in die frischen Striemen von ihren Schlägen. Beim An-blick meines Spiegelbildes erschrecke ich, meine Augen sind ge-schwollen, das Gesicht ist rot und voller Kratzer. Kann ich so dem Mann gegenübertreten? Wie kann ich mich je wieder mit jemandem treffen? Die Kleine liegt immer noch auf dem Boden, und ich straffe die Schultern, sehe sie an und spüre meine Finger zittern. Ich bin so wütend. Das ist alles ihre Schuld. Ich will sie packen und ins Schlafzimmer werfen. Die Wut wächst, je länger ich sie ansehe, bis ich plötzlich nicht mehr kann.

»Schluss jetzt, du dummes Kind!«, schreie ich, packe ihre Hand und schleife sie ins Zimmer.

In dem Moment, als ich die Tür zum Zimmer hinter mir schließe, höre ich ein Klopfen. Ich bleibe stehen. Bewege mich nicht. Es klopft noch einmal. Ich lehne meinen Rücken an die Wand, sacke zu Boden und vergrabe das Gesicht in den Händen.

Er klopft nicht noch einmal, sondern geht weg, und ich höre nie wieder von ihm. Ich stelle mir vor, wie er wegrennt, ins Auto steigt und sich den kalten Schweiß von der Stirn wischt. *Das war knapp,* denkt er. Natürlich hat er die Schreie, das Geheul und al-les gehört. Wie lange stand er wohl da vor der Tür? Was hat er über mich gedacht?

Ich seufze, reibe mir die Augen und blicke in Richtung Schlaf-zimmer. Die Kleine weint immer noch, aber mittlerweile leiser, und es klingt mehr wie ein monotones Raunen. Ich will sie jetzt nicht trösten. Ich will sie nicht sehen und sie nicht hören. In dem Moment wünschte ich, sie wäre nicht mein Problem. Ich schäme mich für den Gedanken, würde ihn nie laut aussprechen, aber so fühle ich, und ich kann jetzt nicht zu ihr gehen. Ich habe für sie keine Liebe übrig. Stattdessen lege ich mich aufs Sofa, decke mich zu und schlafe ein.

DIENSTAG

Hekla gab den Versuch auf, mit der Bürste den Haarknoten im Nacken zu lösen. Sie strich mit den Händen über das Deckhaar und hoffte, niemand würde die Wölbung darunter bemerken. Dann zog sie sich einen Kapuzenpulli an und warf den Schulrucksack über die Schulter.

»Ich bin weg«, rief sie, als sie an der Küche vorbeiging, wo die anderen gerade frühstückten. Sie konnte kaum glauben, dass sie ein Teil dieser Familie war. Wobei sie eigentlich dazugehört hatte, seit sie denken konnte, aber jetzt musste sie sich sonntags nicht mehr verabschieden.

»Willst du nichts essen?«, fragte Sæunn.

»Ich habe keinen Hunger«, antwortete Hekla und zog sich die große dicke Daunenjacke an, die sie von ihnen zum Geburtstag bekommen hatte.

»Ich kann dich fahren«, sagte Fannar und blickte von der Zeitung auf. »Und du weißt, dass du nicht unbedingt gehen musst. Alle hätten Verständnis, wenn du nach den Nachrichten vom Wochenende heute lieber hierbleiben würdest.«

»Nein, ich will zur Schule.« Sie hatte gestern den ganzen Tag zu Hause rumgehockt und konnte eigentlich kaum erwarten, ein wenig rauszukommen. »Und ich gehe einfach zu Fuß. Dann werde ich unterwegs wach.«

Fannar sah sie kurz an, wie um sicherzugehen, dass alles in Ordnung war, aber widmete sich dann wieder der Zeitung.

Während der letzten Monate hatte sich Hekla an das Leben

in Akranes gewöhnt. Sie vermisste ihre Mutter nicht sonderlich und fand es schön, endlich eine normale Familie zu haben. Eine Familie, die Ausflüge machte und zusammen zu Abend aß. Sie musste sogar zu einer bestimmten Zeit zu Hause sein und bekam Ärger, wenn sie es nicht war. Das fand sie eigentlich eher witzig, und eigentlich mochte sie ihre Standpauken sogar. Sie drückten aus, dass ihnen nicht alles egal war.

Als sie Richtung Schule losging, warf sie noch einmal einen Blick über die Schulter auf das Haus. Das war jetzt ihr Zuhause; ein großes Einfamilienhaus mit zwei Autos in der Einfahrt und einem Whirlpool auf der Terrasse. Wie sehr hatte sie Bergur immer beneidet, wenn sie zurück nach Borgarnes musste. Zurück zu Maríanna. Allein der Name weckte Erinnerungen, die sie in den hintersten Winkeln ihres Gehirns vergraben hatte.

Als Maríanna zum ersten Mal abgetaucht war, hatte Hekla drei Tage lang allein in der Wohnung verbracht. Sie war damals sehr klein, aber erinnerte sich noch an den Hunger und die Angst in der Nacht. Vielleicht waren das gar keine echten Erinnerungen, sondern nur etwas, das sie sich selbst zusammengereimt hatte, weil sie sich die Situation vorstellen konnte. Sie wusste aber noch, wie viel Angst sie jedes Mal hatte, wenn sie allein war. An das zweite Verschwinden Maríannas erinnerte sie sich jedoch gut. Damals war sie etwa eine Woche lang allein gewesen, ohne dass es jemand bemerkte. Aber als Zehnjährige kam sie selbst zurecht. Konnte zur Schule gehen und sich von den Resten im Gefrierfach und den Dosenvorräten ernähren. Es kam erst raus, als Sæunn und Fannar sie am Wochenende abholten. Damals wünschte Hekla sich, Maríanna würde nie wiederkommen, damit sie für immer bei Sæunn und Fannar bleiben könnte. Hekla blieb stehen, während sie passende Lieder am Handy raussuchte. Dann setzte sie sich Bluetooth-Kopfhörer auf und ging zur Musik von Radiohead weiter. Sie war bereits im Ortsteil Grundir, als sie von hinten jemand an den Schultern packte.

»Jetzt hast du dich aber erschrocken!« Dísa lachte. »Und wie. Im Ernst, du hättest dein Gesicht sehen müssen.«

»Ach, halt die Klappe«, Hekla gab Dísa einen leichten Hieb mit dem Ellenbogen und lächelte Tinna zu.

Die Freundinnen hatten denselben Schulweg – einen Schotterweg durch ein Wohngebiet mit vielen Einfamilienhäusern. Meist gingen sie zusammen, aber an diesem Morgen wollte Hekla allein sein, also hatte sie keine ihrer Nachrichten geöffnet. Mit der Ruhe war es jetzt wohl vorbei.

Dísa hatte immer die Klappe offen, war extrovertiert und direkt, das genaue Gegenteil von Hekla, die ausgesprochen schüchtern und verschlossen war. Dísa hatte lockige Haare, kastanienbraun, wie sie sagte, aber eigentlich waren sie einfach rot. Tinna zog sie immer damit auf, aber sie färbte ihre Haare hell, also war sie selbst wohl auch nicht ganz zufrieden mit ihrer natürlichen Haarfarbe. Tinnas Mutter war Nachrichtensprecherin im Fernsehen, und ihr Vater lud sie manchmal auf Spritztouren in seinem Cabrio ein. Tinna fand das furchtbar peinlich. Welcher Idiot kam auf die Idee, sich auf Island ein Cabrio zu kaufen?

Tinna und Dísa ließen Hekla vergessen, dass sie von Hunderten anderen Kids umgeben war, vor denen sie einmal eine Heidenangst gehabt hatte. Mit ihnen konnte sie lachen, und die Angst, die sie ihre ganze bisherige Schulzeit begleitet hatte, löste sich in Luft auf. Zumindest während sie zusammen waren.

Davor hatte niemand Hekla wahrgenommen, weder die Leute in der Schule noch Maríanna. Sie hätte genauso gut unsichtbar sein können. Maríanna war es am liebsten, wenn sie einfach in ihrem Zimmer blieb und sich nicht weiter bemerkbar machte. Sie war genug mit sich selbst beschäftigt. Manchmal ging sie aus oder empfing Gäste. Dann hatte Hekla das Gefühl, nicht willkommen zu sein. Als hätte ihre Geburt etwas Wichtiges in Maríannas Leben zerstört, auch wenn sie nicht genau wusste, was das war. Sie sah es aber andauernd in ihren Augen und spürte es.

Ihr war bewusst, dass Maríanna bei ihrer Schwangerschaft nicht viel älter gewesen war als sie jetzt. In gewisser Weise half ihr das, manche Dinge besser zu verstehen. Andererseits hatte Hekla nie darum gebeten, auf die Welt zu kommen, warum sollte sie also dafür bezahlen, nicht in das Bild zu passen, das Maríanna sich von ihrem Leben gemacht hatte?

Mit Sæunn war es ganz anders. Sæunn wollte Hekla wirklich bei sich haben. Wollte Dinge mit ihr unternehmen, sich mit ihr unterhalten und fragte mehrmals täglich, wie es ihr gehe. Nicht auf eine oberflächliche Art, bei der nur eine Standardantwort folgte: Alles gut. Nein, sie wollte es wirklich wissen und fragte sogar nach, ob sie ganz sicher sei. Ob denn wirklich alles in Ordnung sei.

Hekla hatte ihre Freundinnen immer beneidet, aber jetzt musste sie das nicht mehr. Sie hatte eine Mutter und einen Vater, einen kleinen Bruder, eine neue Jacke und ein Handy – wie könnte sie nicht glücklich sein? Nur ein ganz kleiner Teil in ihrem Innersten vermisste Maríanna ein wenig, erinnerte sich an ihre Umarmungen und vereinzelte schöne Worte. Ein winziger Teil, wie ein nagendes Insekt, das sich weigerte zu verschwinden.

* * *

Die Nachrichten von Dagný überschlugen sich. Links zu Seiten von Cateringanbietern, eine Getränkeliste, Ideen für Deko, die Playlist und wer eine Rede halten könnte. Sie wusste, dass Dagný gerne Feiern plante, hätte aber nie gedacht, wie sehr sie dabei ins Detail gehen würde. Es spielte doch überhaupt keine Rolle, ob die Servietten weiß oder königsblau waren. Aber eigentlich überraschte es sie nicht, schließlich war sie schon auf zahlreichen Geburtstagsfeiern von Dagnýs Söhnen Alexander und Jökull gewesen. Beim Anblick der perfekten Torten, der Cake-Pops und der Unmengen an Luftballons hätte man denken können, es handle sich um ihre Konfirmation. Reichte es nicht, einfach einen Schokoladenkuchen zu backen, den die Kinder dann selbst mit Süßigkeiten dekorieren konnten? Elma vermutete, dass ihre Neffen damit genauso viel Freude hätten. Vielleicht sogar noch mehr, wenn man bedachte, dass sie eigentlich immer den Fondant von dem aufwendig dekorierten Geburtstagskuchen pickten. Und sie war ganz sicher, dass ihrem Vater nicht einmal auffallen würde, ob die Servietten nun blau oder weiß waren.

Elma begann, eine Antwort zu tippen, ob das wirklich alles so wichtig war, löschte die Nachricht aber wieder, als sie an die Worte ihrer Mutter vom Wochenende denken musste. War sie vielleicht zu harsch zu Dagný? Nicht höflich genug? Sie holte tief Luft, öffnete die Links und versuchte, sich eine Meinung zu bilden. Lieber dunkelblaue Servietten als weiße, eher Lamm als Rind und eine Baisertorte statt einer französischen Schokoladentorte.

Sie hatte die Nachricht gerade abgeschickt, als Sævar an ihre Tür klopfte. »Bist du bereit?«

Auf dem Weg nach Borgarnes begann es zu regnen. Dunkelgraue Wolken türmten sich am Himmel auf, es wurde finster, und Elma hatte das Gefühl, von einer blaugrauen Schutzhülle umgeben zu sein. Große Tropfen schmetterten laut auf die Windschutzscheibe, und die Scheibenwischer liefen auf Hochtouren.

»Sie haben etwas Beruhigendes«, sagte Elma. »Diese Regentropfen.«

»Du weißt, dass du jetzt nicht einschlafen darfst, Elma«, sagte Sævar. »Du sitzt am Steuer und beförderst eine wertvolle Fracht.«

»Was denn? Dich?«

»Klar. Eine Ladung von unschätzbarem Wert.«

»Ich gebe mein Bestes«, sagte Elma. Als Beifahrerin schlief sie gerne mal im Auto ein, das hatte Sævar schon oft miterlebt. Etwas an den Motorgeräuschen ließ sie dort so gut schlafen wie nirgendwo sonst.

»Sie war sehr jung, als sie Hekla bekam, erst sechzehn«, sagte Sævar nach einer kurzen Pause.

»Über den Vater haben wir nie was gefunden, richtig?« Zu Maríannas Hintergrund hatten sie eigentlich kaum Informationen. Nur ein paar Fakten, wie ihre bisherigen Wohnorte und Arbeitsplätze. Und die Namen ihrer nächsten Verwandten.

»Nein, Hekla hieß auch nie nach ihrem Vater, ihr zweiter Name war immer Maríönnudóttir. Das ist aber auch nicht weiter verwunderlich, Maríanna war schließlich erst fünfzehn, als sie schwanger wurde. Vielleicht war der Vater im gleichen Alter.« Sævar drehte die Heizung auf und blickte über den Fjord vor Borgarnes. Nach einer kurzen Pause fügte er hinzu: »Warum würde man ausgerechnet nach Borgarnes ziehen?«

»Warum bist du ausgerechnet nach Akranes gezogen?«, fragte Elma sofort zurück.

Sævar kam eigentlich aus dem Norden Islands, aus Akureyri, und war als Jugendlicher mit seinen Eltern und seinem jüngeren Bruder nach Akranes gekommen. Ein paar Jahre darauf starben seine Eltern bei einem Autounfall, sodass die Brüder nur noch zu zweit waren. Sævar sprach nie über den Unfall, aber er erzählte oft von seinem Bruder. Er hieß Magnús, wurde aber immer Maggi genannt und wohnte in einer betreuten Wohngemeinschaft. Elma kannte ihn nur mit einem Lächeln auf dem Gesicht, und wenn sie sich trafen, umarmte er sie jedes Mal lange und fest. Bei dem Gedanken daran musste sie lächeln.

»Mein Vater hat einen Job in Reykjavík bekommen, aber da wollte meine Mutter auf keinen Fall hinziehen, also war Akranes eine Art Kompromiss, schätze ich. Ich wäre gerne in Akureyri geblieben.«

»Warum bist du nicht zurückgegangen?« Kaum hatte sie die

Frage ausgesprochen, konnte sich Elma die Antwort auch schon denken.

»Wegen Maggi«, sagte Sævar. »Er hat sich in der Wohngemeinschaft hier so wohlgefühlt, und ich war viel zu jung, um mich allein um ihn zu kümmern.«

»Ich hoffe, du bereust es nicht.«

»Keine Sekunde lang.« Sævar lächelte.

Auf der Brücke vor Borgarnes wurde Elma langsamer. Es war ein hübscher kleiner Ort. Überall Hügel, ganz im Gegensatz zum flachen Akranes. Als Kind war sie mit ihrer Familie manchmal nach Borgarnes ins Schwimmbad gefahren. Vor allem nachdem man dort drei neue Rutschen gebaut hatte. Danach spazierten sie oft durch den Skallagrímspark und aßen Zimtschnecken mit Zuckerglasur oder hielten an der Tankstelle für Hotdogs an. In ihrer Erinnerung war es immer sonnig. Im Nachhinein betrachtet schien das unrealistisch, denn in diesem Land ließ sich die Sonne eigentlich nur äußerst selten blicken. In den Augen eines Kindes war die Welt wohl deutlich sonniger.

Maríannas ehemaliger Kollege hatte nicht viel zu erzählen, und die Unterhaltung war schnell wieder vorbei. Der Chef des Bauunternehmens war nicht vor Ort, also sprachen sie mit seinem Sohn, einem Jungen Anfang zwanzig, mit langen Haaren und einem Piercing im Ohr. Er behauptete, Maríanna sei mittags gegangen, wie an jedem anderen Freitag auch. Er habe nichts Ungewöhnliches bemerkt. Gekannt hätten sie sich nicht wirklich und außerhalb der Arbeit auch nicht miteinander zu tun gehabt. Nichts, was er nicht schon im Frühjahr erzählt hatte.

Danach fuhren sie weiter zur Polizeistation in Borgarnes, um sich mit dem Streifenpolizisten zu unterhalten, der nach Sæunns Anruf als Erster zu Maríannas Wohnung gefahren war. Bei ihm die gleiche Geschichte, er konnte seinem damaligen Bericht nichts hinzufügen. Er hatte in Maríannas Wohnung nichts

Außergewöhnliches entdeckt. Da Hekla noch minderjährig war, verständigte er das Jugendamt, und daraufhin wurde beschlossen, sie solle bei Sæunn und Fannar bleiben, bis Maríanna gefunden würde.

Bei keinem der Gespräche erfuhren sie etwas Neues, und sie waren der Lösung des Falles keinen Schritt näher. Maríannas engste Freundin hieß Ingunn, und Elma hoffte, zumindest bei ihr etwas herauszubekommen. Sie trommelte ungeduldig auf dem Lenkrad und lehnte sich vor und zurück, während sie versuchte, die Hausnummern zu erkennen.

»Bist du sicher, dass die Adresse stimmt?« Sie waren die Straße mehrmals auf und ab gefahren, fanden aber nicht die Nummer, nach der sie suchten. »Ich verstehe das einfach nicht. Diese Straße hört bei zwanzig auf, aber da vorne geht es weiter mit achtunddreißig. Wo in aller Welt sind denn die Häuser dazwischen?«

»Kein Grund zu verzweifeln«, sagte Sævar feierlich. »Ich habe ein Navi auf dem Handy.«

Ein paar Minuten später fanden sie das Haus, das quer zu den anderen in der Straße stand.

»Das kann einfach nicht sein«, sagte Elma und ärgerte sich über die Unregelmäßigkeit, während sie am Straßenrand parkte. »Wer kommt auf die Idee ...«

Sævar nahm ihre Hand. »Ganz ruhig, atme tief ein ... und aus«, sagte er mit einer Stimme, die eher zu einem Yogalehrer gepasst hätte.

»Ja, ja, ich bin ganz ruhig«, sagte sie, und ihr entschlüpfte ein Lächeln. Seine Hand war warm und weich. Sævar zwinkerte ihr zu, ließ die Hand los und öffnete seinen Sicherheitsgurt.

Draußen regnete es immer noch. Elma setzte sofort die Kapuze auf, als sie aus dem Auto stieg, und ging mit schnellen Schritten zu dem überdachten Eingangsbereich.

Ingunn war von gedrungener Gestalt, die hellen Haare fielen

offen ihren Rücken hinunter. Sie kam mit ihrem Sohn auf dem Arm zur Tür, und ein anderer Junge, etwa zwei Jahre alt, klammerte sich an ihr Bein.

»Kommt rein.« Sie trat zur Seite, sodass der Junge stolperte und aufheulte. »Entschuldige, Davíð, mein Schatz«, sagte sie und wollte sich zu ihm hinunterbeugen, was aber leichter gesagt war als getan.

Elma verspürte ein Stechen im Herzen, als sie den Namen des Jungen hörte. Dieser Davíð hätte auch ihr Davíð sein können, als er noch klein war. Etwas an den Gesichtszügen und den braunen Augen erinnerte sie an ihn. Sie beugte sich hinunter und strich über den Kopf des Jungen, der von der Geste überrascht war und sofort aufhörte zu weinen.

»Was hast du denn da?«, fragte sie und zeigte auf den Teddybären in seinem Arm.

Der Junge sah sie skeptisch an.

»Ist das ein Braunbär?«, versuchte sie es weiter.

»Eisbär«, sagte der Junge schließlich klar und deutlich.

»Ach, natürlich, ein Eisbär. Wie dumm von mir.« Elma lächelte und richtete sich auf.

Ingunn nahm den Jungen an der Hand, und sie gingen hinein. »Wir können uns in die Küche setzen.«

Sie nahmen an einem großen Esstisch Platz. Unter Elmas Füßen zerbröselte etwas. Sie sah nach: ein Cheerios-Ring.

Als sie sich umblickte, bemerkte sie, dass der ganze Boden voll mit den Cerealien war. Ingunn setzte den kleineren Jungen in einen Kindersitz und gab ihm einige Cheerios. Den Großteil davon fegte der Junge sofort auf den Boden und steckte sich dann vorsichtig einen der kleinen Ringe in den Mund. Im Haus erklangen die Stimmen weiterer Kinder.

»Ganz schön viel los bei dir«, sagte Elma zu Ingunn, die Tassen und Milch hervorholte.

»Fünf Jungs«, sagte sie.

»Wow, das ist ja fast eine ganze Fußballmannschaft«, sagte Sævar.

»Darauf läuft es hinaus«, sagte Ingunn und schien von der Vorstellung nicht gerade begeistert. Der kleine Davíð folgte seiner
Mutter auf Schritt und Tritt, krallte sich an ihr Hosenbein und
wollte offenbar auf keinen Fall wieder loslassen.

»So«, sagte sie und stellte die Kaffeekanne und Tassen auf den
Tisch. »Braucht ihr Milch? Ich habe auch Zucker irgendwo. Und
ich könnte schwören, dass ich hier irgendwo auch noch Kekse
hatte.« Sie suchte die Schränke und Schubladen ab.

»Kaffee reicht völlig, wir brauchen keine Kekse«, sagte Elma
schnell.

»Hier sind sie«, sagte Ingunn und hielt freudig eine Kekspackung hoch. Sie holte einen kleinen Servierteller hervor und
breitete die Kekse darauf aus. »Die muss ich immer verstecken.
Sonst sind sie im Nu weg. Leider vergesse ich nur selbst oft, wo
ich sie versteckt habe, also finde ich immer wieder alte Packun-
gen irgendwo weit hinten in den Schränken.«

Elma lächelte und beobachtete Ingunn. Sie trug ein weites T-
Shirt mit dem Aufdruck *Relax*, was unter den gegebenen Umständen etwas ironisch war. Wahrscheinlich hatte sie noch gar
nicht bemerkt, dass ihr Jüngster sich auf ihrer Schulter übergeben hatte, wo ein trockener weißer Fleck zu sehen war. Sie
hatte lange künstliche Fingernägel mit dunkelrosa Nagellack,
die so gar nicht zu ihrem restlichen Erscheinungsbild passten.
Sie konnten in einem Haushalt mit so vielen Kindern kaum
praktisch sein. Wobei es nicht so war, als hätte Elma viel Erfahrung mit langen Fingernägeln. Oder Kleinkindern. Dagný hatte
sie erst auf Alexander aufpassen lassen, als er schon keine Windel mehr brauchte und sprechen konnte. Jökull war vor Kurzem
zwei geworden, und auf ihn hatte sie noch nie alleine aufgepasst.

Ingunn setzte Davíð auf einen Stuhl und schnallte ihn mit einer Art Gurt fest, bevor sie ihm einen Keks reichte. Dann nahm

sie endlich selbst Platz, schenkte Kaffee ein und atmete tief durch.

»Also gut«, sagte sie. »Ihr wolltet über Maríanna sprechen, nicht wahr?«

»Ja, wie du wahrscheinlich mitbekommen hast, wurden am Wochenende ihre sterblichen Überreste gefunden.« Sævars Blick fiel auf den kleinen Jungen.

»Er versteht nichts«, sagte Ingunn, was vermutlich stimmte. Der Junge plauderte mit dem Eisbären und steckte abwechselnd etwas in seinen und in den eigenen Mund.

»Es scheint sich um eine Straftat zu handeln«, sagte Elma und hatte das Gefühl, ziemlich förmlich zu klingen. »Was ich sagen will ... Maríanna wurde ermordet, deshalb haben wir die Ermittlungen in dem Fall wieder aufgenommen und versuchen herauszufinden, was genau passiert ist.«

Ingunn nickte. »Ich wusste, dass sie nie Selbstmord begangen hätte.«

Elma sah Ingunn verwundert an und blätterte in ihrem Notizblock. »Aber ... soweit ich weiß, hat sie manchmal behauptet, sterben zu wollen. Das hast du im Zuge der Ermittlungen im Frühjahr erwähnt.«

»Ja, stimmt, aber das ist lange her. Ihr Gemütszustand schwankte oft – sie hatte gute und schlechte Tage. Aber die Woche vor ihrem Verschwinden hatte sie richtig gute Laune. Sie freute sich sehr auf das Treffen mit Hafþór.«

»Wie habt ihr euch kennengelernt?«

»Das war purer Zufall. Maríanna ist vor fünf Jahren nach Borgarnes gezogen, und wir haben uns im Schwimmbad getroffen. Ich war mit meinen Kids dort, und als einer der älteren Jungs hinfiel, musste ich raus und die Wunde versorgen lassen. Da hat sie angeboten, in der Zwischenzeit auf die anderen aufzupassen, und seitdem waren wir Freundinnen.«

»Weist du, warum sie nach Borgarnes gezogen ist?« Maríannas

Verwandte lebten alle anderswo, und sie hatte eigentlich keine Verbindungen zu dem Ort.

»Hm ... nein, nicht wirklich. Davor hat sie in Sandgerði gelebt und dann, als Hekla geboren wurde, in Reykjavík. Ich glaube, sie hat sich da in der Stadt nie wirklich wohlgefühlt.«

»Verstehe«, sagte Elma. »Warum ist sie nicht einfach zurück nach Sandgerði gezogen?«

Ingunn zuckte mit den Schultern. »Keine Ahnung. Ich weiß nur, dass ihre Mutter verstorben ist, vor ... wie lange ist das her ... fünf Jahren. Um die Zeit herum ist sie hierhergezogen. Sie hatte keinen Kontakt zu ihrem Vater, also denke ich, dass sie einfach neu anfangen wollte. Ich habe da nicht nachgebohrt. Irgendwas sagte mir, dass die Familie aus einem bestimmten Grund von Sandgerði weggezogen ist. Vielleicht hatte es etwas mit der Schwangerschaft zu tun. Ich meine, sie war erst fünfzehn. Aber das ist nur eine Vermutung. Sie war jedenfalls längere Zeit nicht depressiv gewesen und hatte keine Probleme oder so. Also, klar hatte sie Probleme, aber nichts, womit sie nicht zurechtkam. Verstehst du?«

Elma nickte. »Hat Maríanna nie über den Kindsvater gesprochen, Heklas Papa?«

»Nein, oder na ja ... nur, dass der Junge nicht bereit war. Wahrscheinlich war der Typ so alt wie sie. Jungs kommen immer mit dem Schrecken davon, aber die Mädchen haben dann die Kinder am Hals. Ihr Leben ändert sich von Grund auf, während die Väter sich verziehen.« Ingunn schüttelte den Kopf. »Seinerzeit habe ich es vielleicht nicht deutlich genug gesagt, aber je mehr ich darüber nachdenke, desto sicherer bin ich, dass Maríanna nicht aus freiem Willen verschwunden ist.« Der Jüngste begann zu schreien. Alle Cheerios waren aufgegessen oder auf dem Boden verstreut, und er streckte die Hand nach den Keksen aus.

»Warum bist du da so sicher?« Ingunn hatte diese Zweifel bei ihrem Gespräch im Frühjahr mit keinem Wort erwähnt.

»Wegen Hekla. Maríanna hätte sie nie einfach so zurückgelassen.«

Elma trank einen Schluck Kaffee und gab sich Mühe, nicht das Gesicht zu verziehen. Er war ziemlich schwach. »Haben die beiden sich gut verstanden?«

Ingunn warf einen Blick auf den kleinen Jungen, der trotz des Gurtes weiter versuchte, nach dem Keks zu greifen. »Na ja, Hekla hat etwas Stress gemacht, aber nichts Schlimmes. Wie Teenager halt so sind. Sie wollte abends ausgehen und an den Schulfesten in Akranes teilnehmen. Da waren ja auch ihre Freundinnen, die sie über die Familie kannte, bei der sie öfter war. Maríanna hatte außerdem die Vermutung, dass sie in Akranes einen Freund hatte.«

»Genau. Die Pflegefamilie.« Elma musste etwas lauter sprechen, um gegen das Kindergeschrei anzukommen.

Ingunn gab auf und reichte dem Jungen einen Keks. Das Geschrei hörte sofort auf, und er lächelte über das ganze Gesicht. »Ja, die Pflegefamilie.«

»Verstand sich Maríanna gut mit ihnen?«

Ingunn trank einen Schluck Kaffee und sah Elma mit zusammengekniffenen Augen an. »Warum? Ihr denkt doch nicht etwa, dass sie was mit der Sache zu tun haben?«

»Würdest du das für möglich halten?«

Ingunn zuckte mit den Schultern. »Der Gedanke ist mir schon gekommen, aber dann fand ich es doch etwas ... ja, absurd. Ich weiß, dass Maríanna nicht der größte Fan von ihnen war, aber die paar Male, die ich sie getroffen habe, fand ich sie sehr nett. Die Frau jedenfalls. Sæunn.«

»Warum mochte Maríanna sie nicht?«

»Vielleicht einfach wegen Hekla? Sæunn hat kein Geheimnis daraus gemacht, dass sie Hekla mehr bei sich haben wollte. Am liebsten für immer. Außerdem denke ich, Hekla hätte auch lieber bei ihnen gelebt als bei ihrer Mutter, und das kann für Maríanna nicht leicht gewesen sein.«

Elma nickte. Das passte zu den anderen Aussagen, die sie bisher gehört hatten.

»Du denkst also, dass sie wegen Hekla nicht Selbstmord begangen hat«, sagte Sævar. »Hast du denn eine Vermutung, was passiert sein könnte? Gab es jemanden, der sie nicht mochte oder etwas in der Art? Steckte sie in irgendwelchen Schwierigkeiten?«

»Hmm, ich weiß nicht ...« Ingunn zögerte, bevor sie hinzufügte: »Ich hatte nur das Gefühl ... sie wirkte in der Woche vor ihrem Verschwinden besonders glücklich, und ich glaube, es war wegen Hafþór.«

»Kennst du Hafþór?«

»Ja, sehr gut«, sagte Ingunn. »Er ist der beste Freund meines Mannes. Eigentlich haben wir sie verkuppelt. Oder ... hätten wir jedenfalls, wenn es dazu gekommen wäre.«

Elma stellte die Kaffeetasse ab. »Offen gestanden haben wir kaum Hinweise, was mit Maríanna vorgefallen sein könnte, also sind wir für alle Informationen dankbar. Auch kleinste Details könnten wichtig sein, wenn du also was weißt ...«

»Ich weiß nichts. Mir fällt niemand ein, der Maríanna etwas anhaben wollte. Ich meine, sie gehörte nicht zu den Menschen, die sich gerne mit anderen anlegen. Um Konflikte machte sie immer einen Bogen.«

Elma nickte. »Dir fällt also nichts ein?«

»Na ja, nein, aber ...« Ingunn blickte auf ihre Tasse und hob dann wieder den Kopf. »Also, Sæunn hat in der Woche vor ihrem Verschwinden andauernd bei ihr angerufen, und Maríanna war schon völlig genervt von ihr. Es ging irgendwie darum, dass sie Hekla zu sich holen wollte, aber es war nicht ihr Wochenende. Ich will sie damit nicht verdächtigen, aber das ist eigentlich das Einzige, was mir einfällt. Also, die einzige Person, mit der Maríanna irgendwie gestritten hat, abgesehen von Hekla.«

* * *

Hafþór war gerade erst aufgestanden und empfing sie in einem Unterhemd und karierten Pyjamahosen. Die Vorhänge waren alle zugezogen, in der Wohnung war es muffig und roch nach Schlaf.

»Ich arbeite in Grundartangi«, sagte er, und Elma wusste, dass er das große Ferrosiliziumwerk beim Hvalfjörður meinte. »Hatte gerade Nachtschicht.«

Hafþór führte sie in ein gepflegtes Wohnzimmer, das er offenbar versucht hatte heimelig einzurichten. Elma setzte sich auf ein dunkelgraues Ecksofa und betrachtete die Bilder an der Wand. Alles abstrakte Gemälde – als hätte jemand die Farbe willkürlich auf eine Leinwand gespritzt.

Sie erklärten den Grund für ihren Besuch, und Hafþór wiederholte, was Elma schon aus den Berichten kannte. Er hatte Maríanna über Ingunn kennengelernt und eine Weile online mit ihr gechattet, bevor sie beschlossen, sich zu verabreden. Auf ein Date zu gehen. Vor dem schicksalshaften Tag hatte es nur ein Treffen gegeben. Ein paar Tage vor Maríannas Tod waren sie ins Kaffi Kyrrð, ein Café in Borgarnes, gegangen, hatten sich unterhalten und wollten sich danach wieder treffen.

»Ich kannte sie aber kaum«, sagte Hafþór. »Ich meine, wir sind bei den Gesprächen nicht wirklich in die Tiefe gegangen, haben nur oberflächlich geredet. Ich habe ihr von meinen Reisen erzählt, ich bin schließlich schon viel rumgekommen. Wenn man keine Frau und Kinder an der Backe hat, bleibt einem Zeit für so was.« Er lächelte und fuhr dann fort. »Ich glaube, Maríanna wäre gerne gereist, aber das ging nicht, denn sie hatte ja das Mädchen. Wie hieß die noch mal?«

»Hekla«, sagte Sævar.

»Genau. Ich habe sie mal gefragt, wie das mit Heklas Vater sei, aber sie meinte nur, der spiele in ihrem Leben keine Rolle. Wahrscheinlich kamen da so einige infrage, und sie wusste letztendlich gar nicht, wer es war.«

Elma fand, dass Hafþór ganz schön hart mit Maríanna ins Gericht ging. Mit fünfzehn konnte sie kaum viele Sexpartner gehabt haben. Naheliegender war, dass Heklas Vater nichts mit dem Kind zu tun haben wollte. Vielleicht war er auch noch sehr jung gewesen, wie Ingunn vermutete, oder hatte bereits eine Familie. Verheiratet mit Kindern. Solche Fälle gab es auch.

»Und was ist an dem Tag eurer Verabredung passiert? Wann habt ihr zuletzt miteinander gesprochen?«, fragte Sævar.

Hafþór kratzte sich am Kopf. »Habe ich das nicht alles schon einmal gesagt?« Er sah sie an, und als er keine Antwort erhielt, fuhr er fort. »Wir wollten uns wie gesagt an diesem Freitag treffen, weil ich da frei hatte. Davor hatte ich Nachtschicht, darum habe ich bis zwölf geschlafen. Wir wollten schick essen gehen, also habe ich ihr nach dem Aufstehen eine Nachricht geschickt. Sie hat geantwortet, dass sie sich auf den Abend freue, und gefragt, wann ich sie abholen komme. Dann habe ich gefragt, ob sechs Uhr in Ordnung sei, aber darauf kam keine Antwort mehr. Ja, und dann habe ich im Laufe des Nachmittags angerufen, nur um abzuklären, wann ich denn jetzt vorbeikommen sollte.« Er holte tief Luft und atmete laut aus. »Da war ihr Handy aus.«

Elma blickte auf ihren Notizblock. »Du hast gegen drei Uhr angerufen?«

»Was? Ja, stimmt. So um den Dreh.«

»Warum so früh schon?«, fragte Sævar. »Ihr wolltet euch doch erst am Abend treffen.«

»Ich fand es komisch, dass sie nicht mehr geantwortet hat, also habe ich angerufen.«

»Du bist auch zu ihrer Wohnung gefahren, nicht wahr?«

»Ja, stimmt, das bin ich.«

»Und hast du auch geklingelt?«

»Nee, ich bin nur vorbeigefahren. Habe nichts gesehen, keine Bewegungen. Kein Licht und niemand zu Hause.« Er lächelte bitter. »Jedenfalls dachte ich mir, scheiß drauf, und bin woanders hingefahren. Am Abend bin ich dann trotzdem noch mal beim Haus vorbeigefahren, aber da war immer noch kein Licht.«

»Das war im Mai, zu der Zeit ist es ziemlich lange hell«, sagte Elma. »Konntest du überhaupt sehen, ob das Licht aus war?«

»Vielleicht war es auch später. Womöglich schon nachts. Ich bin nicht sicher.« Er lachte auf, aber verstummte schnell wieder, als sie nicht darauf reagierten. »Ich wollte mich nicht noch einmal von einer Frau verarschen lassen. Ehrlich gesagt war ich ziemlich sauer, hatte schon einen Tisch reserviert und alles. Am Tag davor habe ich mir ein neues Hemd gekauft, das war schweineteuer. Ziemlich daneben, nicht einmal Bescheid zu sagen, nicht wahr?« Er richtete die Frage an Elma, als müsste sie seiner Meinung nach für die Rücksichtslosigkeit aller Frauen geradestehen.

Elma sah ihm in die Augen. »Dafür gab es schließlich einen guten Grund.«

Zurück im Auto konnte Elma sich nicht zurückhalten. »So ein Idiot. Was hat sie nur in ihm gesehen?« Hafþór hatte offensichtlich nicht sonderlich viel zu bieten, abgesehen von den durchtrainierten Oberarmen.

»Ein bisschen aufdringlich«, stimmte Sævar ihr zu.

»Ein bisschen?« Elma schnaubte. »Sie antwortet nicht auf seine Nachricht, also ruft er an, und als sie nicht rangeht, steht er sofort bei ihr auf der Matte. Das ist nur meine Meinung, aber ich finde das mehr als nur ein bisschen aufdringlich.«

Sævar zuckte mit den Schultern. »Oder sehr leidenschaftlich? Gibt nicht sofort auf, sondern kämpft für die Liebe.«

»Nein, Sævar, das ist nicht leidenschaftlich, sondern grenzt an Besessenheit.« Sie wusste, dass Sævar es nicht ernst meinte, aber reagierte trotzdem entsetzt.

»Kann sein«, sagte Sævar. »Aber Maríanna ist wahrscheinlich zwischen zwei und drei Uhr nach Akranes gefahren, und er hat danach noch etliche Male angerufen. Das hätte er doch nicht gemacht, wenn sie bei ihm gewesen wäre?«

»Vielleicht«, sagte Elma. »Womöglich hat er das aber auch absichtlich gemacht, um uns zu verwirren.«

»Wir können uns ansehen, ob sich Hafþórs Handy um die Uhrzeit mit irgendwelchen Sendern in der Umgebung von Akranes verbunden hat.«

»Über solche Männer könnte ich mich dermaßen aufregen. Die denken echt, sie hätten da ein Recht darauf. Ein Recht darauf, dass Frauen ihnen Aufmerksamkeit schenken und mit ihnen reden. Und wenn sie das nicht tun, sind sie Schlampen oder Schlimmeres.« Elma hätte bei ihm nur zu gerne die Handschellen klicken lassen, einfach weil sie ihn unausstehlich fand.

»Aber es gehört sich doch, dass man zumindest Bescheid sagt, wenn man mit einer Person nichts zu tun haben will? Ich kann schon verstehen, dass er sauer war, aber du hast recht, natürlich hätte er es akzeptieren sollen und nicht einfach bei ihr aufkreuzen und wie ein Verrückter alle paar Minuten anrufen.«

»Mhm«, sagte Elma. Aber das war nicht das Einzige, was sie nach dem Gespräch noch weiter beschäftigte. »Sævar, Hekla war an dem Freitag angeblich den ganzen Abend zu Hause, nicht wahr?«

»Ja.«

»Warum war dann kein Licht an?«

»Hm, da sagst du was ...«, murmelte Sævar. »Aber wie du schon meintest, es ist ziemlich hell im Mai, also hat er sich vielleicht einfach geirrt. Und als er zum zweiten Mal vorbeigefahren ist, war es schon spät, da war sie dann womöglich schon im Bett.«

»Kann sein«, sagte Elma und fügte nach einer kurzen Pause hinzu: »Es passt aber nicht auf die Beschreibungen. War sie nicht ein rebellischer Teenager und hat sich bei jeder Gelegenheit nach Akranes verdrückt? Ich halte es für eher unwahrscheinlich, dass Hekla an einem Freitagabend still zu Hause rumsaß, wenn

keiner ein Auge auf sie hatte und die besten Voraussetzungen
herrschten, um einen draufzumachen. Vor allem, wenn sie tatsächlich einen Freund in Akranes hatte.«

Sævar hielt am Straßenrand an und sah Elma fragend an.

»Wir sprechen noch einmal mit Hekla, wenn wir wieder in
Akranes sind«, sagte er. »Aber sollten wir uns nicht auch noch
einmal mit den Nachbarn unterhalten? Vielleicht haben sie bemerkt, ob Hekla an dem Abend zu Hause war oder nicht.«

Zwanzig Monate

»Sie sollte mittlerweile ein wenig sprechen können«, sagt die Pflegerin und mustert sie. »Bist du sicher, dass sie noch nie was gesagt hat? Nicht einmal *Mama, Baba* oder *Gugu?*

Ich schüttle langsam den Kopf, überlege, ob ich lügen soll, nur um den Fragen und diesem prüfenden Blick zu entkommen.

»Vielleicht habe ich es einfach nicht genau gehört«, sage ich und lächle. »Also, sie hat schon Tiergeräusche und so nachgemacht. Das meint zumindest die Tagesmutter.«

»Aber zu Hause sagt sie nichts?«

Ich schüttle den Kopf und kaue auf der Unterlippe. Es ist lange her, dass ich zum letzten Mal versucht habe, ein Buch mit ihr anzuschauen. Ich habe mich einmal auf den Boden gesetzt und sie in den Arm genommen, aber sie hat sich sofort wild herumgeworfen, versucht, meine Haare zu packen und mich zu beißen. Ich hatte alle Hände voll zu tun, sie vor einer Kopfverletzung zu bewahren, also gab ich irgendwann auf und schaltete den Fernseher ein. Damit schien sie zufrieden.

Die Pflegerin macht sich ein paar Notizen, und ich will wissen, was sie geschrieben hat, kann das umgedrehte Blatt aber nicht lesen.

»Kann sie schon laufen?«

»Nein, aber sie krabbelt durch die ganze Wohnung.« Das stimmt eigentlich nicht. Meist sitzt sie auf ihrem Hintern und konzentriert sich auf den Fernseher oder spielt mit dem einzigen Spielzeug, das sie interessiert, grünen Zinnsoldaten von der

Nachbarin. Eine alte Frau, die meinte, ihre Enkel seien schon viel zu alt dafür. Sie sind sicher nicht für Kinder gedacht, aber wenn sie auf ihnen herumnagen kann, ist sie still, also lasse ich sie zu Hause damit spielen.

»Kann sie gestützt stehen?«

»Nicht, dass ich wüsste ...« Langsam fühle ich mich wie bei einem Verhör.

Die Pflegerin sieht das Mädchen an. »Na gut, dann wollen wir dich mal wiegen und vermessen«, sagt sie und lächelt ihr zu. Natürlich bekommt sie kein Lächeln zurück. Meine Tochter beobachtet sie nur aufmerksam mit ihren grauen Augen, und ich hoffe, dass die Pflegerin sie nicht bedrängt, sonst schlägt sie vielleicht zu. Sie mag es nicht, wenn Fremde ihr zu nahe kommen.

Ich soll sie ausziehen und auf den Wickeltisch legen. Leise stöhne ich, weil ich weiß, dass das einfacher gesagt ist als getan. Sobald ich den Reißverschluss der Jacke öffne, schreit sie los.

»Ganz ruhig, mein Schatz«, sage ich sanft, als sie nach meinen Haaren greift und fest daran zieht.

»Da hat aber jemand schlechte Laune«, sagt die Pflegerin und tut so, als sei sie das alles gewohnt. Ich bin aber relativ sicher, dass Kinder wie dieses nicht zu ihrem Alltag gehören.

Nach dem Wiegen und Messen möchte ich am liebsten weinen. Nicht nur, weil sie deutlich größer und schwerer ist als der Durchschnitt, sondern auch, weil sie sich aufführt wie ein ungezähmtes Pferd. Mittlerweile schreit sie nicht mehr, sondern schluchzt mit aufgedunsenen roten Augen auf meinem Schoß. Es würde nichts bringen, sie zur Beruhigung in den Arm zu nehmen, dann würde sie mir nur ihre spitzen Zähne in die Wange rammen und mich wieder an den Haaren ziehen. Deshalb lasse ich sie auf meinem Schoß sitzen und achte auf einen Sicherheitsabstand zwischen uns. Die Pflegerin sagt nichts, falls sie also an unserem Verhältnis etwas ungewöhnlich findet, zeigt sie es zumindest nicht.

Die Kleine ist wieder angezogen, aber unter der Jacke fehlt der Pullover, und ich bin relativ sicher, dass sie die Hose falsch herum anhat. Am liebsten würde ich davonrennen, bevor die Pflegerin mir sagen kann, was für eine unfähige Mutter ich sei. Vielleicht schlägt sie vor, dass man mir das Kind wegnehmen sollte oder es in eine Einrichtung stecken. Die Vorstellung ist gar nicht so schlimm, und für einen Augenblick muss ich an das Leben vor ihr denken. Als ich mich um niemand kümmern musste außer um mich selbst.

»Also«, beginnt die Pflegerin und lächelt gezwungen. »Ich würde sie gerne noch weiter untersuchen lassen. Irgendetwas scheint die normale Entwicklungskurve zu stören, daher sollten wir uns ein paar Dinge genauer ansehen. Und dann gibt es natürlich Übungen für euch zu Hause, die ihr helfen könnten.«

»Verstehe«, sage ich. Ich höre sie reden und lächle die ganze Zeit, nicke und versuche, wie eine Mutter auszusehen, der nicht völlig egal ist, was sie zu sagen hat.

Beim Auto angekommen zittert die Kleine immer noch und kann sich vor Erschöpfung nicht wehren, als ich sie im Kindersitz festschnalle. Ich setze mich ans Steuer, nehme einen Pulli, der auf dem Beifahrersitz liegt, halte ihn vor den Mund und schreie, so laut ich kann. Am liebsten würde ich auf irgendetwas einschlagen, vorzugsweise die übergriffige Pflegerin, die mich angestarrt und verurteilt hat. Ich denke an meine Eltern und Freunde, an alle, die nicht hier sind, um mich aufzufangen. Denn ich habe das Gefühl zu fallen. Als würde ich in einem luftleeren Raum schweben, kurz vor der Bruchlandung.

Heiße Tränen fließen über meine Wangen, und ich lasse ihnen freien Lauf. Ich werfe einen Blick in den Rückspiegel. Sie starrt mich an, die roten Augen sind jetzt trocken und ernst. Dann geschieht etwas in ihrem Gesicht. Eine kleine Bewegung in den Mundwinkeln. Sie ziehen so komisch nach oben. Ist das ein Lächeln? Ich wische die Tränen weg und starre meine Tochter verblüfft an. Das *ist* ein Lächeln. Klein, schief und überaus seltsam, aber ein Lächeln. Sie hat eigentlich noch nie gelächelt. Jedenfalls nicht mich angelächelt. Manchmal lächelt sie, wenn sie sich Bücher ansieht, aber nie lächelt sie mich an. Findet sie es lustig, dass ich so die Fassung verliere? Ich wische mir übers Gesicht, drehe mich um und sehe sie an. Sie starrt zurück, aber hat immer noch dieses vermeintliche Lächeln im Gesicht, obwohl sie ab und zu noch schluchzt. Ich blicke wieder nach vorne und starte den Motor. In letzter Zeit habe ich so einige Kämpfe in meinem Leben verloren, aber diesen will ich nicht verlieren.

Es war einfach so langweilig. Völlig sinnlos. Sie hatte ohnehin nicht vor, später einmal was mit Mathe zu machen, da war sie absolut sicher. Warum in aller Welt musste sie hier sitzen und diese Formeln lernen, die der Lehrer auf die Tafel schrieb? Ihr war völlig egal, wofür x stand. Tinna saß neben ihr und hörte dem Lehrer aufmerksam zu, während Dísa, die am Tisch hinter ihnen saß, immer wieder versaute Botschaften auf kleinen Zetteln schickte.

Hekla sah Tinna an. Sie stützte das Kinn mit einer Hand ab und kaute wie so oft an ihrer Unterlippe, während sie dem Lehrer zuhörte. Hekla war neidisch auf Tinnas Haut. Sie war eins dieser Mädchen mit richtig schöner Haut, völlig glatt und makellos. Tinna benutzte nicht einmal Make-up, das hatte sie gar nicht nötig. Nur die Augen schminkte sie ganz normal mit schwarzem Kajal, und im Augenwinkel ging der Lidstrich in einem perfekten kleinen Haken nach oben.

»Starr mich nicht so an, du kleiner Perversling«, flüsterte Tinna plötzlich, ohne den Blick vom Lehrer zu nehmen.

Hekla sah schnell weg und atmete auf, als sie Tinnas Grinsen sah. Das war das Schwierige daran, Freundinnen zu haben, sie wusste nie so recht, wie sie sich ihnen gegenüber verhalten sollte, und hatte ständig Angst, sie zu verlieren. Alles konnte sich von einem Augenblick zum nächsten verändern. An einem Tag wollten ihre Freundinnen noch einen Schneemann im Garten bauen oder sich *Mean Girls* ansehen, am nächsten beschlossen sie, mit deutlich älteren Jungs im Auto herumzufahren. Manchmal wurden sie sauer, wenn Hekla früher nach Hause wollte, und taten so, als sei alles, was sie sagte, furchtbar kindisch und uncool. Manchmal fühlte Hekla sich schrecklich und ging davon aus, dass sie nie wieder mit ihr reden würden, aber am nächsten Tag wachte sie zu Nachrichten mit Herzchen und Smileys von ihnen auf, als sei nichts gewesen.

»Soll ich dir was sagen, Alfreð starrt dich schon die ganze Zeit an«, flüsterte Tinna ihr plötzlich zu. Hekla roch ihren Erdbeer-Lipgloss über den Tisch und ihr Magen knurrte. Sie hatte nicht gefrühstückt und mittags nur an einem Fladenbrot geknabbert.

»Was?«, fragte sie und drehte sich um. Alfreð starrte verlegen auf seinen Tisch und strich sich die dunkelblonden Haare hinters Ohr. Hekla sah schnell wieder weg und musste an Agnar denken.

Tinna kniff sie in den Arm. »Schau doch nicht gleich hin, du dumme Nuss.«

Hekla rieb sich die Stelle und verzog das Gesicht.

Tinna lächelte. »Also gut ... ich kümmere mich darum. Wir drehen heute Abend mit ihm eine Runde. Ich regle das.«

»Was ist mit Agnar?« Der Gedanke, mit ihm Schluss zu machen, machte sie nervös.

»Ich regle das«, flüsterte Tinna noch einmal.

»Mädels.« Der Lehrer sah sie an. Er klang sauer und ein wenig müde. »Hört ihr mir zu?«

»Ja, klar.« Tinna lächelte.

»Also gut, was habe ich gerade gesagt?«

Tinna sah auf die Tafel und kniff die Augen zusammen. Der Lehrer seufzte und wollte sich wieder dem Beispiel widmen, als Tinna sagte: »Der kleinste gemeinsame Nenner ist 43.«

Der Lehrer blickte zur Tafel und dann wieder zu Tinna.

»Ich habe recht«, sagte sie. »Prüf es ruhig nach.«

Der Lehrer räusperte sich. »Das stimmt, Tinna. Willst du nicht nach vorne kommen und dem Rest der Klasse an der Tafel zeigen, wie du zu diesem Ergebnis gekommen bist?«

Tinna zwinkerte Hekla kaum merklich zu, stand auf, sodass ihr Stuhl auf dem Linoleumboden quietschte, und ging zur Tafel. Dort rechnete sie schnell und selbstsicher das Beispiel, bevor sie sich umdrehte und wieder zu ihrem Platz ging. Hekla konnte hören, wie Dísa hinter ihr sich mühte, das Lachen zu unterdrücken.

* * *

Als sie aus dem Auto stiegen, sprang eine Katze auf und begann sofort, sich an ihre Beine zu schmiegen und wehleidig zu miauen. Elma bückte sich und kraulte sie hinter den Ohren, hörte aber sofort auf, als sie ihr Auge sah. Es war so sehr von Eiter verklebt, dass sie es kaum offen halten konnte, und im Augenwinkel hatte sie eine tiefe Wunde, aus der eine gelbe Flüssigkeit quoll.

»Das ist keine Hauskatze«, sagte Sævar und pfiff leise. Die Katze schien ihr Misstrauen zu spüren. Sie rannte schnell weg in Richtung einer alten Lagerhalle und verschwand zwischen Büscheln von verwelktem Gemüseampfer.

Elma lief es kalt den Rücken hinunter. Sie blickte auf das zweistöckige Haus mit bogenförmigen Dach- und Fensterläden und einem Balkon mit Betongeländer. Hier hatten Maríanna und Hekla die Kellerwohnung gemietet, und es schien bereits jemand Neues eingezogen zu sein. Hinter den Jalousien machte Elma eine Bewegung aus, und aus einem offenen Fenster erklang Musik. Der Garten war umringt von steilen Klippen, und sie hörten das Rauschen des Meeres. Auf dem Weg zum Haus hatte es plötzlich aufgehört zu regnen, als hätte jemand die Wolken zugedreht wie einen Wasserhahn. Jetzt bahnten sich Sonnenstrahlen einen Weg zwischen ihnen hindurch. Hell und warm. Zwei

Raben saßen auf einer Straßenlaterne und unterhielten sich. Ihr Ruf erklang in der ganzen Straße und wirkte in der Stille nach dem Regen ungewöhnlich laut.

»Ich würde meine Kinder nie im Leben in diesem Garten spielen lassen«, sagte Elma mit Blick auf die Felsen.

Sævar konnte nicht mehr antworten, denn plötzlich ging die Haustür auf, und eine Frau in gestreiftem Pulli trat heraus.

Die Frau reichte ihnen zur Begrüßung die Hand und stellte sich als Elín vor. »Unnar wollte eigentlich schon zu Hause sein, ich weiß nicht, wo er bleibt. Wir können in die Küche gehen. Meine Mutter passt auf den Kleinsten auf, also sollten wir in Ruhe reden können.«

Sie folgten ihr in die Küche. Das Haus war altmodisch eingerichtet, im Parkett waren tiefe Kratzer, und die Türrahmen wirkten enger als in modernen Häusern. Im Vorbeigehen warf Elma einen Blick ins Wohnzimmer und sah eine ältere Frau mit Kind, die zusammen ein Buch lasen.

»Meine Mutter passt tagsüber auf, während wir arbeiten«, sagte Elín und bot ihnen Mineralwasser zu trinken an. »Sie ist in Rente, also hat es sich angeboten. Für die Zeit bis zum Kindergarten.«

»Sind unten bereits neue Mieter eingezogen?«, fragte Sævar.

»Ja, leider. Junge Mädchen, die das Blaue vom Himmel versprochen haben, aber wahrscheinlich müssen wir sie bald wieder rauswerfen. An den Wochenenden bekommt man nachts keine Ruhe.« Elín seufzte und stellte Gläser auf den Tisch. »Gibt es Neuigkeiten zu Maríanna? War das wirklich sie, die da gefunden wurde?«

»Ja, das war sie«, sagte Elma. »Deshalb gehen wir alles noch einmal durch, prüfen, ob wir etwas übersehen haben.«

»Ah, verstehe. Kaum zu glauben, dass ihr jemand etwas antun wollte. Sie war ausgesprochen nett.«

»Kanntet ihr euch gut?«

»Ja und nein. Maríanna hat natürlich schon hier im Souterrain gelebt, als wir das Haus gekauft haben. Die vorherigen Besitzer haben ihr die Wohnung vermietet und wir dann in den letzten zwei Jahren auch. Sie kam vorbei, wenn sie mal Eier oder Milch brauchte, und im Sommer haben wir uns mit dem Rasenmähen abgewechselt und so, aber darüber hinaus hatten wir keinen engeren Kontakt. Vielleicht lag es einfach am Altersunterschied, ich weiß es nicht. Sie war zehn Jahre jünger als ich. Unnar half ihr manchmal bei kleineren Arbeiten in der Wohnung. Wenn was zu bohren war oder sie ein Regal aufstellen wollte, solche Sachen. Sie hatten ein gutes Verhältnis, Unnar und sie, auch wenn ich mich nie näher mit ihr angefreundet habe. Aber Unnar versteht sich irgendwie mit allen gut.«

»Was ist mit Hekla, hattest du zu ihr irgendeinen Kontakt?«

»Maríannas Tochter? Nein, soziale Kontakte waren nicht so ihr Ding, glaube ich. Kaum, dass sie einen gegrüßt hat.« Elín schmunzelte. »Aber sie waren gute Mieterinnen. Mit ihnen gab es nie Scherereien, anders als mit den Mädels, die jetzt da unten sind.«

»Weißt du noch, wann du an dem Freitagabend von Maríannas Verschwinden nach Hause gekommen bist?«, fragte Sævar.

»Ja, damals habe ich gerade wieder angefangen zu arbeiten, also war ich so gegen fünf zu Hause«, sagte Elín.

»Ist dir danach aufgefallen, ob irgendjemand gekommen oder gegangen ist?«

»Ich weiß es nicht mehr.« Sie überlegte. »Das ist schon so lange her. Aber doch ... ich habe euch auch im Frühjahr schon erzählt, dass die Tür zur Kellerwohnung kurz vor dem Abendessen einmal zugeknallt wurde. Sie ist etwas schwergängig, man muss sie richtig fest zumachen, sonst schließt sie nicht ordentlich. Da bebt das Haus manchmal gewaltig. Ihr könnt euch sicher denken, wie das jetzt mit den neuen Mieterinnen ist, die oft bis spät nachts ein und aus gehen.«

Sævar sah Elma an, und sie hatten vermutlich den gleichen Gedanken. Seit Maríannas Verschwinden war viel Zeit vergangen, was die Sache nicht gerade einfacher machte. Die meisten Menschen hatten schon einiges vergessen oder unbewusst neue Erinnerungen gebastelt. Das Gedächtnis konnte trügerisch oder verschwommen sein und sich mit der Zeit wandeln. Oft kam am Ende eine Mischung aus Wahrheit und Einbildung heraus.

»Aber hast du draußen irgendwelche Autos bemerkt?«

Elín seufzte und schüttelte den Kopf. »Nein, ich glaube nicht.«

»Oder vielleicht davor irgendwann?« Elma wollte noch nicht aufgeben. »Ist dir aufgefallen, ob Maríanna und Hekla öfter mal Besuch hatten?«

»Ja, ja. Maríannas Freundinnen waren ab und zu da, und manchmal kamen Heklas Pflegeeltern vorbei, um sie abzuholen. Einmal habe ich mich kurz mit ihnen unterhalten, sehr nette Leute. Irgendwann sah ich, dass Hekla spät abends mit einem Auto abgeholt wurde. Ich verstand nicht, warum ihre Mutter ihr erlaubt hat, mit einem älteren Jungen unterwegs zu sein, aber vielleicht wusste sie auch nichts davon, denn er hat weiter oben in der Straße geparkt, und sie ist zu ihm gelaufen. Ich habe damals überlegt, etwas zu Maríanna zu sagen, aber ich wollte mich auch nicht einmischen.«

»Hast du den Jungen genauer zu Gesicht bekommen?«

»Nein, leider nicht. Aber er hatte einen Führerschein, also muss er deutlich älter gewesen sein.«

»Weißt du noch, was für ein Auto das war?«

»Ein dunkelgrüner Volvo S80«, antwortete Elín wie aus der Pistole geschossen. »Vermutlich Baujahr 1999 oder 2000. Ziemliche Schrottkiste.«

Sævar zog die Augenbrauen hoch. »Erinnerst du dich vielleicht auch noch an das Kennzeichen?«

Elín lachte. »Nein, leider nicht.«

Elma lächelte und notierte sich die Details zum Auto.

»Ella, mein Liebe, hast du eine Banane?« Die Mutter der Frau betrat die Küche. »Entschuldigt, ich will nicht stören. Aber der arme Junge ist schon ziemlich hungrig und bittet um eine Banane. Beziehungsweise eine *Nane*«, ahmte sie ihn nach.

»Hier müsste noch wo eine sein«, sagte Elín und stand auf.

»Hallo, ich bin Bryndís«, sagte die Frau und reichte ihnen die Hand. »Elíns Mutter. Die Babysitterin. Ja, und Oma. Kommt ihr aus Reykjavík? Oder Akranes? Geht es um Maríanna? Was für eine schreckliche Geschichte. Bitte sagt nicht, dass ihr jemand etwas angetan hat, oder etwa doch?«

Elma beschloss, nur auf die letzte Frage zu antworten. »Das wollen wir herausfinden«, sagte sie. »Hast du dich im Mai auch schon um den Kleinen gekümmert?«

»Ja, das habe ich«, sagte Bryndís und nahm die Banane von Elín entgegen. »Danke, mein Schatz. Wann habe ich noch mal angefangen, im März, nicht wahr?«

Elín nickte.

»Warst du an dem Freitag tagsüber hier?«, fragte Elma.

»Ja, ich denke schon«, sagte Bryndís. »Vielleicht war ich zwischendurch mal mit dem Kinderwagen spazieren, so genau weiß ich das nicht mehr.«

Elma ärgerte sich noch einmal, dass so viel Zeit vergangen war. »Hast du an dem Tag Maríanna oder Hekla gesehen? Oder jemand anders?«

Bryndís lächelte entschuldigend. »Ach, da müsste ich etwas genauer nachdenken. Mal sehen, das war am Freitag, dem 4. Mai, ... hm, nein, keine Ahnung, so weit zurück kann ich mich nicht erinnern.«

»Aber erinnerst du dich an irgendwas ...«

»Maríanna hatte mittwochmorgens frei, dann ging ich oft runter und lud sie auf einen Kaffee ein. Ist doch seltsam, wenn wir beide stillschweigend in der jeweiligen Etage sitzen. Aber ich erinnere mich noch gut daran, als sie zum letzten Mal hier war, das muss dann am 2. Mai gewesen sein.«

»Das wusste ich gar nicht, Mama.«

»Ich muss dir ja nicht von allem erzählen, was ich so mache, mein Schatz.« Bryndís drückte sanft ihre Schulter.

»War sie an dem Tag anders als sonst? Lag ihr etwas auf dem Herzen oder ...«, fragte Elma.

»Nein, nichts dergleichen.« Bryndís wirkte verwundert. »Ich hätte euch davon erzählt, wenn mir etwas aufgefallen wäre. Wir haben über Gott und die Welt geredet. Ich glaube kaum, dass sie sich mit einer alten Frau wie mir über ihr Liebesleben austauschen wollte, aber wir haben uns viel über die Vergangenheit unterhalten. Ich habe ihr von meinem Leben in Kopenhagen erzählt und von der Zeit im Internat, und Maríanna hat über ihre Kindheit gesprochen. Sie wurde dabei immer so ... ja, wie soll ich sagen, so melancholisch. Sie hatte ja sowohl ihren Bruder als auch ihre Mutter verloren.«

Elma nickte ein klein wenig enttäuscht. »Also kam dir an dem Tag nichts ungewöhnlich vor?«

»Na ja ... da war dieser Anruf«, sagte Bryndís schließlich. »Jemand hat sie angerufen, und sie hat einen Blick auf das Handy geworfen und es ausgemacht. Wollte wohl nicht rangehen.«

»Hat sie gesagt, warum?«

»Nein, sie hat nur kurz aufs Handy geschaut und es dann ausgemacht. Keine Ahnung, warum.«

Das könnten sie über die Handydaten leicht herausfinden. Elma vermutete, dass der Anruf von Sæunn gekommen war, denn sie hatten eigentlich alle Anrufe in den Monaten vor ihrem Verschwinden überprüft.

»Gut, wenn dir noch etwas einfällt, kannst du mich unter dieser Nummer erreichen.«

Bryndís nahm den Zettel mit ihrer Nummer entgegen und sah sie nachdenklich an. »Ich habe Maríanna einmal gefragt, warum sie hierhergezogen ist. Sie kam mir immer etwas einsam vor. Hier hatte sie gar keine Verwandten, keine Familie. Sie ist mir damals ausgewichen, ich hatte die Vermutung, dass etwas Schlimmes passiert ist. Jedenfalls wollte sie nicht darüber sprechen.« Sie blickte auf. »Aber was fasle ich hier? Zeit, den jungen Mann zu füttern.«

Sæunn hatte Maríanna an dem Mittwoch vor ihrem Verschwinden morgens angerufen. In der Woche hatte es offensichtlich Unstimmigkeiten zwischen ihnen gegeben, und am nächsten Tag wollte Elma sie genauer dazu befragen. Zurück im Büro ging sie noch einmal Maríannas Chats in den sozialen Netzwerken durch, aber fand keine Nachrichten von Sæunn. Sie war nicht einmal auf Facebook, und im Internet gab es nur sehr wenig über sie zu finden. Anscheinend gehörte sie zu den wenigen Isländerinnen ohne Onlineprofile.

Zwei Dinge fielen Elma beim Überprüfen von Maríannas Chats aber auf. Erstens die Nachrichten von Hafþór. Er hatte Maríanna fast täglich geschrieben und immer erst einmal gefragt, wo sie sei und was sie gerade mache. Vielleicht waren das auch völlig harmlose Nachrichten, aber trotzdem wirkten sie übertrieben neugierig. Warum fragte er nicht einfach nach ihrem Befinden?

Zweitens fiel ihr auf, dass die Chats zwischen Maríanna und Hekla voller Frust und Schimpfereien waren. Maríanna hatte Hekla zum Beispiel oft geschrieben, sie solle sofort nach Hause kommen, aber keine Antwort darauf erhalten. Manche Nachrichten enthielten eine Liste von Hausarbeiten, die Hekla noch erledigen sollte – staubsaugen, Wäsche waschen und die Badewanne putzen. In anderen ging es um Dinge, die sie nicht tun sollte – Klamotten auf dem Boden herumliegen lassen, die letzte Milch austrinken oder vergessen, das Licht auszumachen. Elma las alte Chatverläufe, ohne auch nur eine einzige noch so kleine positive Bemerkung von Maríanna zu entdecken. Die Nachrichten an Hafþór und die an Hekla wirkten wie von zwei völlig verschiedenen Menschen.

Während Elma auf dem Sofa ihrer Eltern lag, überlegte sie, warum Maríanna ihre Tochter an dem Freitag wohl so dringend hatte erreichen wollen. Hekla war beim Schwimmen, das muss ihre Mutter doch gewusst haben? Was hatte sie von ihr gewollt, und warum war sie nach Akranes gefahren?

Das Jingle der Fernsehnachrichten erklang im Wohnzimmer, und eine blonde Frau erschien auf dem Bildschirm und wünschte einen guten Abend, auf diese bestimmte und direkte Art, die Nachrichtensprecher so an sich haben.

»Die lebt hier in Akranes«, sagte ihr Vater, ohne von seinem Sudoku-Rätsel aufzublicken.

Elma murmelte eine Antwort, doch im selben Augenblick vibrierte ihr Handy, und sie erblickte eine weitere Nachricht von Dagný. Dafür hatte sie jetzt keine Energie, also legte sie das Handy weg und hoffte, ihre Schwester würde es ihr nicht übel nehmen. Am Samstag wollten sie zusammen nach Reykjavík fahren und das Geschenk besorgen. Elma freute sich nicht gerade darauf und machte sich eher Sorgen, es könnte unangenehm werden. Vieles von dem, was sie schon immer zu Dagný sagen wollte, würde sicher nicht gut ankommen. Am Nachmittag war sie bei Maríannas Haus gewesen, und der Spielplatz daneben hatte sie an ein Ereignis aus ihrer Kindheit erinnert. Oder genauer gesagt, etwas Bestimmtes auf dem Spielplatz. Das Klettergerüst. Ein bogenförmiges, an dem man hangeln konnte. So eines hatte es früher auch auf dem Spielplatz in der Nähe ihres Elternhauses gegeben, bevor dort alles neu gemacht wurde.

»Papa«, sagte sie.

Ihr Vater murmelte etwas, und es klang wie eine Bestätigung, dass er ihr zuhörte. Er saß in einem Sessel, und seine Aufmerksamkeit war entweder beim Fernseher oder dem Sudoku-Buch. Ihre Mutter war in der Küche mit dem Abendessen beschäftigt.

»Weißt du noch, wie Dagný und ihre Freundinnen mich auf dem Spielplatz zurückgelassen haben und du mich abholen musstest?«

Ihr Vater blickte nicht vom Buch auf, aber aus seiner Richtung erklang ein weiteres Raunen.

»Warum ...« Elma zögerte. »Wie alt war ich denn damals?«

»Du musst so um die sechs, sieben Jahre alt gewesen sein.«

»Sie meinten, sie würden gehen und mir einen Lolli holen«, erinnerte sich Elma. »Ich habe stundenlang in dichtem Schneefall gewartet, bis eine Nachbarin, die mich durch das Fenster beobachtet hat, sich irgendwann Sorgen gemacht hat und zu mir kam.«

Da nahm ihr Vater die Brille ab und sah sie an. »Stundenlang war das nun auch wieder nicht ...« So ohne Brille im schwachen Licht des Fernsehers sah er plötzlich viel jünger aus. Elma war schon immer eher ein mutterbezogenes Kind gewesen, vielleicht weil ihr Papa oft nicht ganz so präsent war. Er hatte als Tischler gearbeitet und kam meist erst spät von der Arbeit nach Hause, war dann müde, ungewaschen und roch nach Sägespänen und Holzöl. Für gewöhnlich war sie mit Problemen zu ihrer Mutter gegangen, die nichts lieber tat, als sich der Sorgen anderer Menschen anzunehmen, und sich am allerwohlsten fühlte, wenn viele sie brauchten. Ihrer Mutter konnte sie so ziemlich alles erzählen, während ihr Vater sich zurückhielt und kaum in Alltagsprobleme einmischte. »Soweit ich mich erinnere – und meine Erinnerung ist ziemlich gut –, war sie noch eifersüchtig von dem Abend davor.« Ein Lächeln huschte über seine Lippen.

Elma runzelte die Stirn. »Was ist an dem Abend davor passiert?«

»Du erinnerst dich natürlich nicht daran. Eigentlich hast du ja auch gar nichts getan, wahrscheinlich war es dir nicht einmal bewusst.«

Elma richtete sich im Sofa auf und stellte den Fernseher ein wenig leiser.

Ihr Vater fuhr fort: »An dem Abend davor hat Dagný für einen Test gelernt. Sie sollte das Einmaleins lernen und kämpfte damit, Zahlen waren nicht ihr Ding. Wir gingen es mit ihr durch, und dann kamst du daher, gerade mal Schulanfängerin, und konntest es einfach. Konntest alles aufsagen, was Dagný lernen sollte, einfach so. Sie war drei Jahre älter, das hat, glaube ich, ganz schön an ihrem Selbstbewusstsein genagt.« Er lachte leise.

»Daran erinnere ich mich überhaupt nicht«, sagte Elma. Sie wusste aber noch, dass ihr das Lernen immer leichtgefallen war, zumindest in der Grundschule. Sie konnte sehr früh lesen und rechnen. Das war aber vor allem, weil sie sich immer an Dagný gemessen und wie ein kleiner Hund neben ihr gehockt hatte, wenn sie ihre Hausaufgaben machte.

»Nein, aber Dagný wird das bestimmt nie vergessen. Du hättest ihr Gesicht sehen müssen.«

Elma lachte und lehnte sich im Sofa zurück: »Es ist trotzdem etwas dramatisch, mich einfach so auf dem Spielplatz zurückzulassen, nur ... nur, um mich dafür zu bestrafen, dass ich besser in Mathe war.«

»Du hättest dasselbe getan«, sagte ihr Vater und stellte den Fernseher wieder lauter.

* * *

Das Zeug sah eigentlich aus wie Moos. Aber die Farbe war ein wenig anders und es schien, als hätte es jemand geknetet. Hekla beobachtete den Jungen dabei, wie er das Gras sorgfältig auf einem weißen Papier platzierte, es einrollte und an einem Ende eine Spitze drehte.

»Wer will die Ehre?«, sagte er dann feierlich und hielt die Haschischzigarette vor sich hoch.

»Also, wenn sich sonst niemand meldet«, rief Dísa, noch bevor jemand etwas sagen konnte, und griff nach dem Joint. Der Junge gab ihr Feuer, Dísa beugte sich nach vorne und zog den Rauch tief in die Lunge. Dann blies sie ihn Hekla ins Gesicht, lachte und reichte den Joint an Tinna weiter, die ebenfalls daran zog.

Sie saßen zu viert auf dem Rücksitz, Hekla rechts, Tinna in der Mitte und links Dísa auf dem Schoß eines Typen namens Binni. Binni war ein Jahr älter als sie, und angeblich waren seine Eltern reich, das hatte Dísa jedenfalls erzählt. Ihnen gehörten wohl eine riesige Jacht im Mittelmeer und ein Haus in Spanien. Er war ganz süß, hatte gerade Zähne, einen markanten Kiefer und trug immer Markenklamotten.

Sie fuhren langsam durch Akranes, vorbei an dem kleinen Hafen und an der Stelle, wo früher das Zementwerk gestanden hatte, von dem aber mittlerweile nur noch Ruinen übrig waren.

»Bald ist dieser Stummel weg, stellt euch das mal vor«, sagte Alfreð, der auf dem Beifahrersitz saß. Er lehnte sich nach vorne und blickte hoch zum Schornstein der ehemaligen Fabrik, der einer riesigen Zigarette glich. Wobei schon lange kein Rauch mehr aus ihm aufgestiegen war.

»Eigentlich ist es ganz schön traurig«, sagte Binni. Er zog am Joint, den Tinna ihm gereicht hatte, und hielt die Luft an. Ein paar Sekunden später atmete er aus, und das Auto füllte sich mit Rauch.

»Alter, ich sehe nichts, wenn ihr hier im Auto kifft«, sagte Gísli, der Fahrer. Sie fanden ihn nicht einmal entfernt attraktiv, aber er hatte sich bereit erklärt, mit ihnen herumzufahren, wann immer sie wollten, also tolerierten sie ihn. Er versuchte, mit Witzen sein Aussehen wettzumachen, und merkte nicht, dass er damit alles nur noch schlimmer machte.

Binni grinste den Mädchen zu, kurbelte auf seiner Seite das Fenster hinunter und sagte: »Ich meine, ist das nicht so was wie ... wie ein Markenzeichen von Akranes?«

»Willst du damit sagen, das Markenzeichen von Akranes soll irgendein Schornstein sein, der aussieht wie eine Kippe?«, sagte Tinna sarkastisch. »Ist das nicht ganz schön schwach?«

Die Jungs lachten.

»Vielleicht sollte man ihn weiß anmalen. Dann wäre das Markenzeichen von Akranes ein riesiger Joint. Das wäre doch was?« Binni lachte über seinen eigenen Witz und reichte die Haschzigarette an Alfreð weiter.

»Nein, danke«, sagte er und winkte ab. Hekla lächelte ihm unauffällig zu. Alfreð war ein sportlicher Typ wie aus dem Bilderbuch. Er trug immer nur Kapuzenpullis und Trainingshosen, die Fußballschuhe griffbereit in der Tasche. Hekla spielte auch Fußball, und der Trainer meinte, sie hätte Chancen, für die U-16-Nationalmannschaft nominiert zu werden. Hekla war noch nie gut in etwas gewesen, schon gar nicht im Sport. Maríanna hatte sie nie zu irgendetwas animiert. Bevor Sæunn sie zu einem Fußballtraining des Akraneser Sportvereins überredete, hatte sie nur einmal in der Schule Fußball gespielt, und damals war sie zu schüchtern gewesen, um sich viel zu bewegen. Ihre Klassenkameraden hatten gesagt, sie sehe beim Laufen wie ein Affe aus, also machte sie sich auf dem Spielfeld möglichst unsichtbar. Es überraschte sie selbst am meisten, dass sie in Wahrheit sogar gut im Fußball war. Ein Naturtalent, hatte der Trainer gesagt und ihr zugezwinkert, sodass sie ganz rot wurde.

Binni zuckte mit den Schultern. »Was ist mit dir, Hekla?«

Dísa lehnte sich an Binni und sah Hekla an. »Ganz deine Entscheidung«, sagte sie. »Fühl dich nicht gezwungen.«

Hekla zögerte und Dísa lachte. »Ach, du bist so süß. So, her damit, sie will nichts.«

»Doch, ich will«, sagte Hekla schnell. Sie ignorierte Alfreðs Blick und nahm den Joint. Ihr wurde warm im Gesicht, als alle sie dabei beobachteten, wie sie den Rauch einatmete. Wie durch ein Wunder schaffte sie es, nicht zu husten, und reichte den Joint weiter.

Dísa lachte noch einmal laut und wandte sich wieder an Binni. Hekla versuchte, ihr Stöhnen und die anderen Geräusche zu ignorieren. Tinna stupste sie unauffällig an und verdrehte die Augen. Dísa hatte kein Problem damit, vor ihnen einen Jungen zu küssen, aber Hekla konnte sich einfach nicht daran gewöhnen.

»Ist alles in Ordnung?« Alfreð starrte sie an, und Hekla verstand nicht ganz, wie er das meinte.

»Ja, ja.« Plötzlich schämte sie sich. Was hatte sie sich eigentlich dabei gedacht? Sie fühlte sich aber auch nicht anders als vorher. Fand die Welt nicht komischer oder witziger als sonst. Sie war nur müde, so müde, dass sie sofort im Auto hätte einschlafen können, trotz des Rauchs, der Musik und der Knutschgeräusche von Dísa und Binni. Deshalb war sie ganz froh, als ihr Handy klingelte und Sæunn sie bat, nach Hause zu kommen.

Zwei Jahre

Der Abschied war so, als würden wir uns nach dem Wochenende wiedersehen. Tschüss, und dann knallte die Tür zu. Kein schön, dich kennengelernt zu haben, und danke, dass ich fünf Tage die Woche acht Stunden am Tag auf deine Tochter aufpassen durfte. Nein, sie knallte mir die Tür vor der Nase zu, und ich stand allein mit meiner Tochter da. Davor hatte die Tagesmutter meine Tochter noch einmal fest gedrückt. Ich musste sie wie immer wegreißen, während sie schrie und heulte und zurück zur Tagesmutter wollte. Ich werde nie verstehen, warum meine Tochter sie mir vorzieht.

Wie auch immer, der Kindergarten ist viel besser. Es ist kurz nach fünf, als ich gehetzt ankomme. Alle Kinder sind schon weg und das Personal größtenteils auch. Ich öffne eine rot-gelbe Tür mit hoher Klinke. Der Geruch von Windeln und nasser Straßenkleidung steigt mir entgegen.

»Tut mir leid, dass ich so spät bin«, sage ich sofort, als ich die letzte Mitarbeiterin vor Ort sehe. Sie sitzt mit meiner Tochter auf dem Boden, und vor ihnen liegt ein offenes Buch. Ich verspüre einen stechenden Schmerz in der Brust und verstehe nicht ganz, warum. Vielleicht ein schlechtes Gewissen, weil meine Tochter und ich nie so beisammensitzen. Meist sieht sie zu Hause einfach fern oder spielt mit den grünen Soldaten. Kinder sollten nicht zu abhängig von ihren Eltern sein, und ich habe mein Bestes gegeben, sie zu einem selbstständigen Wesen zu erziehen. Manchmal beobachte ich, wie Kinder sich an ihre Eltern klammern, und frage mich, ob meine Methode vielleicht nicht die richtige ist. Meine Eltern und ich haben uns nie umarmt oder über Gefühle gesprochen, und lange Zeit habe ich darunter gelitten. Aber irgendwann wurde mir klar, dass andere Kinder für ihr Leben keine eigenen Entscheidungen treffen konnten und bei Schulausflügen ihren Eltern nachweinten, während ich mir immer selbst genug war. Ich war entschlossen und selbstsicher, und das sollte meine Tochter auch sein. Von niemandem abhängig.

»Schon gut«, sagt die grauhaarige Frau, die mindestens dreimal so alt ist wie ich, und lächelt freundlich.

»Ich wurde bei der Arbeit aufgehalten«, lüge ich und nehme ihre Jacke vom Haken. »Und dann stand ich auch noch im Stau. Ein Unfall auf der Miklabraut«, spinne ich die Geschichte weiter.

Die Frau lächelt nur. »Sie ist bereits richtig gut darin, die Bilder zu benennen. Habt ihr so ein Buch zu Hause?«

Es handelt sich um ein großes gebundenes Buch mit Bildern von allerlei Tieren und Gegenständen. So etwas haben wir nicht zu Hause. Eigentlich haben wir gar keine Bücher. Ich habe als Kind auch nie viel gelesen, höchstens für die Schule. Und selbst dann habe ich die Bücher lediglich überflogen und mir anschließend von meinen Freundinnen den Inhalt erzählen lassen. Ich habe ihr schönes Spielzeug gekauft, das beinahe unangetastet in ihrem Zimmer steht. Ein Teeservice mit rosa Rosen und einen weißen Tisch mit zwei Stühlen. Eine völlig überteuerte Puppe von Madame Alexander. Aber sie will immer nur mit den kleinen grünen Zinnsoldaten spielen, die sie mit ihren klobigen Fingern umklammert und nicht wieder loslässt. Sie hält sie so fest, dass ihre Knöchel ganz weiß werden. Sogar im Schlaf scheint es, als hätte sie Angst, ich könnte sie ihr wegnehmen. Und jetzt, wo sie älter ist, reiht sie die kleinen grünen Männchen auf. Das ist nicht ganz leicht, und ich habe keine Ahnung, wie sie die nötige Geduld dafür aufbringt. Ihre Feinmotorik ist noch nicht gut genug, und sie braucht eine Ewigkeit, um allein einen Soldaten aufrecht hinzustellen. Aber sie reiht sie geduldig vor sich auf, und dann sitzt sie da und sieht sie sich an. Wenn sie genug davon hat, nimmt sie die Männchen und stellt sie woanders auf. Währenddessen hockt Madame Alexander unangetastet auf ihrer Kommode.

»Nein. Dieses Buch haben wir nicht.« Ich gehe in die Hocke und sehe das Mädchen an. Rufe sie zu mir. Sie ignoriert mich und rührt sich nicht vom Fleck, bis die Erzieherin aufsteht und sie zu mir führt. Sie hält immer noch das Buch in der Hand und reicht es mir.

»Nimm es«, sagt sie.

Ich lache. »Nein, das kann ich nicht ...«

»Hier ist niemand außer uns. Nimm es einfach. Sie mag es so gerne.«

»Aber ...«

»Sie muss die Begriffe lernen.« Trotz der freundlichen Art der Erzieherin schwingt bei ihren Worten ein ernster Tonfall mit.

»In Ordnung.« Ich nehme das Buch und wende mich meiner Tochter zu. Beuge mich runter und ziehe ihr die Jacke an. Sie hilft mir nicht, aber wehrt sich auch nicht. Am Morgen habe ich ein weißes T-Shirt für sie ausgewählt, das sie natürlich mit Tomatensoße bekleckert hat.

Ich muss die ganze Zeit an das hübsche blonde Mädchen denken, das ich heute Morgen beim Abliefern im Kindergarten gesehen habe. Sie hätte meine Tochter sein sollen. Ich habe mich fast in ihr wiedererkannt. Das kann ich von dem dunkelhaarigen Mädchen vor mir nicht behaupten. In ihrem Gesicht kleben noch Essensreste, die Zöpfe, die ich am Morgen geflochten habe, hat sie aufgerissen, und außerdem ist sie viel zu schwer. Die meisten würden es als Babyspeck abtun, der mit der Zeit weggeht, aber das blonde Mädchen von heute Morgen hatte keinen Babyspeck. Ich habe versucht, auf ihre Ernährung zu achten, aber sie hat immer Hunger. Stopft Essen in sich hinein und kaut laut mit offenem Mund, sodass ich kaum hinsehen kann.

»So, mein Schatz«, sage ich und setze ihr die Mütze auf. Dann will ich den Reißverschluss hochziehen, aber sie brüllt sofort los. »Was ist denn? Hast du dir wehgetan?«

Die Erzieherin reagiert sofort, beugt sich zu ihr und zieht den Reißverschluss wieder runter. Sie hat eine kleine Wunde am Hals, direkt unter dem Anhänger mit ihrem Buchstaben.

»Ach, oje«, sage ich mitleidig und möchte sie umarmen, aber sie drückt mich weg und streckt die Arme nach der Erzieherin aus.

»Das war nur ein Versehen«, sagt sie und drückt meine Tochter kurz. Dann übergibt sie das Mädchen wieder an mich. Die Stimmung ist unangenehm, denn wir wissen beide, dass es so nicht sein sollte. Kleine Kinder sollten von ihrer Mutter getröstet werden wollen, nicht von einer Erzieherin, die sie noch gar nicht lange kennen. Ich merke, dass ich rot werde, also verabschiede ich mich kurz, und wir verlassen mit schnellen Schritten den Kindergarten. Sie ruft mir hinterher:

»Vergiss das Buch nicht.« Dann hält sie mir das große bunte Buch hin.

Ich nehme es und spüre ihren Blick auf meinem Rücken, bis die Tür hinter uns ins Schloss fällt.

MITTWOCH

Im Büro klingelte ihr Handy, als Elma sich gerade frischen Kaffee holte. Mit der bis zum Rand gefüllten Tasse eilte sie zurück zum Schreibtisch und verzog das Gesicht, als sie sich an einigen heißen Tropfen die Finger verbrannte.

»Meine liebe Elma, wie geht es dir? Habe ich dich etwa geweckt?« Sigurðurs Stimme klang warm und vertrauenerweckend.

»Nein, gar nicht, ich bin schon lange auf, und mir geht es gut. Viel zu tun.« Sie setzte sich und trank einen Schluck Kaffee.

Davíðs Vater hatte sich im vergangenen Jahr regelmäßig bei ihr gemeldet. Nach der Beerdigung hatte sie zunächst wochenlang nichts von seinen Eltern gehört. Elma schloss daraus, dass sie ihr die Schuld an Davíðs Selbstmord gaben. In ihrem damaligen Zustand konnte sie das voll und ganz nachvollziehen.

»Ich hoffe, ich störe nicht«, sagte Sigurður.

»Nein, keineswegs.«

»Das freut mich. Ich hoffe, alles läuft gut bei dir.« Er verstummte und fügte dann hinzu: »Am Samstag ist Davíðs Geburtstag, und es wäre schön, wenn du auf einen Kaffee vorbeikommen könntest. Nur wenn du willst, natürlich. Ich könnte gut verstehen, wenn du zu viel zu tun hast, und ...«

»Nein«, unterbrach Elma. »Ich meine, ja. Natürlich komme ich. Es gibt viel zu tun, aber die Zeit nehme ich mir.«

»Ach gut, wir würden uns freuen, dich zu sehen. Wir treffen uns hier bei uns so gegen fünf oder sechs, komm einfach, wann es dir passt. Du weißt ja noch, wo du hinmusst.«

»Natürlich, ich werde da sein.«

Elma nahm die Kaffeetasse und drehte den Bürosessel zum Fenster. Bei dem Gedanken, Davíðs Familie wiederzusehen, bekam sie ein flaues Gefühl im Magen. Mit seiner Schwester Lára hatte sie gelegentlich Kontakt, aber mit Þuríður, Davíðs Mutter, hatte sie im letzten Jahr so gut wie gar nicht gesprochen. Das war sowohl überraschend als auch unangenehm, weil sie sich vor Davíðs Tod eigentlich sehr gut verstanden hatten. Þuríður war ganz anders als ihre eigene Mutter, die wie aus einer Seite eines Hausfrauenratgebers gesprungen war, klein und mollig, immer eine Schürze umgebunden und mit einem Topf auf dem Herd oder etwas im Ofen. Þuríður aber war ein Strich in der Landschaft und würde sich nie in flachen Schuhen oder Jogginghosen blicken lassen. Nein, niemals, sie kleidete sich viel modischer als Elma und ging alle sechs Wochen zum Friseur, um sich die Haare färben zu lassen, damit niemand auch nur ein einziges graues Haar auf ihrem Kopf erahnen könnte.

Die Tür zu ihrem Büro ging auf, und Elma drehte sich um. Ihre Kollegin hatte sich nie angewöhnt zu klopfen, sondern platzte immer einfach herein und setzte sich ihr gegenüber an den Schreibtisch. Begga war Streifenpolizistin, ein paar Jahre jünger als Elma und so direkt, dass es Leuten in Gesprächen mit ihr manchmal die Sprache verschlug.

»Heute Abend Whirlpool und Rotwein bei mir? Hast du Lust?« Elma warf einen Blick aus dem Fenster und sah dann wieder Begga an. »Ernsthaft? Bei dem Wetter?« Regen und Sturm, vorhin war sogar die Straße nach Reykjavík bei Kjalarnes gesperrt.

»Pff, das ist doch gar nichts.« Begga winkte ab.

»Und du hast doch nicht einmal einen Whirl... ach so.« Bei Elma fiel der Groschen. »Hast du die Schlüssel zum neuen Haus bekommen?«

Begga lächelte, und ihre Grübchen wurden deutlicher. »Vor dir sitzt eine frischgebackene Hausbesitzerin.«

»Wow, Glückwunsch!«

Elma hatte schon jede Menge Bilder von dem neuen Häuschen gesehen. Begga kannte in letzter Zeit kein anderes Thema als dieses kleine Einfamilienhaus, auf das sie zehn Jahre lang pflichtbewusst hingespart hatte, während sie bei ihren Eltern im Keller wohnte. Auch wenn das Geld gerade mal für die Anzahlung reichte. Die Immobilienpreise in Akranes waren in den letzten Jahren ordentlich gestiegen. Vielleicht eine Folgeerscheinung der noch höheren Wohnkosten in Reykjavík. Elma wusste, dass manche sogar nach Akranes zogen und weiterhin zur Arbeit nach Reykjavík pendelten, um sich ein angemessen großes Einfamilienhaus leisten zu können.

»Danke dir. Also kannst du jetzt auch nicht Nein sagen, ich erwarte dich um Punkt neun bei mir«, sagte Begga und stand auf. In der Tür hielt sie kurz inne und drehte sich noch einmal um. »Und bring Rotwein mit. Nicht den billigen aus dem Tetra Pak. Ich will eine richtige Flasche!«

Elma blieb keine Wahl, aber so war das meistens mit Begga. Wenn sie sich etwas in den Kopf gesetzt hatte, gab es keine Widerrede. Wie um daran zu erinnern, dass es keine gute Idee war, sich heute Abend zu betrinken, knarrte das Bürofenster plötzlich im Wind. Elma seufzte und rieb sich die Arme. Es war kurz vor neun und höchste Zeit für einen weiteren Becher Kaffee vor der morgendlichen Besprechung.

Maríanna hatte am 4. Mai mittags Feierabend gemacht, danach verlor sich ihre Spur. Das letzte Lebenszeichen war von 14:27, als sie ihre Tochter anrief. Um 15:07 sendete das Handy zwar noch einmal Signale aus, aber das bedeutete nur, dass es zu dem Zeitpunkt an war – nicht zwangsläufig, dass Maríanna am Leben war.

Kurz nach fünf rief Hafþór sie zum letzten Mal an. Danach holte er Alkohol und fuhr zu einem Kumpel nach Hause, um sich dort zu betrinken. Kurz vor Ladenschluss war Hafþór auf der Überwachungskamera des staatlichen Alkoholladens mit einer Flasche Wodka und einem Zehnerpack Bier zu sehen. Seinen Aufenthaltsort zwischen zwei und fünf Uhr konnte aber niemand bestätigen. Der Kumpel meinte, er sei gegen sieben zu ihm gekommen, also war auch nicht klar, wo er in der Zwischenzeit war. Das wäre aber nicht lang genug gewesen, um bis nach Bifröst und wieder zurückzufahren. Und sollten Hafþór und Maríanna zwischen zwei und fünf Uhr zusammen gewesen sein, konnte Elma sich unmöglich erklären, was sie dann in Akranes wollte.

Vor dem ersten Schluck pustete sie auf den heißen Kaffee. Die Befragungen vom Tag davor hatte sie wenig bis gar nicht weitergebracht. Elma musste an Bryndís denken, die alte Frau, mit der Maríanna mittwochs morgens immer Kaffee getrunken hatte. Spielte Maríannas Vergangenheit bei dem Mord eine Rolle? Warum hatte Maríanna beschlossen, so weit von ihrem Vater wegzuziehen, dem einzigen noch lebenden Verwandten? Maríanna hatte in Borgarnes nichts verloren. Dort gab es kaum Arbeit, und sie studierte auch nicht an der nahe gelegenen Privatuniversität in Bifröst.

Sævar hatte sich bisher um den Kontakt zu Maríannas Vater gekümmert, aber vielleicht sollten sie ihm doch noch einmal einen Besuch abstatten. Bei ihrem Gespräch im Frühjahr hatte er erzählt, er habe nicht oft mit Maríanna gesprochen. Er meinte, sie sei vermutlich nur in irgendwelche Schwierigkeiten geraten, habe gesoffen oder noch härtere Drogen genommen und würde mit Sicherheit nach ein paar Tagen oder Wochen wieder auftauchen.

»Welche Probleme gab es mit Hekla?«, fragte Hörður, nachdem sie von der Fahrt nach Borgarnes berichtet hatten.

»Der übliche Teenagerkram, denke ich. Sie ist jedenfalls immer wieder nach Akranes gefahren und wollte mehr Zeit bei ihren Pflegeeltern verbringen«, sagte Elma.

»Ja, oder mit ihrem Freund«, sagte Sævar.

»Ihrem Freund? Hatte sie einen Freund?«, fragte Hörður.

»Das vermuten wir«, meinte Sævar. »Maríannas Nachbarin erzählte, ein Junge habe manchmal vor dem Haus in einem Auto auf sie gewartet.«

»Und ihr denkt, das war ihr Freund?«

»Wahrscheinlich. Vermutlich jemand, der etwas älter ist und schon einen Führerschein hat«, sagte Sævar.

»Denkt ihr, der Freund hat Hekla an dem Freitag im Mai abgeholt? Dass Maríanna vielleicht versucht hat, Hekla anzurufen, weil sie wusste, ihre Tochter schwänzt gerade die Schule?«

»Hekla war aber in der Schule«, sagte Sævar. »Das hat der Lehrer ja bestätigt.«

»Der Lehrer hat sie nur am Vormittag unterrichtet. Zwischen eins und zwei war sie beim Schwimmen.« Elma zuckte mit den Schultern. »Denkt ihr wirklich, dass diese Lehrer immer merken, wenn mal jemand fehlt?«

»Wir können natürlich überprüfen, ob sich der Schwimmlehrer noch an den Unterricht vom 4. Mai erinnert«, sagte Sævar. »Haben wir uns das im Frühjahr nicht angesehen?«

»Nein«, sagte Elma. Es wurde immer offensichtlicher, wie ungenau sie damals gearbeitet hatten. Mittlerweile erkannte sie so einiges, das sie bei Ermittlungen in einem Mordfall definitiv überprüft hätten, damals aber ausgelassen hatten, weil sie so sicher waren, dass es sich bei Maríannas Tod um Selbstmord handelte.

»Das würde jedenfalls erklären, warum Maríanna nach Akranes gefahren ist«, sagte Hörður. »Was war noch mal der Grund dafür, dass Hekla immer wieder bei diesen Pflegeeltern war?«

Elma warf einen Blick auf die Dokumente und seufzte. Der viele Text hinderte sie nur beim Denken.

»Das haben wir uns im Frühjahr nicht so genau angesehen«, sagte Elma. »Das Thema kam aber auf, als wir mit dem Jugendamt sprachen, um mehr über Maríannas geistigen Zustand zu erfahren. Hekla kam mit drei Jahren zum ersten Mal zu Sæunn und Fannar. Damals hatte ein Nachbar drei Nächte hintereinander ein Mädchen weinen gehört. Er klopfte schließlich an der Tür und fand Hekla allein in der Wohnung vor, völlig ausgehungert und verwahrlost. Die Polizei wurde verständigt und das Mädchen zu einer Pflegefamilie gebracht. Es stellte sich heraus, dass Maríanna feiern gegangen war und einfach die Zeit vergessen hatte. Aus einem Abend wurde eine ganze Woche.«

»Und bekam sie das Kind danach einfach wieder zurück?«, fragte Hörður.

»Ja, ich glaube, Hekla war nicht lange von ihrer Mutter getrennt, vielleicht ein halbes Jahr oder so. Danach willigte Maríanna ein, eine unterstützende Pflegefamilie zur Seite gestellt zu bekommen, bei der Hekla jedes zweite Wochenende verbringen sollte. So wie ich Sæunn verstanden habe, war Hekla aber öfter als nur an Wochenenden bei ihnen. Im Sommer blieb sie manchmal auch länger und fuhr sogar mit ihnen in Urlaub.«

»Also gut«, sagte Hörður. »Lasst und noch einmal mit Hekla und der Pflegefamilie sprechen.«

»Ja, und da war noch was«, sagte Elma. »In der Woche vor Maríannas Verschwinden ... ich meine, ihrer Ermordung, hat Sæunn sie beinahe täglich angerufen.«

»Außer an dem Freitag selbst«, fügte Sævar hinzu.

Elma warf einen Blick auf die Daten des Mobilfunkbetreibers und sah, dass er recht hatte. Sæunn hatte es jeden Tag versucht, nur an dem Freitag nicht.

»Fragt sie danach«, sagte Hörður. »Aber vergesst nicht, dass Maríanna zu Tode geprügelt wurde. Das war eine extrem brutale Sache. Gelinde gesagt. Das sollten wir bei den Ermittlungen im Hinterkopf behalten. Ich weiß nicht, ob Sæunn dazu fähig wäre.«

Elma sah Sæunn vor ihrem inneren Auge. Sie war groß, zierlich gewachsen und schien nicht dazu imstande, jemanden zu Tode zu schlagen. Aber das Aussehen konnte täuschen, und Maríanna war nicht besonders groß gewesen. Man hätte nicht sonderlich viel Kraft gebraucht, um sie zu überwältigen.

»Der einzige Mann in Maríannas Leben war Hafþór«, sagte Sævar. »Wir werden seine Aufenthaltsorte noch einmal genau überprüfen. Uns ansehen, ob sein Handy Borgarnes irgendwann verlassen hat.«

»Ja, das ist eine gute Idee«, sagte Hörður. »Aber könnte es sonst noch irgendwelche Männer in ihrem Umfeld gegeben haben, von denen wir nichts wissen?«

»Fannar«, sagte Elma. »Wir haben noch nicht überprüft, was er an dem Wochenende gemacht hat.«

»Nein, stimmt, diesmal sollten wir allen offenen Fragen nachgehen ...«, sagte Hörður.

»Was ist mit Unnar?«, schlug Sævar vor. »Der Mann aus der Wohnung über ihr, der ihr oft geholfen hat, Regale anzubringen und dergleichen? Könnte es sein, dass er neulich nicht da war, weil er nicht mit uns reden wollte?«

* * *

Der letzte Patient des Tages hatte seinen Termin abgesagt, also konnte Sæunn früher als sonst Feierabend machen. Auf dem Weg nach Hause ging sie noch zu Kallis Bäckerei und holte eine große Schnitte Kopenhagener Gebäck. Sie hatte Lust auf etwas Süßes, und da die Polizei noch vorbeikommen wollte, gab es einen Anlass, noch etwas zu holen, das sie zum Kaffee anbieten könnte. Sie hatte dafür gesorgt, dass Bergur nach der Schule zu einem Freund nach Hause ging, und Hekla und Fannar gebeten, spätestens um vier zu Hause zu sein. Hekla hatte zwar eigentlich am Nachmittag Fußballtraining, aber das musste sie dann wohl einmal verpassen.

Sæunn öffnete die Garagentür und parkte das Auto. Im Vorraum atmete sie tief ein, es roch nach Lavendel und Vanille. Ein himmlischer Geruch – aber vielleicht etwas zu penetrant, dachte sie, und nahm die Duftkugeln von den Heizkörpern ab. Das Geräusch ihrer Schuhe auf den Fliesen hallte im ganzen Haus wider. Außer ihr war niemand da. Wo steckten Hekla und Fannar bloß? Es war schon halb vier.

Sie legte die Tüte mit dem Gebäck auf den Küchentisch und rief Hekla an, aber die ging nicht ans Telefon. Hoffentlich hatte sie nicht vergessen, dass sie nach Hause kommen sollte, und war zum Training gegangen, denn dann würde man sie in der nächsten Stunde nicht erreichen. Vielleicht sollte sie Fannar bitten, bei der Sporthalle vorbeizufahren. Womöglich war Hekla aber auch nur zu einer ihrer Freundinnen gegangen.

Sie überlegte, ob sie Tinna anrufen sollte. Die beiden Mädchen hatten sich vor zwei Jahren beim Fußball kennengelernt. Sæunn fand es völlig absurd, dass Hekla gar keinen Sport trieb, also hatte sie Hekla im Verein angemeldet, als sie im Sommer einmal länger bei ihnen war. Auch wenn sie danach nur jedes zweite Wochenende am Training teilnehmen konnte. Was für Eltern machten sich gar keine Gedanken um Freizeitaktivitäten? Kinder sollten Sport treiben oder ein Instrument lernen. Am besten beides. Bergur war im Schwimmverein und spielte Trompete. Sie hatte Maríanna oft darauf angesprochen, aber immer nur die gleichen unverständlichen Antworten erhalten.

Zum Glück war Sæunn so schlau gewesen, Hekla zum Fußball zu schicken, denn dort hatte sie Tinna und Dísa kennengelernt. Und Sæunn freundete sich auf diesem Weg mit ihren Müttern an, vor allem mit Tinnas Mutter Margrét. Es begann mit einer Einladung auf einen Kaffee, als Margrét einmal vorbeikam, um ihre Tochter abzuholen. Danach lud Margrét sie auch ein, wenn sie Hekla abholte. Mit der Zeit kamen sie immer früher und saßen länger beisammen, und irgendwann brauchten sie die Mädchen nicht mehr als Anlass für ihre Treffen. Tinna ging nicht ans Telefon, also versuchte sie es bei Margrét.

»Nachdem sie von der Schule nach Hause gekommen sind, haben sie sich im Zimmer verschanzt. Angeblich zum Lernen, aber bei der lauten Musik wage ich das zu bezweifeln«, sagte Margrét. »Soll ich Hekla heimschicken? Ich kann sie auch fahren, ich muss ohnehin gleich los.«

Sæunn atmete beruhigt auf. »Das wäre toll. Du bist meine Rettung.«

»Wir sind in zehn Minuten da.«

»Danke, meine Liebe. Und wir sollten uns auch bald wieder treffen. Wollt ihr nicht am Wochenende mal zum Essen kommen?«

Nachdem Sæunn aufgelegt hatte, blickte sie auf die Uhr, es war Viertel vor vier. Sie holte Teller aus dem Schrank, legte das Gebäck auf ein Schneidebrett und deckte den Küchentisch. Dann ging sie ins Bad, frischte ihr Deo auf und besprühte sich mit ein wenig Parfum. Ihr hellbraunes Haar fiel glatt über die Schultern. Aus alter Gewohnheit versuchte sie, mit den Fingern etwas Volumen hineinzubringen, aber schon nach wenigen Minuten sah es wieder so aus wie vorher. Egal, welche Produkte sie benutzte, die Haare blieben immer gleich leblos und dünn. Sie blinzelte ein paarmal und spürte, dass die Kontaktlinsen etwas trocken waren. Schon seit dem Morgen saßen sie nicht ganz richtig, und jetzt hielt sie es nicht mehr aus. Sie nahm sie heraus und setzte stattdessen ihre Brille auf. Dann warf sie einen letzten Blick in den Spiegel auf die fünfundvierzigjährige Frau, die sie ansah und lächelte.

* * *

Hekla hatte zwei Ringe im linken Ohr, die Elma bisher nicht aufgefallen waren. Sie trug wieder einen Kapuzenpulli. Diesmal einen weißen, mit einer großen USA-Flagge als Aufdruck. Als Elma und Sævar eintrafen, saß Hekla mit verschränkten Armen am Küchentisch. Den Gesichtsausdruck hatte Elma schon oft bei Kindern in ihrem Alter gesehen, eine Mischung aus Gleichgültigkeit und Unsicherheit. Als gehe die Sache sie nichts an, aber gleichzeitig immer zur Abwehr bereit.

»Ich habe euch doch schon gesagt, dass ich nach dem Schwimmen nach Hause gefahren bin«, sagte Hekla, als sie danach fragten. »Das war um drei, glaube ich, und sie war nicht da.«

»Deine Mutter hat mehrmals versucht, dich anzurufen. Hast du eine Idee, was sie von dir wollte?«

Hekla schüttelte den Kopf.

»Wusste sie nicht, dass du in der Schule warst?«

»Doch, aber ...« Hekla zögerte. »Ich weiß es nicht. Wir hatten damals gerade Streit und dann ... dann hat sie mir diese Nachricht hinterlassen, und ich habe einfach nicht weiter darüber nachgedacht.«

»Worum ging es bei dem Streit?«

Hekla machte den Mund auf und gleich wieder zu. Ihr Blick wanderte zu Sæunn, die das Wort übernahm: »Es ging um ein Fußballturnier, an dem Hekla teilnehmen wollte. Ich habe versucht, Maríanna davon zu überzeugen, sie mitmachen zu lassen, aber ...« Sæunn schüttelte den Kopf. »Manchmal ließ Maríanna einfach nicht mit sich reden.«

»Hast du sie deshalb in der Woche so oft angerufen?«

»Ja, ich habe versucht, auf sie einzuwirken. Habe angeboten, alle Fahrten zu übernehmen, aber ... der Konflikt verdrehte sich irgendwie, und ich hätte vielleicht nicht so viel Druck machen sollen, aber ich konnte das einfach nicht verstehen. Dass sie nicht einmal ...« Sæunn verstummte mitten im Satz und atmete tief ein.

Elma wandte sich wieder Hekla zu und fragte: »Weißt du, ob sie nach Akranes fahren wollte?«

»Nein, ich ... ich glaube nicht.«

Da fiel Elma auf, dass Sæunn das Mädchen besorgt ansah. Außerdem spürte sie eine Bewegung unter dem Tisch und fragte sich, wessen Fuß so zappelte.

»Was hast du gemacht, als du nach Hause gekommen bist?«, fragte Elma.

»Nichts.« Hekla pulte am schwarzen Nagellack ihres Fingernagels.

»Nichts? Keinen Film angesehen oder was auf dem Handy oder am Computer gemacht?« Sævar lächelte.

»Doch, kann schon sein. So was in der Art.«

»Also gut«, sagte Elma. »Und was dann?«

»Ich habe halt ...« Sie sah erst Sæunn an und dann Elma. »Ich habe mir eine Pizza bestellt.«

»Und dann warst du den ganzen Abend zu Hause?« Elma wurde langsam ungeduldig, aber versuchte, sich nichts anmerken zu lassen. Dem Mädchen musste man jedes Wort einzeln aus der Nase ziehen.

»Ja«, antwortete Hekla, ohne ihr in die Augen zu schauen.

»Wann bist du ins Bett gegangen?«

»So gegen zwölf, glaube ich.«

»Also gut«, sagte Sævar ruhig. »Und am Tag darauf? Hast du dich nicht gefragt, warum deine Mutter nicht nach Hause gekommen ist?«

»Keine Ahnung«, sagte Hekla. »Nein, nicht wirklich.«

Elma stöhnte innerlich. Es war wirklich schwer, aus dem armen Mädchen irgendetwas herauszubekommen. »Schon gut, aber später dann?«, versuchte sie es weiter. »Wann hast du angefangen, dir Sorgen um deine Mutter zu machen?«

Hekla biss sich auf die Oberlippe, bevor sie antwortete. »Am späteren Nachmittag. Als ich anrufen wollte, aber ihr Handy aus war.«

»Hast du davor schon einmal versucht, sie zu erreichen?«

Hekla schüttelte den Kopf. »Irgendwann kurz nach Mittag habe ich zum ersten Mal angerufen.«

»Warum hast du nicht zurückgerufen, als du gesehen hast, dass sie dich erreichen wollte?«

Hekla antwortete nicht, sondern zuckte nur mit den Schultern und pulte weiter an ihrem Nagellack.

»Na gut«, sagte Elma und warf Sævar einen Blick zu. Er schien nicht ganz so genervt von Heklas kurzen Antworten wie sie. Er sah geradezu amüsiert aus. Aber sie wollte nicht aufgeben. »Weißt du noch, wann du das letzte Mal mit deiner Mutter gesprochen hast?«

»Ähm ... das war an dem Morgen. Vor der Schule.«

Das Gespräch mit Hekla ging die ganze Zeit so weiter. Jedes Wort musste aus ihr herausgefischt werden, und sie antwortete immer nur kurz und knapp. Diesen Hafþór, mit dem ihre Mutter verabredet war, hatte sie nie getroffen. Sie wusste nicht viel über ihre Familie und war ihrem Großvater nur wenige Male begegnet.

»Bei eurem Umzug warst du zehn Jahre alt«, sagte Elma. »Weißt du nicht, warum deine Mutter wegwollte?«

»Vielleicht sollte ich diese Frage besser beantworten«, unterbrach Sæunn. Sie strich über ihre mausbraunen Haare und rückte die Brille zurecht. »Als Hekla zehn war, verschwand Maríanna wieder für kurze Zeit. Wobei das nicht ganz stimmt, sie war tatsächlich eine ganze Woche weg. Zum Glück war Hekla damals schon ziemlich selbstständig und konnte sich selbst versorgen. Niemand wusste, dass Maríanna verschollen war, bis wir Hekla abholen kamen. Wir haben natürlich sofort das Jugendamt verständigt, und dann war sie den Sommer über bei uns, während Maríanna versuchte, ihr Leben wieder in den Griff zu bekommen.«

»Verstehe«, sagte Elma. Unter den Umständen war es keinesfalls verwunderlich, dass Maríanna und Hekla kein gutes Verhältnis hatten. Trotzdem konnten Kinder ihren Eltern die unglaublichsten Dinge verzeihen.

»Ja«, sagte Sæunn. »Und danach brauchte Maríanna einen Tapetenwechsel. Zog nach Borgarnes ... weil das etwas Neues war und weit genug entfernt von den Schatten ihrer Vergangenheit. Sie hätte einfach nach Akranes ziehen sollen, dann wäre alles viel einfacher gewesen, aber ich schätze, das wollte sie nicht.« Bei ihrem letzten Satz klang eine gewisse Verachtung mit, die nicht zu überhören war.

»Also gut, eine Frage noch«, sagte Elma. »Hast du einen Freund oder Bekannten mit Führerschein?«

Hekla wirkte überrumpelt und sah Sæunn an.

Sæunn sagte deutlich: »Natürlich hat sie keinen Freund. Sie ist doch erst fünfzehn.«

»Wir fragen uns nur, wie Hekla nach Akranes gekommen ist.« Elma wandte sich Hekla zu. »Wir wissen, dass du manchmal heimlich nach Akranes gefahren bist. Glaub mir, ich kann das gut nachvollziehen. Ich habe früher nie verstanden, wie Leute es lange in Borgarnes ausgehalten haben. Aber wir fragen uns, wie du hingekommen bist. Du hast ja keinen Führerschein.«

Hekla biss sich noch einmal auf die Oberlippe und wurde ganz blass. Sie pulte intensiver an dem Nagellack, sodass kleine schwarze Flocken auf den Küchentisch fielen. »Mit dem Bus halt. Aber ich habe das nicht oft gemacht. Nur einmal oder so.«

»Also hast du keinen Freund?«

Hekla schüttelte den Kopf, und Elma sah ihr an, dass sie nicht die Wahrheit sagte, aber bedankte sich für das Gespräch. Dann bat sie darum, noch kurz mit Sæunn und Fannar allein zu sprechen.

»Sie redet nicht viel«, sagte Fannar, als Hekla weg war. »So wie man das von Fünfzehnjährigen kennt.«

»Aber seit sie wieder bei euch ist, geht es ihr gut, nicht wahr?«, fragte Elma.

»Das lief alles wie am Schnürchen«, sagte Sæunn. Sie lächelte und griff nach dem Anhänger ihrer Halskette, einem kleinen goldenen Herzen. »Sie wollte immer bei uns sein. Wollte nie bei ihrer Mutter leben.«

»Hekla kam zum ersten Mal zu euch, als sie zu Hause allein gelassen wurde, richtig?«, fragte Elma.

»Maríanna hat sie drei Tage lang allein gelassen.« Sæunn kniff die Augen zusammen. »Sie war erst drei Jahre alt. Eines Abends, als Hekla schon geschlafen hat, ist Maríanna einfach gegangen. Ich weiß nicht, was sie gemacht hat, aber das Kind hat sie einfach zurückgelassen, völlig auf sich allein gestellt.«

»Und danach ist sie zu euch gekommen?«

»Ja, kurz darauf. Die vom Jugendamt wussten wohl von weiteren Vorfällen, schon aus der Zeit, als Hekla bei einer Tagesmutter war, und auch danach aus dem Kindergarten. Zu kleine und schmutzige Kleidung, Windelausschläge. Und manchmal kam Maríanna viel zu spät zum Abholen. All das wurde der Behörde gemeldet. Als Hekla zum ersten Mal zu uns kam, war unklar, ob sie wieder zu ihrer Mutter gehen würde, aber dann bekam Maríanna anscheinend ihr Leben in den Griff. Sechs Monate später kehrte Hekla wieder zu ihr zurück.« Sæunn lächelte höhnisch.

»Aber sie kam weiterhin zu euch?«

Fannar legte den Arm auf die Lehne von Sæunns Stuhl. »Ja, wir konnten uns nicht vorstellen, Hekla völlig aus unserem Leben zu verlieren, also willigten wir sofort ein, als wir gebeten wurden, sie als unterstützende Pflegefamilie zu begleiten. Jedes zweite Wochenende kam sie zu uns, manchmal auch öfter.«

»Muss ganz schön schwer gewesen sein, sie immer wieder zu ihrer Mutter zurückzubringen«, sagte Elma. »Ihr habt sicher schnell eine Bindung zu Hekla aufgebaut.«

»Oh, ja«, sagte Sæunn. »Wir wussten ja nicht, in welcher Verfassung Maríanna war. Ich hatte viele Zweifel und machte mir Sorgen, was passieren könnte, wenn die beiden allein miteinander waren. Wenn ich nicht da war, um sie zu beschützen. Das Problem bei solchen Fällen ist, dass im Zweifel immer zugunsten der leiblichen Eltern entschieden wird, nicht der Kinder.«

»Aber diese Abmachung war immer noch besser, als sie ganz zu verlieren«, sagte Fannar.

Elma konnte sie gut verstehen. Konnte gut nachvollziehen, wie schwer es sein musste, ein Kind in eine Situation zu entsenden, in der es möglicherweise nicht sicher war. Vielleicht sogar in Gefahr.

Sævar blätterte durch seinen Notizblock und sah dann Sæunn an. »In der Woche des 4. Mai hast du Maríanna oft angerufen. Beziehungsweise ...«, er reichte ihr einen Ausdruck von Maríannas Handydaten, auf dem Sæunns Anrufe markiert waren, »hast du abgesehen von dem Freitag selbst jeden Tag angerufen.«

Sæunn überflog den Zettel und legte ihn dann auf den Tisch. »Wie gesagt, wir hatten ... Meinungsverschiedenheiten. Bei Hekla stand an dem Wochenende dieses Fußballturnier an. Habe ich schon erwähnt, wie talentiert sie ist? Jedenfalls erlaubte Maríanna ihr nicht, an dem Turnier teilzunehmen. Streng genommen war es nicht unser Wochenende, aber ich verstand einfach nicht, wie sie ihr solche Erlebnisse verweigern konnte. So gleichgültig. Sie war nicht bereit, für Hekla auch nur einen Kompromiss einzugehen.«

»Aber warum hast du am Freitag nicht mehr angerufen?«

Es wurde still in der Küche, nur noch das Brummen des Kühlschranks war zu hören, das mit jeder Sekunde lauter zu werden schien.

»Ich ...« Sæunn sah Fannar an. »Ich weiß es nicht mehr. Wahrscheinlich habe ich einfach aufgegeben.« Sie griff wieder nach dem goldenen Anhänger.

»Wo warst du an besagtem Freitag? Ich glaube, das haben wir dich seinerzeit nicht gefragt«, sagte Sævar.

»Ich war hier. Zu Hause. Oder, ja, bis drei war ich in der Praxis.«

Elma sah Fannar an. »Was ist mit dir? Warst du auch zu Hause?«

»Das war das Wochenende, an dem ich nach Egilsstaðir musste, nicht wahr?«, fragte Fannar, und bevor Sæunn antworten konnte, fügte er hinzu: »Ja, natürlich, ich erinnere mich, dass ich per Telefon von Maríannas Verschwinden erfahren habe und es schrecklich fand, nicht bei euch zu sein.«

»Also hast du Hekla am Samstag allein abgeholt?«

»Ja. Sie hat angerufen, und ich bin sofort zu ihr gefahren und ...« Sæunn befingerte immer noch ihren Anhänger. »Ich habe das Gefühl, ihr ...« Sie verstummte, ließ den Anhänger los und sah Sævar und Elma bestimmt an. »Maríanna und ich waren nicht immer einer Meinung, aber ich wollte ihr nichts Böses. Ich wollte nur, dass sie ... dass sie einsieht, was für Hekla das Beste ist. Sie war keine gute Mutter. Maríanna war undankbar und egoistisch und scherte sich nicht um Heklas Bedürfnisse. Wir waren diejenigen, die ihr Kleidung gekauft haben, wir haben ihr ein Handy und einen Laptop gegeben und alles, was andere Kinder so haben. Wisst ihr, was Maríanna ihr zum Geburtstag geschenkt hat?«

Sie schüttelten den Kopf.

Sæunn lehnte sich im Stuhl zurück und verschränkte die Arme. Die Halskette hatte auf ihrem Dekolleté einen roten Fleck hinterlassen. Sie lächelte bitter. »Ein Handtuch. Zum fünfzehnten Geburtstag hat sie ihr ein Handtuch geschenkt.«

»Ein Handtuch ist gar kein so schlimmes Geschenk«, sagte Sævar, als sie wieder im Auto saßen. »Ich meine, alle brauchen Handtücher. Und man hat lange was davon. Ich würde mich über ein Handtuch zum Geburtstag sehr freuen.«

»Auch mit fünfzehn?«

»Erst recht mit fünfzehn. Ich habe ständig meine Handtücher in Schwimmbadumkleiden und Sporthallen im ganzen Land liegen gelassen. Neue Handtücher konnte ich immer gut gebrauchen.«

»Wie du meinst, bei mir standen Handtücher mit fünfzehn jedenfalls nicht weit oben auf der Wunschliste.«

»Denkst du, wir sollten sie uns genauer ansehen ... Sæunn, meine ich?«

»Ja«, sagte Elma. »Ja, das denke ich.« Sæunn hat ein klares Motiv. Sie hatten sich die ganze Woche lang gestritten, eigentlich schon seit Jahren, und waren sich in allem uneinig, was Hekla betraf. Offensichtlich liebt Sæunn Hekla sehr. Vielleicht hat es ihr einfach gereicht. Vielleicht verlor sie die Kontrolle über sich, wegen des Turniers und all dem Unrecht, das Maríanna dem Mädchen über die Jahre zugefügt hat. Elma wurde sogar selbst wütend, wenn sie an die dreijährige Hekla ganz allein zu Hause dachte.

»Wir könnten die Zuständigen beim Jugendamt befragen«, sagte Sævar. »Vielleicht finden wir heraus, wie Maríanna zu den Pflegeeltern stand. Und auch, wie Maríanna und Hekla zueinander standen. Ich denke nicht, dass Sæunn Maríanna etwas antun wollte, aber mit Hekla stimmt irgendetwas nicht. Sie hatte etwas zu verbergen. Wie hast du sie wahrgenommen?«

Elma stöhnte laut. »Ich wollte schreien. Man musste ihr jedes Wort aus der Nase ziehen, im Ernst, jedes einzelne Wort.«

Sævar lachte. »Teenager. So einer war ich nie.«

»Nicht?«

»Oder ich habe nie aufgehört, wie ein Teenager zu sein. Es hat sich zumindest seit damals nicht viel verändert ... Also, ich kaufe ihr jedenfalls nicht ab, dass sie den ganzen Abend alleine zu Hause gehockt hat.«

»Wir haben Heklas Anrufliste bereits überprüft, da war nichts Auffälliges«, erinnerte sich Elma. »Aber diese Kinder heutzutage telefonieren nicht mehr viel. Sie sind immer in sozialen Netzwerken unterwegs, und zu denen bekommen wir nicht so leicht Zugang. Und bei diesem Snapchat verschwinden die Nachrichten nach einer bestimmten Zeit wieder, was es für uns noch schwieriger macht. Hekla hat an dem Abend zwar niemanden angerufen, aber das muss nichts heißen.«

»Haben wir uns angesehen, ob ihr Handy den Standort gewechselt hat?«

»Nein«, sagte Elma. »Nein, ich glaube nicht. Sie wurde nie offiziell verdächtigt, also gab es keinen Anlass dazu.«

»War sie schon fünfzehn, als das passiert ist?«

»Ja, sie hatte kurz davor Geburtstag.«

»Das heißt also ...«

»Sie ist ... und war in strafmündigem Alter«, sagte Elma.

»Richtig.«

»Ich bin ganz deiner Meinung, wir sollten uns Hekla genauer ansehen. Sie scheint irgendetwas zu verheimlichen. Wir sollten uns vielleicht sogar ihre alte Schule ansehen.«

»Also ein weiterer Ausflug nach Borgarnes?«

»Auf jeden Fall«, sagte Elma. »Denkst du, Hekla hat bei der Frage nach dem Freund die Wahrheit gesagt?«

Sævar schnaubte. »Nein, nie im Leben. Und ich glaube kaum, dass sie mit dem Bus hin und her gefahren ist. Wir sollten herausfinden, wer dieser Freund ist und ob er sie an dem Tag abgeholt hat.« Sævar parkte vor der Polizeistation.

»Alles klar, noch eine Sache, die wir uns ansehen müssen.« Elma löste den Gurt, aber hielt kurz inne, lehnte den Kopf zurück und sagte: »Das sind trotzdem alles nur Kleinigkeiten. Wir haben keine ordentlichen Hinweise. Seit dem Mord ist viel zu viel Zeit vergangen.«

»Vielleicht ist das auch eine gute Sache.«

»Wie meinst du das?«

Sævar zuckte mit den Schultern. »Vielleicht sehen wir jetzt, wer gelogen hat. Es ist schwierig, sich sieben Monate lang an bestimmte Vorfälle zu erinnern, aber noch viel schwieriger ist es, sich so lange an Lügen zu erinnern.«

»Ja, vielleicht.« Elma griff nach der Tür.

»Und was stand sonst auf deiner Wunschliste?«

»Was?« Sie ließ die Tür wieder los und sah Sævar an.

»Als du fünfzehn warst. Was hast du dir zum Geburtstag gewünscht?«

Elma lächelte. »Das weiß ich doch nicht mehr. Wahrscheinlich
einen Walkman oder was auch immer zu der Zeit so in war.«

»Also Walkmans waren in, als *ich* fünfzehn war.«

»Ja, dann vielleicht ein MP3-Spieler. Waren die nicht irgendwann total angesagt?«

Sævar lachte. »Wahrscheinlich. Ach herrje, wir sind schon so alt,
Elma. Die Jugend von heute weiß gar nicht, was ein MP3-Spieler
überhaupt ist. Von einem Walkman ganz zu schweigen.«

»Du bist vielleicht alt«, sagte Elma und stieg aus dem Auto.
»Ich bin immer noch jung.«

Drei Jahre

Auf dem Weg zur Arbeit finde ich einen Brief im Postkasten. Das Kuvert ist dunkelrosa, und darauf steht mein Name in schwarzer Schrift. Nicht der ganze Name, nur der Vorname. Von meinen Eltern kann der Brief nicht sein. Ich sehe weder Briefmarke noch Absender. Im Auto öffne ich ihn sofort und finde darin eine rosa Karte mit einem altmodischen Puppenwagen. Eine Taufkarte.

Ich starre ungläubig darauf. Das muss ein Fehler sein. Mein Mädchen ist drei Jahre alt, und sie wurde zwar getauft, aber es gab nie eine Feier. Kein Drumherum. Ich habe nur die Papiere ausgefüllt und ihren Namen eingetragen. Ich öffne die Karte, und als ich sehe, was darauf steht, bleibt mir kurz die Luft weg: *Glückwunsch zur Tochter. Jetzt, wo ich weiß, wo du wohnst, komme ich vielleicht mal vorbei.*

Das klingt wie eine Drohung.

Ich lege die Karte auf den Beifahrersitz und fahre los. Davor drehe ich mich noch einmal kurz um, als könnte der Absender in jedem Moment aus den Büschen springen. In Wahrheit kommen so einige infrage. Als ich gegangen bin, waren viele wütend. Manchmal sehe ich ihre Gesichter vor mir. Überlege, ob sie sich wohl an mich erinnern oder manchmal an mich denken. Das tun sie, darauf würde ich jede Wette machen. Diese Dorfleute machen nichts anderes, als über die Probleme anderer zu reden. Das hält sie am Leben. Sie ernähren sich von Tratsch und Skandalen. Sind kein bisschen besser als Hühner, die das schwächste

Mitglied ihrer Gruppe angreifen, bis es tot und umgeben von blutigen Federn in der Wiese liegt.

Mir ist egal, ob sie mich finden. Eigentlich würde ich ihnen sogar ganz gerne ins Gesicht lachen. Ich mache mir nur Sorgen um meine Tochter. Sie ist nicht wie ich, sie ist sensibel und verletzlich. Trotzdem mag ich sie mittlerweile sehr gerne. Ich weiß nicht genau, was sich verändert hat, aber manchmal, wenn sie lächelt, passiert etwas Unerklärliches. Ein Gefühl, das mich gleichzeitig zum Lachen und zum Weinen bringt. Ich will sie mit niemandem teilen. Um ihren Vater muss ich mir natürlich keine Sorgen machen, der ist schon lange tot, aber seine Familie lebt noch. Sie wissen nichts von ihr, aber ein Blick würde ausreichen – sie ist das lebendige Ebenbild ihres Vaters.

Die Karte geht mir erst nach der Arbeit wieder aus dem Kopf, als ich vor einem Glas Rotwein sitze und an einem Stück Brot mit Butter knabbere. Zum ersten Mal seit der Geburt des Mädchens komme ich mal wieder raus. Drei Jahre lang habe ich mich damit begnügt, allein zu Hause mit einer Flasche Wein einen Film zu schauen. Vor ein paar Tagen hat eine der Anwältinnen vorgeschlagen, heute Abend zusammen essen zu gehen und auf ihren Geburtstag anzustoßen. Wie immer habe ich nicht damit gerechnet, mitgehen zu können, aber am selben Tag sah ich auf einem Schwarzen Brett im Supermarkt den Aushang eines jungen Mädchens, das auf Kinder aufpasst. Ich riss den Zettel mit ihrer Telefonnummer sofort herunter, rief an, und jetzt sitzt sie bei mir zu Hause, stopft Chips in sich rein, trinkt eine Cola nach der anderen und kramt in meinen Schränken. Aber das ist mir völlig egal. Endlich komme ich mal raus.

Danach ziehen wir weiter. Gehen in eine Bar mit lauter Musik und vielen Leuten. Die Stadt hat sich gar nicht verändert. Nur die Musik ist anders als vor vier Jahren, als ich noch regelmäßig feiern war. Ich habe erst zwei Gläser Wein getrunken und versuche angestrengt, den Gesprächen zu folgen. Aber als sie über die Arbeit reden, drifte ich ab. Ich sitze nur am Empfang und habe in Wahrheit keine Ahnung, worum es geht. Sie benutzen all diese Fachbegriffe, beziehen sich auf diesen und jenen Paragrafen und fühlen sich wahnsinnig schlau und wichtig.

Der Kellner kommt für die nächste Runde, und ich bestelle einen Gin Tonic. Wir sind in einem Laden für ältere Leute. Die meisten um uns herum sind über dreißig. Aber da sind auch ein paar Teenager, die wahrscheinlich noch nicht einmal trinken dürfen. Sie schmeißen sich an ältere Männer ran, die sie begrapschen und ihnen Drinks kaufen. War ich auch einmal eine von ihnen? Plötzlich holt mich eine Erinnerung ein, keuchende Atemzüge und ein schweißtriefendes Gesicht. Ich verdränge den Gedanken sofort und nehme einen großen Schluck von meinem Drink.

In den letzten drei Jahren habe ich so wenig wie möglich über die Vergangenheit nachgedacht. Ich bin nicht mehr das Mädchen von damals. Sie ist nur noch eine ferne Erinnerung. Mein Leben hier ist so anders. Niemand kennt mich, aber der Brief ist ein beunruhigendes Zeichen, dass ich nicht unsichtbar bin. Jemand hat mich gefunden. Jemand weiß, wo ich wohne. Ich trinke einen großen Schluck und verziehe das Gesicht. Der Drink ist ziemlich stark.

In meinem neuen Leben konnte ich mich völlig neu erfinden. Wenn jemand fragt, sage ich, dass meine Eltern im Ausland leben, aber ich erzähle nicht, warum sie weggezogen sind. Stattdessen sage ich, dass sie beide Ärzte sind, die durch kriegsgeschundene Länder reisen. Auf meinem PC habe ich sogar eine genaue Liste der Länder, in denen sie schon waren, damit ich keins vergesse. Die meisten Leute fragen nach dem Kindsvater, also weiß ich mittlerweile, was ich antworten muss. Ich sage, dass er bei einem Motorradunfall gestorben ist, als ich schwanger war. Schon im achten Monat. Ich habe ein genaues Bild von dem vermeintlichen Vater vor Augen. Er hieß Snorri, war groß und eher ein dunkler Typ, das hat die Tochter von ihm. Mit schokobraunen Augen und einem Kinngrübchen. Zum Zeitpunkt des Unfalls waren wir frisch verlobt. Die Geschichte ist so real, dass ich mich sogar frage, ob ich meiner Tochter nicht irgendwann mehr von ihm erzählen sollte. Aber sie wird natürlich Bilder sehen wollen, seine Familie kennenlernen und allerlei Dinge, die ich ihr nicht erlauben kann, also schweige ich wohl besser. Sage ihr die Wahrheit, dass sie keinen Vater hat. Dass ihr Vater nie von ihr wusste und auch nie von ihr erfahren wird.

Seit wir umgezogen sind, bin ich nicht einer Person begegnet, die mich kennt, also konnte ich im Laufe der Jahre aufatmen. Ich suche nicht mehr jeden Raum, den ich betrete, nach bekannten Gesichtern ab. Heute würden sie mich sicher nicht mehr erkennen. Die Haare färbe ich dunkel und ziehe mich anders an, aber auch sonst habe ich mich verändert. Ich habe ein wenig zugenommen, und meine Haut ist nicht mehr so braun gebrannt wie früher immer. Vor allem weil ich nicht mehr zweimal im Jahr in Urlaub fahre, sondern das ganze Jahr über hier in der Kälte festsitze. Aber der Brief geht mir nicht aus dem Kopf, also versuche ich, nicht aufzufallen, und prüfe doch wieder den Raum. Lasse den Blick über die Gesichter der Anwesenden wandern.

»Noch einen?«

»Was?« Der Kellner steht wieder vor mir. Mein Glas ist leer. Habe ich wirklich so schnell getrunken? Wie spät ist es überhaupt?

»Willst du noch einen Drink?«, fragt mein Kollege.

»Ja, bitte«, sage ich. »Vielleicht einfach noch so einen.«

Der Kellner nickt, nimmt die leeren Gläser und bringt kurz darauf weitere Drinks. Ich trinke schnell. Das war nicht so geplant, aber ich spüre den Alkohol und muss aufs Klo. Ich stehe auf und deute zu den Toiletten, aber es beachtet mich ohnehin niemand. Alle sind vertieft in Gespräche über Dinge, von denen ich keinen blassen Schimmer habe.

Die Toiletten sind im Untergeschoss, und bei den Damen hat sich eine kleine Schlange gebildet. Der Boden scheint zu beben, und die Musik ist so laut, dass ich kaum einen klaren Gedanken fassen kann. Ein Mann kommt auf mich zu und redet mit mir, aber ich verstehe nicht, was er sagt. Er ist sogar noch betrunkener als ich, seine Haare sind ganz zerzaust, und den obersten Knopf seines schwarzen Hemds hat er bereits aufgeknöpft. Ich ziehe ihn näher und küsse ihn. Als ich an der Reihe bin, nehme ich ihn mit auf die Toilette, auch wenn die anderen Mädchen sich darüber beschweren. Ich lehne mich über die Kloschüssel und mache mich frei. Mit der Hand stütze ich mich an der Wand ab und spüre ihn in mich eindringen. Der Sex ist kurz und grob. Er reißt mich an den Haaren und stößt so fest, dass ich kaum ruhig stehen kann und mein Kopf gegen die Wand schlägt. Ich stöhne laut, aber die Musik übertönt die meisten Geräusche. Danach schiebe ich ihn raus und setzte mich aufs Klo, um zu pinkeln. Meine Hände zittern, und der Boden bebt noch stärker als vorher.

Als ich aus der Kabine komme, stehen ein paar Mädchen vor den Spiegeln und frischen ihren Lippenstift auf. Sie sind schlank, haben winzige Brüste, sind viel zu stark geschminkt und tragen so kurze Röcke, dass ich fast ihre Unterwäsche sehen kann. Eine von ihnen sieht mich verächtlich an. Fast so, als hätte ich ihr etwas getan. Aber das kann nicht sein, ich habe dieses Mädchen noch nie zuvor gesehen. Vielleicht hat sie uns nur auf der Toilette gehört. Ich lächle sie an, aber sie sieht weg und geht.

Beim Anblick meines Spiegelbildes erschrecke ich und muss lachen, weil es so absurd ist, dass ich das bin. Wir sind direkt nach der Arbeit losgegangen, also konnte ich mich nicht zu Hause noch einmal zurechtmachen. Ich trage eine schwarze Bluse aus einem weichen, dünnen Stoff. Meine Haare habe ich offen gelassen, und weil ich schon lange nicht beim Friseur war, fallen sie weit den Rücken runter. Nach dem Abenteuer auf der Toilette sind sie etwas zerzaust, meine Augen sind glasig und gerötet und die Wangen ganz heiß. Mein Lächeln verschwindet, und ich kämme mir mit den Fingern durch die Haare, aber eigentlich ist mir völlig egal, wie ich aussehe. Ich fühle mich fast wie verkleidet. Als wäre ich im Körper einer anderen gelandet und könnte deshalb tun, was auch immer ich will, ohne dass mich jemand erkennt.

Auf der Treppe kommen mir ein paar Menschen entgegen. Niemand beachtet mich. Früher haben mich die Leute immer beachtet. Ich weiß noch, wie es war, einen Raum zu betreten und alle Blicke auf mich zu lenken, manchmal haben sich sogar welche nach mir umgedreht. Ich musste nie selbst für Getränke bezahlen, von denen bekam ich, so viele ich wollte, und ich hatte immer Tanzpartner. Da war immer jemand, den ich anlocken oder wegstoßen konnte.

Ganz in meine Gedanken versunken komme ich auf der obersten Stufe der Treppe an und habe schon den nächsten Drink vor Augen, als mich plötzlich jemand stößt. Grob und fest, sodass ich die ganze steile Treppe hinunterfalle. Mein Kopf schlägt gegen die Wand, ich lande auf der Schulter, spüre einen stechenden Schmerz und schmecke Blut.

Um mich herum versammelt sich eine Traube. Irgendjemand richtet mich auf, und jemand anderes reicht mir ein Handtuch für die Wunde am Kopf. Mein Herz rast. Nicht weil ich hingefallen bin oder weil ich blute, sondern weil ich geschubst wurde. Ich habe die Hände ganz klar gespürt, sie haben mich fest und entschlossen gestoßen. Plötzlich taucht meine Kollegin auf, die Frau, die Geburtstag hat.

»Was ist denn passiert?«, fragt sie und beugt sich zu mir hinunter.

»Jemand ... jemand hat mich geschubst.« Ich merke selbst, dass ich etwas undeutlich spreche.

»Was? Jemand hat dich geschubst?«, fragt sie. »Sicher, dass du nicht einfach hingefallen bist?«

»Nein. Nein, ich wurde gestoßen.«

Die Leute um mich herum glauben mir nicht, das sehe ich in ihren Gesichtern. Wahrscheinlich, weil ich kaum sprechen kann und mir so schwindelig ist, dass ich mich an der Wand abstützen muss. Nach und nach gehen alle weg, bis wir irgendwann nur noch zu zweit sind, meine Kollegin und ich.

»Ich wurde gestoßen«, wiederhole ich, lauter als beabsichtigt. »Das muss angezeigt werden, die Überwachungskameras müssen überprüft werden. Ich muss ins Krankenhaus. Ich glaube, ich habe mir was gebrochen.« Mittlerweile bin ich völlig aufgelöst und sehe, dass die Frau absolut keine Lust hat, sich um mich zu kümmern. Sie nimmt ihr Handy, ruft kurz irgendwo an und verlässt dann mit mir das Lokal.

»Hier wird man dich abholen«, sagt sie und geht.

Ich bleibe an der Ecke stehen und halte meine Schulter fest. Um mich herum sind überall Menschen, sie rufen und lachen. Dumme kleine Mädchen und Jungs, die nur Sex im Kopf haben. Irgendwo fällt eine Flasche zu Boden und zerbricht auf dem Gehsteig, dann fängt es an zu regnen. Es kommt mir vor, als würden alle mich anstarren und auslachen. Als würden all ihre Blicke auf mir lasten, kalt und streng, und mit jeder Sekunde fühle ich mich kleiner.

Als ich später endlich nach Hause komme, liegt eine weitere Karte im Briefkasten. Diesmal befindet sich im Umschlag ein Bild vom Kindergarten meiner Tochter. *Hübsch ist sie, deine Kleine*, steht hinten auf dem Foto.

Am Tag darauf suche ich in den Kleinanzeigen nach einer neuen Wohnung.

Heklas Atem roch immer noch nach dem indischen Hähnchengericht, das es zum Abendessen gegeben hatte. Sie hielt sich die Hand vor den Mund und versuchte, den Geruch zu kaschieren.

»Igitt, Hekla«, rief Tinna und rümpfte die Nase. »Ist das dein Ernst? Wie ekelhaft.« Sie schubste sie leicht, und Hekla lachte. Es war immer etwas entspannter, wenn Dísa nicht dabei war, obwohl es mit ihr natürlich auch aufregender war. Sie war diejenige, die immer ausgehen und etwas unternehmen wollte. Wenn sie zu dritt waren, konnte Dísa keine Minute lang stillsitzen.

»Sorry«, sagte sie. »Fannar hat heute indisch gekocht, das liegt mir etwas schwer im Magen. Wahrscheinlich war irgendetwas daran nicht mehr ganz in Ordnung.« Das stimmte nicht, aber es war besser, als zuzugeben, dass sie Sodbrennen hatte. Das klang irgendwie so ekelhaft.

Tinna war mit ihren Gedanken ganz beim Fernsehen und schien ihr gar nicht zuzuhören, also lehnte Hekla sich im Bett zurück. Tinnas Serie über eine strohdumme reiche amerikanische Familie interessierte sie nicht wirklich, aber Tinna liebte Reality-TV, und sie waren nun mal bei ihr zu Hause, also hatte sie das Sagen. Der Flachbildschirm hing an der Wand und war viel zu groß für das kleine Zimmer. Tinna hatte ihn bekommen, als ihr älterer Bruder sich einen neuen und noch größeren Fernseher gekauft hatte.

Neben dem Bett standen ein weißes Nachtkästchen und darauf eine große schwarze Lampe. Auf dem Regal darüber war ein

Bild von Tinna zusammen mit ihrer Mutter, die einen Arm um sie gelegt hatte und zu ihr hinunterlächelte. Manchmal betrachtete Hekla neidisch dieses Bild. Sie kannte jedes Detail darauf, den hellen Strand im Hintergrund, Tinnas rotes T-Shirt, ihre sonnengebräunten Arme und die funkelnden Augen. Das Haar ihrer Mutter leuchtete golden in der Sonne. Keine einstudierte Pose, sondern ein Schnappschuss, als hätten sie erst kurz vor dem Auslösen gemerkt, dass jemand ein Foto von ihnen machte. Daneben stand ein silberner Globus, und dann lag da noch ein schwarzer Stein. Kein Stein, wie man sie draußen auf der Straße findet, sondern ein pechschwarz glänzender.

Hekla schloss kurz die Augen und versank gedanklich in der Matratze. Tinnas Bett kam ihr immer vor wie eine riesige weiche Wolke. Nur, dass das Bett nicht weiß, sondern dunkelblau bezogen war. Sie hatte das Gefühl, in der riesigen Decke zu verschwinden, und in dem weichen Überwurf und den vielen Kissen, die nach Tinnas Erdbeerlotion von The Body Shop rochen.

Das Handy leuchtete neben ihr auf, eine Nachricht von Agnar. Er schickte ein Bild von sich, wie er auf dem Bett lag. *Heute Abend was machen?* stand darunter. Hekla schielte zu Tinna hinüber und schrieb dann: *Vielleicht. Was denn?* Er antwortete innerhalb von Sekunden. *Soll ich dich abholen?* Sie schrieb nur ein Wort zurück: *Ok.*

Hekla freute sich nicht wirklich darauf, aber sie konnte es nicht ewig vor sich herschieben, Agnar zu treffen. In letzter Zeit hatte er ihr keine Ruhe gelassen, und obwohl die Nachrichten meist witzig sein sollten, schickte er so viele, dass sie Hekla langsam unangenehm wurden. Seine Verzweiflung war fast greifbar.

»Mit wem redest du?« Die Folge war vorbei, und Tinna drehte sich zur Seite, stützte das Kinn mit einer Hand ab und sah Hekla an. Sie trug eine Schlafanzughose und ein Top mit Spaghettiträgern, die hellen Haare waren mit einer Spange hochgesteckt.

»Ach, nur Agnar«, sagte Hekla. »Er kommt mich gleich abholen.«

»Wolltest du nicht mit ihm Schluss machen?«

Hekla nickte.

»Denkst du, er wird heulen?«

»Tinna!« Hekla bekam ein flaues Gefühl im Magen.

»Ich glaube, er wird heulen.« Tinna gähnte und griff nach der Fernbedienung.

Das Handy leuchtete wieder auf. *Bin da*, schrieb Agnar. Hekla stand auf und warf einen Blick in den großen Spiegel in Tinnas Zimmer, richtete die Frisur und trug etwas Lippenbalsam auf.

»Viel Spaß«, rief Tinna ihr nach. Hekla seufzte. Ihr war gerade nicht zum Scherzen zumute.

Auf dem Weg nach draußen hielt Tinnas Mutter sie auf.

»Bist du schon weg?«

Hekla nickte.

»Verstehe«, sagte sie. »Pass auf dich auf, Liebes.«

Hekla lächelte und verabschiedete sich. Dann lief sie zu Agnars Auto, das Herz pochte, und ihr war ein wenig übel.

* * *

»Es ist eiskalt.« Elma wickelte das Handtuch enger um sich und trippelte auf den Zehenspitzen so schnell wie möglich über den Steinboden der Terrasse.

»Besser wird's nicht«, sagte Begga, die schon im Whirlpool saß. Es war kalt draußen, auch wenn der Wind nachgelassen hatte. Der Himmel war klar, sodass die Sterne die dunkle Winternacht erhellten.

»Du hast recht, besser wird's nicht«, sagte Elma, als sie sich auch in den Whirlpool setzte. Sie trank einen Schluck von dem Karamelllikör, den Begga ihr gereicht hatte, lehnte den Kopf zurück und schloss die Augen. Von der Wärme bekam sie erst Gänsehaut, aber dann spürte sie, wie sie sich von Kopf bis Fuß entspannte.

Es fiel ihr schwer, an etwas anderes als den Mordfall zu denken. Als sie vorhin wieder bei der Polizeistation angekommen waren, hatte sich Elma sofort Heklas Instagram-Profil angesehen. Unglaublich, wie viel man auf sozialen Netzwerken über Leute herausfinden konnte. Vor allem über Jugendliche, die fast alles öffentlich sichtbar machten und viel zu viel posteten. Höchstpersönliche Dinge, die sie nie laut ausgesprochen hätten. Hekla war da keine Ausnahme. Ihr Instagram-Profil war öffentlich, aber sie schien leider auf der Plattform nicht allzu aktiv zu sein. Unter vielen der Bilder standen englische Sprüche, etwas düstere, wie Elma fand. Als wäre Hekla tiefsinnig, geheimnisvoll und trübsinnig zugleich. Wollte sie so von anderen gesehen werden?

Ein paar Bilder zeigten auch Hekla selbst, auf ihnen trug sie ganz andere und freizügigere Kleidung als die Kapuzenpullis, die sie jetzt immer anhatte. Die Bilder waren noch nicht so alt, zu dem Zeitpunkt hatte sie schon in Akranes gelebt, und sie wirkten wie aus einem bestimmten Anlass aufgenommen. Hekla und ein blondes Mädchen posierten im Zimmer, nach den Klamotten auf dem Boden zu schließen handelte es sich um eines ihrer Kinderzimmer. Sie trugen Hosen mit hohem Bund und enge, bauchfreie Oberteile. Elma wusste nicht, dass bauchfrei wieder modern war, aber es schien bei den Teenagern total angesagt zu sein. Elmas Mutter würde die Kinnlade herunterklappen, wenn sie plötzlich in einem bauchfreien Top vor ihr stünde.

Elma sah sich die Kommentare unter dem Bild an. Die meisten waren von anderen Mädchen und bestanden eher aus Herzchen-Emojis als aus Wörtern. Manche Kommentare waren sexuelle Anspielungen auf Englisch, ein paar davon schockierend obszön. Andere Kommentare kamen von isländischen Jungs, und nachdem Elma sich alle einzeln angesehen hatte, blieb nur einer, der über siebzehn war und in Akranes lebte. Er schrieb, was für ein

Glückspilz er sei, und fügte natürlich noch ein paar Herzchen hinzu. Agnar Freyr Steinarsson war neunzehn Jahre alt, und sein Instagram-Profil auf privat gestellt. Typisch, dachte Elma, aber womöglich hatte sie Heklas Freund gefunden. Agnar. Am nächsten Tag würde sie versuchen, mehr über ihn herauszufinden.

Sie ließ sich tiefer ins Wasser gleiten, sodass die Haare und Ohren nass wurden.

»Das war der einzige Grund, warum ich dieses Haus gekauft habe«, sagte Begga. »Im Ernst, der einzige Grund. Ich musste gar nicht erst hineingehen, als ich die Terrasse und den Whirlpool gesehen habe, war ich schon überzeugt.« Sie lachte ihr wieherndes Lachen, und Elma musste schmunzeln.

»Fühlst du dich nicht unwohl, ganz allein in so einem großen Haus?«, fragte Elma. »Ich mag es, die Nachbarn auf der anderen Seite der Wand zu hören, wenn ich schlafen gehe und so.«

»Ich bin nicht allein, ich habe ...«

»Ja, ja, ich weiß, du hast deine Katze«, fiel Elma ihr ins Wort.

»Aber du verstehst doch, was ich meine?«

Begga lächelte, und ihre Grübchen wurden tiefer. Elma fand, dass sie immer gleich ein paar Jahre jünger aussah, wenn sie lächelte, aber sie war auch tatsächlich ein paar Jahre jünger als sie. »Nein, da mache ich mir keine Sorgen. Ich schlafe wie ein Lämmchen. Oder, du weißt schon, wie ein Tier, das gut schläft.«

»Wie ein Baby.«

»Ja, oder das.« Begga leerte ihr Glas und sah dann Elma an. Ihr Blick war wie immer etwas herausfordernd. »Und der Grund, warum du gerne Nachbarn um dich hast, hat nichts mit Geräuschen zu tun, liebe Elma, dir geht es vielmehr darum, dass du-weißt-schon-wer abends bei dir klopft und du-weißt-schon-was macht.«

Elma grinste nur. In letzter Zeit waren die Besuche des Mannes, den Begga du-weißt-schon-wer nannte, häufiger geworden. Es war aber nichts Ernstes und ging auch niemanden sonst etwas an, aber oft wurde ihr erst im Nachhinein bewusst, wie viel sie Begga erzählte. Etwas an ihr ließ Elma frei plaudern, ohne darüber nachzudenken. Begga war die Einzige, mit der sie über ihren früheren Verlobten sprach, und wenn sie ehrlich war, tat es richtig gut, endlich über Davíð zu reden. In ihren ersten Monaten in Akranes hatten Wut und Schuldgefühle sie geplagt, aber die waren mittlerweile fast gänzlich verschwunden, und sie konnte akzeptieren, dass er krank gewesen war. Depressionen waren eine Krankheit, und sie hätte seinen Entschluss nicht vorhersehen können. Das war jedenfalls ihr tägliches Mantra.

Sie starrte in den Himmel, der schwarz und überwältigend über ihnen hing. Tausende Sterne starrten zurück, und plötzlich wurde sie sich ihrer Winzigkeit bewusst. Hatte er sie von da oben irgendwo im Blick? Ihr wurde etwas schwindelig, und sie richtete sich wieder auf. Vielleicht sollte sie nicht noch mehr trinken.

»Es ist etwas heiß«, sagte sie und hob sich ein Stück aus dem Whirlpool. Nach kurzer Überlegung sagte sie: »Aber es tut gut.«

»Was tut gut?« Begga war mit dem Kopf untergetaucht, und die Wimperntusche rann über ihre Wangen.

»Ihn dazuhaben. Du-weißt-schon-wen. In der Wohnung nebenan.« Sie bekam sofort ein schlechtes Gewissen, aber ignorierte es.

»Ich dachte ja immer, du und Sævar ...«

Elma zuckte mit den Schultern. Das hatte sie auch einmal gedacht. Sogar gehofft. Aber als nichts passierte, verschwand das Knistern, und jetzt hatte sie fast das Gefühl, dass sie sich ein wenig zu gut kannten.

»Das wäre viel zu kompliziert«, sagte sie nach einer kurzen Stille. »Wir arbeiten zusammen und sind Freunde, und ich will nicht riskieren, dass ... ach, du weißt schon.«

»Ich weiß«, antwortete Begga, und Elma lächelte. Und so war es immer mit Begga, sie wusste alles.

Sechs Jahre

Der erste Schultag steht bevor, und ich bin nervös, sie aber hat die Ruhe weg. Sie ist natürlich nur ein Kind und versteht nicht wirklich, was vorgeht. Was für ein wichtiger Tag das ist. Aber deshalb bin ich nicht nervös, sondern weil ich weiß, was innerhalb der Schulmauern so passiert. Ich weiß, wie hilflos manche Kinder sind, während andere fies sind wie Hyänen. Ich fürchte, sie werden sie auffressen wie jedes andere wehrlose Tier. Denn so ist es in der Schule nun mal, und niemand ist so grausam wie Kinder.

Als wir uns der Schule nähern, greife ich nach ihrer Hand.

»Freust du dich?«

Sie antwortet nicht. Manchmal wirkt es so, als hätte sie einfach keine Lust. Einmal war ich so genervt davon, dass ich sie an den Schultern gepackt und beinahe geschrien hätte: *Antworte mir!* Sie sah mich nur mit ihren eiskalten grauen Augen an und verzog keine Miene. Ich bin sofort wieder zu Verstand gekommen und habe sie losgelassen, aber sie hat einfach weiter ihre grünen Zinnsoldaten auf dem Esstisch aufgereiht, als ob nichts gewesen wäre. Dieselben Soldaten, mit denen sie gespielt hat, seit sie ein Kleinkind war. Sie stellt sie mittlerweile meist in zwei Gruppen einander gegenüber auf, wie zu Beginn einer Schlacht. Ab und zu beobachte ich auch, dass etwas passiert und eine Seite gewinnt. Dann liegt die Hälfte der Soldaten auf dem Boden, und manchmal verbiegt sie ihre Hände und Füße.

Sie ist ein seltsames Kind, und das sieht man ihr auch an, obwohl ich mir richtig Mühe gegeben habe, sie zurechtzumachen. Ich habe lange nach einem Kleid gesucht, das diesem besonderen Tag gerecht wird, und habe schließlich ein leuchtend blaues gefunden, mit Hemdkragen und langen Ärmeln. Es passt gut zu ihren dunklen Haaren, die ihr in zwei Zöpfen bis zur Brust gehen. Manchmal erkenne ich mich selbst in ihr wieder, wenn sie den Kopf auf bestimmte Weise zur Seite neigt oder wenn sie lacht – was nur sehr selten passiert –, aber meist ist sie ganz anders als ich, äußerlich wie innerlich. Oft habe ich ein schlechtes Gewissen, wenn ich sie ansehe, weil ich weiß, dass sie wegen mir so ist, wie sie ist. All die Jahre, in denen ich ihr nicht die Zuwendung bieten konnte, die sie gebraucht hätte, haben wahrscheinlich Spuren hinterlassen.

Manchmal stelle ich mir vor, wie mein Leben ausgesehen hätte, wenn ich nicht schwanger geworden wäre. Vielleicht hätte ich mittlerweile einen Mann kennengelernt und Kinder bekommen, die nicht so seltsam sind. Ich verliere mich in diesen Vorstellungen. Sehe das Haus vor mir, in dem wir leben würden, das viele Geld, das ich hätte, und das Essen, das ich kochen würde. Ich stelle mir vor, wie wir abends zusammen auf dem Sofa sitzen und im Bett unsere Beine verschränken, bis die Kinder morgens zu uns kriechen. Zwei Kinder. Ich wollte immer zwei Kinder. Einen Jungen, der meinem Mann ähnelt, und ein Mädchen, das ganz nach mir kommt. Ich muss aufpassen, nicht zu viel über diese Dinge nachzudenken, denn ich neige dazu, ihr die Schuld dafür zu geben, dass mein Leben so ist, wie es ist. Das ist natürlich nicht fair. Sie hat nicht darum gebeten, auf die Welt zu kommen.

Es klingelt. Sie bleibt stehen und beobachtet die anderen Kinder, als sie sich vor der Tür versammeln. Die dunklen Augenbrauen werfen einen Schatten auf ihre aufmerksamen Augen. Der Mund ist beinahe rund, die Lippen zusammengepresst, und sie klammert sich fester an meine Hand.

»Wollen wir los?«, frage ich, und zu meiner großen Erleichterung nickt sie. Sie kann richtig stur sein, und wenn sie sich etwas in den Kopf gesetzt hat, gibt es keinen Weg, sie von etwas anderem zu überzeugen. Ich musste sie schon brüllend aus Supermärkten zerren, während sie alles kratzte und trat, was ihr zu nahe kam. Vor allem mich.

Wir gehen langsam weiter, und ich merke, dass sie auf der Hut ist. Sie blickt mit hängenden Schultern zu Boden, als wollte sie sich kleiner machen. Ich will sie bitten, sich aufzurichten und den Blick zu heben, aber das würde nichts bringen. Ich erinnere mich noch an die Mädchen in meiner Schule, die mit gekrümmtem Rücken und gesenkten Blicken herumgingen. Weiß noch, wie sie die Flure entlangschlichen, in dem Wunsch, möglichst unsichtbar zu sein.

Wir stehen vor dem Klassenzimmer. Die Glocke läutet, und die Kinder sollen sich in einer Reihe aufstellen. Sie nehmen nacheinander ihre Positionen in der wuseligen Schlange ein. Die Lehrerin wirft einen Blick auf die Gruppe und sieht, dass meine Tochter sich noch nicht vom Fleck gerührt hat. Sie klammert sich an mein Bein, zieht an der Hose, und plötzlich starren uns alle an. Ich lächle der Lehrerin zu und sehe die anderen Eltern entschuldigend an, aus ihren Gesichtsausdrücken zu schließen finden sie den Anblick offenbar niedlich, aber mir ist es unglaublich peinlich.

»Mama.« Die Stimme ist so leise, dass ich sie kaum höre, und ich beuge mich runter. »Ich will hier nicht sein«, flüstert sie und sieht mich flehend an. »Können wir nach Hause fahren? Bitte.«

Sofort kommt die Lehrerin zu uns, eine schlanke Frau mit Bubikopf und Strickpulli. Sie beugt sich zu meiner Tochter hinunter und legt die Hand auf ihren Arm. »Hallo, wie heißt du denn?«, fragt sie mit übertrieben freundlicher Stimme. »Willst du kurz mit mir kommen? Es dauert auch nicht lange, versprochen.«

Sie zögert, streckt aber dann ihre Hand aus und folgt der Lehrerin. Ich sehe nur noch, wie ein dunkler Schopf mit gesenktem Blick im Wolfsrudel verschwindet. Dann kann ich aufatmen, setze ein Lächeln auf und gehe. Tue so, als wäre alles normal. Als wäre sie ganz normal.

Obwohl ich weiß, dass es nicht stimmt.

DONNERSTAG

Begga nannte ihn immer du-weißt-schon-wer, aber eigentlich hieß er Jakob. Elma musste dabei immer an Voldemort aus *Harry Potter* denken, wobei Jakob ansonsten überhaupt nichts mit ihm gemeinsam hatte. Seine Augen waren blau wie das Meer, er hatte blonde Haare und braun gebrannte Haut, die nach Zitrone roch. Wenn er mal länger nicht bei ihr war, vermisste sie manchmal den Geruch, den er in ihrem Bett hinterließ. Es war natürlich albern, aber nach der neunjährigen Beziehung mit Davíð hatte sie sich immer noch nicht wieder daran gewöhnt, alleine zu schlafen. Es fühlte sich so gut an, endlich wieder jemanden neben sich zu haben.

Sie und Jakob hatten sich kurz nach ihrem Umzug kennengelernt. Er wohnte in der Wohnung gegenüber, also war es nicht weit. Eigentlich viel zu nah. Er war zwei Jahre jünger als sie, stand kurz vor dem Abschluss seines Informatikstudiums und wurde nie müde, ihr Komplimente zu machen. So viele, dass Elma ihn manchmal gerne bitten würde, damit aufzuhören. Es stimmte nicht, dass ihre Haare am Morgen schön aussahen oder der schiefe Vorderzahn irgendwie charmant war. Geschweige denn die Sommersprossen auf ihrer hellen Haut. All das war nicht wirklich schön, egal, was Jakob sagte, und sie bezweifelte, dass er das im Ernst dachte. Aber am meisten bewunderte er ihre Augen. Er meinte, das Grau mit den braunen und grünen Tupfen um die Pupillen erinnere ihn an Lavagestein. »Ist das wirklich als Kompliment gemeint?«, hatte sie gefragt. »Absolut«, versicherte Jakob. »Du weißt ja, dass all diese Touristen nach Island kommen, um die Lava zu sehen, dabei sind deine Augen die eigentliche Sehenswürdigkeit. Vielleicht sollten wir eine Webseite erstellen, um auf sie aufmerksam zu machen.« Elma hatte innerlich geseufzt und ihn mit einem Kuss zum Schweigen gebracht.

Als sie am Donnerstagmorgen wach wurde, lag sein Arm auf ihrer Brust, und sie schob ihn vorsichtig zur Seite, nachdem sie den Wecker ausgemacht hatte. Er wachte nicht auf, nicht einmal, als sie aufstand. Sie zog sich schnell die Sachen an, die auf dem Boden neben dem Bett lagen, und betrachtete ihn eine Weile. Überlegte, ob sie ihn wecken, oder einfach schlafen lassen sollte. Dann schlich sie hinaus und machte die Schlafzimmertür hinter sich zu.

Die erste Person, die Elma sah, als sie bei der Polizeistation ankam, war Gígja oder besser gesagt ihre untere Hälfte, denn der Oberkörper lehnte noch im Jeep.

»Kann ich dir helfen?«, rief sie gegen den Wind an.

Gígja drehte sich um. »Ach, Elma, hallo, Liebes«, sagte sie. »Ja, das wäre nett. Ich war noch kurz in der Bäckerei, aber die packen immer alles in diese Kisten, die keiner tragen kann.«

»Kein Problem, ich helfe dir.«

Sie gingen in die Station, schwer bepackt mit Tüten und Kisten voller Backwaren.

»Ist das nicht viel zu viel, Gígja?«, fragte Elma und warf einen Blick auf den kleinen Tisch der Kaffeeküche. Gígja hatte genug für eine ganze Armee besorgt.

Gígja betrachtete das Essen und lachte. »Ach«, sagte sie. »Vielleicht hast du recht. Aber dann nehmt ihr den Rest einfach mit nach Hause.«

Elma schüttelte den Kopf. Sie goss gerade den Kaffee vom Vortag in den Abfluss, als Sævar die Küche betrat.

»Sie haben die Straße ge... wer hat Geburtstag?«, fragte er und sah Gígja und Elma abwechselnd an.

»Sicher irgendwer irgendwo«, sagte Elma.

»Ja, irgendjemand hat immer irgendwo Geburtstag«, stimmte Gígja zu. Sie legte das Messer beiseite, mit dem sie das Gebäck aufgeschnitten hatte. »Also gut, ich bin dann mal weg.«

»Willst du nicht auch was davon haben?«, fragte Elma.

»Nein, das ist nicht gut für mich.« Sie nahm ihre Handtasche auf die Schulter. »Ich muss jetzt los zur Arbeit.«

»Bist du nicht ...« Elma zögerte. Sie hatte noch nicht mit ihr über den Krebs gesprochen und wusste nicht, ob es ein Tabuthema war. Hörður wollte nicht viel darüber reden, und sie hatte es von ihrer Mutter erfahren, nicht von ihm. »Wie geht's dir sonst so?«

»Ach, mir geht's bestens«, sagte Gígja. »Hörður tut so, als sollte ich einfach den ganzen Tag nur auf der faulen Haut rumliegen.« Sie warf einen Blick zur Tür, wie um sicherzugehen, dass er sie nicht hörte, bevor sie flüsterte: »Erzählt das mit der Arbeit nicht weiter. Er darf nicht immer alles so streng sehen, der Gute.« Sie zwinkerte ihnen zu und verabschiedete sich.

»Was wolltest du vorhin sagen, Sævar?«, fragte Elma, als Gígja weg war, und biss in einen Karamelldonut.

»Die Straße bei Hafnarfjall ist gesperrt«, antwortete Sævar. »Wir können erst nach Borgarnes, wenn das Unwetter vorbei ist.«

Der Regen prasselte laut auf die Scheibe. Das Fenster war geschlossen, aber das brausende Geräusch drang trotzdem hindurch. Es sah nicht so aus, als könnten sie in nächster Zeit nach Borgarnes fahren. Vor dem Nachmittag würden Regen und Sturm nicht abklingen. Elma musste an Jakob denken und fragte sich, ob er noch unter der warmen Decke in ihrem Bett lag. Er schlief meist lange und fest. Sie selbst wurde immer um Punkt sieben wach, auch am Wochenende.

Seit dem Leichenfund waren fünf Tage vergangen, und sie hatten noch keine Fortschritte gemacht. Die Medien berichteten täglich von dem Fall, zeigten Bilder von Maríanna und erzählten von den bisherigen Ermittlungen. Auch die Nummer der Polizei in Akranes wurde angegeben, damit Leute, die Maríanna am 4. Mai möglicherweise gesehen hatten, sich mit ihnen in Verbindung setzen könnten. Aber wieder einmal lief ihnen die Zeit davon – es war zu lange her, und die Menschen konnten sich nur schwer erinnern. Sie bekamen unzählige Hinweise, aber keiner von ihnen erwies sich nach genauerer Überprüfung als hilfreich.

Elma holte noch einmal alle Unterlagen zum Fall hervor. Der Briefumschlag, den Maríanna für Hekla hinterlassen hatte, lag ganz oben auf dem Stapel. Aufgrund der Notiz darauf waren sie damals von Selbstmord ausgegangen. Elma fragte sich, was Maríanna bewogen hatte, sie zu schreiben. Warum dachte Maríanna, sie schulde Hekla eine Entschuldigung? Vielleicht ging es um das Fußballturnier. Elma musste gestehen, dass sie nicht nachvollziehen konnte, warum Maríanna ihrer Tochter die Teilnahme untersagt hatte. Hekla hätte dafür nicht einmal unbedingt bei Sæunn übernachten müssen, Maríanna hätte sie auch selbst hinbringen und abholen können. Falls es bei der Nachricht um das Fußballturnier ging, dann hatte Maríanna jedenfalls damit gerechnet, dass Hekla an dem Tag nach Hause kommen würde. In dem Fall wäre sie ihr wohl kaum nach Akranes hinterhergefahren. Es sei denn, sie hätte die Nachricht bereits am Morgen vor der Arbeit hinterlassen, und es wäre in der Zwischenzeit etwas passiert.

Der Briefumschlag war immer noch ungeöffnet und stammte von einem Inkassounternehmen. Ein ganz normales Kuvert mit Sichtfenster, keiner hatte sich die Mühe gemacht, es zu öffnen. Elma starrte eine Weile darauf und riss den Umschlag dann auf. Eine ganz normale Rechnung und eine Mahnung, dass noch Zinsen hinzukämen, falls sie nicht innerhalb weniger Tage

beglichen werden sollte. Es war kein hoher Betrag, etwa dreißig-
tausend Kronen für Fernsehen und Internet. Elma fiel aber auf,
dass die Rechnung auf etwa ein Jahr vor Maríannas Verschwinden datiert war. Warum um alles in der Welt hatte sie Hekla auf
einem so alten Brief eine Nachricht hinterlassen? Elma schloss
die Augen und versuchte, sich an Maríannas Wohnung zu erinnern. Ihr war kein Stapel mit alten Rechnungen oder dergleichen aufgefallen. Hatte Hekla vielleicht eine alte Nachricht auf
den Küchentisch gelegt? Experten hatten die Handschrift überprüft, sie stammte ganz sicher von Maríanna. Aber irgendetwas
stimmte an der Sache nicht. Elma lehnte sich vor und schaltete
den Computerbildschirm ein. Es war Zeit, sich Hekla genauer
anzusehen.

Acht Jahre

Als ich die Wohnung betrete, schlägt mir die stickige und schwere Luft entgegen. Letzte Nacht wehte ein heftiger Sturm, also habe ich alle Fenster geschlossen, aber vergessen, sie heute Morgen wieder aufzumachen. Ich gehe durch die Wohnung, ziehe alle Vorhänge auf und öffne die Fenster. Sie sollte gerade auf dem Weg nach Hause sein. Ich halte nach ihr Ausschau, die Sonne bahnt sich für einen Augenblick einen Weg durch die dicke graue Wolkendecke, und ich kneife die Augen zusammen. Viele Kinder sind gerade auf dem Nachhauseweg, und ich erkenne ein paar Mädchen aus ihrer Klasse. Sie gehen dicht aneinandergedrängt, sodass ihre Arme sich berühren, alle lachen und flüstern. Dann sehe ich sie.

Es ist, als existierte mein Mädchen nicht. Obwohl sie nur ein paar Schritte hinter den anderen geht. Sie sagt kein Wort, folgt ihnen aber wie ein Schatten. Man spürt förmlich ihren sehnsüchtigen Wunsch, ein Teil der Gruppe zu sein, dazuzugehören. Niemand sieht ihr aufgesetztes Lächeln. Sie ignorieren sie völlig. Nehmen sie nicht wahr. Trotzdem geht sie weiter hinter ihnen her und lauscht ihren Gesprächen. Lächelt immer wieder, wenn sie lachen, starrt gebannt auf ihre rosa Schultaschen. Ich verstecke mich hinter den Vorhängen und beobachte sie, obwohl ich bei dem Anblick weinen könnte. Warum ist sie so?

Plötzlich dreht eine von ihnen sich um, und meine Tochter lächelt, weil sie endlich jemand beachtet. Sogar vom Fenster aus sehe ich die Hoffnung in ihrem Gesicht aufleuchten. Aber das

Mädchen lehnt sich vor und flüstert den anderen etwas zu. Sie lachen und gehen dann schnell weiter. Meine Tochter bleibt stehen und blickt ihnen hinterher. Kurz wirkt es, als denke sie darüber nach, ihnen hinterherzulaufen. Gott, ich hoffe, sie macht es nicht. Wie traurig wäre das? Offenbar fehlt ihr ein Gespür für soziale Interaktionen. Sie merkt nicht, wenn Leute sie nicht um sich haben wollen, versteht nicht, warum sie schimpfen und meckern. Erkennt keine Grenzen oder merkt nicht, wenn ihr Verhalten anstrengend und unangemessen ist. Vielleicht ist das nicht schlecht, dann weiß sie zumindest nicht, was die anderen Kinder wirklich über sie denken. Aber ich habe Angst vor dem Tag, an dem sie es herausfindet, und was es mit ihr machen wird.

Während ich so nachdenke, beobachte ich, dass die Mädchen plötzlich erneut stehen bleiben und sich umdrehen. Eine synchrone Bewegung. Im Vorhinein abgesprochen. Meine Tochter bleibt stehen, sonst kann sie nirgends hin. Sie haben sich untergehakt und blockieren den gesamten Gehsteig. Ich höre nicht, was sie sagen, aber ich bekomme ein flaues Gefühl im Magen. Sie laden meine Tochter gerade sicher nicht zu sich nach Hause ein oder sagen ihr, wie schön sie ihre Mütze finden. Eine Weile vergeht, und ich bete, dass nichts Schlimmes passiert. Dass sie sich einfach wieder umdrehen und weitergehen. Aber dann tritt eine von ihnen einen Schritt nach vorne und etwas passiert, aber ich kann nichts erkennen, weil sie einen Kreis um sie gebildet haben. Eine Rauferei bricht aus, ich sehe aber nichts als ihre Rücken. Bis etwas Rotes auf die Straße fliegt. Ihre Mütze.

Für eine Jacke bleibt mir keine Zeit. Ich warte nicht einmal auf den Aufzug, sondern eile auf den Treppen die sieben Stockwerke hinunter. Mein Herz pocht, und der Puls übertönt alle anderen Geräusche in meinem Kopf. Unten angekommen bin ich außer mir. Ich will sie anschreien, sie schütteln, sodass ihre Köpfe nur so wackeln.

Sie bemerken mich aber, lange bevor ich bei ihnen bin. Wahrscheinlich haben sie mich schreien gehört, ich muss wie eine Wahnsinnige klingen. Sie blicken auf, sehen einander an und ergreifen die Flucht. Während sie so schnell wie möglich wegrennen, fliegen die Schultaschen auf ihren Rücken wild hin und her. Am liebsten würde ich ihnen hinterherlaufen, sie auf den Boden drücken und ihnen alle Gliedmaßen einzeln ausreißen, aber das tue ich nicht. Stattdessen beuge ich mich zu meiner Tochter runter und helfe ihr auf. Ein paar andere Kinder bleiben auf ihrem Heimweg stehen und beobachten uns. Ich schenke ihnen keine Beachtung. Erst als ein Junge, kaum älter als sechs Jahre, mich antippt und mir die rote Mütze reicht, blicke ich auf. Sie ist ganz nass von der Straße, aber ich nehme sie und sehe dem Jungen in die Augen. Er ist klein und blond mit dicken Backen. Am liebsten würde ich ihn fest an mich drücken. Aber stattdessen nehme ich ihre Schultasche auf den Rücken und umarme sie. Das habe ich nicht getan, seit sie ein Kleinkind war. Sie vergräbt ihr Gesicht in meinen Haaren, und den ganzen Weg zurück zur Wohnung spüre ich ihren Atem auf dem Hals.

Ein Herz, das ganz nahe an meinem schlägt.

Sævar und Hörður fanden das Datum auf dem Brief auch komisch, obwohl es womöglich einen guten Grund dafür gab. Maríanna könnte den Brief einfach in einer Schublade aufbewahrt haben, oder vielleicht war er in einem Stapel zwischen Zeitungen gelandet. So oder so mussten sie sich Hekla genauer ansehen, und dazu gehörte herauszufinden, ob sie einen Freund mit Führerschein hatte. Elma suchte im Internet nach Informationen über Agnar, den Jungen, der Heklas Bild kommentiert hatte. Sie fand schnell heraus, dass er in einem Restaurant arbeitete, also war er womöglich tagsüber zu Hause. Das passte wunderbar, so könnte sie die Zeit nutzen, bis der Sturm sich legte.

Elma war noch nie besonders gut darin gewesen, mit Jungs im Teenageralter zu sprechen. Sie fand sie immer noch genauso rätselhaft wie zu der Zeit, als sie selbst in dem Alter war. Deshalb klopfte sie an Sævars Bürotür. Er saß konzentriert am Computer und blickte auf, als sie eintrat.

»Schlechte Nachrichten«, sagte er, bevor sie etwas sagen konnte.

»Oh?«

»Hafþórs Handy hat Borgarnes an dem Freitag nicht verlassen. Er ist also nicht mit Maríanna nach Akranes gefahren, es sei denn, er hätte das Handy nicht mitgenommen, aber heutzutage nehmen das doch alle überall hin mit, oder?«

»Außer er hat es bewusst zurückgelassen«, sagte Elma.

»Ja, das kann natürlich sein. Aber wir haben sonst nichts gegen ihn in der Hand.«

Elma seufzte. Es war höchste Zeit, dass sie irgendwelche brauchbaren Hinweise bekamen.

»Hast du irgendetwas Neues?«

»Ja, tatsächlich, ich habe da was ...«, begann Elma und erzählte ihm, dass sie möglicherweise Heklas Freund gefunden hatte.

»Gespräche mit Teenagerjungs sind nicht gerade meine Stärke, also ...«

»Also willst du, dass ich mitkomme, weil ich schließlich der Meister der Teenagergespräche bin.«

Elma lächelte. »So hätte ich es vielleicht nicht formuliert, aber ... ja.«

Sævar stand auf und holte seine Jacke. In diesem Augenblick traf eine starke Windböe das Gebäude, und die Fensterscheibe bebte und knarzte. »Was tue ich nicht alles für dich«, sagte Sævar und schüttelte den Kopf.

»Bingo«, sagte Sævar, als sie vor dem Haus in der Vesturgata parkten, in dem Agnar gemeldet war. »Ein grüner Volvo S80«, fügte er hinzu, als Elma ihn verwundert ansah. »Wohnt er noch bei seinen Eltern?«

»Ich weiß es nicht«, sagte Elma. »Aber hier wohnt er sicher nicht allein.«

Das Haus hatte zwei Stockwerke und war mit rotem Wellblech verkleidet. Sie gingen die paar Stufen zum Eingang hoch und klingelten, hörten aber keine Bewegungen oder Geräusche.

»In solchen Häusern gibt es oft eine Kellerwohnung«, sagte Sævar und ging die Treppe wieder hinunter.

Elma folgte ihm in den Garten und zu einer Tür auf der linken Seite des Hauses. Sie klopften, und kurz darauf ging die Tür auf. Im Internet waren keine Bilder von Agnar zu finden gewesen, also wusste sie nicht, was sie erwartete, aber mit diesem Anblick hatte sie nicht gerechnet. Der Junge vor ihnen war so groß, dass er fast nicht durch den Türrahmen passte. Er hatte lange schlanke Arme, und seine Haut war so hell, dass sich die Knochen unangenehm deutlich abzeichneten. Das Gesicht war genauso – schmal und blass. Ein ausgeprägter Kiefer, hohe Wangenknochen und ungewöhnlich große und starre Augen. Elma hatte ein bisschen das Gefühl, das Gesicht müsste noch zurechtgeschliffen werden. Als wäre es eine Büste, die noch nicht fertig poliert war.

»Agnar?«, fragte Sævar.

Der Junge antwortete mit einem Brummen, das vermutlich als Ja zu deuten war. Sævar stellte sie vor und fragte, ob sie reinkommen dürften, worauf Agnar einen Schritt zur Seite trat. In der Wohnung stieg ihnen ein scharfer Geruch entgegen, sodass Elma nach Luft schnappte. Wahrscheinlich kam er von dem Katzenklo im Vorraum, das dringend geputzt werden musste.

»Wir können uns hier setzen«, sagte Agnar und führte sie zu einem Küchentisch mit Klappstühlen. Auf dem Tisch standen leere Gläser und eine Schachtel mit ein paar Pizzarändern. Elma und ihre Schwester durften früher nie die Ränder der Pizza übrig lassen. Ihre Mutter hatte immer darauf beharrt, dass sie den Rand aßen, bevor sie sich das nächste Stück nahmen.

»Wohnst du alleine hier?«, fragte Sævar, als sie sich gesetzt hatten.

»Nein, mit meinem Bruder.«

»In Ordnung, wir werden dich nicht lange stören«, sagte Sævar. »Wir wollten nur fragen, ob du Hekla kennst?«

»Hekla? Sie ist … oder war meine Freundin. Wir haben gestern Schluss gemacht.« Agnar gähnte, und der Mundgeruch drang über den Tisch zu ihnen herüber. Sah nicht so aus, als würde ihm die Trennung allzu nahegehen.

»Wart ihr lange zusammen?«

»Ja, fast ein Jahr. Seit Januar oder so.« Es klang, als halte er ein Jahr für eine halbe Ewigkeit, und Elma lächelte in sich hinein. In ihrer Jugend hatte eine Beziehung von einem Jahr auch als ziemlich lang gegolten. Die meisten dauerten nur wenige Wochen an. Höchstens ein paar Monate.

»Also wart ihr zusammen, als ihre Mutter vor einigen Monaten verschwand?«

»Ja.«

»Weißt du, ob Hekla an dem Tag in Akranes war?«

»Ähm ... ja.« Er wirkte plötzlich, als hätte er sich verplappert, und fügte hinzu: »Also, ich weiß es nicht mehr. Vielleicht war es auch an dem Tag danach.«

»Hast du sie an dem Freitag nicht getroffen? Es ist sehr wichtig, dass du uns die Wahrheit sagst. Die Polizei anzulügen, ist strafbar. Leute sind schon für weniger ins Gefängnis gekommen.« Sævar lächelte, als würde er scherzen, aber Agnar schien der Ernst der Sache bewusst zu werden.

Erst antwortete er nicht, aber dann seufzte er und sagte: »Ach, was soll's, nach dem gestrigen Abend bin ich der Tussi nichts schuldig. Ein Jahr Beziehung und dann wirft sie einen einfach weg wie einen dreckigen Lappen, als wäre man ... wäre man nichts.«

»Also hast du sie getroffen?«

»Nein. Aber sie wollte, dass ich sie in Borgarnes abholen komme.«

»Und hast du sie abgeholt?«

»Nein, ich war auf dem Weg ins Fitnessstudio, und um vier musste ich zur Arbeit. Ich habe ihr angeboten, sie am Abend zu holen, aber sie wollte nicht warten. Meinte, sie fände schon einen anderen Weg.«

»Und hat sie das?«

»Was?« Agnar sah Sævar entgeistert an.

»Einen anderen Weg gefunden?«

»Ja. Wir wollten uns am Abend treffen.«

»Habt ihr euch getroffen?«, fragte Sævar.

»Nein, sie konnte auf einmal doch nicht. War schon wieder zu Hause.«

»Wieder zu Hause? Also war sie zwischendurch in Akranes?«

»Ja, sie ist hergekommen«, sagte Agnar.

»Weißt du, wie sie gefahren ist?«

»Keine Ahnung, wahrscheinlich mit dem Bus oder so.« Agnar zuckte mit den Schultern.

»Und weißt du, was sie in Akranes gemacht hat?«

»Wahrscheinlich war sie bei ihrer Familie oder den Freundinnen oder so. Ich weiß es nicht, Mann. Ich habe nicht verstanden, was sie vorhatte. Und am nächsten Tag hat sie angerufen und gesagt, dass ... dass ihre Mutter vermisst wird oder so.«

Sævar nickte. »Und wann hast du sie das nächste Mal getroffen?«

»Am Sonntag.«

»Wenn wir also deinen Chef fragen, kann er bestätigen, dass du an dem Freitag den ganzen Abend gearbeitet hast?« Sævar lehnte sich vor und sah Agnar ernst an.

»Ja, Mann.« Die Fragen schienen ihn ganz schön wütend zu machen. »Meine Schicht ging eigentlich bis zehn, aber ich war bis elf da. Ich weiß noch, dass ich früher aufhören wollte, um Hekla zu treffen, aber mein Mistkerl von Chef hat uns nicht gehen lassen. Überstunden habe ich auch keine bezahlt bekommen. Das ist doch illegal, oder?«

* * *

»Hast du es getan?«

»Was?«, fragte Hekla, obwohl sie genau wusste, was Dísa meinte. Sie saßen in der Pause zusammen im Klassenzimmer. Die nächste Lehrerin war noch nicht da, also plauderten sie miteinander.

»Hast du mit ihm Schluss gemacht?«

Hekla nickte. Sie und Tinna saßen nebeneinander, aber hatten die Stühle zu Dísa umgedreht, die hinter ihnen einen Tisch für sich allein hatte.

»Hat er geweint?« Dísa klang schadenfroh.

»Ach, Dísa«, sagte Tinna und warf ihr einen bösen Blick zu. Hekla musste trotzdem lächeln, und als die anderen Mädchen sie sahen, brachen sie alle in Gelächter aus. Es war so eine Erleichterung, dass mit Agnar endlich Schluss war. Jetzt konnte sie tun, was sie wollte. Wobei, vielleicht nicht genau das, was sie wollte, dachte sie.

»Aber ist doch gut«, sagte Tinna. Sie lehnte sich nach vorne und flüsterte: »Dann können wir es morgen so richtig krachen lassen. Keine Scherereien. Nur wir drei. Oder, na ja, wir drei und alle anderen Mädels aus der Klasse.«

»Die werden wir im Laufe des Abends schon los«, sagte Dísa. Tinna mahnte sie, leise zu sein, und blickte sich um. Niemand sollte unnötigerweise auf sie aufmerksam werden.

»Warum?«, fragte Hekla.

Dísa und Tinna warfen einander einen geheimnisvollen Blick zu. »Das wirst du schon sehen.«

Tinna stupste Hekla an, bevor sie nachfragen konnte, was sie genau meinten. Sie blickte auf und sah, wie Alfreð hereinkam und sich setzte. Er bemerkte sie und lächelte. Im selben Moment betrat die Lehrerin das Klassenzimmer, und Hekla drehte sich nach vorne. Bei dem Gedanken an den kommenden Tag spürte sie vor lauter Aufregung ein Kribbeln im Bauch. Eins der Mädchen aus ihrer Klasse feierte Geburtstag. Eigentlich war Hekla gar nicht eingeladen, aber Dísa und Tinna hatten darauf bestanden, dass sie mitkam. Hekla versuchte, nicht zu viel darüber nachzudenken. Im Grunde kannte sie das Geburtstagskind gar nicht, aber sie und ihre Freundinnen wollten auch nicht lange auf der Party bleiben. Dísa und Tinna hatten anscheinend noch andere Pläne, von denen Hekla nichts wissen durfte. Hekla war so aufgeregt, dass sie während des Isländischunterrichts an nichts anderes denken konnte als den Erdbeergeruch von Tinnas Lippenbalsam und den morgigen Tag.

* * *

Wenn es stimmte, was Agnar sagte, hatte Hekla offensichtlich gelogen. Sie war nach Akranes gefahren und Maríanna ihr womöglich dorthin gefolgt. Elma fiel es trotzdem schwer zu glauben, dass Hekla etwas mit dem Tod ihrer Mutter zu tun haben sollte. Wobei es tatsächlich vorkam, dass Jugendliche ihre Eltern töteten. Nicht auf Island, aber im Rest der Welt passierte das ab und zu. Jugendliche, die unzufrieden waren, wenn ihre Eltern ihnen dieses oder jenes verbieten wollten, den Partner nicht akzeptierten oder aus anderen Gründen, die für die Jugendlichen wichtiger waren als alles andere. In Ländern mit weniger strengen Waffengesetzen, den USA zum Beispiel, hatten Kinder bei Wutanfällen einfacheren Zugang zu Schusswaffen. Waffenbesitz war auf Island zwar nichts Ungewöhnliches, aber nur sehr wenige Personengruppen trugen im Alltag Waffen mit sich herum. Sie wurden unzugänglich aufbewahrt – meist in abgeschlossenen Schränken. Aber Maríanna war auch nicht erschossen worden, sondern zu Tode geprügelt. Dafür brauchte man Kraft. Hekla war nicht besonders groß, und Elma bezweifelte, dass sie ihre Mutter allein hätte bezwingen können, außerdem besaß Hekla keinen Führerschein. Es war also sehr unwahrscheinlich, dass sie Maríanna ohne weitere Hilfe umgebracht hatte, zum Grábrók-Krater gefahren war und die Leiche im Lavafeld versteckt hatte. Jemand hätte ihr dabei zur Hand gehen müssen, und dafür kamen nicht viele infrage. Vielleicht nur Agnar. Eventuell war Sæunn an dem Mord beteiligt, aber das war auch eher unwahrscheinlich.

Elma seufzte und fand den Gedanken ziemlich absurd. Trotz schlimmer Kindheit konnte sie nicht glauben, dass Hekla zu so einer Tat fähig war. Sævar steckte den Kopf in Elmas Büro und nickte in Richtung Fenster. »Weißt du, was?«

»Was?«

»Der Sturm hat sich gelegt. Auf nach Borgarnes.«

Die Mitarbeiterin des Jugendamts war eine Frau Mitte vierzig in roter Bluse und mit großer Oberweite und Kurzhaarschnitt. Sie begrüßte sie freundlich, mit kräftigem Händedruck, und stellte sich als Hildur vor.

»Ihr wolltet über Maríanna Þórsdóttir sprechen, nicht wahr?«, sagte sie, als sie in ihrem Büro Platz genommen hatten. »Es tat mir so leid, als ich von dem Fall erfahren habe. Das arme Mädchen.« Sie lehnte sich vor und verschränkte die Hände auf dem Bürotisch. Elma fiel auf, wie aufgeräumt er war. Keine Stifte, lose Zettel oder alte Kaffeebecher. Wahrscheinlich musste sie im Gegensatz zu Elma immer wieder Menschen in ihrem Büro empfangen. Das redete sie sich in dem Moment zumindest ein.

»Ich weiß, dass wir bereits im Frühjahr miteinander gesprochen haben, aber jetzt ermitteln wir erneut in dem Fall und möchten dich bitten, na ja ... uns von Maríanna zu erzählen«, sagte Sævar.

»Ja.« Hildur lehnte sich zurück und blickte auf den Computerbildschirm. Sie klickte irgendetwas mit der Maus an. »Wie ich sehe, habt ihr damals einen Gerichtsbeschluss bekommen, dann sollte das kein Problem sein.« Sie wandte sich wieder an sie und lächelte. »Maríanna und Hekla sind vor fünf Jahren von Reykjavík hierhergezogen, davor war ich nicht für sie zuständig. Ich habe die Unterlagen zugeschickt bekommen und kann euch nur sagen, was darin steht. Es gab mehrere Gründe, warum wir ein genaues Auge auf Maríanna und ihrer Tochter hatten. Nach Heklas Geburt litt Maríanna an schweren Depressionen. Sie war damals noch sehr jung, erst sechzehn, und es fiel ihr schwer, eine Verbindung zu ihrer Tochter aufzubauen. Es war natürlich ein großer Schock, als ihr Bruder während der Schwangerschaft

Selbstmord beging, aber das Problem war größer und ging über die Trauer um den Bruder hinaus.

Deshalb hatten wir wie gesagt ein genaues Auge auf Maríanna und Hekla. Sowohl Mitarbeitende des Kindergartens als auch das Pflegepersonal im Krankenhaus äußerten sich besorgt, weil Hekla erst sehr spät zu sprechen begann. Lange Zeit dachten wir, sie hätte eine Entwicklungsstörung, aber dem war nicht so. Die Erzieher im Kindergarten haben uns manchmal kontaktiert, vor allem weil Maríanna Hekla anscheinend nicht gewickelt hat. Sie hatte einen Windelausschlag, brauchte eine Windel, bis sie vier war, und trug viel zu kleine Kleidung. Außerdem kam sie manchmal einfach nicht in den Kindergarten, ohne dass Maríanna Bescheid sagte. Es war also schnell klar, dass sie Unterstützung brauchte. Wir haben sie regelmäßig besucht und ihr geholfen, so gut wir konnten.«

»Als Hekla drei Jahre alt war, ist Maríanna einmal für ein paar Tage verschwunden, nicht wahr?«, fragte Elma.

»Das stimmt. Damals kam sie für ein halbes Jahr zu Pflegeeltern, Sæunn und Fannar, wundervolle Leute«, sagte Hildur und lächelte.

»Was ist da eigentlich passiert?«

»Also ... ich habe den Verdacht, dass Maríanna irgendwelche Drogen genommen hat und einfach untergetaucht ist. Sie hat bestimmt nicht gemerkt, wie viel Zeit vergangen ist. Wie lange sie weg war.«

»Und war es völlig unbedenklich, Hekla wieder zu ihr zurückzuschicken?« Elma konnte ihre Aufgebrachtheit kaum verbergen. In vielerlei Hinsicht stimmte sie Sæunn zu. Im Zweifelsfall sollte zugunsten der Kinder entschieden werden, nicht der Eltern. Nach allem, was sie gehört hatte, war Maríanna nicht imstande gewesen, für eine Dreijährige zu sorgen, die sich noch nicht ordentlich ausdrücken konnte.

Hildur holte tief Luft. »Unser Ziel ist immer, dass die Kinder bei ihren Eltern sein können«, sagte sie. »Das ist der Idealfall und die beste Lösung für alle Beteiligten. Meistens jedenfalls. Und wie gesagt, wir haben sie immer im Blick behalten. Kamen unangekündigt vorbei und dergleichen.«

»Und ist nie etwas Schlimmeres passiert?«

Hildur runzelte die Stirn. »Schlimmeres? Wenn du darauf hinauswillst, ob Maríanna ihrer Tochter gegenüber gewalttätig war, dann gehen wir nicht davon aus. Maríanna war eben ... nun ja, in einer schwierigen Lage. Während ihrer Schwangerschaft ist ihr Bruder verstorben, und die Eltern haben sie nicht unterstützt, jedenfalls nicht so, wie sie es in dem Alter gebraucht hätte. Maríannas Mutter ist gestorben, als Hekla etwa zehn Jahre alt war, also hatte Maríanna kaum Rückendeckung. Unter den Umständen hat sie die Sache eigentlich ganz gut gemeistert.«

»Ist sie nicht noch einmal verschwunden, als Hekla zehn war?«

»Doch, das ist richtig«, sagte Hildur. »Aber das war, als ihre Mutter gestorben ist, danach ist sie in ein tiefes Loch gefallen. Hat alles Mögliche genommen und sich manchmal tagelang nicht blicken lassen.«

»Stimmt es, dass Hekla oft darum gebeten hat, bei ihren Pflegeeltern zu leben?«, fragte Sævar.

»Ja, das stimmt«, sagte Hildur. »Aber das ist durchaus nachvollziehbar, wenn man bedenkt, was sie ihr im Gegensatz zu ihrer Mutter bieten konnten. Kinder wissen die materiellen Dinge nun mal oft mehr zu schätzen. Sæunn und Fannar sind wohlhabend, und sie bekam von ihnen einiges, das Maríanna ihr nicht geben konnte.«

»Bist du sicher, dass es nur daran lag?«

»Ehrlich gesagt, weiß ich es nicht«, sagte Hildur. »Aber unser Ziel ist immer, die Kinder bei ihren Eltern leben zu lassen. Das ist immer die bevorzugte Lösung.«

»Waren Sæunn und Fannar mit dem Arrangement unzufrieden?«

»Das weiß ich nicht. Da müsstet ihr mit den Kollegen aus der Zentrale in Reykjavík sprechen. Aber Sæunn und Fannar haben sich immer gewünscht, auf Dauer ein Kind zu bekommen, und zwischenzeitlich sah es ganz danach aus, denn wir wussten ja nicht, ob Maríanna wieder auf die richtige Bahn gelangen würde. Als sie sich dann doch wieder gefangen hatte, waren sie womöglich etwas unzufrieden. Enttäuscht. Aber am Ende haben sie eingewilligt, für Hekla als unterstützende Pflegefamilie da zu sein. Ein paar Jahre später bekamen sie einen kleinen Jungen, den sie mittlerweile sogar adoptiert haben, also müssten sie eigentlich ganz zufrieden sein.«

»Und war in den letzten Jahren alles gut bei Hekla und Maríanna?«, fragte Elma.

»Ja, mehr oder weniger«, sagte Hildur. »Hekla war letztes Jahr etwas schwierig. Schlich sich nachts raus, fuhr ohne Erlaubnis nach Akranes, solche Dinge.«

»Wann hast du das letzte Mal mit Maríanna gesprochen?«

»Das war tatsächlich kurz vor ihrem Tod«, sagte Hildur. »Jemand hatte Hekla am Straßenrand gesehen, sie wollte per Anhalter nach Akranes. Die Polizei hat sie aufgegabelt und uns verständigt. Wir haben den beiden im Anschluss einen Besuch abgestattet.«

»Warum wollte sie nach Akranes? Um die Familie zu besuchen?«

»Nun ja, wohl eher nicht«, sagte Hildur. »Ich denke, sie wollte wahrscheinlich auf eine Party, oder vielleicht hatte sie auch einen Freund oder dergleichen. So ein Verhalten ist typisch für das Alter, diese Teenager sind immer auf Ärger aus. Maríanna schien eher ratlos, wusste nicht, wie sie mit Hekla umgehen sollte.«

»Verstehe«, sagte Elma. »Hat sich Maríanna bei eurem letzten Treffen irgendwie anders verhalten?«

»Sie ...« Hildur zögerte. »Jetzt, wo du es sagst, war sie tatsächlich etwas bedrückt. Ich dachte natürlich, das läge an Hekla, es ist nicht leicht, die Mutter einer Teenagerin zu sein. Aber vielleicht hatte es auch einen anderen Grund, so im Nachhinein betrachtet.«

Elma wusste nicht recht, was sie von dem Gespräch mit der Mitarbeiterin des Jugendamts halten sollte. Als sie das graue Gebäude der Zweigstelle in Borgarnes verließ, war das flaue Gefühl in ihrem Magen jedenfalls nicht nur auf Hunger zurückzuführen. Im Laufe ihrer Karriere als Kriminalpolizistin hatte sie immer wieder gesehen, was Kinder manchmal mitmachen mussten. Zerrüttete Familienverhältnisse, in denen kranke Eltern endlos viele Chancen bekamen, die sie nur selten nutzten. Und die Kinder mussten wehrlos zusehen, gefangen in schwierigen Situationen, die kein Kind verdient hat. Oft konnten sie sich nicht ausdrücken oder sagen, was sie wollten, und selbst wenn sie es taten, hörte ihnen niemand zu. Elma sah viele Fehler im System und fand, dass es nicht im Sinne der Kinder arbeitete.

Elma setzte sich ins Auto und starrte schweigend aus dem Fenster.

»Alles in Ordnung?«, fragte Sævar.

»Ja, antwortete sie, ohne ihn anzusehen. Sie stellte sich Hekla vor, wie sie mit drei Jahren allein in der Wohnung saß und auf ihre Mutter wartete, die nicht kam. Welche Spuren hinterließ so eine Erfahrung bei einem Kind?

»Das System ist Mist«, sagte Sævar nach kurzem Schweigen. Elma sah ihn verwundert an. »Ich habe es schon oft gesehen und du auch, das weiß ich.«

Elma nickte. »Ich finde nur, dass ... dass es eine Möglichkeit geben sollte, mehr zu tun. Weißt du, was ich meine?«

»Ich weiß«, sagte Sævar und fuhr los. »Wir geben unser Bestes.« Er lächelte ihr aufmunternd zu und wechselte dann das Thema. »Hungrig?«

Es war schon spät am Nachmittag, und von dem vielen Gebäck des Morgens war wahrscheinlich nichts mehr übrig. Sie hielten bei Hyrnan, einer Raststätte an der Hauptstraße am Rande von Borgarnes, die sich seit Elmas Kindheit ziemlich verändert hatte. Dort hatte sie mit ihren Eltern immer bei Ausflügen aufs Land angehalten, wie so viele andere auch. Die Raststätte bestand aus Laden und Restaurant, und im Sommer tummelten sich dort die Menschen, isländische und ausländische Urlauber. Um diese Jahreszeit war es dort aber eher leer, nur ein paar vereinzelte Leute saßen im Saal, der an eine Schulkantine erinnerte. Sie entschieden sich für einen kleinen runden Tisch, der sich in einer Art Gewächshaus ganz hinten im Laden befand. Sævar bestellte zwei Hotdogs und eine Cola, Elma ein Sandwich mit Roastbeef und einen Kakao.

»Was denkst du?«, fragte sie nach zwei Bissen von dem Sandwich, die sie mit einem großen Schluck runterspülte. »Meinst du, Hekla war dazu imstande, ihre Mutter zu töten?«

Sævar zuckte mit vollem Mund die Achseln. Er schluckte runter und trank von der Cola, bevor er antwortete. »Vielleicht hat ihr jemand geholfen. Ein Motiv hatte sie jedenfalls. Nicht dass es jemals einen guten Grund gibt, jemanden umzubringen, aber trotzdem. Manchmal ist es nachvollziehbar.«

»Also Agnar?«

»Vermutlich«, sagte Sævar. »Wir müssen sein Alibi überprüfen.«

»Aber wenn Hekla an dem Tag nicht zu Hause war, können wir unmöglich festlegen, wann Maríanna verschwunden ist.«

»Was ist mit dem Handy? Haben wir uns nicht auch an der Uhrzeit orientiert, zu der das Handy ausgeschaltet wurde?«

»Ja, aber vielleicht hatte das keinen besonderen Grund. Maríanna könnte genauso gut danach wieder nach Hause gefahren und erst später verschwunden sein, was wiederum Hafþór zu einem Verdächtigen macht. Was, wenn er sich betrunken hat, zu Maríanna gefahren ist und sie dafür bestrafen wollte, dass sie die Verabredung abgesagt hat? Dass sie ihn hat abblitzen lassen?«

Sævar nickte. »Kann sein. Wir müssen herausfinden, wann Hekla tatsächlich nach Hause gekommen ist. Höchste Zeit, dass das Mädchen uns die Wahrheit sagt.«

»Denkst du, es bringt was, bei ihrer alten Schule vorbeizuschauen?«

»Keine Ahnung.« Sævar schob sich den letzten Bissen des Hotdogs in den Mund.

Elma zerknüllte die Verpackung des Sandwiches und schlürfte ihren Kakao aus. »Nun, das wird sich bald herausstellen.«

Neun Jahre

Es klingt, als wären viele Leute im Zimmer. Dabei ist sie ganz allein da drinnen. Sie spielt immer noch mit den kleinen grünen Zinnsoldaten, aber das Spiel hat sich verändert. Sie stellt sie nicht mehr nur auf, sondern lässt sie miteinander sprechen. Gibt jedem einzelnen eine eigene Stimme und lässt sie streiten und Frieden schließen und lange Gespräche führen. Sie schließt die Tür, also kann ich nichts verstehen, außer wenn sie lauter sprechen und Dinge sagen wie: *Geh weg, du Idiot.* Ansonsten sind die Stimmen meist leise, selbst wenn ich das Ohr an die Tür halte, verstehe ich kein Wort. Ich höre nur irgendein Gemurmel. Die Puppe, die ich ihr gekauft habe, als sie ein Kleinkind war, liegt immer noch auf dem Schrank, das Kleid so unversehrt wie am ersten Tag.

Um halb sechs klopfe ich an ihre Tür. In der Schule ist Klassenabend, was bedeutet, dass ich zwei Stunden lang dastehen und neunundvierzig Kindern dabei zusehen muss, wie sie in einem großen Saal im Kreis rennen. Die Eltern sollen sich um das Büfett kümmern. Manche bringen Pfannkuchen oder einen Krabbensalat, andere backen Zimtschnecken ohne Zucker oder schneiden Karotten auf. Ich hatte keine Zeit, etwas zu machen, also habe ich auf dem Heimweg von der Arbeit ein paar völlig überteuerte Zimtschnecken in der Bäckerei gekauft. Wenn ich sie in ein hübsches Körbchen lege, sehen sie vielleicht selbst gemacht aus.

Sie öffnet die Tür und lächelt mich an. Das ist neu. Das Lächeln. In unvorhersehbaren Momenten setzt sie es auf wie eine erfahrene Fernsehmoderatorin. Ihre dunklen Haare sind mit einem orangefarbenen Zopfgummi zusammengebunden, den sie wahrscheinlich draußen oder irgendwo in der Schule gefunden hat, und sie trägt ein rotes kurzärmeliges Kleid. Vorhin hatte sie was anderes an, also hat sie sich offenbar die Mühe gemacht, sich umzuziehen und die Haare zu machen. Vor ein paar Wochen hat sie um einen Spiegel für ihr Zimmer gebeten, also habe ich einen an ihre Kommode gelehnt. Sie betrachtet sich gerne darin, und ich beobachte manchmal heimlich, wie sie ihr Spiegelbild anstarrt, ab und zu lächelt und sich zur Seite dreht.

»Du bist bereit, wie ich sehe.« Das Kleid ist alt und schon viel zu klein. In letzter Zeit habe ich ihr kaum Sachen gekauft, und das wenige, das ich besorge, ist meist im Rekordtempo wieder zu klein. Ich gehe zu ihrem Kleiderschrank und werfe einen Blick auf die Optionen. Dann hole ich ein weit geschnittenes dunkelblaues Kleid mit langen Ärmeln hervor.

»Zieh lieber das hier an«, sage ich und entferne auch gleich den orangefarbenen Zopfgummi aus ihren Haaren. Die dunkle Mähne ist so dick und borstig, dass es nichts bringt, sie zusammenzubinden. Die kurzen Haare am Ansatz stehen ab, egal, wie sehr ich mich bemühe, sie zu bändigen. Als sie das blaue Kleid anhat, flechte ich ihr einen festen Zopf, so wie ich ihn auf alten Fotos von früher hatte. Immer süß und lächelnd, wie eine kleine Prinzessin. So wollten meine Eltern mich haben. Als Kind trug ich nur Markenkleidung. Wenn Papa auf Geschäftsreise im Ausland war, kaufte er in feinen Läden haufenweise Sachen für mich, die sonst niemand hatte. In den Läden kaufe auch die Königsfamilie ein, sagte er stolz. Mit der Zeit habe ich mich geweigert, die Sachen anzuziehen, aber jahrelang war ich genau so wie sie mich haben wollten. Ich sah aus wie ein Mitglied der britischen Königsfamilie.

Als der Zopf fertig ist, betrachte ich sie im Spiegel. »So, viel besser«, sage ich und lächle ihr zu.

Als wir an der Schule ankommen, sind schon viele Leute da, und es ist bereits ziemlich laut. Ich stelle die Zimtschnecken auf den Tisch und lächle den Müttern zu, die in einer Gruppe daneben stehen. Sie sind alle älter als ich, mit kurzen Haaren und Stöcken im Arsch, aber ich habe mich trotzdem bemüht, sie kennenzulernen. Bei Schulveranstaltungen unterhalte ich mich mit ihnen, und ich melde mich für allerlei Vereine und Ausschüsse. Aber ähnlich wie bei den Kindern gibt es auch unter den Eltern eine gewisse Hierarchie. Die Mütter der beliebten Kinder treffen die Entscheidungen und organisieren die Klassenabende. Ihre Kinder sind im selben Sportverein und kommen jeden Tag zusammen, aber da meine Tochter niemanden kennt, gerate ich immer mehr ins Hintertreffen. Inzwischen begrüßen sie mich höchstens mit einem Nicken und lächeln, aber reden dann unter sich, ohne mich weiter zu beachten.

»Sollen wir in den Saal gehen?«, frage ich und versuche, meine Tochter ein wenig von meinem Bein wegzuschieben. Sie nickt. Eine winzige Bewegung, die nur ich sehe. Es ist schon seltsam, jetzt sagt sie kaum ein Wort, aber wenn sie allein im Zimmer ist, redet sie wie ein Wasserfall. Sobald sie rauskommt, beschränkt sie sich auf wenige Silben. Aber sie gehorcht brav, und ich merke, dass sie sich mehr und mehr bemüht, mir zu gefallen.

Wir gehen zusammen in den Saal und stehen wie zwei Aussätzige am Rand und beobachten die anderen Kinder, die kreuz und quer herumlaufen. Sie rutschen auf dem Boden, hüpfen aufeinander und erinnern an eine wilde Affenschar. Dann macht einer der Väter die Musik aus, und die Kinder bleiben stehen. »Jetzt kommt ein Spiel«, sagt er laut, nachdem er ein paar Jungs zurechtgewiesen hat. Er erklärt die Regeln, und kaum jemand beachtet ihn, aber das ist egal, denn die meisten scheinen das Spiel schon zu kennen.

»Geh und spiel mit«, sage ich und schiebe sie nach vorne. Sie sieht mich an, und für einen Moment habe ich das Gefühl, Angst in ihrem Blick zu erkennen. Als würde ich etwas Schlimmes von ihr verlangen. Aber sie gehorcht und geht zu den anderen. Als die Musik erklingt, bewegt sie sich dazu, und als sie verstummt, wählt sie sich wie alle anderen Kinder eine Ecke aus. Als ihre Ecke nicht gezogen wird, sieht sie mich an und lächelt. Winkt mir zu, wie eine Schauspielerin, die von der Bühne aus eine Zuschauerin begrüßt. Ein paar Mädchen sehen sie an und kichern, da spüre ich ein Ziehen im Magen und werde rot.

»Welche von den Gören gehört dir?«, fragt eine Stimme hinter mir, und ich drehe mich um. Ich erkenne ihn sofort wieder, obwohl ich ihn bisher nur vom siebten Stock aus gesehen habe. Er ist vor Kurzem im Erdgeschoss unseres Hauses eingezogen. Ich habe ihn vor ein paar Tagen noch beim Möbeltragen beobachtet. Und er sieht aus der Nähe nicht anders aus: groß und stark, mit hellbraunen Haaren. Nur diese warmen Augen habe ich aus der Ferne nicht gesehen.

»Das Mädchen in dem blauen Kleid«, sage ich. »Die mit dem Zopf.«

»Sie sieht dir ähnlich.«

»Findest du?«

»Ja, sehr.« Er lächelt, als wäre es ein Kompliment. Wobei sie sich seit dem Kleinkindalter sehr verändert hat, sie hat nicht mehr diese harten Gesichtszüge, und die Nase wirkt nicht mehr so riesig. In die ist sie mittlerweile hineingewachsen, die Gesichtszüge sind weicher geworden, und die Augen fallen mehr auf. Dunkel umrahmt und stechend. Vielleicht wird sie einmal schön, wenn sie älter ist, aber im Moment sieht sie eher eigenwillig aus.

»Meiner ist der, der so tanzt, als sehe keiner zu.« Er deutet auf einen Jungen, der sich auf die Knie fallen gelassen hat und mit vollem Einsatz Luftgitarre spielt.

Ich lache. »Ich wünschte, ich könnte auch so sein.«

»Mach doch einfach«, sagte der Mann. »Andere tun es auch.«

Wir sehen zu dem Vater hinüber, der es offenbar nicht dabei belassen kann, die Musik aufzulegen, sondern sich zu den Kindern auf den Tanzboden begeben hat und uncool die Hüften schwingt, während er seltsame Bewegungen mit den Armen macht.

»Ach, nein. Ich fühle mich hier ganz wohl«, sage ich.

Wir grinsen beide, wie zwei Menschen auf derselben Wellenlänge, und ich spüre ein paar Schmetterlinge im Bauch. Er steht so nah bei mir, dass ich den Kaffee rieche, den er gerade getrunken hat.

»Ich glaube, ich habe dich schon mal irgendwo gesehen«, sagt er und dreht sich zu mir.

»Ja, ich glaube, du bist gerade in meinem Haus eingezogen.«

»Ah, stimmt«, sagt er. »Also sind wir Nachbarn.«

»Scheint so.«

»Hafliði«, sagt er und reicht mir die Hand. Ich schüttle sie, und mir ist bewusst, wie ungewöhnlich lange der Handschlag andauert.

»Wir sollten die Kinder mal zusammen spielen lassen.«

»Das wäre schön«, sage ich, obwohl ich es mir nur schwer vorstellen kann. Meine Tochter hatte noch nie Freunde zu Besuch, und ich rechne nicht damit, dass sich das in nächster Zeit ändert. Sie scheint hier keinen zu kennen. Niemand redet mit ihr, niemand beachtet sie. In dieser Gruppe wirkt sie mehr allein als in ihrem Zimmer mit den Zinnsoldaten.

»Mein Sohn und ich sind ja gerade erst ins Viertel gezogen. Stefán kennt hier niemanden.«

»Er wirkt nicht gerade schüchtern«, sage ich und blicke wieder auf die Tanzfläche, wo sein Sohn mittlerweile herumhüpft wie ein Känguru.

Hafliði seufzt. »Ein wenig Schüchternheit täte ihm wahrscheinlich ganz gut.«

»Vielleicht kann er meine Tochter ja ein wenig aus ihrem Schneckenhaus hervorlocken.«

»Ist sie schüchtern?«

Ich zucke mit den Schultern. Schüchtern trifft es vielleicht nicht ganz. »Sie ist sich selbst genug«, sage ich nach kurzer Überlegung.

»Das ist auch gut.«

Die Musik verstummt, und eine Mutter eröffnet das Büfett. Die Kinder stürmen auf uns zu. Hafliði sagt etwas, aber ich verstehe ihn nicht mehr, weil es um uns herum klingt wie auf einem Vogelfelsen. Er schüttelt resigniert den Kopf, und dann kommt sein Junge. Er zieht an Hafliðis Pulli, und ich spüre eine kleine kalte Hand und blicke hinunter zu meiner Tochter. Den Rest des Abends beobachte ich ihn. Er redet mit anderen Eltern, spielt ein bisschen mit seinem Sohn und lacht, als irgendein Vater einen Witz macht. Er ist einer dieser Männer, die auf andere Leute anziehend wirken. Die anderen Mütter lächeln ihm zu, und die Väter nicken aufmerksam, wenn er mit ihnen spricht. Als er mich plötzlich ansieht und lächelt, werde ich verlegen und wende den Blick ab.

Eigentlich ist es ein schrecklicher Abend, die Musik ist viel zu laut, die Kinder nerven und rennen andauernd gegen mich, und ich trete auf dem Boden in Mayonnaise. Und trotzdem habe ich auf dem gesamten Heimweg ein Lächeln im Gesicht.

Die Schule in Borgarnes war weder groß noch beeindruckend. Die Farbe bröckelte von den Wänden, aber von dem Baugerüst zu schließen sollte das bald behoben werden. Neben dem Schulgebäude lag ein großer neuer Fußballplatz, und auf dem Hügel daneben stand eine schöne Kirche.

»Ich habe Hekla ab der fünften Klasse unterrichtet«, sagte die Frau, die sie empfing. Sie hieß Lína und hatte schulterlange Haare und O-Beine. Die Jeans und das T-Shirt betonten zusätzlich ihr burschikoses Aussehen. »Ich habe die Klasse in der Mittelstufe übernommen und begleite die Kinder jetzt bis zum Abschluss. Zu ihrem großen Bedauern.« Die Stimme klang etwas heiser, und sie lächelte schief, aber Elma konnte sich gut vorstellen, dass Kinder sie mochten. Sie schien sich selbst nicht zu ernst zu nehmen.

»Es muss schön sein, sie so lange zu betreuen«, sagte Elma.

»Ja, das ist es. Ich kann ihnen beim Aufwachsen zusehen. Beim Erwachsenwerden. Trotzdem kommen sie einem noch wie Babys vor, wenn sie hier weggehen. Aber es macht auch Spaß, sie später wiederzusehen und herauszufinden, was aus ihnen geworden ist. Das ist das Beste. Vor allem, wenn es überraschend ist.«

»Wie war Hekla so als Schülerin?«, fragte Sævar und rückte sich auf dem Stuhl zurecht. Sie saßen in einem der Klassenzimmer auf kleinen Stühlen, die nicht unbedingt für jemanden von Sævars Größe gemacht waren.

»Sie war ...« Die Frau trommelte mit den Fingern auf dem Tisch und presste die Lippen zusammen. Sie atmete tief ein, während sie überlegte. »Tja, wie war Hekla? Das ist keine einfache Frage. Hekla war eher zurückhaltend. Ihr wisst schon, eins dieser Kinder, die man schnell übersieht, weil man ständig mit den lauteren Kindern beschäftigt ist. Aber sie war sehr fleißig. Vielleicht nicht die beste Schülerin, aber sie lernte zu Hause und machte die Aufgaben. Machte das, was man von ihr verlangte, anfangs jedenfalls.«

»Anfangs jedenfalls?«

»Ja, also ... in ihrem letzten Jahr hier war sie schon etwas fauler. Schwänzte manchmal, was gar nicht zu ihr passte. Ich habe sie gefragt, ob alles in Ordnung sei. Darauf hat sie nichts geantwortet, saß einfach da und bohrte in der Nase.« Die Frau lachte, aber dann wurde sie ernst. »Nein, das war nur so dahingesagt, aber mir ist aufgefallen, dass ihr etwas auf dem Herzen lag, der Armen.«

»Denkst du, dass es was mit ihrem häuslichen Umfeld zu tun hatte?«

»Das weiß ich nicht ... sie wollte natürlich immer nach Akranes ziehen. Sie mochte es dort ... bei der Familie. Und meinte auch, sie habe dort gute Freundinnen.«

»Hatte sie hier in Borgarnes auch gute Freundinnen?«

»Nein, hatte sie nicht. Aber sie hat sich wahrscheinlich auch nicht sonderlich darum bemüht. Sie tat sogar so einiges, was die anderen Kinder auf Abstand hielt.«

»Was denn zum Beispiel?«

»Nun ja, sie konnte etwas ... wie soll ich sagen ... sie war manchmal etwas aufbrausend. Stieß andere von sich weg.«

Elma runzelte die Stirn. »Wie meinst du das? Kam das oft vor?«

»Ähm.« Lína schob den Unterkiefer zur Seite und sagte dann: »So ganz spontan erinnere ich mich da an einen Vorfall. Die Mädchen hatten Sport, und irgendjemand sagte offenbar etwas zu Hekla, das ihr nicht gepasst hat. Sie biss das andere Mädchen und kratzte, sodass die Spuren deutlich zu sehen waren.«

»Wann war das?«

»Sie waren damals elf, also ist das schon eine Weile her. Vier Jahre.«

»Weißt du, was der Grund für die Auseinandersetzung war?«

»Nein, als ich ankam, ging es drunter und drüber ... alle weinten und schrien durcheinander. Anscheinend haben sie Hekla gefragt, ob sie nicht gerne duschen gehe. Ich weiß nicht, was genau der Hintergrund war, wahrscheinlich war es gemeiner, als sie später zugeben wollten.« Lína seufzte. »Aber wie gesagt ... nach diesem Vorfall war immer eine Lehrerin mit ihnen in der Umkleidekabine. Wir haben einiges versucht, um Hekla zu helfen, aber Freundschaften kann man nun mal nicht erzwingen. Leider. Das würde einige Probleme lösen, nicht wahr?«

»Gab es danach keine Hänseleien mehr?« Elma merkte, dass sie vom Thema abkamen. Hekla hatte es in der Schule nicht leicht gehabt, aber das musste nicht zwangsweise mit dem Fall zusammenhängen.

»Hm ... vielleicht etwas weniger offensichtlich. Womöglich ein paar fiese Kommentare oder dergleichen. Aber mir ist sonst nichts aufgefallen, und ich hatte ein Auge darauf. Wir haben hier ein gutes Team, um mit solchen Dingen umzugehen. Schon ab der ersten Klasse sprechen wir viel mit den Kindern über Mobbing, und letztes Jahr hatten wir zum Beispiel gar keine Fälle.« Die Lehrerin lächelte. »Aber Hekla fühlte sich offenbar in Akranes wohler, und ich habe nie verstanden, warum ihre Mutter nicht einfach dorthin gezogen ist. Es war nicht so, als hätte sie hier einen wichtigen Job gehabt, der sie davon abgehalten hat ... aber was weiß ich schon? Ich denke nur, das wäre für Hekla besser gewesen. Ja, da bin ich sicher.«

»Hattest du mit Maríanna zu tun?«

»Ja, schon. In den Sprechstunden und so. Wir stehen immer irgendwie in Kontakt mit den Eltern. Manche würden sagen, zu viel.« Sie lachte erst, doch dann musste sie husten.

Ein röchelndes Husten, wahrscheinlich rauchte sie, vermutete Elma.

»Du weißt wahrscheinlich, dass wir vor ein paar Tagen Maríannas Leiche gefunden haben«, sagte Sævar, und die Frau wurde sofort ernst und nickte. »Deshalb forschen wir noch einmal genau nach, versuchen herauszufinden, was passiert ist. Hast du eine Idee?«

»Ich?« Lína sah sie verwundert an. »Nein. Ich meine ...« Sie dachte kurz nach. »Als ich gehört habe, wo sie gefunden wurde, habe ich kurz überlegt, ob ihr vielleicht das Benzin ausgegangen ist und jemand sie mitgenommen hat und ... nein, was rede ich da für einen Quatsch. Vielleicht war es jemand, den sie kannte. Wäre das möglich? Ich weiß jedenfalls nichts. Nur, dass Maríanna und Hekla sich ganz schön ähnlich waren, sie ist hier im Ort nicht wirklich aufgefallen. Vielleicht hat sie kurz davor jemanden kennengelernt?«

Elma wusste nicht genau, was sie auf diesen Wortschwall antworten sollte, und wieder musste sie daran denken, dass Lína sicher sehr gut mit Kindern konnte, denn sie war ihnen nicht ganz unähnlich. Sie war nicht kindlich oder dergleichen, aber stand noch in guter Verbindung zu ihrem inneren Kind. Drückte sich auch ein wenig aus wie ein Kind, nicht gehoben oder steif.

»Wir wissen momentan noch nicht viel«, sagte sie schließlich. »Wir sehen uns nur an ...« Sie zögerte. Wie sollte sie das formulieren, ohne zu sagen, dass Hekla unter Umständen verdächtigt wurde?

Sævar kam ihr zu Hilfe. »Wir sehen uns an, ob vor Maríannas Verschwinden etwas Ungewöhnliches vorgefallen ist. Wir wissen, dass Hekla einen Freund in Akranes hatte und dorthin ziehen wollte. Aber hast du eine Idee, warum Hekla sonst noch unzufrieden gewesen sein könnte, vielleicht etwas im Zusammenhang mit der Schule? Weißt du, ob Hekla mit anderen Kindern gestritten hat oder sogar mit ihrer Mutter? Ich meine ... erinnerst du dich noch an etwas, nach dem wir nicht gefragt haben?«

»Hm.« Lína hob die Augenbrauen und verzog das Gesicht. »Also, vielleicht gehe ich damit zu weit, aber ich denke, dass Hekla ...« Sie verstummte. »Nein, das hat mit der Sache nichts zu tun. Ich habe keine Ahnung, was passiert ist. Kann mir nicht vorstellen, dass irgendjemand ... dass irgendjemand Maríanna etwas Böses wollte.«

»Du denkst, dass Hekla was?«

Lína seufzte. »Das hat natürlich nichts mit der Sache zu tun. Aber es überrascht mich, dass sie einen Freund hatte.«

»Ist das so?«

»Ich hatte einfach immer das Gefühl, dass sie nicht auf Jungs stand. Dass sie sich eher für Mädchen interessierte.«

Am Ende des Tages hatte Elma jede Menge Informationen zu verdauen, aber endlich kamen sie mit den Ermittlungen voran. Das Gespräch mit der Lehrerin ging ihr nicht mehr aus dem Kopf. Sie konnte gut nachvollziehen, dass Hekla lieber in Akranes bei ihren Freundinnen und einer Familie leben wollte, in der sie sich wohlfühlte. Sie hatte auch Mitleid mit ihr, aber so einiges deutete darauf hin, dass Hekla mehr wusste, als sie ihnen sagte. Vielleicht war Hekla einfach eine schwierige Jugendliche, die log und sich abends aus dem Haus schlich, ihre Mutter nicht ausstehen konnte und ihren Willen durchboxen wollte. Mehr musste das alles nicht bedeuten. Aber es konnte gut sein, dass schreckliche Erlebnisse in der Kindheit einen Hass in Hekla geweckt hatten, der immer größer geworden war. Vielleicht hatte ein bestimmtes Ereignis das Fass zum Überlaufen gebracht.

Elma saß vor ihrem Haus im Auto und holte ihr Handy raus. Sie machte sich eine Notiz, Agnars Chef zu fragen, ob er an jenem Tag zur Arbeit erschienen war. Um Maríanna über das Lavafeld zu tragen, brauchte man ordentlich Kraft. Kraft, die eine

Fünfzehnjährige nicht hatte. Zumindest nicht Hekla. Sie sah Agnars lange schlaksige Arme vor sich; er konnte kaum stark sein. Aber er war immerhin ziemlich groß.

Als Elma um Viertel vor sieben nach Hause kam, war sie völlig erschöpft. Sie schickte ihrer Mutter eine Nachricht, dass sie nicht zum Essen kommen würde, aber bereute es sofort, als sie einen Blick in ihren leeren Kühlschrank warf. Am Ende fand sie doch noch ein thailändisches Fertiggericht im Gefrierfach, Hähnchen mit Nudeln. Sie steckte das Essen zum Aufwärmen in die Mikrowelle und tauschte ihre Jeans gegen eine Schlafanzughose. Dann öffnete sie den Pferdeschwanz und massierte ihren Haaransatz.

Die Mikrowelle piepte, doch im selben Moment klingelte auch das Telefon. Ihr Magen knurrte, und Elma seufzte, als sie dranging. Sie erkannte die Nummer nicht und sprach deshalb eher förmlich: »Hier spricht Elma.«

»Guten Abend«, sagte eine Frauenstimme am anderen Ende der Leitung. »Entschuldige, dass ich so spät noch anrufe. Ich heiße Bryndís, wir haben vor ein paar Tagen miteinander gesprochen, und ich sollte mich melden, falls mir noch etwas einfällt.«

Elma wusste sofort Bescheid. Das war die alte Frau, mit der sie bei Maríannas Vermietern gesprochen hatten. Sie hatte jede Woche mit Maríanna zusammen Kaffee getrunken.

»Ja, ich erinnere mich«, sagte Elma.

»Das ist gut.« Die Frau schwieg kurz und fuhr dann fort: »Also, ich weiß nicht, ob es hilft, aber ich habe noch einmal nachgedacht, ob Maríanna irgendwann etwas Wichtiges gesagt hat. Ich muss zugeben, dass mich die Sache sehr beschäftigt. Deshalb bin ich alle unsere Gespräche im Kopf noch einmal durchgegangen. Ich habe das Gefühl, dass sie ... dass sie irgendwas gesagt haben muss ...« Die Frau seufzte und sagte dann. »Mir ist jedenfalls etwas eingefallen, es hat mit ihrem Bruder zu tun.«

»Ihrem Bruder?«, wiederholte Elma.

»Ja, er ist verstorben, als Maríanna mit Hekla schwanger war«, sagte Bryndís. »Aber sie hat einmal erzählt, dass ihr Bruder fälschlicherweise für etwas beschuldigt wurde. Bei dem Thema wurde sie auch richtig wütend. Ich weiß nicht wirklich, warum, aber das ist mir jedenfalls so durch den Kopf gegangen.«

»Alles klar, danke für die Information.«

»Nicht dafür. Ich wünschte, ich könnte mehr tun. Auf Wiederhören ...«

»Eins noch«, sagte Elma schnell, bevor Bryndís auflegen konnte. Ihr fiel plötzlich wieder ein, was Sævar über Elíns Ehemann gesagt hatte. »Dein Schwiegersohn, Unnar ...«

»Ja, was ist mit ihm?«

»Deine Tochter hat erwähnt, dass er und Maríanna sich gut verstanden haben.« Elma zögerte. Sie wusste nicht, wie sie die Frage formulieren sollte, ohne gleich mit der Tür ins Haus zu fallen. »Weißt du, ob sie ein engeres Verhältnis hatten, oder ...«

»Ein engeres Verhältnis? Ich weiß es nicht. Aber ...« Bryndís zögerte. »Das wäre nicht das erste Mal ...«

»Das erste Mal?«

»Dass Unnar, wie soll ich sagen, untreu gewesen wäre.«

»Verstehe.«

»Du weißt das nicht von mir. Es ist Jahre her, und ich will nicht ... meine Tochter würde ...« Bryndís seufzte. »Maríanna hat nie etwas in die Richtung erwähnt, und ich glaube nicht, dass zwischen ihnen mehr war. Ich hatte viel eher das Gefühl, dass sie wegen der Sache mit ihrem Bruder eine ziemliche Wut mit sich herumtrug. Wenn sie davon erzählt hat, war es, als würde sie ... als stünde sie in Flammen.«

Nachdem Elma aufgelegt hatte, versuchte sie, sich zu erinnern, was sie über Maríannas Bruder wusste. Eigentlich nicht viel, nur dass er ein paar Jahre älter war als sie und Anton hieß. Er hatte vor fünfzehn Jahren Selbstmord begangen, und Maríannas Familie war daraufhin nach Reykjavík gezogen. Eine traurige Geschichte, die zeigte, was so ein Vorfall bei einer Familie auslösen konnte. Maríannas Eltern schienen vor lauter Trauer nicht in der Lage gewesen zu sein, ihre junge schwangere Tochter zu unterstützen, so hatte es auch die Mitarbeiterin des Jugendamts geschildert. Aber die Anschuldigung an sich schien Maríanna nicht mehr zu beschäftigen. Weder ihre Freundinnen noch die Tochter hatten etwas in die Richtung erwähnt. Also brachten die Informationen der alten Frau sie vermutlich nicht weiter, auch wenn sie es gut meinte.

Elma gab das Essen aus der Mikrowelle auf einen Teller. Enttäuscht sah sie die fünf kleinen Hähnchenstücke an. Sie setzte sich vor den Fernseher und schaute geistesabwesend die Serie, die gerade lief. Mit ihren Gedanken war sie bei Hekla, sah den halb abgepulten schwarzen Nagellack und die nachgezogenen Augenbrauen vor sich. Hatte sie vielleicht viel mehr von ihrer Mutter ertragen müssen, als sie offenlegte?

Elma schob sich den letzten Hähnchenbissen in den Mund und stellte den Teller beiseite. Ihr Magen war immer noch halb leer, sie war noch lange nicht satt. Doch dann fiel ihr ein, dass oben im Schrank noch etwas Schokolade war. Sie hatte sich gerade wieder vor den Fernseher gesetzt, als es an der Tür klopfte. Leicht und kurz, sie wusste sofort, wer es war.

Eine Stunde später lag sie mit Jakob auf dem Sofa. Er stützte sich auf dem Ellbogen ab und sah sie an.

»Wir sollten auf ein Date gehen.«

»Auf ein Date gehen?« Elma kicherte. »Das klingt so offiziell.«

Jakob grinste schief, und Elma sah, dass er ein wenig verlegen wurde. »Im Ernst, wir könnten dieses Wochenende mal nach Reykjavík fahren. Fein Essen gehen und danach zu einer Comedy-Show? Am Samstag ist im Gamla bío ein tolles Stand-up. Ein Freund von mir hat es schon gesehen, und ihm tat danach richtig das Gesicht weh vor lauter Lachen.«

Er ließ es wie einen spontanen Einfall klingen, aber Elma vermutete, dass er den Plan schon seit Längerem ausgeheckt hatte. Sie trug eine Schlafanzughose und ein weites T-Shirt, das Jakob einmal bei ihr vergessen und sie sich mittlerweile angeeignet hatte. Er lag hinter ihr, einen Arm um sie gelegt, und sie spürte sein Atmen im Nacken.

Sie biss sich auf die Unterlippe und drehte sich zu ihm. »Ich müsste schauen, ob ich von der Arbeit wegkomme«, sagte sie. »Wir haben momentan sehr viel zu tun.«

Die Antwort klang wie eine Ausrede, aber es stimmte, sie machte jeden Tag Überstunden und befürchtete schon, dass sie den Reykjavík-Ausflug mit Dagný auch absagen müsste. Vielleicht war es aber wirklich nur eine Ausrede. Elma war nicht ganz sicher, wie sie und Jakob zueinander standen. Bisher waren sie immer nur zu Hause gewesen, auf dem Sofa oder im Bett, und anfangs hätte sie sich auch keine andere Beziehung vorstellen können. Aber jetzt war irgendetwas anders.

Jakob antwortete, indem er sie auf den Kopf küsste. Elma drehte sich von ihm weg und konzentrierte sich wieder auf den Fernseher, aber plötzlich hatte sich die Stimmung verändert. Etwas Ungesagtes lag in der Luft, und ihr war klar, dass sie bald eine Entscheidung treffen musste. Sie hatte bloß keine Ahnung, was sie eigentlich wollte.

Neun Jahre

Ich stehe am Fenster und beobachte ihn vom siebten Stock aus. Er trägt eine schwarze Jacke mit Schulterklappen. Offensichtlich benutzt er nichts, um seine Haare zu bändigen, denn wenn er geht, wippt die hellbraune Mähne im Takt. Es ist zwar nicht weit zur Schule, aber Hafliði und sein Sohn steigen beide ins Auto, obwohl das Wetter eigentlich noch in Ordnung ist – windstill, trotz grauer Wolken, die bedrohlich über uns hängen. Wie hieß der Junge noch mal? Stefán, richtig. Stefán sieht seinem Vater ähnlich, hat für sein Alter sehr viele Haare und ein natürliches Selbstbewusstsein, das auch von Weitem nicht zu übersehen ist. Bei dem Klassenabend hat Hafliði vorgeschlagen, dass Stefán und meine Tochter sich mal zum Spielen treffen. Ha! Die Idee ist fast zum Lachen.

Das ganze Wochenende saß ich am Fenster, und immer wenn sich etwas bewegt hat, lehnte ich mich vor und hoffte, ihn zu sehen. In letzter Zeit halte ich mich auch länger als nötig unten im Eingangsbereich auf und sehe in aller Ruhe nach der Post, hole die Briefe und Werbesendungen, die sich sonst im Briefkasten stapeln, aber ohne Erfolg. Ich habe ihn das ganze Wochenende nicht getroffen oder gesehen, bis jetzt.

Die beiden fahren weg, als meine Tochter gerade hinausgeht, die Riemen ihrer Schultasche fest umklammert und den Blick starr auf den Gehsteig richtet. Sie ist wie ein Tier, das sich zum Schutz vor Feinden möglichst klein macht. Eigentlich ist es ein Wunder, dass sie nicht ständig mit den Leuten zusammenstößt, die ihr entgegenkommen, oder vor ein Auto rennt. Sie scheint die Augen nie vom grauen Asphalt zu nehmen, geht mit schnellen Schritten und überholt die anderen Kinder.

Es funktioniert. Bisher ist ihr ganz gut gelungen, sich unsichtbar zu machen. Sie hat keine Freunde. Eines der Mädchen aus ihrer Klasse wohnt nebenan, und ich sehe oft eine Schar von Kindern bei ihr. Jeden Tag bekommt sie Besuch, aber an unserer Haustür gehen die Kinder vorbei. Sie nehmen sie nicht einmal wahr. Ist ihnen bewusst, dass sie hier wohnt? Wissen sie überhaupt, dass sie existiert?

Aber man braucht ja nicht unbedingt Freunde, also mache ich mir nicht allzu viele Sorgen. Ich bin in den letzten Jahren auch ganz gut ohne zurechtgekommen. Das Einzige, was Freunde machen, ist, einen an die eigenen Unzulänglichkeiten zu erinnern. Ich weiß das – ich hatte einmal viele Freunde. Sie waren nichts als Arbeit. Eine Verpflichtung. Menschen, die etwas von mir wollten und auf die ich Rücksicht nehmen musste. Es hat mich verrückt gemacht, wie die kleinste Bemerkung sie beleidigen konnte, und sie gaben mir das Gefühl, an Orte gehen zu müssen, die mich überhaupt nicht interessierten. Nur weil ich eine gute Freundin sein wollte. Weil Freunde ja füreinander da sind. Uff, sie fehlen mir nicht. Kein bisschen.

Nach der Arbeit gehe ich noch kurz einkaufen. Zu Hause angekommen bleibe ich im Vorraum stehen und überprüfe das Postfach, aber es ist leer. Völlig leer. Das Auto von Hafliði steht nicht draußen, und ich hoffe, dass er jeden Moment ankommt. Aber nichts passiert, und am Ende nehme ich den Aufzug nach oben.

»Hallo, Liebes«, sage ich zu meiner Tochter, die auf dem Sofa sitzt und fernsieht. Sie interessiert sich nicht für doofe Zeichentrickserien. Nein, sie schaut Dokus über alles Mögliche und gibt dann höchst bizarre Bemerkungen von sich, wie zum Beispiel: »Mama, wusstest du, dass bei Garnelen das Herz im Kopf ist?« Ich hoffe nur, sie lässt in der Schule nicht auch solche Kommentare ab, die anderen Kinder finden sie sicher ohnehin schon ziemlich seltsam. Jetzt sitzt sie gerade wieder völlig fasziniert vor einer dieser Tierdokus. Ich räume die Einkäufe in den Kühlschrank. Dann heize ich den Backofen vor und stecke gerade eine Fertiglasagne hinein, als jemand an der Tür klopft. Toktok, ganz höflich, zweimal hintereinander. Ich weiß sofort, dass er es ist.

»Hast du Eier?« Sein T-Shirt ist dünn und hässlich und kaschiert nicht die kleine Wampe darunter. Vorne aufgedruckt ist ein Bild von irgendeiner Band, die er sicher nicht hört, aber die sich gut auf einem T-Shirt macht. Eine Boyband aus den Achtzigern, Musiker mit langen Haaren und Zigaretten im Mund.

»Ich habe tatsächlich gerade welche gekauft.« Ich bitte ihn rein, gehe zum Kühlschrank und frage ihn, wie viele er brauche. Dann reiche ich ihm zwei Eier. »Pass auf, dass sie nicht brechen.«

»Ich versuch's.« Er lächelt und will gerade wieder gehen, als meine Tochter plötzlich vor ihm steht. »Oh, hallo. Schön, dich wiederzusehen.«

»Danke«, sagt sie und lächelt ihr Moderatorinnenlächeln, bei dem ihr Gesicht für einen kurzen Augenblick aufleuchtet und dann sofort wieder ernst wird. »Das ist mein Buchstabe.« Sie sieht Hafliði an, der kurz die Stirn runzelt, bevor er versteht, was sie meint.

»Ah, die Halskette«, sagt er. »Ja, unsere Namen beginnen tatsächlich mit demselben Buchstaben. Den Anhänger habe ich von meiner Mutter zum Dreißigsten bekommen und ihn seitdem immer getragen. Du dürftest ihn dir gerne genauer ansehen, aber ich habe gerade keine Hand frei.« Er zeigt ihr die Eier und lacht.

Bisher ist sie mir nicht aufgefallen, aber jetzt sehe ich seine goldene Halskette mit einem »H« auf einem runden Plättchen. Wahrscheinlich war sie bei unserem letzten Treffen unter dem Hemdkragen versteckt, aber das hässliche T-Shirt hat einen weiten ausgeleierten Ausschnitt, also ist sie unübersehbar.

Meine Tochter lacht nicht, sieht ihn nur nachdenklich an und greift dann nach ihrem eigenen Anhänger mit demselben Buchstaben.

»Du hast auch so einen«, sagt Hafliði. »Wir sind im Partnerlook.«

Sie sieht ihn immer noch an, und mir fällt auf, dass Hafliði unruhig wird. Er tritt im Vorraum von einem Fuß auf den anderen, unsicher, ob er bleiben soll oder nicht.

»Willst du nicht wieder reingehen, mein Schatz?«, sage ich und lege eine Hand auf ihre Schulter. Da macht sie plötzlich auf dem Absatz kehrt und setzt sich wieder vor den Fernseher. Ich lächle ihn entschuldigend an. »Sie ist ein wenig ...«, beginne ich, aber er fällt mir ins Wort.

»Sag mal«, beginnt er, aber wirkt plötzlich etwas unentschlossen. Als hätte er vergessen, was er sagen wollte. Aber das weiß er ganz genau. Das ist ein Spiel, das verlegene Lächeln und wie er den Blick über den Flur schweifen lässt, bevor er mir in die Augen schaut. »Tut mir leid, dass ich so direkt frage, ich habe seit dem Umzug versucht, diese Waschmaschine unten zu benutzen, aber sie scheint nicht so recht zu funktionieren. Du kennst nicht zufällig einen Geheimtrick, wie man sie anbekommt? Stefán hat bald keine sauberen Sachen für die Schule mehr. Er wird richtig sauer, wenn ich ihm immer denselben gestreiften Pulli anziehe, aber wenn ich nicht bald waschen kann, bleibt ihm nichts anderes übrig – er hat sonst nichts mehr.«

Ich lächle. »Natürlich. Ich kann sofort nach dem Abendessen runterkommen. Passt es dir um acht?«

Die Waschmaschine im Gemeinschaftswaschraum ist riesig und steht allen Bewohnern des Blocks zur Verfügung, aber die wenigsten machen davon Gebrauch. Die meisten haben eine eigene Waschmaschine im Bad oder in der Küche, so wie ich. Es ist nicht nur nervig, immer mit der gesamten Wäsche bis ganz nach unten zu müssen, die Maschine ist auch schon alt, und die Sachen riechen nach dem Waschen muffig. Aber davon erzähle ich Hafliði nichts, sondern warte unten im Keller auf ihn, in einem dunklen Raum mit einem kleinen Fenster ganz oben an der Wand.

Es ist acht Uhr. Niemand kommt, und ich höre nichts, nur die Warmwasserleitungen an den Wänden rauschen leise, wahrscheinlich duscht jemand oder lässt sich ein Bad ein. Ich war noch nicht oft hier im Keller, und das hat seine Gründe. Er ist alt und schmutzig, und von den hellgrünen Wänden blättert die Farbe ab. Man kann hier Fahrräder und Kinderwagen abstellen, aber ich würde mich ohnehin nie im Leben auf einem Fahrrad blicken lassen. Ja, oder mit einem Kinderwagen. Gott bewahre, dass ich irgendwann noch ein Kind bekomme.

Als ich eingezogen bin, musste ich die Waschmaschine hier unten benutzen, aber das war nur für ein paar Wochen. Sie ist nicht kompliziert, deshalb verstehe ich nicht ganz, warum er meine Hilfe braucht. Vielleicht ist es auch nur ein Vorwand, um mich zu treffen. Bei dem Gedanken spüre ich Schmetterlinge im Bauch und lausche nach Schritten. Aber die Minuten vergehen, und langsam komme ich mir doof vor. Fünf Minuten und dann zehn. Ich bin kurz davor, wieder zu gehen, als ich etwas höre. Schritte im Flur. Da steht er plötzlich vor mir.

»Entschuldige bitte, tut mir leid«, sagt er und fährt sich durch die Haare. »Die Arbeit hat angerufen, irgendwelche nicht registrierten Messungen ... Aber egal. Ich bin froh, dass du noch hier bist.« Er trägt einen Korb voller Schmutzwäsche und lächelt, sodass es mir schwerfällt, nicht zurückzulächeln.

»Kein Problem, ich bin gerade erst gekommen«, lüge ich.

»Ach gut, dann habe ich dich nicht warten lassen.«

»Nein, ich hatte eher Angst, dass du auf mich warten müsstest.«

»Dann ist ja alles gut.«

»Alles gut«, wiederhole ich.

»Also. Diese Waschmaschine. Wie in aller Welt bringe ich die in Gang?«

Er stellt den Korb ab und gibt die Wäsche in die Maschine. Ich drücke ein paar Knöpfe, und kurz darauf dreht sich die Trommel und füllt sich mit Wasser. Dann zeige ich ihm die beste Einstellung und wie man Temperatur und Schleuderzahl anpasst. Er lehnt sich über mich, sodass ich ihn rieche. Seine Wärme spüre.

»Also, so einfach ist das.« Er lacht beschämt und richtet sich auf. »Jetzt hältst du mich bestimmt für dumm.«

»Nicht doch. Das ist eine uralte Maschine, es ist wenig überraschend, dass du sie nicht anbekommen hast.« Das sage ich zwar, aber wenn er es wirklich nicht selbst geschafft hat, ist er dümmer, als ich dachte.

»Ich habe mich wohl früher nicht genug um solche Dinge gekümmert.« Er kratzt sich auf dem Kopf.

»Früher?«

»Früher, bevor wir nur zu zweit waren. Dagbjört hat sich immer um die Wäsche gekümmert. Ich weiß, eine ziemlich altmodische Rollenverteilung. Aber jetzt lerne ich das alles. Mittlerweile bügle ich sogar meine Hemden selbst.« Er lächelt stolz.

»Ein Schritt in die richtige Richtung.«

»Was ist mit dir?«

»Mit mir?«

»Ja, ich meine, seid ihr nur zu zweit, du und deine Tochter?«

»Ja«, sage ich. »Wir waren immer nur zu zweit.«

»Verstehe.« Es ist kurz still, und dann sieht er mir direkt in die Augen. Ich halte den Blickkontakt, das Herz schlägt mir bis zum Hals, und mir wird ganz heiß.

Und dann, ganz ohne Vorwarnung, lehnt er sich vor. Das ist ganz schön forsch, aber typisch für einen Mann wie ihn. Ich würde wetten, dass ihm noch nie jemand eine Abfuhr erteilt hat. Ihn hat sicher noch nie jemand abgewiesen oder darum gebeten aufzuhören. Und ich werde nicht die Erste sein, die das tut. Er greift mit einer Hand an meinen Hinterkopf, und seine Lippen berühren meine. Der Raum dreht sich um mich herum, und das

Geräusch der Waschmaschine wird zu einem angenehmen Surren. Die Hitze ist wie ein innerliches Feuer, und ich fühle mich plötzlich zehn Jahre jünger.

Ich war schon lange nicht mehr mit einem Mann intim. So lange, dass ich dachte, ich wüsste vielleicht nicht mehr, wie ich mich verhalten solle und was zu tun sei. Aber als es endlich passiert, ist es ganz einfach, und alle Bewegungen sind wie automatisiert. Ich habe nichts vergessen.

Die Berührung ist völlig natürlich, und ich denke nicht einmal darüber nach, dass jederzeit jemand die Waschküche betreten könnte. Denke nicht an das kleine Mädchen, das in der obersten Etage in seinem Pyjama sitzt und auf mich wartet. Ich habe nur ihn im Kopf, sein Gewicht auf mir, der schnelle Atem und die rhythmischen Geräusche der Waschmaschine.

FREITAG

Elma begann den Morgen damit, den Eigentümer der Pizzeria anzurufen, in der Agnar arbeitete. Er war etwas kurz angebunden und verwies auf die Kollegin, die für die Dienstpläne zuständig war. Elma hatte ihn geweckt, und das ließ er sie spüren. Die Kollegin aber war deutlich freundlicher und sehr hilfsbereit. Trotzdem war sie offenbar gerade mit anderen Dingen beschäftigt, und Elma hörte Kinderstimmen im Hintergrund.

»Ich bin gerade mit meinem Sohn auf dem Weg zum Kindergarten und müsste an einen Computer, um etwas im Dienstplan nachzusehen.« Sie klang außer Atem. »Kann ich dich nachher zurückrufen?«

»Natürlich.« Elma legte auf und beugte sich hinunter, um Birta hinter den Ohren zu kraulen. »Warum bist du nicht bei deinem Papa?«, flüsterte sie der Hündin zu.

Birta schüttelte sich kurz und legte dann den Kopf wieder zwischen die Pfoten.

Elma lehnte sich zurück, und der Stuhl knarrte. Noch eine halbe Stunde bis zur Morgenbesprechung. Sie schlenderte in die Küche, holte sich einen Kaffee und setzte sich wieder an den Computer.

Es war Freitag, und während viele sich auf ein freies Wochenende freuten, war Elma ganz froh, Dienst zu haben. Am Morgen hatte sie Dagný eine Nachricht geschickt, um den Ausflug nach Reykjavík zu verschieben. Voraussichtlich würde sie Samstag und Sonntag arbeiten müssen, und selbst wenn sie zwischendurch mal wegkäme, konnte sie sich nicht vorstellen, bei einer Massage zu entspannen, während ihre Gedanken immer noch ausschließlich um den Fall kreisten. Dagný hatte Verständnis gezeigt, sie aber gebeten, nach der Arbeit bei ihr vorbeizukommen, um ein paar Sachen zu bestellen, schließlich war der Geburtstag ihres Vaters schon in einer Woche. Jetzt musste Elma nur noch entscheiden, was sie mit Jakob machen sollte, und dem Date, das er vorgeschlagen hatte. Sie seufzte und war froh, als das Telefon klingelte und sie aus ihren Gedanken riss.

»Also gut, ich habe den Plan jetzt vor mir«, sagte die Frau von der Pizzeria. »Es ging um den 4. Mai, Freitagabend. Ich sehe, dass Agnar von vier bis zehn Dienst hatte.«

»Heißt das auch, dass er um Punkt zehn fertig war?«

»Meistens ist das so, ja«, sagte sie. »Wenn viel zu tun ist, dauert das Aufräumen manchmal etwas länger, aber Agnar war nicht in der Küche, sondern Bote.«

»Bote?«

»Ja, du weißt schon, der den Leuten die Pizzen nach Hause bringt.«

»Ach so, klar. Helfen die Boten nach der Schicht noch in der Küche beim Aufräumen?«

»Manchmal, wenn viel zu tun ist, ja. Dann packen alle mit an.«

Elma bedankte sich und legte auf. Sie kannte den Aufgabenbereich eines Pizzaboten, fragte sich aber, ob Agnar nach den Fahrten immer gleich wieder zurückkehrte. Könnte es sein, dass er zwischendurch für eine Weile verschwunden war? Vermutlich reichte die Zeit nicht aus, um zum Krater und wieder zurückzufahren, aber vielleicht nach der Schicht, als es bereits dunkel war? Der Zeitpunkt von Maríannas Tod war wahrscheinlich irgendwann nach drei Uhr am Nachmittag, wenn man sich daran orientierte, wann das Handy ausgegangen war. Für diesen Zeitraum hatte Agnar kein wasserdichtes Alibi. Ganz im Gegenteil.

Der Besprechungsraum war leer, als Elma Platz nahm. Ein paar Minuten später kam Sævar, der ungewohnt schick aussah. Er trug nicht das übliche T-Shirt, sondern ein weißes Hemd. Auch die Haare waren ein wenig zur Seite gekämmt, und er roch nach Rasierwasser.

»Gibt's einen Anlass?«

»Was?« Er setzte sich.

»Na das Hemd. Hast du nach der Arbeit ein Date?«, stichelte sie, aber zu ihrer Verwunderung wirkte Sævar etwas verlegen. Er wich ihrem Blick aus, lächelte zurückhaltend und murmelte etwas, dass alle anderen Sachen schmutzig seien.

Elma beschloss, nicht weiter nachzuhaken, aber sie sah ihn prüfend an. Täuschte sie sich, oder war er tatsächlich ein wenig rot im Gesicht? Vielleicht hatte er wirklich nach der Arbeit ein Date? Aber mit wem? Womöglich mit der neuen Polizistin, die im Frühjahr angefangen hatte? Sie hieß Birna, war Mitte zwanzig und kam frisch aus der Ausbildung. Elma hörte die beiden manchmal in der Kaffeeküche miteinander plaudern. Sie war genauso freimütig wie Sævar und kam immer fröhlich und munter zur Arbeit, nie ohne ein Lächeln im Gesicht.

Plötzlich musste Elma an Jakob denken. Er und Sævar konnten unterschiedlicher nicht sein. Sævar war ungehobelt und eher ein dunkler Typ, aber Jakob sah mit seinen blonden Haaren sehr jungenhaft aus. So feingliedrig und zart. Er war einer dieser Männer, die auch als Erwachsene noch etwas Kindliches hatten. Aber die beiden unterschieden sich nicht nur äußerlich. Bei Sævar war sich Elma nie sicher, ob er die Dinge ernst meinte, und seine Neckereien machten sie manchmal ganz verrückt. Jakob hingegen war immer aufrichtig, er würde gar nicht auf die Idee kommen, sie aufzuziehen. Was nicht hieß, dass er keinen Spaß verstand, es war nur eine andere Art von Humor. Er fand *South Park* lustig und zeigte ihr manchmal Comics in der Zeitung, die ihn zum Lachen brachten.

Elma bezweifelte, dass die beiden sich gut verstehen würden. In ihrer Vorstellung lebten sie in zwei getrennten Welten, aber wenn sie so richtig mit Jakob ausgehen und ihre Beziehung ernster werden würde, müsste sie die beiden Welten zusammenführen. Der Gedanke war ihr unangenehm, aber sie wusste nicht genau, warum.

Hörður betrat den Raum und setzte sich. »Also gut, wie ist der Stand der Dinge?«, fragte er und rührte in seiner Tasse Tee.

Elma fasste ihre Gespräche vom vorherigen Tag zusammen. »Wir sehen uns also gerade Hekla genauer an. Ich habe mit Agnars Vorgesetzten gesprochen und bestätigt bekommen, dass er an dem Tag gearbeitet hat. Aber Agnar war Pizzabote, was bedeutet, dass er zwischendurch auch mal heimlich verschwinden konnte. Jedenfalls zwischen vier und sechs Uhr, als noch nicht so viel zu tun war.«

»Ist das so? Reicht das aus, um jemanden zu ermorden?«, fragte Hörður.

»Das kann ganz schnell gehen – die meiste Zeit geht für das Verstecken der Leiche drauf. Das hätten Agnar und Hekla später am Abend erledigen können. Außerdem wissen wir nicht, was er zwischen drei und vier Uhr gemacht hat.«

Sævar nickte ruhig. »Das würde das Datum auf Maríannas Brief erklären. Hekla könnte eine alte Nachricht auf den Tisch gelegt haben, um uns zu verwirren.«

Elma lehnte sich vor und dachte laut, wie der Tag abgelaufen sein könnte. »Maríanna fährt also nach Akranes, um Hekla abzuholen, findet sie bei Agnar, und etwas passiert ... eine Auseinandersetzung oder dergleichen, die zur Folge hat, dass Maríanna stirbt. Agnar fährt zur Arbeit. Hekla wartet in der Wohnung oder geht zu ihren Freundinnen, und nach der Arbeit fahren sie zusammen zum Krater. Dort verstecken sie die Leiche im Lavafeld und fahren dann wieder nach Hause.«

Hörður trank einen Schluck Tee. »Solange wir keine Beweise haben, sind das alles nur Vermutungen. Wir brauchen handfeste Beweise. Irgendetwas, das sie mit dem Mord in Verbindung bringt.«

»Aber außer Hekla hat eigentlich niemand ein Motiv«, sagte Sævar. »Und sie hat gelogen. Warum lügen, wenn sie nichts zu verbergen hat?«

»Ich habe gestern einen Anruf bekommen«, sagte Elma. »Von einer Frau namens Bryndís. Du erinnerst dich vielleicht, Sævar, die alte Frau, die wir getroffen haben.« Sævar nickte, und Elma fuhr fort: »Ich habe nach Unnar gefragt. Ob sein Verhältnis zu Maríanna irgendwie ... ungewöhnlich war.«

»Und?«

Elma zuckte mit den Schultern. »Sie war nicht sicher. Wusste aber, dass er schon einmal eine Affäre hatte. Nicht mit Maríanna, aber mit einer anderen Frau.«

»Also vielleicht auch mit ihr? Ist das etwas, das wir uns genauer ansehen sollten?«

»Wir könnten ihn fragen«, schlug Elma vor. »Aber eigentlich hat Bryndís aus einem anderen Grund angerufen.«

»Oh?« Hörður legte den Teelöffel auf den Tisch.

»Ja, sie hat Anton erwähnt, Maríannas Bruder. Irgendwas mit Vorwürfen, die Maríanna nicht für wahr hielt. Mehr wusste Bryndís auch nicht, also war alles etwas wirr.«

»Er hat Selbstmord begangen, nicht wahr?«, fragte Sævar.

»Ja«, sagte Elma. »Aber wenn ich es richtig verstanden habe, waren die Vorwürfe der Auslöser dafür.«

»Es braucht nicht immer einen konkreten Auslöser«, sagte Sævar.

Das wusste Elma besser als alle anderen, aber darüber wollte sie in dem Moment nicht nachdenken. »Jedenfalls hat die Sache Maríanna offenbar sehr wütend gemacht. Ich weiß nicht, vielleicht wollte die Frau nur helfen, aber es kann nicht schaden, noch einmal mit Maríannas Vater zu sprechen. Im Frühjahr haben wir nur mit ihm telefoniert.«

Sævar und Hörður schwiegen eine Weile, und Elma merkte, dass sie ihre These für weit hergeholt hielten.

»Es ist gar keine so schlechte Idee, noch einmal mit Maríannas Vater zu sprechen«, sagte Hörður schließlich. »Sie hatten in den letzten Jahren nichts miteinander zu tun, aber womöglich kann er trotzdem weiterhelfen. Und wer weiß, vielleicht hatte Hekla ja mal Kontakt zu ihrem Großvater.«

»Also, was nun?«, fragte Sævar.

Hörður atmete tief ein. »Das Einzige, was wir mit Sicherheit wissen, ist dass Hekla gelogen hat, und wie ihr sagt, Agnars Alibi ist alles andere als wasserdicht. Er könnte ihr geholfen haben. Deshalb sollten wir Hekla offiziell vernehmen.«

»Gut. So machen wir es. Vergiss aber nicht, das Jugendamt anzurufen, damit jemand von denen dabei ist.« Sævar stand auf.

Hörður warf einen Blick auf seine Armbanduhr. »Ruft ihre Pflegeeltern an. Versucht, Hekla für heute Nachmittag herzuholen.«

Neun Jahre

Witzig, wie schnell sich alles verändert hat. Jahrelang waren wir nur zu zweit. Haben in unserer kleinen Seifenblase gelebt, in dem Viertel wusste niemand, wer ich einmal war und was ich getan habe. Es ist so viel Zeit vergangen, dass ich die Person, die ich vor ihrer Geburt war, gar nicht mehr wiedererkenne. Dieses Mädchen, so voller Wut und zugleich so voller Scham. Ich denke nicht oft über die Vergangenheit oder die Tatsache nach, dass ich meine Eltern seit Jahren nicht gesehen habe. Sie haben ab und zu angerufen, boten an, unsere Flüge zu bezahlen, aber das lehnte ich sofort ab. Sie könnten genauso gut tot sein.

Natürlich bin ich manchmal Leuten aus meiner Vergangenheit über den Weg gelaufen. Das ist immer unangenehm, wie ein Schlag in die Magengrube. Ein Teil von mir will diese Leute anschreien. Ihnen sagen, dass ich mich verändert habe und dass sie sich irren, aber zum Glück ist es mir meistens völlig egal. Ich habe sogar Spaß daran, sie zu ignorieren. Obwohl ich ihre Blicke auf mir spüre und weiß, dass sie mich erkennen.

In den letzten Jahren hat sich die Welt nur um uns beide gedreht, aber jetzt ist da plötzlich noch ein Dritter. Ja, und ein Vierter. Die Familie, die ich mir immer vorgestellt habe, ist jetzt Realität – zwei Kinder, ein Junge und ein Mädchen, und ein liebevoller Familienvater. An den Wochenenden wachen wir ineinander verschlungen auf und lieben uns, bevor die Kinder kommen. Die Tage bestehen aus Ausflügen ins Schwimmbad, Spaziergängen, Eisessen und Gelächter. Wir kochen Abendessen, schauen Filme, die sie auswählen, und alles ist ... einfach. So unglaublich einfach.

Der Sommer vergeht, und wir überlegen, meine Wohnung zu verkaufen. Wir benutzen sie ohnehin kaum. Die Wohnung von Hafliði ist nur leider zu klein für uns alle – meine Tochter ist sicher nicht bereit, sich mit Stefán ein Zimmer zu teilen. Deshalb scrollen wir abends durch Immobilienanzeigen und träumen vor uns hin.

Ihr Herz hat Hafliði genauso gewonnen wie meins. Sie lächelt ihn mit leuchtenden Augen an und will immer in seiner Nähe sein. Manchmal macht er im Wohnzimmer laute Musik an und tanzt wie sein Sohn an dem Abend, als wir uns kennenlernten. Sie findet das lustig. Ich wusste nicht, dass sie albern tanzen kann und lachen, bis sie keine Luft mehr bekommt. Sie ist natürlich sehr speziell, daran hat sich in der kurzen Zeit nichts geändert, aber Hafliði tut immer so, als sei sie großartig. Interessiert sich für alles, was sie macht, und sieht sich stundenlang mit ihr diese Dokumentarfilme an. Wenn Hafliði nach etwas fragt, das sie interessiert, redet sie wie ein Wasserfall, und sie verbringt mittlerweile lieber Zeit mit uns im Wohnzimmer als allein auf ihrem Zimmer. Manchmal kommt es mir vor, als hätten Hafliði und sie einen Geheimklub, von dem ich ausgeschlossen bin. Sie greifen nach ihren Anhängern mit dem »H«, dem Symbol ihres unzertrennlichen Bündnisses, und grinsen einander beim Essen zu. Es ist niedlich, und ich bin Hafliði selbstverständlich dankbar für alles, was er getan hat, aber manchmal habe ich das Gefühl, er sollte eigentlich mir die geheimnisvollen Blicke zuwerfen und nicht meiner Tochter.

Natürlich freue ich mich sehr, dass sie sich so gut verstehen, aber man kann alles übertreiben. Jeden Abend bittet sie ihn um eine Gutenachtgeschichte, will beim Fernsehen neben ihm sitzen und redet andauernd über ihn, wenn wir zu zweit sind. Fast so, als sei sie verknallt in ihn, auf ihre unschuldige und kindliche Art, und Hafliði lässt es zu. Bestärkt sie sogar.

Hafliði hat die Fähigkeit, einem das Gefühl zu geben, etwas ganz Besonderes zu sein. Er wird nicht müde, mir mitzuteilen, wie schön er mich finde, wenn ich nur darüber nachdenke, ob ich vielleicht gerne noch was Süßes hätte, ist er schon auf dem Weg in den Laden, und er stellt mir all diese Fragen über mich. Ich erzähle ihm von meinen Eltern, von der Kindheit im Dorf und wie schwierig es war, so jung schwanger zu werden. Wenn ich darüber spreche, weine ich sogar, wie eine erbärmliche Frau, die nur von einem Mann gerettet werden will. Die Rolle scheint er gerne anzunehmen und möchte jeden Zentimeter meines Körpers kennenlernen und bis in die letzten Ecken meiner Seele vordringen. Ich habe fast das Gefühl, ich könnte ihm alle meine Geheimnisse erzählen. Das ist gefährlich, und ich mahne mich selbst zur Vorsicht. Ich muss ihm nicht sofort alles erzählen, und vielleicht kommt die Zeit auch nie. Aber vorerst lasse ich ihn gerne in unsere Seifenblase und hoffe, dass nichts passiert, was sie zum Platzen bringt.

»Komm rein«, sagte Elma und hielt Hekla die Tür auf. Sie lächelte Sæunn zu, die auf einem Stuhl im Flur saß, und schloss die Tür. Sæunn schien sich nicht wohlzufühlen, sie umklammerte die Handtasche auf ihrem Schoß und blickte Hekla hinterher. Elma konnte sie gut verstehen, deshalb hatte sie ihr alles genau erklärt, sie der Frau vom Jugendamt vorgestellt, die während der Vernehmung dabei sein würde, und ihr versichert, dass alles in Ordnung sei. Bei fünfzehnjährigen Kindern mussten keine Eltern bei der Vernehmung dabei sein, aber die Gesetze schrieben vor, dass die Erziehungsberechtigten informiert wurden. Auch ein Anwalt war vor Ort, obwohl Hekla nicht offiziell verdächtigt wurde. Doch das könnte sich im Laufe der Vernehmung noch ändern.

Sævar sprach die Formalitäten in ein Aufnahmegerät, das vor ihnen auf dem Tisch lag, und sagte dann: »Wir haben dich heute herbestellt, weil wir über einige Dinge Klarheit brauchen. Erzähl uns bitte noch einmal, was du am Freitag, dem 4. Mai, getan hast?«

Hekla blickte fluchtartig zur Tür, wie aus Angst, dass Sæunn sie hören könnte. »Nach dem Schwimmen bin ich nach Hause gefahren«, sagte sie so leise, dass Elma sich vorbeugen musste, um sie zu verstehen.

»Und was hast du zu Hause gemacht?«

»Nichts Besonderes.«

»Hast du nicht am Abend eine Pizza bestellt?« Elma lächelte.

Hekla nickte.

»Weil deine Mutter dir Geld dagelassen hat und diesen Brief.«
Elma legte den Umschlag mit Maríannas Nachricht auf den
Tisch.

»Mhm«, sagte Hekla zustimmend.

»In Ordnung«, sagte Elma. »Aber was ist dann am Tag darauf
passiert?«

»Ich ...« Hekla räusperte sich. »Ich bin aufgewacht und ... und
ich weiß nicht mehr genau, was ich gemacht habe. Maríanna war
noch nicht wieder da, also habe ich versucht, sie zu erreichen.
Das Handy ... es war aus, also habe ich Sæunn angerufen.«

»Wann war das?«

»Vielleicht so gegen fünf.«

»Gut.« Elma blickte auf ihre Notizen. »Also hast du Sæunn angerufen, und sie hat dich abgeholt. War sie lange unterwegs zu dir?«

»Nein, nur eine halbe Stunde oder so.« Als niemand etwas sagte,
fuhr Hekla fort: »Sie wollte die Polizei verständigen, weil ...«

»Weil es nicht das erste Mal war, dass Maríanna verschwunden
ist«, sprach Elma den Satz zu Ende.

Hekla nickte.

Elma holte tief Luft und sagte dann: »Die Sache ist nämlich die,
Hekla, wir haben gestern mit einem Jungen namens Agnar gesprochen. Kennst du ihn?«

Hekla senkte den Blick. »Ja.«

»Könntest du ein wenig lauter sprechen?« Elma versuchte,
freundlich zu klingen.

»Ja«, wiederholte Hekla. »Ja, ich kenne ihn.«

»Er sagt, du seist seine Freundin gewesen. Dass ihr vor einem
Jahr zusammengekommen seid. Stimmt das?«

»Vielleicht.«

»Bist du nicht sicher?«

»Doch, aber es war nicht ganz ein Jahr. Und jetzt sind wir nicht
mehr zusammen.«

»Ja, er hat uns erzählt, dass ihr Schluss gemacht habt«, sagte Elma. »Aber mit fünfzehn ist ein Jahr eine ganz schön lange Zeit. Ich weiß jedenfalls noch, dass mir das in dem Alter wie eine halbe Ewigkeit vorkam.« Sie lächelte, aber Hekla reagierte nicht darauf. »Er hat uns jedenfalls noch etwas erzählt. Dass du ihn an dem Freitag gebeten hättest, dich abzuholen. Und als er nicht sofort konnte, wärst du mit dem Bus nach Akranes gefahren. Da hast du uns aber etwas anderes erzählt.«

Der schwarze Nagellack sah noch ganz frisch aus, aber Hekla begann trotzdem, daran zu pulen. Elma fragte sich, ob sie Nagellack nur auftrug, um ihn wieder abkratzen zu können.

»Ich ... also, ich ...« Sie blickte zur Frau vom Jugendamt, die still dagesessen und alles mitverfolgt hatte. Sie lächelte ihr ermutigend zu, und Hekla fuhr fort. Plötzlich wurde ihr Atem flacher. »Ich wollte davon erzählen, aber dann ... dann habe ich es nicht getan, und es spielt auch keine Rolle, und dann ist so viel Zeit vergangen und ...« Hekla biss sich auf die Oberlippe. »Ich wollte nur nicht, dass ihr denkt, ich will euch täuschen ... weil ich ...«

»Alles in Ordnung, Liebes. Alles in Ordnung.« Die Mitarbeiterin des Jugendamts legte eine Hand auf Heklas Schulter.

»Hekla, es ist wirklich wichtig, dass du die Wahrheit sagst. Wir müssen die Fakten kennen, damit wir herausfinden können, was deiner Mutter passiert ist«, sagte Elma. »Das willst du doch auch, nicht wahr?«

»Ja«, antwortete Hekla leise.

»Also gut, dann versuchen wir es noch mal. Wann bist du am 4. Mai nach Akranes gefahren?«

»Mit dem Bus um zwei.«

»Also warst du nie beim Schwimmen?«

»Doch, ich bin nur ... ich bin zur Toilette gegangen und dann raus. Er merkt das ohnehin nicht.«

Hekla meinte wahrscheinlich den Schwimmlehrer. »Also bist

du gar nicht nach Hause gefahren«, sagte Elma. »Denkst du, deine Mutter hat dich an der Bushaltestelle gesehen?«

»Ich weiß es nicht.« Hekla zog die Nase hoch. »Sie hat die ganze Zeit angerufen, und ich war so wütend. Ich wollte nicht mit ihr reden, weil sie so ungerecht war und mich nicht zum Fußballturnier gelassen hat. Ich hatte echt die Schnauze voll von ihr.« Sie brach in Tränen aus und brauchte eine Weile, um sich wieder zu beruhigen.

»Wir streiten alle mit unseren Eltern, Hekla«, sagte Elma. »Das ist völlig normal. Du bist also nach Akranes gefahren. Was hast du dann gemacht?«

»Ich bin zu meiner Freundin gefahren«, sagte Hekla leise. »Eine Weile war ich bei ihr. Eigentlich wollte ich zu Sæunn und Fannar, aber ich wusste, dass Maríanna dort zuerst suchen würde. Ich wusste nicht, was ich tun sollte. Ich wollte nur nicht alleine zu Hause sein.«

»Kann jemand bestätigen, dass du bei deiner Freundin warst?«

»Ja, Tinna. Und Tinnas Mutter, die war auch da«, sagte Hekla.

»Und wann bist du wieder nach Hause gefahren?«

»Kurz darauf. Das ist jetzt die Wahrheit, ich schwöre. Ich hatte ein schlechtes Gewissen und habe beschlossen, wieder nach Hause zu fahren, weil ich ohnehin nichts tun konnte und ich wusste ... ich wusste, dass Maríanna bei Sæunn anrufen und nach mir suchen würde.«

»Und bist du mit dem Bus zurück nach Borgarnes gefahren?«

»Ja, so gegen sechs. Ich war noch vor sieben zu Hause und habe wirklich eine Pizza bestellt.«

»Und deine Mutter hast du nirgendwo gesehen?«

Hekla schüttelte den Kopf.

»In Ordnung.« Elma blickte zu Sævar und sah ihm an, dass er nicht ganz überzeugt war.

»Ich dachte, das spielt keine Rolle«, fuhr Hekla fort. »Maríanna wollte diesen Mann treffen, und ich dachte, sie würde gar nicht merken, wenn ich nicht da bin. Dann war ich zu Hause, aber sie ist nicht gekommen, und ich habe Sæunn angerufen. Ich hatte nur Angst, dass Maríanna sich aufregt, wenn ich von dem Ausflug nach Akranes erzähle, und Sæunn vielleicht auch. Ich wollte eigentlich gar nicht lügen. Also, ich habe es jedenfalls nicht vorher so beschlossen. Ich habe ... ich habe das nur so gesagt, und dann konnte ich es nicht mehr zurücknehmen. Dann hätten alle gedacht, dass ich bei allem lüge.«

»In Ordnung, Hekla«, sagte Elma und klappte ihr Notizbuch zu. Sie sah Hekla eine Weile an. Ihre Reaktion wirkte ehrlich, und sie konnte auch verstehen, dass sie Angst hatte, solche Lügen könnten ein Eigenleben entwickeln. Vor allem wenn Hekla dachte, ihre Mutter würde sich aufregen.

»Ich denke, das reicht vorerst«, sagte sie schließlich. »Eine Sache vielleicht noch.« Sie deutete auf den Umschlag mit Maríannas Nachricht, der auf dem Tisch lag. »In dem Brief befand sich eine Rechnung von vor einem Jahr. Hat deine Mutter dir wirklich diese Nachricht hinterlassen?«

»Ja«, sagte Hekla. »Die lag auf dem Tisch, ich schwöre.«

»Und wofür, denkst du, wollte sie sich entschuldigen?«

Hekla lehnte sich im Stuhl zurück. »Ich glaube, sie hatte ein schlechtes Gewissen wegen des Fußballturniers. An dem Abend davor haben wir gestritten, und als ich aufgewacht bin, war sie schon weg. Den Umschlag habe ich erst gesehen, als ich wieder nach Hause gekommen bin, also weiß ich nicht, ob sie ihn schon vor der Arbeit am Morgen hinterlassen hat oder erst später. Wenn ich ihn morgens schon gesehen hätte, wäre ich nicht so wütend geworden und nach Akranes gefahren und dann ... wäre sie noch am Leben.« Hekla starrte auf den Tisch.

Sie sah so klein aus, und Elma hätte sie am liebsten in den Arm genommen. Sie wollte Hekla sagen, dass es nicht ihre Schuld war und die Fahrt nach Akranes keine Rolle spielte. Wahrscheinlich spielte sie aber tatsächlich eine große Rolle.

»Warum nennt sie ihre Mutter denn immer Maríanna?«, fragte Sævar, nachdem sie sich von Hekla und Sæunn verabschiedet hatten. »Sie sagt nie Mama. Immer nur Maríanna.«

»Vermutlich hat sich Maríanna nicht sehr mütterlich verhalten«, sagte Elma. »Nein, ich weiß es nicht. Es kommt aber immer wieder mal vor, dass Kinder ihre Eltern mit dem Vornamen ansprechen, dafür kann es viele Gründe geben.«

»Denkst du, sie sagt zu Sæunn Mama?«

»Tja, ich ... ich weiß es nicht. Ich glaube nicht.«

Sævar zuckte mit den Schultern. »Ich könnte mir gut vorstellen, dass sie Sæunn eher als ihre Mutter ansieht. So in Anbetracht der Umstände.«

»Ja, das wäre durchaus verständlich.«

»Was denkst du, sagt sie die Wahrheit?«

Elma überlegte kurz. »Ja, ich glaube schon.« Sie stand auf und streckte sich. Ging zum Fenster und blickte hinaus. Draußen war viel los. Vor den viereckigen Wohnblocks standen einige Kinder, die offensichtlich gerade aus der Schule kamen. Ein paar Mädchen schienen etwas äußerst Wichtiges zu besprechen. Dann gingen drei von ihnen in eins der Häuser, aber die anderen beiden weiter in getrennte Richtungen. Elma wandte sich wieder Sævar zu.

»Könntest du bitte Maríannas Nachbarn anrufen? Wie hieß er noch mal, Unnar? Nach dem, was Bryndís gesagt hat, sollten wir uns ansehen, ob er Maríanna nicht vielleicht doch etwas besser kannte.«

Sævar nickte. »Ja, das kann ich machen. Wobei er so etwas sicher nicht am Telefon zugeben wird.«

»Nein, vermutlich nicht.«

»Und wir haben keine Beweise dafür, dass sie miteinander Kontakt hatten.«

»Nein, aber ihre Wohnungen lagen im selben Haus. Sie mussten sich vermutlich gar nicht erst verabreden, also können wir es auch nicht in ihren Handy- oder Internetdaten nachvollziehen.«

»Praktisch«, sagte Sævar.

Elma wurde sofort etwas verlegen, weil sie das Gefühl hatte, dass er auf etwas anspielte. Sie musste sich eingestehen, dass ihr Arrangement mit Jakob genau das war: praktisch.

Dagný lächelte breit, als sie Elma begrüßte. Sie lebte mit ihrem Mann Viðar in einem kleinen, aber freundlich eingerichteten Reihenhaus, mit Möbeln und Parkett aus Eiche. Die Buddhastatuen, die Dagný sammelte, waren sorgfältig auf Regale in der ganzen Wohnung verteilt, und eine Wand des Wohnzimmers leuchtete königsblau. Die Samtkissen auf dem hellen Sofa hatten dieselbe Farbe.

»Wo sind alle?«, fragte Elma, als sie auf dem Sofa Platz nahm.

»Viðar ist mit den Jungs auf dem Spielplatz«, sagte Dagný. »Kann ich dir was anbieten?«

»Vielleicht einfach nur Mineralwasser, wenn du welches hast«, sagte Elma.

Dagný verschwand in der Küche und kam dann mit zwei Gläsern Mineralwasser und einer Schale Nóa Kropp wieder, bei deren Anblick Elma lächeln musste. Die schokoladeüberzogenen Puffmaisbällchen waren immer ihre Lieblingssüßigkeit gewesen. Eins der wenigen Dinge, die sie und ihre Schwester gemeinsam hatten. Plötzlich kam eine alte Erinnerung auf: Sie und ihre Schwester hatten einmal einen Zeichentrickfilm geschaut und bekamen einen Lachkrampf, sodass die Schokobällchen über das ganze Sofa flogen. Sie musste an Dagnýs Blick denken, als sie einander angesehen hatten und erneut in schallendes Gelächter ausgebrochen waren. Dann versuchten sie, ganz schnell alle Schokobällchen wieder in die Schüssel zu geben, bevor ihre Mutter etwas bemerkte. Ein paar Tage später stupste ihre Schwester sie an, als ihre Mutter vom Sofa aufstand und mit dramatischer

Geste auf einen großen braunen Fleck auf ihrem Hintern zeigte. Sie bekamen gleich wieder einen Lachanfall, und ihre Mutter verstand nicht, was los war.

»Den meisten von Papas Freunden habe ich bereits Bescheid gesagt und natürlich allen Verwandten, die mir eingefallen sind«, sagte Dagný und reichte ihr ein Notizbuch mit der Namensliste. Dagný war wie immer perfekt organisiert. »Schau bitte mal, ob ich jemanden vergessen habe?«

Elma überflog die Liste. Natürlich hatte ihre Schwester niemanden vergessen.

»Ich habe auch schon ein Catering bestellt und eine Playlist erstellt. Manche wollen eine kurze Rede halten, Papas Schulfreunde und so. Außerdem habe ich überlegt, dass wir nach dem Essen Musik spielen sollten, um Mama und Papa zum Tanzen zu bewegen. Auf ihrer Südamerikareise haben sie ja Salsatanzen gelernt.«

Elma lachte. Das war eine gute Idee. Nach der Reise hatte ihr Vater ihre Mutter ständig an sich gezogen und mit ihr ein paar Schritte auf dem Wohnzimmerboden hingelegt. Bis ihre Mutter irgendwann genug davon bekam. Wobei es sie sehr überrascht hatte, wie viel Spaß das Tanzen ihm machte, denn eigentlich war es ursprünglich ihr Vorschlag gewesen.

»Das würde ihm gefallen«, sagte sie und sah sich die Playlist an. Ihre Schwester hatte sich offensichtlich bei den Vorbereitungen viel Mühe gegeben, und sie bekam ein schlechtes Gewissen, dass sie bisher bei allen Ideen nur die Augen verdreht hatte. So getan hatte, als spielten diese Dinge keine Rolle. Im Prinzip hatte Elma nichts anderes gemacht, als allen Vorschlägen ihrer Schwester zuzustimmen.

»Jetzt fühle ich mich schlecht. Ich habe noch gar nicht geholfen.«

»Das ist egal«, sagte Dagný. »Du weißt, wie gern ich das mache.« Sie steckte sich ein Schokobällchen in den Mund und lächelte

Elma zu. »Ich kann es kaum erwarten, seinen Blick zu sehen. Er hat keine Ahnung, was ihn erwartet.«

Elma lächelte. »Das wird schön. Und danke. Danke, dass du dich um alles gekümmert hast. Ich weiß, ich war bisher völlig ...«

»Nicht doch. Du hast gerade so viel zu tun«, sagte Dagný.

»Du aber auch. Ich meine, du hast deine Arbeit, deinen Mann und zwei Kinder. Keine Ahnung, wie du das alles unter einen Hut bringst. Du bist so eine gute Mutter und machst alles so perfekt.«

Dagný verstummte, und ihre Mundwinkel zuckten. Elma wollte gerade einen Schluck Mineralwasser trinken, stellte das Glas aber wieder ab und sah Dagný an. »Ist ... ist alles in Ordnung?«

Bei der Frage hielt sich Dagný die Hand vor den Mund, und in ihren Augen sammelten sich Tränen. »Ach Gott, ich wollte eigentlich nicht weinen.«

»Was ist los?«

Dagný nahm ein Blatt Küchenrolle, putzte sich die Nase und seufzte. »Es ist ... es ist nur ... Alexander. Anscheinend bin ich gar keine so gute Mutter. Er hat in der Schule Probleme und wird von irgendwelchen Jungs gemobbt. Jungs, die einmal seine Freunde waren, aber jetzt verstecken sie seine Sachen, und einmal haben sie seine Schultasche auf den Boden entleert und ... ach, das ist vielleicht keine große Sache, aber ich weiß einfach nicht, was ich tun soll. Am liebsten würde ich ...«

»Zur Schule fahren und diesen Jungs die Leviten lesen«, sprach Elma ihren Satz zu Ende.

Dagný sah sie an und lachte. »Ja. Im Ernst, ja. Ich möchte ihnen die Leviten lesen. Ich weiß, sie sind auch nur Kinder, aber es geht hier um Alexander. Alexander ist so lieb und tut niemandem etwas zuleide. Wie können sie so etwas machen? Was ist mit denen los? Was ist mit ihren Eltern los?« Dagný schnäuzte sich. »Deshalb geht Viðar in letzter Zeit so oft mit Alexander und Jökull raus und unternimmt viel mit ihnen. Damit Alexander für eine Weile auf andere Gedanken kommt. Ich kann nichts machen, sobald ich daran denke, kommen mir die Tränen, und das ist das Letzte, was der Junge jetzt braucht. Eine heulende Mutter.«

»Diese Kinder sind noch so klein«, sagte Elma. »Erst sechs Jahre alt. Das wird sicher bald wieder gut. Du meintest ja, dass sie früher seine Freunde waren, vielleicht ist etwas vorgefallen. Etwas, das sie hoffentlich auch schnell wieder vergessen. Erst wenn sie Teenager werden, muss man sich Sorgen machen, und bis dahin sind es noch viele Jahre.«

Dagný blickte auf und sah Elma an. »Ach Gott, Elma ... tut mir leid, ich weiß, dass ich nicht ... du weißt schon. Ich hätte ...«

Elma lächelte und ignorierte das flaue Gefühl, das in ihrem Magen aufkam. »Das spielt keine Rolle. Es ist so lange her, und darauf wollte ich auch gar nicht hinaus. Darüber bin ich längst hinweg.« Das stimmte nicht ganz. In letzter Zeit war ihr bewusst geworden, dass die Hänseleien und Klatschgeschichten in ihren Jugendjahren Wunden hinterlassen hatten, die nicht so einfach heilten. »Ich wollte damit nur sagen, dass mit Alexander alles gut wird. Er ist so wundervoll und die anderen Kinder werden das noch sehen. Um ihn würde ich mir keine Sorgen machen.«

Dagný verstummte und starrte auf ihre Hände. »Trotzdem. Ich wollte mich immer bei dir entschuldigen. Auch wegen der Sache mit Davíð. Ich wusste nie, was ich sagen sollte, und du schienst auch niemanden zu brauchen. Du warst immer so unabhängig.« Dagný blickte auf und lächelte.

Elma lächelte zurück, traute sich aber nicht, etwas zu sagen. Sie hatte Angst, ihre Stimme könnte dabei brechen.

»Na gut, wollen wir weitermachen?«, sagte Dagný nach einer Weile, und Elma nickte. Dagný schaltete den Laptop ein, und kurz darauf war der Warenkorb voll mit allerlei Dekoartikeln, die wahrscheinlich gar nicht nötig waren, aber alles ein wenig schöner machten.

* * *

Hekla durfte am Abend rausgehen, solange sie um Mitternacht wieder zu Hause war. Die Vernehmung bei der Polizei war weniger schlimm als befürchtet verlaufen. Sie hatte einen kalten grauen Raum erwartet, wie man sie aus Krimiserien und Filmen kannte, in denen immer ein Polizist gut und der andere böse war, und gedacht, man würde sie für die Lüge zurechtweisen und anschreien. Aber eigentlich waren die beiden Beamten sehr freundlich gewesen, und niemand hatte gebrüllt oder geschimpft.

Nach der Befragung hatte Sæunn so lange nachgehakt, bis sie ihr von Agnar erzählte. Sie verschwieg aber, dass sie ein Paar waren, sagte nur, sie wären Freunde. Kumpel. Das klang irgendwie besser, aber sie war trotzdem nicht sicher, ob Sæunn ihr glaubte.

Schon seit sie denken konnte, waren Sæunn und Fannar wie ihre richtigen Eltern gewesen. Aber alles war einfacher, als sie noch klein war, sie hatte sich keine Gedanken darüber gemacht, wie sie sich verhalten sollte. War nur ein kleines Mädchen und wurde dafür bedingungslos geliebt. Jetzt hatte sie plötzlich Angst, das könnte nicht mehr genügen.

Sie und Maríanna stritten oft wie zwei Kleinkinder. Nicht wie Mutter und Tochter. Ihr Verhältnis war ganz anders. Hekla hoffte, sie könnte es irgendwann vergessen, aber ihr war, als würde alles, was sie sagte und dachte, wie hartnäckiges Unkraut in ihr gedeihen. Alle Lügen, Vorwürfe, Worte und Taten verknoteten sich und quälten sie.

Hoffentlich würde Sæunn diese Seite von ihr nie zu Gesicht bekommen. Manchmal rutschte ihr etwas heraus, das nicht ganz der Wahrheit entsprach. Wie damals, als Maríanna ihr befohlen hatte, auf ihr Zimmer zu gehen, nachdem rausgekommen war, dass sie heimlich nach Akranes gefahren war. Es stimmte nicht, dass Maríanna die Tür abgeschlossen hatte, und geschlagen hatte sie Hekla auch nie. Aber genau das erzählte sie Sæunn, und Sæunn glaubte ihr und bemitleidete sie, und das fühlte sich gut an. Dann spürte sie, dass sie ein Team waren, Sæunn und sie. Hekla lächelte Sæunn hinter ihr im großen Badezimmerspiegel zu. Aus dieser Nähe roch sie Sæunns Kokosshampoo.

»Du hast so schöne Haare«, sagte Sæunn und fuhr mit den Fingern durch ihre dichte dunkle Mähne. »Soll ich für heute Abend was damit machen?«

Hekla nickte.

»Wir könnten sie hochstecken, so zum Beispiel.« Sæunn formte die Haare zu einem großen Knoten. »Und sie mit ein paar Spangen befestigen und ein wenig aus diesem schönen Gesicht nehmen«, fügte sie hinzu und kniff Hekla leicht in die Wangen.

Hekla zog eine Grimasse. »Mein Gesicht ist nicht schön. Ich habe Pickel, und die Nase ist zu groß.«

»Unsinn«, sagte Sæunn. »Deine Nase ist genau richtig.« Sie legte die Hand auf Heklas Schulter und sah sie im Spiegel an. »Du bist perfekt, so wie du bist.«

Hekla spürte einen Kloß im Hals und sah, dass auch Sæunns Augen ein wenig schimmerten. Wahrscheinlich würde Hekla nie ganz verstehen, warum Sæunn sie liebte. Sie hatte nichts zu geben, war nicht sonderlich talentiert, schön oder freundlich oder … Im Prinzip sah sie nichts Positives an sich. Aber Sæunn liebte sie trotzdem, und das wollte sie auf keinen Fall missen.

Die Eltern des Geburtstagskindes hatten Süßigkeiten besorgt und den Mädchen erlaubt, im Wohnzimmer unter sich zu sein. Der Vater hatte sogar eine aufwendige Buttercremetorte gebacken und mit einer großen glitzernden »15« aus Pappe dekoriert. Mit dem Handy spielten sie Musik über die Lautsprecher ab. Dann saßen sie da, aßen Süßigkeiten, redeten und lachten.

Hekla hatte das Gefühl, in einer anderen Welt zu leben als davor. Niemand sah sie an, als sei sie nicht willkommen. Niemand verzog das Gesicht, wenn sie redete, oder rümpfte die Nase, wenn sie sich neben sie setzte. Kurz hatte sie Blickkontakt mit Tinna und konnte nicht anders, als zu lächeln.

Nach einer Weile stand Freyja, die Geburtstag hatte, auf und öffnete einen Schrank, in dem allerlei Flaschen standen. »Was meint ihr? Wollen wir unseren Getränken noch ein bisschen was untermischen?«

Die Mädchen lachten, während sie eine schöne Flasche nach der anderen hervorholte.

»Werden deine Eltern das nicht merken?«, fragte eines der Mädchen.

Dísa sah sie an und schnaubte.

»Nein, wir füllen sie einfach mit Wasser auf. Das habe ich schon oft gemacht, und sie bekommen nie was mit«, sagte Freyja und gab einen großzügigen Schuss in jedes Glas.

Die Mädchen verzogen ihre Gesichter und tranken. Manche zögerlich, aber andere, als hätten sie mit Alkohol jede Menge Erfahrung. Hekla kannte das brennende Gefühl im Hals bereits, aber nippte erst nur an ihrem Glas. Sæunn hatte sie beim Abschied umarmt. *Ich bleibe wach, bis du wieder zurück bist*, hatte sie gesagt und sie auf den Scheitel geküsst.

Maríanna war nie für sie wach geblieben. Stattdessen machte sie blöde Bemerkungen und rieb ihr unter die Nase, dass alle Mädchen aus ihrer Klasse gerade zusammen was unternehmen würden. *Warum bist du nicht auch dabei, Hekla?*, fragte sie. *Du hockst immer nur allein zu Hause. Warum rufst du sie nicht an?* Maríanna wusste genau, dass Hekla diese Mädchen nicht einfach so anrufen konnte. Sie wusste, was Hekla in der Schule durchmachte, aber verharmloste die Dinge. *Das sind nur Hänseleien, versuch einfach, dich mit ihnen anzufreunden.* Maríanna schien nicht klar zu sein, dass das keine Option für Hekla war. Sie war nicht willkommen, und das wusste Maríanna eigentlich auch. Aber in ihrem Blick war kein Mitleid, nur Enttäuschung. Als könnte sie beim besten Willen nicht verstehen, warum ihre Tochter so seltsam war.

Dann trank Hekla einen großen Schluck und verzog das Gesicht. Tinna stand auf und bat sie, mit ins Badezimmer zu kommen. Hekla hatte sich immer noch nicht daran gewöhnt, andauernd mit anderen Mädchen ins Bad zu gehen, aber in diesem Freundeskreis schien es völlig normal, dass eine pinkelte, während die anderen sich unterhielten oder ihr Make-up auffrischten.

»Hast du Spaß?«, fragte Tinna, als sie auf der Toilette fertig war. Sie wusch sich die Hände und sah Hekla im Spiegel an. Das Bad war klein und hatte hellbraune Fliesen und eine offene Dusche voller Shampooflaschen und Spielzeug.

»Mhm.« Hekla nickte. Ihr Handy klingelte in der Tasche, und sie sah nach, wer es war. Agnars Name erschien auf dem Bildschirm. »Er ruft mich ständig an. Habe ich dir schon erzählt, dass er mich bei der Polizei verpfiffen hat?«

»Was hat er gesagt?«

»Dass ich in Akranes war, an dem Tag, als ...« Sie senkte den Blick und atmete tief ein. Plötzlich überkam sie eine Angst, dass die Sache ein böses Ende nehmen könnte.

Tinna trat näher zu ihr. »Und was hast du gesagt?«

»Nur die Wahrheit«, sagte Hekla. »Dass ich bei dir war.«

Tinna lächelte. »Mach die Augen zu.«

Hekla gehorchte. Sie spürte, dass ihr Herz ein wenig schneller schlug, und wurde plötzlich nervös. »Was hast du vor?«

»Sch...«, machte Tinna. »Streck deine Zunge raus.«

Hekla tat, wie sie sagte, und spürte eine sanfte Berührung auf der Zunge. Ein seltsamer Geschmack breitete sich in ihrem Mund aus, aber sie machte ihn trotzdem zu.

»Was ist das?«, fragte sie und öffnete die Augen.

Tinna zeigte ihre Zunge. Eine kleine weiße Tablette lag darauf. Genau wie die, die sich gerade in Heklas Mund auflöste. Sie verzog das Gesicht. Der Geschmack war nicht gut.

Tinna lachte. »Spül mit etwas Wasser nach, wenn es dir nicht schmeckt.«

Hekla trank einen großen Schluck aus dem Wasserhahn. »Tinna, im Ernst. Was ist das?«

»Nur eine Kleinigkeit, die ich von einem Freund bekommen habe.« Sie lächelte und nahm Heklas Hand. »Keine Angst, das ist nichts Krasses. Nur ein bisschen was, um den Abend ein wenig interessanter zu machen. Von denen drehst du nicht durch, versprochen. Vertrau mir einfach.«

Hekla nickte, und Hand in Hand gingen sie wieder zu den anderen Mädchen. Sie vertraute Tinna. Natürlich tat sie das.

Der Abend verging in einem Rausch. Es kamen noch mehr Leute, Jungs, die Hekla schon einmal irgendwo gesehen hatte, und andere, die sie nicht kannte. Agnar versuchte es weiterhin auf ihrem Handy, aber sie ging nicht ran. Dísa hatte offensichtlich die gleiche Tablette geschluckt wie sie, denn ihre Augen waren riesig und ihr Blick starr.

Als Freyjas Eltern nach Hause kamen, schickten sie alle weg. Tinna rief ein paar Jungs an, die sie abholen kamen, aber zum Glück waren sie bereit, Hekla nach Hause zu bringen. Tinna und Dísa wollten sie überreden, noch mitzukommen, aber Hekla lehnte ab. Sie musste ständig an Sæunn denken, die wach bleiben wollte, bis sie zu Hause war.

Als sie endlich in ihrem Bett lag, verschwammen die Erinnerungen des Abends. Sie starrte in die Luft, konnte nicht aufhören zu lächeln und war nicht ansatzweise müde. Zum Glück war es dunkel, also hatte Sæunn ihren Zustand nicht bemerkt. Hekla zog die Decke über sich und schloss die Augen. Da war dieses warme Gefühl in ihrem Bauch. Vielleicht hätte sie einfach bei den Mädchen bleiben sollen. Sie setzte sich im Bett auf und blickte zum Fenster, betrachtete die weißen Flocken und ließ den Abend Revue passieren. Plötzlich hörte sie ein Knirschen im Schnee und zuckte instinktiv zusammen, wie um sich in der Dunkelheit zu verstecken.

Draußen war jemand.

Zehn Jahre

Ich blinzle kurz in diesem Moment des Aufwachens, bevor ich die Augen ganz öffne. Der Anruf hat mich geweckt. Irgendwo im Haus klingelt ein Handy. Es ist dunkel im Schlafzimmer, also ist wahrscheinlich noch Nacht. Neben mir schläft Hafliði wie ein Stein und schnarcht leise. Das Handy verstummt, und ich atme auf. Ich schließe die Augen und versuche, wieder einzuschlafen. Ein paar Sekunden vergehen, bevor der Klingelton erneut ertönt. Ich treffe eine Entscheidung, stehe auf und gehe mit schnellen Schritten aus dem Schlafzimmer, folge dem Geräusch ins Wohnzimmer, wo das Handy auf dem Couchtisch liegt. Abgesehen vom Licht des Bildschirms ist es stockdunkel.

Außer Atem gehe ich ran. »Hallo?«

Ich warte kurz, aber es kommt keine Antwort.

»Wer ist da?« Meine Stimme klingt nicht so besonnen wie gehofft. Da *ist* nämlich jemand am anderen Ende der Leitung. Ich höre Atmen und ein Geräusch, das das Rauschen des Regens oder eines Radios sein könnte. Ich warte noch kurz, lege dann auf und starre auf das Handy. Dann mache ich es zur Sicherheit aus und lege mich wieder ins Bett.

Es ist drei Uhr, ich bin hellwach, und das ist der dritte Anruf innerhalb von zwei Wochen. Sie kommen immer an den Wochenenden, immer nachts, und immer antwortet mir diese Stille. Wie um mich absichtlich zu ärgern. Nach dem ersten Anruf hatte ich das Gefühl, beobachtet zu werden. Das bilde ich mir sicher nur ein, aber trotzdem lässt mich der Gedanke nicht los.

Neulich kam es mir vor, als würde ein Auto mich verfolgen, also bin ich kreuz und quer durch den ganzen Ort gefahren, bis ich es abhängen konnte. Ich habe nicht genau gesehen, wer am Steuer saß, weil es dunkel war, aber das Auto hat mich definitiv verfolgt. Egal, wohin ich gefahren bin. Egal, wie schnell ich war. Könnte es dieselbe Person gewesen sein, die mir vor vielen Jahren diesen Brief geschickt hat? Das ist kaum möglich, ich bin umgezogen und habe darauf geachtet, dass meine Adresse und Telefonnummer nirgendwo öffentlich aufscheinen. Aber natürlich ist es nicht so schwer, mich zu finden, wenn jemand wirklich sucht.

Ich drehe mich zur Seite und starre auf die Jalousien, die sich langsam vor dem offenen Fenster bewegen.

Plötzlich ist mir ziemlich heiß unter der Decke, also strecke ich einen Fuß raus. Hafliðis Schnarchen wird immer lauter. Ich lege mich ganz an den Rand, möglichst weit weg von ihm. Nach all der Zeit fällt es mir immer noch schwer, mich an eine andere Person neben mir zu gewöhnen. Einen fremden Atem zu hören und zu spüren, wenn sich jemand anderes im Bett wälzt. Manchmal lag ich nachts wach und habe ihn angesehen. Bemerkt, wie er ab und zu ganz plötzlich für ein paar Sekunden aufgehört hat zu atmen, bevor er wieder anfing. Eines nachts habe ich ihn im Traum erstickt. Habe das Kissen auf sein Gesicht gedrückt und zugesehen, wie seine Hände durch die Luft ruderten, bis sie aufgaben und sich wehrlos aufs Bett fallen ließen. Komischerweise war es kein Albtraum. Kein besonders schöner Traum, aber auch kein Albtraum.

Als ich endlich einschlafe, ist es bereits nach fünf, und zwei Stunden später wache ich auf, weil Hafliði an meinem Ohrläppchen knabbert. Ich lasse ihn meine Unterhose hinunterziehen, bin aber froh, als er schon kurz darauf wieder fertig ist. Er merkt nichts. Küsst mich nur auf die Wange, bevor er aufsteht und sich streckt. Später leuchten mir im Spiegel grünliche Augenringe entgegen, und ich wasche mir das Gesicht mit eiskaltem Wasser, aber es bringt nichts.

Wir sind auf dem Weg zum Mittagessen bei Hafliðis Mutter, wo alle seine Geschwister mitsamt ihren Partnern und Kindern zusammenkommen. Zwei ältere Schwestern und ein jüngerer Bruder. Hafliði hat ein enges Verhältnis zu seiner Mutter. Sie reden jeden Tag, aber er verlässt zum Telefonieren immer den Raum, als ginge das Gespräch mich nichts an. Wenn sie ihn besuchen kommt, gehe ich zum Fenster und beobachte sie. Aus der Ferne wirkt sie mit ihren grauen Locken und der pummeligen Figur ziemlich harmlos. Trägt immer eine beigefarbene Jacke und eine Stola.

Wir parken vor einem kleinen Wohnblock in Hafnarfjörður, nicht weit vom Zentrum und dem Hafen. Ich nehme die Hand meiner Tochter, die sich kaum traut zu atmen. Sie sagt nichts, aber ich weiß, dass sie aufgeregt ist. Heute Morgen habe ich gesehen, wie sie sich vor dem Spiegel immer wieder die Haare gekämmt hat, obwohl sie schon längst glatt waren. Stefán aber läuft voraus und klingelt.

»Ihr seid spät dran«, sagt die Schwester, als sie die Tür öffnet. Sie umarmt Stefán und Hafliði, meine Tochter und mich sieht sie aber nur lächelnd an. Ich will mich gerade vorstellen, als sie sich plötzlich umdreht und noch vor uns reingeht.

Das Wohnzimmer ist voller Menschen. Hafliði bietet sofort an, beim Tischdecken zu helfen, und lässt mich allein im Wohnzimmer zurück. Meine Tochter klammert sich an mich, und die ganze Situation ist ziemlich unangenehm, weil niemand uns beachtet. Alle sind so sehr in Gespräche vertieft, dass keiner uns begrüßt. Ich beuge mich runter und schlage ihr vor, mit den anderen Kindern zu spielen, aber sie antwortet nicht einmal. Schüttelt nur den Kopf und hält weiter den Anhänger ihrer Halskette fest, wie sie es immer tut, wenn sie nervös ist. Erst als Hafliði zu uns kommt, nehmen die Leute uns wahr.

Es ist ein arroganter Haufen. In gewisser Weise ähneln sie Hafliði, sind selbstbewusst und extrovertiert, aber sie haben nichts von seiner Wärme. Als Letztes stellt er uns seiner Mutter vor. Sie heißt Guðrún, eine kleine mollige Frau in geblümter Bluse und mit Dauerwelle im Haar. Ihr Lächeln ist freundlich, und die Stimme klingt sanft, aber die Augen verraten sie. Sie sind ein wenig nach unten gerichtet, und die graublaue Farbe wirkt eiskalt. Unsere Blicke treffen sich kurz, aber sie scheint durch mich hindurchzusehen. Auch an meiner Tochter bleibt ihr Blick kurz hängen, doch erst als sie noch einmal Hafliði ansieht, werden ihre Gesichtszüge wieder weich.

Wir setzen uns an einen üppig gedeckten großen Tisch. Brot, Aufstriche, Zimtschnecken und Kopenhagener Gebäck mit Schokoglasur.

»Und was machst du?«, fragt die älteste Schwester, deren Namen ich mir nicht merken kann.

»Ich arbeite in einer Kanzlei«, antworte ich, während ich mir ein Brot mit Thunfischsalat zubereite.

»Oh, du bist also Anwältin?« Ihre Augen werden sofort größer, und ich scheine plötzlich ihr Interesse geweckt zu haben. Am liebsten würde ich bejahen, und wenn Hafliði nicht da wäre, würde ich lügen.

»Nein, ich sitze am Empfang«, sage ich. »Aber eines Tages möchte ich Jura studieren.«

Sie murmeln höflich, aber ich bin offensichtlich nicht mehr interessant. Die Gespräche verlaufen sich, und meine Tochter und ich schweigen.

»Ich wusste nicht, dass du aus Sandgerði kommst«, höre ich plötzlich, und als ich aufblicke, sehen alle mich an. Sandgerði ist das Letzte, worüber ich sprechen will.

»Ja, ich bin dort aufgewachsen.«

»Und wie war das so? Muss schön gewesen sein, in so einer kleinen Gemeinschaft aufzuwachsen, wo jeder jeden kennt«, sagt Hafliðis Bruder.

»Na ja ...« Ich zögere. »Es war ganz in Ordnung.«

»Ich kenne einen, der auch von dort ist«, fährt der Bruder fort. Er sieht Hafliði an. »Du weißt schon, mein Kollege, Ívar.«

»Ach, stimmt. Er kommt aus Sandgerði«, sagt Hafliði.

»Er müsste in deinem Alter sein«, sagt der Bruder. »Vielleicht kennst du ihn? Ívar Páll?«

Ich spüre das Blut aus meinem Gesicht entweichen. Den *kenne* ich. Kennen ist vielleicht zu viel gesagt, aber ich weiß, wer er ist. Oder war. Wir gingen in dieselbe Klasse. Er war einer dieser schrecklich uncoolen Jungs, die mehr in der Welt von Computerspielen und Fantasyromanen lebten als in der Realität. Er war spindeldürr, hatte eine Brille und große Schneidezähne. Wir nannten ihn Eichhörnchen, weil er beim Essen so mit den Vorderzähnen am Brot nagte, dass die Krümel über den ganzen Tisch flogen. Einmal füllten wir seine Schultasche mit Nüssen auf, und als er seine Bücher rausholen wollte, kullerten sie über den gesamten Boden.

»Nein, den kenne ich nicht«, sage ich und stochere mit der Gabel auf einem wenig appetitlichen Bissen Pasta herum.

»Na gut«, sagt er. »Vielleicht kennt er ja dich.«

Ich lächle, aber seine Worte klingen wie eine Drohung. Jemand zupft an meinem Pulli, und ich blicke zur Seite. Sie hat das Essen nicht angerührt und sieht ziemlich blass aus.

»Was ist los?«, frage ich.

Sie zieht mich näher zu sich und flüstert mir ins Ohr. »Ich will nach Hause.«

Ich auch, würde ich am liebsten sagen. Ich will auch nach Hause. »Jetzt noch nicht«, sage ich. »Iss erst mal auf.«

Sie sagt nichts, aber sieht mich an. Ein paar Minuten später zupft sie wieder an meinem Pulli. »Was?«, frage ich etwas barsch.

»Mama, ich habe Bauchschmerzen.«

Da sehe ich, dass sie kreidebleich ist. Dann schließt sie langsam die Augen, öffnet sie wieder und hält sich die Hand vor den Mund. Aber es hilft nichts. Sie erbricht sich mit voller Wucht, und alles landet auf dem Tisch. Ich packe sie und bringe sie weg, aber es ist zu spät. Das war's. Die Leute erheben sich und verlassen den Tisch. Hafliði springt auf und geht mit uns ins Bad, wo wir sie waschen und ihr Wasser geben. Kurz darauf kehrt er wieder ins Wohnzimmer zurück, um dort sauber zu machen, aber wir gehen nicht mit. Sie legt ihren Kopf auf meine Brust und zittert am ganzen Körper.

»Können wir jetzt nach Hause fahren?«, flüstert sie.

Ich streiche vorsichtig über ihre verschwitze Stirn. »Ja, das machen wir«, flüstere ich ihr zu. In diesem Augenblick will ich nichts lieber, als so schnell wie möglich mit meiner Tochter nach Hause fahren.

SAMSTAG

Am Vorabend war Jakob zu ihr gekommen, aber Elma hatte sich krankgestellt. Sie war sogar so weit gegangen, mit einer Wolldecke über den Schultern eine Erkältung vorzutäuschen. Wobei es allerdings unwahrscheinlich war, dass er ihr glaubte, denn sie war keine besonders gute Schauspielerin. Sie wusste auch, dass Jakob die Sache mit dem Date in Verbindung setzen und es als Abfuhr interpretieren würde, aber so war es nicht gemeint. Es hatte nicht das Geringste mit dem Date zu tun.

Das Problem war, dass sie sich nicht vorstellen konnte, an diesem Samstag an Jakobs Seite aufzuwachen, denn es war Davíðs Geburtstag. Wenn er noch leben würde, wären sie zusammen zu dem Inder am Hafen von Reykjavík gegangen, hätten guten Rotwein und als Dessert Mousse au Chocolat bestellt. Hätten von dem Tisch am Fenster aus die schaukelnden Boote beobachtet und wären danach leicht angetrunken in der Dunkelheit nach Hause spaziert.

Elma schloss die Augen und konzentrierte sich auf ihren Atem. Sie beschloss, dass es kein trauriger Tag werden würde. Wollte nicht die ganze Zeit daran denken, was hätte sein können. Und doch ahnte sie, dass ihr das am Abend schwerfallen würde. War es zu spät, Davíðs Familie noch abzusagen?

Draußen sah sie den Schnee, der über Nacht gefallen war. Kleine Flocken tanzten vor dem Fenster, bevor sie sich sanft auf dem Boden niederließen. Davíð hatte den Schnee geliebt. Vielleicht war es purer Zufall, dass es genau an seinem Geburtstag schneite, aber so kam es ihr nicht vor. Manche Dinge konnten einfach kein Zufall sein.

Sie seufzte und lehnte sich nach vorne über den Schreibtisch. Nach einem langen Arbeitstag gestern hielt sich ihre Lust in Grenzen, an diesem Samstagmorgen schon wieder im Büro zu sitzen. Sævar und sie hatten sich beide bereit erklärt, am Wochenende zu arbeiten. Ein paar von Heklas Aussagen mussten noch genauer überprüft werden. So etwa, ob Tinna und ihre Mutter bestätigen konnten, dass Hekla am 4. Mai bei ihnen gewesen war. Tinnas Mutter hieß Margrét, und nach kurzer Recherche stellte Elma fest, dass ihr das Gesicht bekannt vorkam – sie war die Sprecherin der Abendnachrichten. Aber zum Anrufen war es noch zu früh, also ging sie erst in die Kaffeeküche.

Kári, einer der Polizisten, saß in die Zeitung vertieft am Tisch.

»Wie geht's dir, Kári?«, fragte Elma und setzte sich mit ihrer Tasse zu ihm.

»Ach, ganz gut.« Er lehnte sich vor, sodass die schwarzen Haare seine dunklen Augen verdeckten.

Elma verzog beim ersten Schluck das Gesicht, der Kaffee war unfassbar stark. Normalerweise wurde darauf geachtet, dass Kári nicht den Kaffee für alle machte, denn danach häuften sich erfahrungsgemäß die Toilettengänge der Mitarbeiter.

»War es gestern Abend ruhig?«

»Einigermaßen ... ein Mädchen ist nicht nach Hause gekommen.«

»Oh?«

»Mhm. Fünfzehn Jahre alt. Die Tochter der Nachrichtensprecherin.«

»Margrét?«, fragte Elma.

»Genau die.«

»Was ist passiert?«

»Wahrscheinlich war sie einfach auf irgendeiner Party?« Der Fall schien Kári nicht sonderlich zu beunruhigen, schließlich kam es an den Wochenenden öfter vor, dass Jugendliche nicht rechtzeitig nach Hause gingen. »Ihre Mutter hat angerufen. Ich drehe gleich eine Runde und halte nach dem Mädchen Ausschau.«

»Ich, ähm ...« Elma stellte die Tasse ab, sie konnte unmöglich noch mehr davon trinken. »Ich rede mit der Mutter. Ich muss ohnehin noch wegen einer anderen Sache mit ihr sprechen.«

Die Häuser in Jörundarholt standen wie in einem U, hauptsächlich Einfamilien- und Reihenhäuser, in der Mitte ein großer Spielplatz. Elma hatte bis zu ihrem siebten Lebensjahr in dem Viertel gewohnt und auch später noch lange dort gespielt, da ihr neues Zuhause nicht weit entfernt lag. Die Häuser waren bunt, und die Baustile unterschieden sich voneinander, anders als in den neueren Siedlungen. Elma parkte vor Margréts Haus. Im Fenster der oberen Etage stand eine Frau und blickte hinaus. Als Elma aus dem Auto stieg, verschwand sie sofort, und die Tür ging auf, noch bevor Elma den Eingang erreichte.

»Margrét«, sagte die Frau und reichte ihr die Hand.

Elma stellte sich ebenfalls vor und folgte ihr ins Haus.

»Sie ist erst fünfzehn«, sagte Margrét, nachdem sie im Wohnzimmer Platz genommen hatten. »Sie ist bisher immer nach Hause gekommen. So etwas ist noch nie passiert.«

»Weißt du, wo sie gestern Abend war?«

»Ein Mädchen aus ihrer Klasse hatte Geburtstag«, sagte Margrét. »Ich habe schon alle Eltern angerufen, aber die anderen Mädchen waren alle vor Mitternacht wieder zurück. Sogar ihre Freundinnen, Dísa und Hekla, waren schon zu Hause, und die drei sind unzertrennlich.«

»Wussten sie nichts von Tinna?«

»Nein, sie meinten ... sie meinten, Tinna wollte noch auf irgendeine andere Party. Keine Ahnung, wo.« Margrét zuckte mit den Schultern und blickte hinunter auf die hellen Fliesen.

»Ich schicke einen Streifenwagen los, der durch den Ort fahren und nach ihr Ausschau halten wird. Ruf sie aber trotzdem weiter an. Es ist noch nicht spät. Vielleicht ist sie einfach irgendwo eingeschlafen und kommt bald nach Hause.«

Margrét starrte weiter auf den Boden und antwortete nicht. Sie trug einen hellen Morgenmantel, der an der Hüfte sorgfältig zusammengebunden war, und hatte die blonden Haare mit einer goldenen Spange hochgesteckt.

»Eigentlich wollte ich dich heute ohnehin kontaktieren«, fuhr Elma fort.

»Ach?« Margrét blickte auf.

»Es geht um Tinnas Freundin Hekla«, sagte Elma. »Wir untersuchen gerade den Tod von Maríanna Þórsdóttir.«

»Maríanna?« Margrét runzelte die Stirn. »Entschuldige bitte, ich verstehe nicht ganz. Geht es um die Mutter von Hekla?«

Elma nickte. »Die Sache ist die, an dem Tag, als Maríanna verschwand, war Hekla in Akranes. Laut eigener Aussage ist sie zu Tinna gefahren und meinte, du seist auch zu Hause gewesen, also wollten wir fragen, ob du das bestätigen kannst.«

»Ich ...« Margrét hielt inne. »Wann war das?«

»Maríanna ist am 4. Mai dieses Jahres verschwunden.«

»Ja. Ja, stimmt.« Margrét lehnte sich im Sofa zurück. »Doch, daran erinnere ich mich natürlich, ich weiß nur nicht mehr ... weiß nicht mehr, ob Hekla hier war. Am 4. Mai sagst du? Sie ist so oft hier, ich kann mich unmöglich an die genauen Daten erinnern, das verstehst du sicher. Am besten fragt ihr Tinna, wenn ... wenn sie nach Hause kommt.«

»Wann fährst du normalerweise zur Arbeit los?«

»Meist zwischen drei und vier, damit ich pünktlich da bin.«

»Dann solltest du Hekla gesehen haben«, sagte Elma.

»Sie war so gegen halb drei hier.«

Margrét seufzte. »Was soll ich sagen, ich weiß es einfach nicht mehr. Ich bin schon häufiger auch früher losgefahren, kann gut sein, dass ich das an dem Tag gemacht habe. Und manchmal bekomme ich auch einfach nicht mit, wenn sie da ist. Sie verkriechen sich im Zimmer und tun weiß Gott was.«

»Hekla behauptet, dich getroffen zu haben«, fuhr Elma fort. Offensichtlich war Margrét die Fragerei mittlerweile leid. »Dann wird das wohl stimmen. Aber ich kann nichts bestätigen, woran ich mich nicht erinnere. Außerdem habe ich die ganze Nacht kein Auge zugemacht und bin gerade nicht für solche Fragen aufgelegt.« Sie lächelte Elma flüchtig zu und gab zu verstehen, dass das Gespräch zu Ende war.

»Also gut. Hier ist meine Nummer, falls dir noch etwas einfällt.«

Margrét nahm die Karte entgegen und stand auf. Im Vorraum angekommen packte sie Elmas Arm.

»Ich ähm ... mir wäre am liebsten, wenn die Sache unter uns bleiben könnte. Ich will nicht, dass in den Zeitungen nach Tinna gefahndet wird oder dergleichen. Die Leute reden und denken immer gleich alles Mögliche. Ziehen falsche Schlüsse.«

»Nein, wir werden natürlich nicht sofort an die Öffentlichkeit gehen. Hoffentlich kommt sie bald nach Hause, damit das nicht nötig sein wird.«

»Das wäre am besten«, sagte Margrét.

Nachdem sie sich verabschiedet hatten, kam Elma der Gedanke, dass Margrét im Fernsehen deutlich freundlicher wirkte als in der Realität. Vielleicht tat man ihr damit aber in Anbetracht der Umstände unrecht. Margrét hatte nicht geschlafen und sorgte sich um ihre Tochter, aber trotzdem war sie Elma nicht unbedingt sympathisch.

* * *

Elmas Gehirn kam ihr vor wie eine kaputte Schallplatte, die immer wieder denselben Refrain spielte, bis er all seine Bedeutung verlor. Sævar saß ihr gegenüber im Besprechungsraum und sah aus, als gehe es ihm ähnlich.

»Unnar hat alles entschieden abgestritten«, sagte Sævar.

»Das ist wenig überraschend.«

Sævar zuckte mit den Schultern. »An dem Tag unseres Besuchs gab es offenbar einen Notfall. Ein Pferd mit Kolik. Ich habe die Nummer von einem Typen aus der Gegend bekommen, der das bestätigen kann.«

»Na gut. Das schließt aber nicht aus, dass sie eine Affäre hatten«, sagte Elma.

»Ja ... aber Maríanna wollte sich mit Hafþór treffen, und der hat kein Alibi, weil wir nicht wissen, wann Maríanna genau ermordet wurde.«

»Es gibt keine Hinweise darauf, dass Hafþór schuldig ist. Ganz von unserer Liste streichen können wir ihn zwar nicht, aber andere Personen sind deutlich verdächtiger. Hekla und Agnar zum Beispiel. Oder Sæunn. Wobei ihre Kollegen bestätigt haben, dass sie bis fünf in der Praxis war«, sagte Elma. Irgendwie kamen alle ursprünglichen Verdächtigen immer weniger als Täter infrage. Es war, als würden sie sich bei den Ermittlungen immer weiter von der Lösung des Falls entfernen, anstatt ihn aufzuklären. Überall griffen sie ins Leere. »Was ist mit Fannar? Ist sein Alibi wasserdicht?«

»Ja, er ist am Freitagmorgen nach Egilsstaðir geflogen und erst am Sonntag wiedergekommen.« Sævar ließ den Stift auf den Tisch fallen und streckte sich. »Wie war es bei Margrét?«

»Sie war ...« Elma überlegte. »Sie war vermutlich nicht ganz sie selbst. Hat sich Sorgen um ihre Tochter gemacht.«

»Verständlicherweise«, sagte Sævar. »Die taucht aber sicher bald wieder auf.«

»Ja, das denke ich auch. Margrét konnte sich nicht mehr erinnern, was sie am 4. Mai genau gemacht hat. Sie wusste weder, ob Hekla bei ihnen war, noch, ob sie ihr begegnet ist.« Elma stützte sich am Kinn ab und sah Sævar an. »Ist das nicht etwas seltsam? Wenn etwas Schlimmes passiert, bleibt doch meistens hängen, was man davor und danach gemacht hat.«

»Das stimmt. Aber vielleicht hat Maríannas Fall Margrét damals auch nicht sonderlich tief betroffen. Sie kannte Maríanna nicht, und wir dachten ja selbst auch, dass Maríanna aus freiem Willen verschwunden ist, weil sie nun mal nicht zum ersten Mal untergetaucht ist.«

»Aber wie sollen wir dann weitermachen?«, fragte Elma.

»Wir haben sicher noch nicht alles versucht ...«

»Die Busfahrer haben wir bereits kontaktiert und ihnen von allen Personen Bilder gezeigt, die möglicherweise mit Maríannas Auto unterwegs waren und dann von Grábrók aus mit dem Bus zurückgefahren sind. Und die Verkehrsüberwachungskameras in Akranes und Borgarnes haben wir uns auch alle angesehen und nichts gefunden. Es gibt keine Beweise, nicht einmal Hinweise.«

»Hekla hat ihre Fahrt nach Akranes ursprünglich verschwiegen«, sagte Sævar.

»Ja, aber dafür gab es einen Grund.« Elma rieb sich die Augen und gähnte. »Und ich halte ihre Erklärung für glaubwürdig. Hekla dachte, ihre Mutter käme wieder, und wollte vor ihr nicht zugeben, dass sie heimlich nach Akranes gefahren ist. Und als die Ermittlungen in eine andere Richtung gingen, hatte sie das Gefühl, es sei zu spät, mit der Wahrheit ans Licht zu rücken. Ich kann das gut nachvollziehen.«

»Wir könnten mit ihrer Freundin sprechen, wenn sie wieder auftaucht.«

»Ja«, sagte Elma. »Ja, das sollten wir.« Sie klopfte ein paar Mal auf den Tisch und sagte dann: »Ich fahre nachher nach Reykjavík.«

Sævar stellte die schmutzigen Gläser und Kaffeebecher zusammen, die sich auf dem Tisch gesammelt hatten. »Ach ja?«

»Davíðs Eltern haben mich zum Essen eingeladen, weil heute sein Geburtstag ist. Oder, du weißt schon, *gewesen wäre.*«

Sævar hielt inne und sah sie an. »Oh.«

Elma lächelte. Sie hatte sich bereits daran gewöhnt, dass Leute nicht immer genau wussten, wie sie reagieren sollten, wenn sie Davíð erwähnte. »Jedenfalls habe ich überlegt, bei Maríannas Vater vorbeizufahren, wenn ich schon in der Gegend bin. Ich weiß, dass sie nicht viel Kontakt hatten, aber wir scheinen gerade in einer Sackgasse zu stecken ...«

Sævar überlegte nicht lange. »Ich könnte mit dir kommen.«

»Nein, kein Problem. Ich meine, ich weiß gar nicht, wie lange ich da bei den Eltern sein werde, und du hast sicher keine Lust, die ganze Zeit zu warten.«

Sævar seufzte. »Elma ... ich bin sechsunddreißig Jahre alt. Meine gesamte Familie besteht einzig und allein aus meinem Bruder, und alle meine Freunde verbringen Samstagabende mit ihren Frauen und Kindern. Glaub mir, ich habe nichts Besseres zu tun.«

Elma lachte. »Es klingt so traurig, wenn du es so sagst.«

»Ich gehe währenddessen Weihnachtsgeschenke einkaufen. Lass mich einfach im Einkaufszentrum bei Kringlan raus, und ich gehe shoppen und vielleicht ins Kino. Das klingt eigentlich sogar besser als das, was ich sonst an einem Samstagabend so vorgehabt hätte.«

»Na gut, wenn du sicher bist.« Elma stand auf.

»Ich bin sicher.«

Zehn Jahre

Eine Woche darauf kommt Hafliði zum Essen. Es ist Freitagabend, und Stefán ist bei seiner Mutter, also sind wir zu dritt. Die Stimmung am Esstisch ist nicht wie sonst. Hafliði ist mit seinen Gedanken woanders, aber ich rede wie ein Wasserfall. Ich versuche, das Gespräch am Laufen zu halten, gebe aber irgendwann auf, und wir essen schweigend bei laufendem Fernseher unsere Spaghetti. Am Abend davor haben wir uns gar nicht gesehen, weil Hafliði arbeiten musste. Wenn Stefán bei seiner Mutter ist, macht er oft länger, aber er hat trotzdem immer bei mir übernachtet, egal, wie spät es geworden ist. Ich lag noch ewig wach und habe darauf gewartet, ein Klopfen an der Tür zu hören. Aber es kam nicht. Stattdessen klingelte um drei das Telefon, doch nicht Hafliðis Stimme erklang, sondern wieder dieses Schweigen. Ich habe das Handy ausgemacht, aber danach konnte ich nicht wieder einschlafen.

Eine halbe Rotweinflasche später drehe ich mich zu ihm und frage ihn, was los ist. Er kratzt sich auf dem Kopf, öffnet und schließt den Mund wieder, bevor er sagt: »Nichts. Nichts Besonderes.«

»Raus mit der Sprache«, beharre ich. »Irgendwas stimmt nicht.«

»Es ist nur ... ich habe gestern mit meinem Bruder gesprochen. Dieser Typ da, Ívar, er kannte dich tatsächlich, und er ...« Er verstummt, aber mehr muss er auch nicht sagen.

Ich stelle das Weinglas beiseite. »Und er hatte nichts Gutes über mich zu sagen, oder was?«

Dann streiten wir. Wahrscheinlich habe ich schon etwas zu viel getrunken, denn wir kommen auf seine Familie zu sprechen. Seit wir bei ihnen waren, sehe ich ihre Gesichter vor mir, wie sie meine Tochter anstarrten, wie sie ihre Nasen rümpften, als sie sich übergeben musste. Statt uns zu helfen oder zu fragen, wie es ihr gehe, standen sie einfach auf Abstand da und sahen einander an. Mit hochnäsigen Blicken. Es war offensichtlich, dass meine Tochter und ich nicht gut genug für sie waren. Wobei wir uns ausgerechnet in einem Wohnblock in Hafnarfjörður befanden, was auch nicht gerade die feinste Gegend ist. Das alles sage ich laut, und es führt dazu, dass Hafliði wütend rausstürmt.

Zwei Tage später vertragen wir uns wieder, aber zwischen uns hat sich etwas verändert. Ich weiß nicht ganz, was es ist. Am liebsten würde ich die Zeit zurückdrehen. Ich will die glückliche Familie zurückhaben, die wir in den letzten Monaten waren. Aber Hafliði ist mit den Gedanken woanders. Distanziert. Er kommt nicht mehr jeden Abend zu uns, arbeitet lange oder schiebt Gründe vor, die bisher keine Rolle gespielt haben. Ich tue so, als machte es mir nichts aus, aber tief in mir drinnen habe ich höllisch Angst.

An einem Samstag geht er nicht ans Telefon. Ich warte den ganzen Tag geduldig auf seinen Rückruf, aber nach dem Abendessen werde ich langsam unruhig. Mich beschleicht ein unbehagliches Gefühl, das ich nicht mehr loswerde. Ich rufe noch einmal an. Und noch einmal. Und noch ein letztes Mal. Ich gehe unruhig durch die Wohnung, kann unmöglich stillsitzen und habe das Gefühl, mit jeder Minute verrückter zu werden. Er hatte irgendeinen Arbeitstermin. Wichtige Kunden, die zum Essen eingeladen werden sollten. Also gibt es vielleicht eine gute Erklärung, und er war den ganzen Tag mit Vorbereitungen beschäftigt. Ich schlafe vor dem Fernseher ein, mit einer leeren Weinflasche auf dem Tisch und dem Telefon in der Hand.

Früh morgens wache ich auf, habe Kopfschmerzen und einen

komischen Geschmack im Mund. Sie sitzt neben mir. Hat den Fernseher angemacht und so leise gestellt, dass fast nichts zu hören ist. Die ganze Woche lang hat sie nach Hafliði gefragt. Ob er weg sei. Unruhig ist sie durch die Wohnung gestreift, und nichts konnte sie für längere Zeit beschäftigen. So wie jetzt. Der Fernseher läuft, aber ihr Blick schweift ständig zu mir rüber. Was in diesem kleinen Kopf wohl vorgeht? Was denkt sie? Was will sie mir mitteilen?

Ich lasse sie auf dem Sofa zurück und gehe in die Küche. Mache Kaffee und setze mich dann auf die Bank beim Fenster, wo ich eine gute Sicht auf die überschaubare Welt da draußen habe. Dieses Fenster hat in den letzten Jahren den Rahmen für meinen Blick auf das Leben geliefert. Von dort aus sehe ich all diese Leute um mich herum, die keine Ahnung haben, dass ich existiere. Ich beobachte meine Nachbarn, weiß, wann sie aufstehen und wann sie nach Hause kommen. Sehe morgens die Lichter in den Fenstern angehen, was in ihren Fernsehern läuft und wann sie sich schlafen legen. Sie sind wie kleine Ameisen, die ihr Leben leben, ohne auch nur einmal von ihren Gewohnheiten abzuweichen. Ich wünschte, ich könnte sie mit dem Finger zerdrücken. Was würde das ändern? Würde es überhaupt jemanden interessieren? Vielleicht ein paar Freunde und Verwandte. Vielleicht würde jemand Unbekanntes ein paar Minuten weinen, sie aber am nächsten Tag schon wieder vergessen. Menschen halten sich immer für so wichtig, aber eigentlich sind sie nicht von Belang. Nichts ist von Belang.

Sie kommt in die Küche und lächelt mich an. Das Lächeln ist zögerlich. Vorsichtig. Ich lächle zurück, und dann geht sie auf mich zu. Sagt nichts, aber legt ihre Hand auf meine. Eine Weile bleibt sie neben mir stehen, bevor sie wieder geht. Es ist nur eine kleine Geste, aber ich bekomme trotzdem einen Kloß im Hals, weil ich weiß, das ist ihre Art, Zuneigung auszudrücken. Sie hat es nicht so mit Umarmungen und viel Körperkontakt. Sogar die

Hand, die früher immer nach meiner gesucht hat, ist mir mittlerweile fremd.

Nach längerem Überlegen beschließe ich, zu Hafliði hinunterzugehen. Ich nehme statt dem Aufzug die Treppe, weil ich noch überlegen muss, was ich sagen will. Mit kalt schwitzigen Händen klopfe ich an seine Wohnungstür. Nach einer Weile höre ich auf der anderen Seite Stimmen. Schritte. Jemand bewegt das Schloss, und dann geht die Tür auf.

Vor mir steht weder Hafliði noch Stefán, sondern eine dunkelhaarige Frau. Sie trägt eins von Hafliðis T-Shirts und sonst nichts. Wobei sie eigentlich keine Frau ist, nur ein Mädchen. Deutlich jünger als ich. Ihre Beine sind weiß, dünn und blau geädert. Die Haare sind zu einem losen Pferdeschwanz gebunden, und ihre Wimperntusche ist verwischt.

»Hallo«, sagt sie, und ihr Lächeln hat etwas Hinterlistiges. Ich habe das Gefühl, sie schon einmal gesehen zu haben. Mein Herz schlägt plötzlich so schnell, dass ich fast ohnmächtig werde. Ich höre ein Rauschen, und der Boden scheint zu beben.

Ich trete einen Schritt zurück. »Wer bist du? Wo ist Hafliði?«

»Ich bin Maríanna«, sagt sie und schließt die Tür.

Der Kleiderschrank war nur zur Hälfte voll. Bei ihrem Umzug hatte Elma viel weggegeben, und jetzt vermisste sie ein paar der aussortierten Stücke. Die waren inzwischen in Secondhandläden des Roten Kreuzes oder sonst wo gelandet. Hoffentlich konnten sie dort jemandem mehr von Nutzen sein als hier bei ihr im Schrank.

Elma betrachtete sich im Spiegel und versuchte, die mittlerweile schon wieder viel zu langen Haare ein wenig zu bändigen. Sie nahm sich nicht oft die Zeit für einen Besuch beim Friseur, also hingen die Haare ihr bis zur Brust. Nach einem unaufgeregten Sommer und dem dunklen Herbst war ihr Gesicht blass, und sie hatte kaum Sommersprossen. In jüngeren Jahren war ihr Gesicht im Sommer übersät davon gewesen, was sie nicht ausstehen konnte. Sie zog die Wangen ein, wie ihre Schwester ihr einmal beigebracht hatte, und legte Sonnenpuder auf, um ein wenig Farbe in ihr Gesicht zu bringen.

Ihr Handy vibrierte in der Tasche, und Sævars Name leuchtete auf dem Bildschirm auf. Vom Wohnzimmerfenster aus sah sie sein Auto, und anstatt dranzugehen, winkte sie nur kurz. Dann packte sie ihre Handtasche und schloss gerade die Wohnung hinter sich ab, als die Tür gegenüber aufging.

»Bist du wieder fit?«, fragte Jakob. Er hatte einen großen Rucksack dabei, und auf seinem Kopf saß eine rote Pudelmütze.

Elma lächelte verlegen. Sie trug einen Mantel und Lippenstift, sah keineswegs krank aus.

»Ja, ja. Ich habe ausgeschlafen, und dann war es wieder besser.«
Jakob lächelte zurück, und die wenigen Sekunden, bis er wieder
etwas sagte, fühlten sich an wie eine halbe Ewigkeit. »Das ist gut.«
»Wohin gehst du? Du willst doch nicht etwa raus in diese Kälte?«
»Doch. Ich gehe snowboarden mit einem Kumpel. Endlich hat
es mal ordentlich geschneit.«
»Ja, endlich«, sagte Elma, aber sie klang wohl nicht besonders
überzeugt, denn Jakob musste lachen. Er wusste, dass Elma
kein großer Schneefan war. Sofort lockerte sich die angespannte
Stimmung zwischen ihnen ein wenig. »Ich muss von der Arbeit
aus nach Reykjavík. Vielleicht schaffe ich es auf dem Weg auch
noch, ein paar Weihnachtsgeschenke zu besorgen.«
»Für mich?«
»Vielleicht.«
Jakob machte nur Witze, aber in Wahrheit hatte Elma noch gar
nicht darüber nachgedacht, ihm etwas zu schenken. Erwartete er
das etwa? Sie musste den Gedanken nicht einmal weiterführen,
Jakob würde ihr natürlich etwas schenken. So ein Typ war er
nun mal – einer, der nie einen Geburtstag vergaß und immer Geschenke machte, egal, ob es einen Anlass gab oder nicht.
Jakob warf den Rucksack über die Schulter. »Also gut, ich muss
los.«
»Ja, natürlich.« Das Handy klingelte wieder. Sævar fragte sich
bestimmt, wo sie so lange blieb. »Ich offenbar auch.«
»Stimmt.« Jakob zögerte einen Moment. »Vielleicht bis heute
Abend.«
»Ja«, sagte Elma. »Ich komme sicher erst spät ... aber, ja. Vielleicht.«
Sie blickte ihm hinterher und wusste nicht so recht, warum sie
starr stehen blieb, anstatt mit ihm zusammen das Haus zu ver-
lassen.

* * *

Es war bereits Nachmittag, und Hekla schlief immer noch. Sæunn hatte beschlossen, sie ausschlafen zu lassen, aber irgendwann musste es auch mal gut sein. Normalerweise galt die Regel, dass alle spätestens um zehn auf den Beinen sein sollten. Meist war das auch kein Problem, denn Bergur weckte sie oft schon vor acht, und Hekla gehörte nicht zu den Teenagern, die morgens nicht hochkamen. Aber Hekla hatte eine schwierige Woche hinter sich und war gestern Abend rechtzeitig nach Hause gekommen, also ließ Sæunn sie schlafen.

»Das Wetter ist richtig gut«, sagte Fannar und stampfte ein paarmal im Eingang, um den Schnee loszuwerden. Er hatte rote Wangen vom Schaufeln der Einfahrt, und seine Haare klebten an der verschwitzten Stirn. »Wir sollten die Skier rausholen.«

Während ihres Studiums in Norwegen hatten sie Langlaufen gelernt, aber auf Island gab es leider nicht allzu oft Gelegenheit dazu. Manchmal dachten sie darüber nach, wieder hinzuziehen. Träumten von den Wäldern und Bergen, besserem Wetter und einem ruhigeren Leben. Wenn Hekla nicht gewesen wäre, hätten sie es vielleicht gemacht.

»Gute Idee.« Sæunn lehnte sich an den Türrahmen und hielt mit beiden Händen ihre Kaffeetasse fest. Der Schnee von Fannars Stiefeln schmolz schnell zu einer Pfütze auf den Fliesen.

»Vielleicht will Hekla ja mitkommen? Sie war schon ewig nicht mehr auf Skiern«, sagte Fannar.

Sæunn lächelte, als sie daran dachte, wie Hekla mit fünf Jahren zum ersten Mal die Skier ausprobiert hatte. Sie hatte sich an ihrer Hand festgeklammert und vor Freude gequiekt, als sie sich ganz langsam vorwärtsbewegten.

»Ja, wir sollten sie fragen.« Sæunns Blick wanderte zu Heklas Zimmer.

»Ist sie schon wach?«

»Nein, sie schläft wie ein Stein. Das muss ein Heidengeburtstag gewesen sein.«

Fannar runzelte die Stirn. »Ich habe Spuren im Schnee gesehen«, sagte er. »Bist du sicher, dass sie da drinnen ist?«

»Ich ... ja. Sie kam gestern Abend nach Hause. Ich habe sie gehört. Mit ihr gesprochen.« Plötzlich war sie nicht mehr ganz sicher. In den letzten Tagen hatte sich herausgestellt, dass Hekla nicht immer die Wahrheit sagte, nicht einmal der Polizei gegenüber. Was ihren Freund und die Fahrt nach Akranes anging, hatte sie jedenfalls gelogen. Sæunn war enttäuscht, dass Hekla ihr nicht mehr vertraute. Sie hielt ihr Verhältnis für gut und hätte nicht gedacht, dass Hekla ihr so etwas verschweigen würde.

Vielleicht lag es an ihren Freundinnen. Sæunn mochte Dísa und Tinna, aber sie waren auf dem besten Weg, aufmüpfige und schwierige Teenager zu werden. Margrét hatte ihr am Morgen so leid getan, als sie auf der Suche nach Tinna angerufen hatte. Hoffentlich würde sie so etwas nie erleben müssen.

»Hast du schon nach ihr gesehen?« Fannar sah sie fragend an.

Sæunn antwortete nicht, sondern stellte die Tasse auf den Tisch und ging Richtung Zimmer.

»Hekla«, sagte sie etwas lauter und klopfte. Keine Antwort. Sie klopfte fester. »Hekla.«

Als sie keine Antwort hörte und auch niemand zur Tür zu kommen schien, griff sie nach der Klinke. Es war nicht abgeschlossen. Sie sah Fannar unsicher an. Er nickte aufmunternd, also öffnete Sæunn die Tür.

Sofort stieg ihr der Alkoholgeruch in die Nase. Im Zimmer war es dunkel, die Vorhänge zugezogen und am Boden überall Klamotten verteilt. In einer großen Pfütze auf dem Parkett lagen Stiefletten.

»Wer ... was?«, stammelte Sæunn, aber bevor sie mehr sagen konnte, fiel ihr auf, dass Hekla nicht allein im Bett lag.

* * *

Es war eigentlich egal, was Elma sagte, Sævar konnte ihr nie einfach zustimmen. Sie hatte den Verdacht, dass er absichtlich immer die Gegenposition einnahm, nur um sie zu nerven. Als sie vor einem Wohnblock in Árbær parkten, war Elma ganz rot im Gesicht, weil sie sich während der gesamten Fahrt mit Sævar gestritten hatte. Sævar aber hatte die ganze Zeit lang leicht grinsend auf dem Beifahrersitz gesessen. Am liebsten hätte sie das Grinsen mit einem Lappen von seinem Gesicht gewischt. Sie war so abgelenkt, dass sie sich kurz erinnern musste, warum sie eigentlich hier waren.

Ihre Hoffnung war, dass Maríannas Vater ihnen mehr über deren Vergangenheit erzählen könnte, denn in dieser Hinsicht gab es noch einige ungeklärte Fragen. Elma wollte ihn vor allem zu Anton befragen, Maríannas Bruder, und zu den Vorwürfen, die später zu seinem Selbstmord geführt hatten. Außerdem wollte sie mehr über Heklas Vater erfahren.

Auf dem Weg erhielten sie die Nachricht, dass Tinna wohlauf bei Hekla zu Hause aufgetaucht war. Sie würden also hoffentlich bald die Bestätigung über Heklas Aussagen zum 4. Mai bekommen.

»Klingel Nummer fünfhundertzwei«, sagte Sævar, nachdem er die Tabelle mit Namen und Wohnungsnummern an der Wand studiert hatte.

Þór war ein großer und kräftiger Mann. Die Körpergröße musste Maríanna also von ihrer Mutter geerbt haben, aber der Sohn ähnelte dem Vater. Elma hatte in den Nachrufen ein Bild von Anton gefunden, und die beiden sahen sich zum Verwechseln ähnlich. Das gleiche breite Gesicht mit großer Nase und leicht zusammengekniffenen Augen, als blende ihn die Sonne. Der einzige Unterschied war, dass Þór einen grauen und Anton einen dunklen Bart hatte. Die wenigen Haare auf Þórs Kopf waren ebenfalls silbergrau.

Er ging mit ihnen in die Küche und bat sie, auf einer engen Eckbank Platz zu nehmen. Dann holte er zwei Tassen aus einem Schrank, und eine davon kippte mit einem lauten Klirren um.

»Ich sehe fast nichts mehr«, erklärte Þór und stellte die Tassen zusammen mit einer hellbraunen Thermoskanne auf den Tisch. Milch bot er nicht an. »Altersbedingte Makuladegeneration nennen die Ärzte das. Mein Vater hatte das auch, mit sechzig war er völlig blind. Ich werde in drei Jahren siebzig, also komme ich wahrscheinlich noch glimpflich davon. Ein bisschen was sehe ich noch, Umrisse und Licht.«

Elma fragte sich, ob es in der Wohnung deshalb so hell war. Jede einzelne Deckenleuchte war an, und in allen Ecken standen Lampen. Sogar auf dem Küchentisch leuchtete eine direkt auf ihre Gesichter.

»Ich erinnere mich noch, dass man durch das Fenster eine schöne Aussicht hatte.«

Elma blickte hinaus. Die Lichter Reykjavíks leuchteten hell in der Abenddämmerung. »Die Aussicht ist sehr schön«, gab sie ihm recht.

»Ich habe immer das Gefühl, hier nur zu Besuch zu sein. In Reykjavík wollte ich eigentlich nie leben«, fuhr Þór fort. Er schlürfte seinen Kaffee und fügte hinzu: »Aber Sandgerði war auch nicht mehr mein Zuhause, als ich von dort weggezogen bin.«

»Ja, das ist tatsächlich eins der Themen, über die wir mit dir sprechen wollten«, sagte Elma.

Þór brummte, streckte sich und öffnete das Fenster. Dann zog er eine Zigarette aus seiner Tasche und zündete sie an. »Ich hoffe, ihr habt nichts dagegen.«

Elma hatte keine andere Wahl, also nickte sie. Das war sein Zuhause, und sie konnte es ihm nicht verbieten, auch wenn sie dann nachher völlig verraucht bei Davíðs Eltern ankommen würde.

»Habt ihr den Mörder nicht gefunden?«, fragte er und blies den Rauch aus.

»Hoffentlich kommen wir der Sache langsam näher«, sagte Sævar.

Þór lachte leise und musste husten.

»Ihr habt euch nicht oft gesehen, stimmt's?«, fragte Elma.

»Nein. Das wollte Maríanna nicht. Sie war so wütend. Ich habe nie verstanden, wie so viel Wut in so einem kleinen Mädchen Platz hatte.« Þór lächelte gezwungen.

»Warum war sie so wütend?«

»Ja, warum war sie so wütend?« Þór seufzte und drückte die Zigarette aus. »Ich schätze, sie war wütend auf mich, weil sie fand, dass ich nicht genug getan hätte. Wütend auf das Leben, weil es ihr so viel weggenommen hat. Es muss angefangen haben, als sie fünfzehn war, und hat sich dann über die Jahre hochgeschaukelt.«

Elma und Sævar schwiegen und warteten darauf, dass er fortfuhr. Sie trank einen Schluck Kaffee, der ihr gut schmeckte.

»Mit fünfzehn wurde sie schwanger mit Hekla«, sagte Sævar, als Þór nicht weiterzusprechen schien.

Þór verzog das Gesicht. »Ich habe lange nicht an diese Zeit gedacht. Das versuche ich meist zu vermeiden.«

Er sah sie abwechselnd an, seufzte und fuhr dann fort.

»Wir kommen aus einem kleinen Dorf. Ihr wisst ja, wie das ist, Akranes ist schließlich auch nicht viel größer. Das hat seine Vor- und Nachteile. Wir haben uns lange sehr wohl dort gefühlt. Das war ein guter Ort, um Kinder großzuziehen, nicht allzu weit von der Stadt entfernt, falls man mal was brauchte. Wir haben diese beiden Kinder bekommen, hatten gute Jobs. Es ging uns gut.«

Þór senkte den Blick und verstummte. Elma war kurz davor, das Schweigen zu brechen, als er fortfuhr: »Maríanna hat sich quasi von einem Tag auf den anderen verändert. War plötzlich schlecht gelaunt und cholerisch. Als sie uns endlich eingeweiht hat, war sie schon im fünften Monat, ihr könnt euch sicher vorstellen, wie überrascht wir waren.«

»War das Hekla?« Elma biss sich auf die Lippe. Was für eine blöde Frage, natürlich war es Hekla. Þór schein sich davon aber nicht aus der Ruhe bringen zu lassen.

»Ja, das war Hekla. Meine Enkeltochter«, sagte er. »Sie wollte uns nicht sagen, wer der Vater ist, und wir beschlossen, sie in der Hinsicht nicht unter Druck zu setzen. Wir dachten, es würde mit der Zeit rauskommen.«

»Und, war das so?«

»Sie sagte irgendwann, dass es jemand in ihrem Alter war. Wollte ihn aber nicht in die Sache mit reinziehen, was ich auch verstehen kann.«

»Hast du nie seinen Namen erfahren?«

»Na ja ... ich habe so meine Vermutungen. Schon seit sie ganz klein war, hatte sie einen besten Freund. Hjálmar hieß er. Nachdem Maríanna schwanger wurde, ist er verschollen. Ich bin immer davon ausgegangen, dass er der Vater ist, vor allem nach Heklas Geburt. Ihr Gesicht kam mir so bekannt vor.«

»Weißt du, wo er jetzt ist?«

»Nein, keine Ahnung. Sein Vater hieß Brjánn, sein Name ist also Hjálmar Brjánsson. Ich könnt nach ihm suchen. Eure Datenbank überprüfen und das alles.« Þór wedelte mit der Hand in der Luft, als würde er nicht viel davon halten. »Wie auch immer, das spielte alles keine Rolle mehr, nach dem, was dann geschah.«

»Als Anton ...«

»Ja, als Anton starb«, sagte Þór. »Das war einfach so furchtbar, furchtbar bedauerlich. So unnötig. Alles wegen ... wegen einer Lüge.«

»Einer Lüge?«

»Ja, und einem verfluchten Mädchen.« Die Wut in seiner Stimme überraschte Elma.

»Welches Mädchen?«

Þór reagierte nicht auf Elmas Frage und fuhr fort. »Anton war nicht wie Maríanna. Er war ruhig und gern alleine, genau wie seine Mutter. Wir ähnelten uns äußerlich, aber sonst hatten wir nichts gemeinsam. Er war nicht kontaktfreudig, sondern ausgesprochen schüchtern und introvertiert. Keineswegs unglücklich oder depressiv. Die Gesellschaft will heutzutage alle gleich formen. Alle sollen gesellig sein, so und so viele Freunde haben, Sport machen und sich gesund ernähren.« Þór schnaubte. »Wenn jemand lieber alleine ist, gilt es als abnormal. Ein Zeichen, dass etwas nicht stimmt. Aber so war das einfach nicht mit Anton. Er war glücklich. Das habe ich versucht den Leuten klarzumachen.«

»Was ist mit Anton passiert?«

Þór sah Elma verwundert an, und sein Blick blieb eine Weile auf ihr, als sei er in seine eigene Welt abgedriftet und müsse die Frage erst verdauen. Scheinbar hatte er die ganze Zeit eher mit sich selbst gesprochen und nicht mit ihnen.

»Anton ging auf eine Party.«

»Eine Party?«

»Ja. Er war in ein Mädchen verschossen. Ein Mädchen, das er nicht wirklich haben konnte, wobei man sich erzählte, dass viele sie zu jener Zeit sehr wohl haben konnten. Sie war so eine typische dumme Blondine, die dachte, sie bekäme immer alles, was sie wollte. Wie auch immer ... das Mädchen war auf dieser Party, und irgendwie landeten sie beieinander und dann ...«

Elma nickte.

»Wahrscheinlich hat sie es bereut und hielt Anton für ihrer nicht wert. Wenn du mich fragst, war es umgekehrt.« Er zündete sich eine weitere Zigarette an und machte sich diesmal nicht die Mühe, sie erst zu fragen. »Sie sagte, er hätte sie gezwungen. Er wäre ... wäre ein Vergewaltiger.«

Sævar und Elma schwiegen.

»Zu so etwas wäre Anton nie fähig gewesen. Er war ein guter

263

Junge. Gutmütig und zurückhaltend. Das waren alles Lügen. Lügen, nur weil sie ... weil sie die eigene Haut retten wollte.«

»Wurde er angeklagt?«

»Nein, an den Vorwürfen war ja auch nichts dran. Sie hat das nur so gesagt, weil es ihr peinlich war. Hat sich nicht untersuchen lassen, und es wurde auch nie Anklage erhoben. Es gab keine Beweise, stand nur Aussage gegen Aussage. Aber das war egal. Das war verdammt noch mal egal, die Menschen auf der Straße urteilen härter als jedes Gericht, und die hatten sich längst für eine Seite entschieden.«

Þór strich mit dem Ärmel über seine feuchte Wange. Offensichtlich fiel es ihm schwer, die Erinnerung an diese Dinge wieder hervorzuholen. Im Vorraum hatte Elma Bilder von ihnen gesehen. Keine neuen, nur alte aus einer Zeit, in der die Welt noch in Ordnung war. Ein Familienporträt, auf dem Maríanna keine fünf Jahre alt war. Ein Bild von einem jungen Paar auf Reisen, Þór mit dichten dunklen Haaren, noch ein Hinweis darauf, wie viel Zeit seitdem vergangen war. Am Kühlschrank in der Küche hing, mit einem Magneten festgehalten, ein Bild von Hekla. Kein Foto, anscheinend hatte Þór ihr Facebook-Profilbild selbst ausgedruckt.

»Der Ort hat sich gegen uns gewandt«, sagte Þór. »Das war eigentlich unfassbar. Wir haben schon immer dort gewohnt, unsere Freunde kannten wir unser ganzes Leben lang, aber von einem Tag auf den anderen löste sich alles in Luft auf. Es ... löste sich einfach in Luft auf.«

»Seid ihr deshalb umgezogen?«

Þór ignorierte wieder ihre Frage und fuhr einfach fort. »Anton war so sensibel. Eine empfindliche Seele in diesem großen Körper. Ein gutmütiger Mensch. Und das war, glaube ich, der Grund, warum er getan hat, was er getan hat. Er hat es nicht ausgehalten, dass wir so litten. Konnte es nicht mehr mit ansehen.« Þór starrte in die Luft. Die Zigarette in seiner Hand war ausgebrannt, und die Asche fiel auf den Tisch. »Als ich von der Arbeit nach Hause kam, habe ich ihn gefunden. Er hat einen Strick aus der Garage benutzt, und da hing er dann.«

Um den Tisch wurde es still. Elma stellte sich vor, wie er im Dunkeln in der Garage hing. Sah Þór vor sich, der die Tür öffnete, ohne zu wissen, was ihn erwartete. Von solch einem Schock konnte man sich unmöglich wieder erholen. Die Bilder im Kopf wurde man nie wieder los.

Þór drückte den Zigarettenstummel in einem Aschenbecher aus und atmete tief ein. »Ja, so war das, in letzter Zeit denke ich nicht mehr oft darüber nach. Es ist zu schwer. Danach sind wir umgezogen und haben ein neues Leben begonnen, aber ein richtiges Leben war das auch nie. Wir haben getrauert, und Maríanna bekam das Kind, als es uns gerade am schlechtesten ging. Zu jener Zeit konnten wir kaum für sie da sein, hatten nichts zu geben. Schlimmer hätte man nicht damit umgehen können. Wir wollten die Trauer ertränken. Maríanna wurde wütend und schottete sich ab. Ich glaube, sie hat uns die Schuld an allem gegeben. Wir hatten wenig Kontakt, so viel ist sicher, und fast gar keinen mehr, nachdem ihre Mutter verstorben war.«

»Wann hast du zum letzten Mal von ihr gehört?«

»Das ist Monate her. Als sie noch jünger war, hat sie oft angerufen, wenn sie betrunken war. Dann wollte sie über alles reden. Ich habe versucht, ihr zu sagen, dass es für niemanden gut sei, so viel Wut mit sich herumzutragen, aber das sagt sich leicht. Ich war ja selbst auch voller Wut. Der letzte dieser Anrufe ist schon Jahre her, und dafür bin ich dankbar. Dankbar, dass sie die Vergangenheit loslassen konnte, auch wenn das bedeutete, dass ich nicht mehr Teil ihres Lebens war.«

»Also hast du in den Wochen vor ihrem Tod nichts von ihr gehört?«

»Nein, nichts. Ich ... das klingt vielleicht schrecklich, aber ich bin froh, dass sie sich das nicht selbst angetan hat. Dann ging es

ihr womöglich einfach gut, bis ... bis jemand sie ...« Seine Mundwinkel zuckten, und er griff nach der Zigarettenpackung, aber
öffnete sie nicht, sondern ließ sie von einer Hand in die andere
gleiten.

»Weißt du noch, wie das Mädchen hieß?«, fragte Elma.

Þórs Stimme klang heiser, als er fragte:»Welches Mädchen?«

»Das Mädchen, das Anton beschuldigt hat?«

»Viktoría. Sie hieß Viktoría, dieses Drecksweib«, sagte Þór.
»Manchmal denke ich an sie und frage mich, ob sie auch über
uns nachdenkt und das, was sie uns angetan hat. Ist ihr bewusst, wie viele Leben sie zerstört hat? Ich hoffe es. Ich hoffe, das
Karma holt sie irgendwann ein. Aber das Leben ist ungerecht,
und dieses Mädchen war skrupellos. Viele Jahre nach Antons
Tod habe ich sie noch mal wiedergesehen, und ich weiß, dass sie
mich erkannt hat, aber in ihrem Blick war keine Reue zu sehen.
Keine Spur davon. Nein, sie hat einfach durch mich hindurch-
gesehen. Als wäre ich ein Geist. Sie hätte da monatelang in der
Lava liegen und verrotten sollen. Mädchen, die lügen, haben es
nicht anders verdient.«

»Es muss schrecklich gewesen sein. All diese Jahre mit einer der-
artigen Wut zu leben.« Elma beschleunigte auf der Durchgangs-
straße Richtung Innenstadt.»Vor allem für Maríanna. Sie war ja
erst fünfzehn, als sie schwanger wurde, und dann passiert auch
noch so etwas.«

Sie schwiegen. An diesem Wochenende gab es viel Verkehr in
der Stadt. Weihnachten stand vor der Tür, und alle waren mit
den Vorbereitungen beschäftigt.

»Was, wenn Anton sich erhängt hat, weil er schuldig war?«,
fragte Sævar nach einer Weile.»Die Familien wollen es oft
nicht glauben, wenn jemand, den sie lieben, so beschuldigt wird.
Verständlicherweise. Aber das ist kein Beweis für seine Un-
schuld.«

»Natürlich nicht. Nur weil keine Anklage erhoben wurde, heißt das noch lange nicht, dass keine Vergewaltigung stattgefunden hat.«

Obwohl es immer wieder mal vorkam, wollte Elma nicht wahrhaben, dass jemand in einer solchen Angelegenheit lügen würde. Das Anklageverfahren war nichts, was man freiwillig auf sich nahm, und deshalb hatte sie sich angewöhnt, im Zweifel den Opfern zu glauben. Aber das Rechtssystem funktionierte anders. Die Fälle waren selten schwarz und weiß. Über Vorsatz, Umstände und alles Mögliche ließ sich lange streiten. Das Rechtssystem baute auf Beweisen auf, und die waren bei Vergewaltigungsfällen oft rar.

»Nein, solche Fälle sieht man oft«, sagte Sævar. »Leider konnte er sich nicht mehr an den vollständigen Namen des Mädchens erinnern.«

Elma blinkte und nahm die Ausfahrt beim Einkaufszentrum, landete aber sofort in einer langen Autoschlange, die sich nur schleppend vorwärtsbewegte.

»Viktoría ist kein besonders häufiger Name, und Sandgerði ist ein kleiner Ort. Wir finden bestimmt heraus, um wen es sich handelt«, sagte Elma und warf einen Blick in den Rückspiegel. Hinter ihnen waren noch einige Autos hinzugekommen.

»Wir könnten auch unsere Kollegen dort fragen, was sie zu sagen haben. Auch wenn es nie zur Anklage kam, ist es schließlich ein kleiner Ort, und ein Fall wie dieser war sicher in aller Munde«, sagte Sævar

»Ja, das wäre vielleicht am besten.« Antons Tod war fünfzehn Jahre her, aber irgendjemand erinnerte sich bestimmt noch an den Fall. Die Autoschlange bewegte sich ein wenig vorwärts, und ein paar Minuten später kamen sie beim Einkaufszentrum Kringlan an.

»Lass mich einfach hier raus«, sagte Sævar.

Elma hielt an, Sævar stieg aus und winkte zum Abschied. Bevor sie weiterfuhr, sah sie ihm kurz hinterher, wie er über die Straße lief und im überdachten Parkgelände verschwand.

* * *

Davíðs Eltern lebten in einem schönen alten Haus in Kópavogur, einem Vorort von Reykjavík. Davor standen große Bäume, die Schatten im Garten warfen, aber auch Windschutz boten. In ihrer Kindheit hatte Elma von so einem Garten geträumt, voller hoher Bäume und guter Verstecke. Sie war ein sonderbares Kind, versteckte sich immer in dunklen Ecken des Hauses. Baute Höhlen aus Decken und verkroch sich am liebsten mit Taschenlampe, ein paar Snacks und einem guten Buch darin. Sie liebte Regen, wenn der Himmel ergraute, den Geruch, wenn die Erde nass wurde. Die kleine Elma hätte nur zu gerne einen so schönen Garten wie ihre ehemaligen Schwiegereltern gehabt, aber dann fiel der Blick der großen Elma auf die gepflegten Beete und Sträucher, und ihr wurde bewusst, dass damit eine Heidenarbeit verbunden war. Leider interessierte sie sich kein bisschen fürs Gärtnern.

Die Bäume bildeten eine Art Allee, die sie auf ihrem Weg zur Eingangstür durchquerte. Hier war sie auch vor vielen Jahren entlanggegangen, als sie Davíðs Eltern kennengelernt hatte. Sie war nervös gewesen, aber Davíð selbst noch viel mehr. Bis zur Tür hatte er ihre Hand gehalten, sie dann aber beim Betreten des Hauses losgelassen. Als wäre es ihm peinlich, vor seinen Eltern mit ihr Händchen zu halten.

Elma klopfte. Davíðs Vater öffnete die Tür, aber statt ihr die Hand zu reichen, breitete er die Arme aus und umarmte sie. So herzlich, dass Elma ganz gerührt war. Sie zwang sich zu einem Lächeln. Der Geruch im Haus weckte Erinnerungen an die Zeit ihres Kennenlernens. Davíðs Sachen rochen immer genauso.

»Wie schön, dich zu sehen, Liebes. Komm rein«, sagte Sigurður und schloss hinter ihr die Tür.

»Du hast aber nicht viel gekauft«, stellte Elma fest, als sie später vor dem Einkaufszentrum anhielt. Dort stand Sævar mit hochgezogenem Reißverschluss, eine kleine Tüte in einer, eine Cola in der anderen Hand.

Er rülpste, als er sich ins Auto setzte. »Verzeihung«, sagte er feierlich. »Nein, das habe ich gleich wieder aufgegeben. So viele Menschen, der ganze Lärm.« Er schüttelte sich theatralisch.

»Und, was hast du dann gemacht?«

»War im Kino.«

»Aber ein Film dauert doch nur zwei Stunden?« Elma war deutlich länger geblieben als geplant, sicher fünf Stunden. Sie hätte nicht gedachte, dass das Essen bei Davíðs Eltern so viel Spaß machen würde. Keine Trauer, nur Freude und Gelächter. Wobei die Freude manchmal etwas getrübt wurde, vor allem als seine Mutter ein Fotoalbum hervorholte. Davíð in Windeln, während er seine ersten Schritte machte. Davíð und ein Lamm im Streichelzoo und Davíð mit Eis am Strand. Elma hatte in den Augen dieses fröhlichen Jungen nach Hinweisen gesucht, Hinweisen für das, was später geschah. Als es ihm viele Jahre darauf so schlecht ging, dass er keinen anderen Ausweg mehr sah. Aber sie könnte nichts finden. Nicht einmal in den Bildern, auf denen er schon etwas älter war, die ihn als einen Teenager zeigten, der partout nicht für Kameras lächelte. Aber trotz der Melancholie hinterließ der Abend ein Gefühl von Wärme und Dankbarkeit.

»Ich habe mir zwei angesehen«, sagte Sævar.

»Gleich zwei?« Elma riss den Mund auf.

»Jap. Ein perfekter Abend, wenn du mich fragst.«

MONTAG

Die verstohlenen Blicke der Schulkameraden waren keine Einbildung. Mit halbem Ohr hörte Hekla sie flüstern, und das Gelächter schien ihr zu gelten. Tinna ließ sich davon anscheinend nicht aus der Ruhe bringen. Aber sie hatte genau wie Hekla die Postings auf Instagram gesehen. Ein Bild von ihnen beiden mit einem schlüpfrigen Kommentar über das, was sie auf der Party angeblich miteinander gemacht hätten. Das war natürlich erfunden. Nichts war passiert. Tinna war in der Nacht zu ihr gekommen, hatte bei ihr übernachtet und war danach wieder nach Hause zu ihrer Mutter gegangen. Aber erst als ihre Pupillen nicht mehr so riesig waren und sie wieder vollständige Sätze herausbrachte, ohne zwischendurch zu vergessen, was sie sagen wollte. Tinna hatte sich nur ausgezogen, sich zu ihr ins Bett gelegt und war innerhalb weniger Sekunden eingeschlafen. Aber nicht Hekla.

Hekla hatte wach gelegen und Tinna angesehen. Sie beim Atmen beobachtet, die Wärme ihres Körpers gespürt und sie ganz vorsichtig berührt. Sie war so schön. So unglaublich schön, ohne es zu wissen. Hekla wollte es ihr sagen, aber das konnte sie nicht. Es gab so vieles, was sie nicht sagen konnte.

Als sie Tinna am Morgen in der Schule begegnete, sah sie nicht einmal auf, sondern unterhielt sich nur weiter mit Dísa. Die Blicke der anderen schienen ihr nichts auszumachen. Aber das war typisch für Tinna, es war ihr egal, was andere dachten, und genau das mochte Hekla so an ihr. Vielleicht ließen die anderen sie deshalb in Ruhe, obwohl sie nicht in ihre Schubladen passte. Tinna war groß und nicht wirklich dünn, aber genau das machte sie so perfekt. Ihr Blick war entschlossen und schonungslos, als hätte sie vor nichts in der Welt Angst. Und sie war schlau. So schlau, dass Hekla sich vor ihr oft ziemlich dumm vorkam.

Die einzige Person, der Tinna gefallen wollte, war ihre Mutter. In Margréts Anwesenheit war Tinna wie ausgewechselt. Sie vergötterte ihre Mutter, das war offensichtlich. Irgendwann hatte Hekla einmal gefragt, warum Tinna sich immer die Haare blond färbte, und Tinnas Antwort lautete: *Weil meine Mutter will, dass ich blond bin.* Als wäre das völlig normal. Hekla hatte sich einmal die Haare getönt, und Maríanna war völlig ausgerastet. Es war Hekla egal, wenn Maríanna sich aufregte, aber Tinna tat nie etwas, das ihrer Mutter nicht gefallen könnte. Gehorchte ihr blind. Hekla war oft neidisch auf ihr Verhältnis, aber manchmal war es auch einfach nur seltsam. Ein Blick von Margrét reichte, und schon nickte Tinna und tat, was ihre Mutter von ihr wollte. Als könnten sie jeweils die Gedanken der anderen lesen.

Tinna flüsterte Dísa etwas zu, die ihre Hand vor den Mund hielt, um nicht laut zu lachen. Also tat Hekla so, als wäre sie mit dem Handy beschäftigt, während alles um sie herum zerfiel.

* * *

Der Polizist aus Sandgerði, mit dem sie am Tag davor gesprochen hatte, erinnerte sich weder an Anton noch an Viktoría oder Maríanna, aber er wollte sich umhören und wieder melden. Elma überlegte, was der nächste Schritt der Ermittlungen sein könnte, wenn dabei nichts herauskam. Bisher hatten sie überall ins Leere gegriffen, und allem Anschein nach würde Maríannas tragische Familiengeschichte auf diese traurige und unbefriedigende Weise enden. Wobei Hekla bei der Pflegefamilie sehr zufrieden wirkte. Sæunn und Fannar schienen gute

Eltern zu sein, die sich besser um sie kümmerten, als Maríanna es getan hatte.

Elma schloss die Augen und dachte an ihre erste Begegnung mit Hekla vor sieben Monaten. Seitdem hatte sie sich verändert. Nicht grundlegend, aber doch merklich. Sie trat sicherer auf, wirkte selbstbewusster. Elma hoffte inständig, dass sie mit ihrer Vermutung falschlagen und Hekla unschuldig war. Abgesehen von der Lüge über die Fahrt nach Akranes war an ihr eigentlich nichts verdächtig.

Ein lauter Klingelton schallte durch den Raum, und Elma ging schnell ans Telefon.

»Hallo, Elma. Ich heiße Gestur und bin von der Polizei in Sandgerði«, sagte der Mann am anderen Ende. »Du hast gestern angerufen und nach einem alten Fall gefragt.«

»Ein alter Fall?«

»Ja, eine mutmaßliche Vergewaltigung.«

»Natürlich, Verzeihung. Genau, es geht um einen jungen Mann namens Anton.« Elma drehte sich im Sessel und blickte aus dem Fenster. »Er hat vor fünfzehn Jahren Selbstmord begangen, und wir versuchen, den vollständigen Namen des Mädchens herauszufinden, das ihn der Vergewaltigung beschuldigt hat. Mit Vornamen hieß sie Viktoría.«

»Ja, Palli hat mich heute Morgen danach gefragt, und ich konnte mich erst nicht erinnern, aber dann habe ich meine Frau angerufen, die weiß so was. Jedenfalls, als sie angefangen hat zu erzählen, kam bei mir auch die Erinnerung zurück. Das war ein schrecklicher Fall, ein junger Mann namens Anton hat sich bei sich zu Hause in der Garage erhängt, nachdem er bei den Leuten ins Gerede gekommen war. Ich weiß auch nicht, was an den Geschichten dran ist, aber der Ort war in zwei Lager gespalten, die einen glaubten ihr, die anderen ihm.«

»In Bezug auf die Vergewaltigung?«

»Ja, genau. Aber wie auch immer«, fuhr der Mann fort, »egal, ob das Mädchen gelogen hat oder nicht, das Leben dieser Familie war jedenfalls zerstört, und ein junger Mann musste sterben. Schrecklich.«

Elma konnte sich nicht zurückhalten. »Warum haben ihr so viele nicht geglaubt?«

»Na ja, als es darauf ankam, wollte sie keine Anzeige erstatten. Außerdem hatte das Mädchen ... tja, wie soll ich sagen? Einen schlechten Ruf.«

»Einen schlechten Ruf?«

»Ja, sie war so ein Partymädchen. Mehr weiß ich auch nicht, aber sie ist davor wohl schon öfter etwas freier mit dem Konzept Wahrheit umgegangen.«

»Verstehe«, sagte Elma, obwohl sie eigentlich keineswegs verstand, was er meinte.

»Nach Antons Tod ist die Familie dann weggezogen. Ich denke, ihre Eltern konnten den Leuten im Dorf nicht mehr in die Augen sehen, nach dem ... nach dem, was ihre Tochter angerichtet hat. Wie auch immer, sie scheint ganz gut zurechtgekommen zu sein.«

»Inwiefern?« Elma drehte sich wieder zum Schreibtisch. »Ist sie zurück nach Sandgerði gezogen?«

»Nein, und das wird sie sicher auch nie«, sagte der Mann überzeugt. »Nein, jetzt ist sie ständig im Fernsehen. Ihr Name ist Viktoría Margrét Hansen, sie wurde immer Vigga genannt. Heutzutage nennt sie sich aber nur noch Margrét. Den Namen Viktoría hat sie ganz hinter sich gelassen, vielleicht wollte sie alles vergessen, was damit zusammenhing.«

Zehn Jahre

Nachdem die Tür ins Schloss gefallen ist, stehe ich eine Weile starr da. Meine Hände zittern immer noch. Eine Wut brodelt in mir und wartet darauf hervorzubrechen. Komischerweise beschäftigt mich im ersten Moment aber nicht, *dass* Hafliði mir das angetan hat, sondern mit *wem* er es getan hat. Ein Mädchen, so hässlich wie dreckig, mit ihrem weißen Gesicht voller roter Flecke und Haaren, die auszufallen scheinen. Dünn und unansehnlich. Unter anderen Umständen wäre ich vielleicht eifersüchtig gewesen, aber eigentlich ekle und schäme ich mich nur. So etwas lasse ich mir nicht bieten.

Ich bin auf dem Weg zurück nach oben, als Hafliði mir hinterherrennt. Es ist ihm peinlich, und er entschuldigt sich sofort. Seine Stimme klingt sanft, und er hebt die Augenbrauen, als wolle er charmant wirken. Doch ich merke, dass ich keine Gefühle mehr für ihn habe. Die Beziehung ist vorbei, und es ist mir egal. Mir ist egal, ob ich ihn wiedersehe oder nicht. Hafliði hat Mundgeruch und ist unrasiert, um seine Augen bilden sich hässliche Falten. Der Ausschlag am Hals und auf den Händen ist besonders schlimm, leuchtet rot, als habe er darauf herumgekratzt. Er ist mir zwar egal, aber ich ärgere mich trotzdem über seinen Verrat und die Demütigung. Nachdem er ausgeredet hat, lasse ich ihn im Treppenhaus stehen und gehe zum Aufzug. Auf der Treppe hätte ich mich vielleicht beruhigt. Vielleicht hätte die Zeit ausgereicht, um mich etwas abzuregen. Aber nein, ich nehme den Aufzug. Oben angekommen bin ich genauso wütend wie zuvor.

»Mach den Fernseher aus.« Meine Stimme klingt bissiger als geplant.

Sie wirkt verwundert. Hüpft vom Sofa auf und geht schnurstracks in ihr Zimmer, ohne Fragen zu stellen oder mir zu widersprechen. Ich lege mich aufs Sofa und schließe die Augen. Sehe vor mir das Mädchen in Haflidis T-Shirt. Ihr Blick geht mir nicht aus dem Kopf. Überheblich und provozierend. Sie kommt mir bekannt vor. Naheliegend wäre, dass sie auch aus Sandgerdi stammt und wir uns daher kennen, aber ich kann sie nicht zuordnen, so sehr ich es auch versuche.

Ich schlüpfe unter eine Decke. Die Gedanken schwirren durch meinen Kopf. Vergangenheit und Zukunft schweben wie kleine Tupfen vor meinem inneren Auge. Ich hole einen Bilderrahmen, der auf der Fensterbank hinter dem Fernseher steht. Ein Bild von mir, einem hübschen kleinen Mädchen mit Zöpfen in einem weißen Kleid und schwarzen Lackschuhen. Lächelnd, sodass die geraden weißen Zähne zu sehen sind, wie kleine Reiskörner. Meine Eltern stehen hinter mir, die Hände auf meine Schultern gelegt. Ich war ihre kleine Prinzessin, also haben sie mich nach zwei Prinzessinnen benannt, Victoria und Margaret. Ich konnte das nicht ausstehen. Fand es zu aufgesetzt und ließ mich immer Vigga nennen. Das konnten meine Eltern wiederum nicht ausstehen. Was sie aber eigentlich nicht mochten, war ich. Nicht, nachdem ich aufgehört hatte, ihr kleines, hübsches, perfektes Mädchen zu sein.

Aber ich schätze, wir hatten ein ganz gutes Leben. Manche hätten uns sogar als reich bezeichnet. Papa war Kapitän auf einem Schiff und Mama Ärztin. Wir lebten in einem großen Haus am Ortsrand. Ich war Einzelkind und viel Aufmerksamkeit gewohnt. Und damit meine ich nicht die Art von Aufmerksamkeit, die alle kleinen Kinder bekommen. Nein, wo auch immer ich war, drehte sich alles nur um mich. Ich wurde für meine Haare bewundert, die Augen, die Kleidung und sogar meine Figur. Sie ist so groß und schlank, hieß es. Sie wird sicher einmal Model.

Ich war sechs Jahre alt.

Ich wusste nicht, was ein Model ist, und verstand nicht, was daran erstrebenswert war. Als ich in die Schule kam, sah ich die vielen kleinen pummeligen Kinder mit ihren dreckigen Gesichtern in den Klamotten ihrer älteren Geschwister und wusste, ich bin besser als sie.

Trotzdem kann ich mich nicht erinnern, dass meine Eltern mir als Kind viel Zuneigung entgegengebracht hätten. Meist wurde ich zwischen Einrichtungen und Verwandten hin und her gekarrt, war tagsüber im Kindergarten und an den Abenden kümmerten sich diverse Babysitterinnen um mich. Mädchen, die in Mamas Sachen kramten und mich aufbleiben ließen, solange ich sie nicht störte. Als Kind gab es nur eine Person, die mir wirklich wichtig war, und das war meine Oma väterlicherseits. Sie wohnte nicht weit von uns entfernt, und die Nachmittage verbrachte ich immer bei ihr. Sie war ganz anders als meine Eltern, die sich überhaupt nicht für mich interessierten. Und trotzdem war sie keine typische Großmutter, zumindest nicht so, wie man sie aus Geschichten kennt. Sie war schlank und stark. Ihren Haaren erlaubte sie nicht, grau zu werden, und färbte sie jeden dritten Freitag zu Hause schwarz nach. Wenn ich an meine Oma denke, sehe ich sie immer vor mir, die schwarzen Haare nach hinten gekämmt und mit einem Handtuch über den Schultern und zwischen den Fingern eine Zigarette, deren Rauch sie aus dem Fenster bläst.

Sie hielt sich für eine Hellseherin und hatte eine große Steinesammlung. Die strahlten angeblich allerlei Energie aus. Einer half gegen Angst, ein anderer bei Schwellungen, und ein weiterer beruhigte die Nerven. Ich hatte auch einen Lieblingsstein. Er war groß und schwarz, glänzte und hatte scharfe Kanten. An manchen Stellen war er rau, an anderen spiegelglatt. Er hieß Obsidian, aber auf Island hatte er einen noch schöneren Namen, Hrafntinna, Rabenflint.

Meine Großmutter meinte, von ihm gehe eine Kraft aus, die uns beschütze und reinige. Sie bewahrte ihn manchmal draußen auf dem Balkon auf, weil seine Energie so stark war. Kurz vor ihrem Tod sagte sie, ich solle den Stein nehmen. *Um dich zu beschützen,* sagte sie und kniff mich in die Wange. Das war noch so eine Sache, meine Oma zeigte Zuneigung nur durch Wangenkneifen oder Haareziehen. Mit Umarmungen hatte sie es nicht so. Mir war das egal, ich wollte lieber wie eine Ebenbürtige und nicht wie ein Kind angesehen werden. Und genau so hat sie mich behandelt, seit ich denken konnte. Erzählte mir Geschichten, die viele wahrscheinlich als zu düster für kleine Mädchen bezeichnet hätten, aber Oma meinte, ich sei stark. Als meine Tochter geboren wurde, mit ihren vielen dunklen Haaren und den grauen Augen, kam für mich nur ein Name infrage: Hrafntinna. Hrafntinna, wie Omas schönster Stein.

Sie meinte immer, ich sei wie dieser Stein, schroff an den Kanten, aber ansonsten schön und glatt. Meine Energie sei so stark, dass es mir manchmal schwerfalle, mit ihr klarzukommen. Später frage ich mich, was der eigentliche Grund war, warum sie mich mit einem Obsidian verglich. Sah sie etwa mein wahres Ich? War Schwarz die Farbe meiner Seele? Sie wusste, dass ich Ärger in der Schule hatte und nicht immer brav war. Ich war gehässig und fies, das wussten alle. Meine Eltern, Freundinnen, die Kinder in der Schule und ich selbst auch. Aber Oma sah etwas Gutes in mir, das sonst niemand erkannte. Allerdings bestand keine Hoffnung, dass das Gute in mir gedeihen könnte, nicht solange mich all diese Lügen umgaben.

Ich verkrieche mich ganz unter der Decke, denn ich weiß, welche schlimmen Gedanken als Nächstes kommen werden. Gedanken, die ich jahrelang ganz gut verdrängen konnte. Aber jetzt spüre ich sie wieder, die Scham. Diese widerliche Scham, die mir das ganze Blut aus den Adern saugt. Ich sehe ihre Gesichter vor mir. Die Wut und die Verachtung. Die enttäuschten Blicke meiner Eltern. Und ich sehe ihn vor mir. Das feiste Gesicht und die roten Augen. Ich höre seinen lauten Atem. Rieche seine Alkoholfahne.

Nachdem sie aufgelegt hatte, saß Elma eine Weile starr an ihrem Schreibtisch. Es ergab einfach keinen Sinn. Oder ergab es vielleicht jetzt erst recht Sinn? Margrét hatte gelogen – sie kannte Maríanna sehr wohl. Sie stammten aus demselben kleinen Ort, und Margrét hatte Maríannas Bruder der Vergewaltigung beschuldigt. Sie muss seine Schwester fünfzehn Jahre danach wiedererkannt haben. Wobei es einige Jahre Altersunterschied zwischen ihnen gab. Elma schlug Margréts Geburtsjahr nach und rechnete aus, dass sie dieses Jahr siebenunddreißig wurde. Maríanna wäre dieses Jahr einunddreißig geworden, sechs Jahre jünger also. Und zwei Jahre jünger als sie selbst, aber sie hatte bereits eine fünfzehnjährige Tochter. Was für ein seltsamer Gedanke. Mit fünfzehn war die Vorstellung eigener Kinder bei ihr in weiter Ferne gewesen, und das war auch heute noch so.

Sie lehnte sich zurück und trank ihren Kaffee aus, bevor sie Sævar und Hörður berichten wollte. Dann stand sie auf und hielt plötzlich inne. Ihr wurde klar, dass es noch eine ganz andere Verbindung zwischen den beiden Frauen gab.

»... was Tinna zu Maríannas Nichte macht«, sagte Elma abschließend. »Sie sind miteinander verwandt. Tinna und Hekla. Tinna und Maríanna. Laut dem Polizisten aus Sandgerði, mit dem ich gesprochen habe, sind Margrét und ihre Familie damals weggezogen. Vielleicht war das nicht, weil sie sich so geschämt haben, wie der Mann meinte, sondern weil sie vertuschen wollten, dass Margrét von Anton schwanger war?«

»Das sind ja mal Neuigkeiten«, sagte Hörður.

Es war bereits Nachmittag. Sævar und Elma waren in sein Büro gegangen, als Hörður gerade an seinem Schreibtisch gesessen und an einem Fladenbrot geknabbert hatte.

»Aber möglicherweise wusste Margrét nicht, dass Maríanna Antons Schwester war«, sagte Elma. Sie kannte Heklas Mutter nicht, also hat sie vielleicht nie über Heklas Herkunft nachgedacht.«

»Und Margrét behauptet, Hekla am 4. Mai nicht gesehen zu haben?«

»Sie wusste es nicht mehr«, erwiderte Elma. »Aber Hekla meinte, Margrét sei zu Hause gewesen, als sie bei Tinna war.«

Sie schwiegen eine Weile und dachten über die neuen Erkenntnisse nach. Elma konnte sich ein mögliches Szenario vorstellen, das allerdings reine Spekulation war. Vielleicht war Maríanna plötzlich bewusst geworden, wer Tinnas Mutter war, woraufhin sie nach Akranes gefahren ist, um sie damit zu konfrontieren. Vielleicht hatte sie auch erkannt, dass Tinna ihre Nichte war, und nahm Margrét übel, das Kind verheimlicht zu haben. Gab ihr die Schuld für alles, was ihre Familie durchmachen musste. Ist eine der beiden so sehr ausgerastet, dass es zu diesem schrecklichen Ende geführt hat?

»Maríannas Familie wusste wahrscheinlich nichts von dem Kind«, sagte Sævar. »Das hätte Maríannas Vater erwähnt, als wir mit ihm gesprochen haben.« Er zog die Augenbrauen hoch und fügte hinzu: »Aber wie kommt es, dass Þór nicht wusste, wer sie ist? Er muss sie doch im Fernsehen gesehen haben.«

»Er ist fast blind«, sagte Elma. Die Frage hatte sie sich auch gestellt, als sie von Viktoría erfuhr. Bevor sie weiterredete, atmete sie tief ein. »Margrét ist von Sandgerði weggezogen und hat Antons Kind zur Welt gebracht. Außer ihren Eltern erzählte sie niemandem davon, und die haben es auch verschwiegen. In Sandgerði hat also niemand etwas erfahren. Aber was, wenn das an Maríannas Todestag alles herauskam? Was, wenn Maríanna zu Margrét gefahren ist und die beiden sich gegenseitig erkannt haben? Þór und Bryndís haben beide berichtet, dass Maríanna immer noch sehr wütend wegen allem war. Vielleicht wollte sie sich rächen?«

Sævar kratzte sich am Kopf. »Das ergibt trotzdem keinen Sinn. Warum hat Margrét das Kind geheim gehalten, nachdem sie allen schon von der Vergewaltigung erzählt hatte? Und warum hat sie nicht einfach abgetrieben?«

»Womöglich hat sie die Schwangerschaft erst zu spät bemerkt«, warf Elma ein.

»Oder das Kind zur Adoption freigegeben?«

»Nicht alle wollen das«, sagte Elma. »Aber es ist schon eine berechtigte Frage, warum es ihr so wichtig war, das Kind geheim zu halten. Vielleicht nur, damit Antons Familie sich nicht einmischte. Wenn tatsächlich eine Vergewaltigung stattgefunden hat, wollte sie bestimmt keinen Kontakt zu Antons Eltern.«

»Aber wusste Maríanna bereits, wer Tinnas Mutter ist, als sie an dem Tag nach Akranes fuhr?«, fragte Sævar.

»Vielleicht hat sie es herausgefunden«, sagte Elma. »Möglicherweise hat sie Tinnas Facebook-Profil entdeckt. Das hätte schon gereicht, um herauszufinden, wer ihre Mutter ist.« Das Profilbild von Tinna zusammen mit ihrer Mutter kannte Elma bereits.

»Sie muss Margrét doch auch im Fernsehen erkannt haben«, sagte Hörður.

»Ja, natürlich«, sagte Elma. »Aber da wusste sie nichts von der Tochter. Maríanna war zwar immer noch wütend, aber sie hatte ihr Leben in den letzten Jahren gut in den Griff bekommen, vielleicht ließ sie sich von Margréts Anblick auf ihrem Fernsehbildschirm nicht sofort aus der Ruhe bringen.«

Hörður trank aus einem Wasserglas, das auf dem Tisch stand. »Müssten wir dann nicht dringend mal mit Margrét sprechen?«

* * *

Niemand kam zur Tür, als sie bei Margrét klingelten, und sie ging auch nicht ans Telefon. Als sie endlich ihren Mann erreichten, teilte er ihnen mit, sie sei schon etwas früher nach Reykjavík gefahren. Also mussten sie auf ihre Rückkehr warten.

Elma nutzte die Zeit zur Recherche. Margrét war vor vier Jahren nach Akranes gekommen und mit einem Mann namens Leifur zusammengezogen. Er hatte bereits einen Sohn um die zwanzig, der bei ihm wohnte, wenn es ihm passte. Sie heirateten noch im selben Jahr. Eine schöne große Feier mit allem, was dazugehörte. Roten Rosen und einem weißen Kleid. Auf einem Bild posierten Margrét und Leifur auf der Kirchentreppe, und neben Margrét stand Tinna. Ihre Arme hingen schlaff am Körper herunter, und ihr Blick war etwas zu ernst für den Anlass. Als sei sie skeptisch. Sie war elf Jahre alt, und ihr Leben und das ihrer Mutter sollten sich stark verändern.

Elmas Informationen zufolge hatten die beiden elf Jahre lang zusammen in Reykjavík gelebt. Den Job beim Fernsehen hatte Margrét erst nach ihrem Umzug nach Akranes angefangen. Sie machte eine gute Figur, sprach immer deutlich und blickte bestimmt in die Kamera, wie man es von Menschen im Fernsehen kannte. Sie war bekannt für ihr professionelles Auftreten und die angenehme Stimme.

Elma erinnerte sich an ein altes ganzseitiges Zeitungsinterview mit ihr, das sie problemlos in einer Datenbank wiederfand. Das Interview war zwei Jahre alt, aber darin erwähnte Margrét Sandgerði mit keinem Wort. Sie betonte sogar, die meiste Zeit ihres Lebens in Reykjavík gelebt zu haben. Über ihre Tochter sprach sie ausführlich, wie viel sie daraus gelernt hatte, eine alleinerziehende Mutter zu sein. Dem Artikel waren auch zwei Bilder von Tinna beigefügt. Auf einem blies sie zehn Kerzen eines Geburtstagskuchens aus, und auf dem anderen umarmten sich Mutter und Tochter und lächelten dabei in die Kamera. Mit grünem Gras im Hintergrund und mit Sonne in den Haaren.

> Gegen Mittag bin ich mit Margrét in einem Kaffeehaus im Zentrum von Reykjavík verabredet. Margréts Gesicht ist seit zwei Jahren allen Landsleuten aus den Abendnachrichten des Fernsehens bestens bekannt. Als sie das Café betritt, drehen sich die anderen Besucher nach ihr um und sehen sie mit großen Augen an – nicht verwunderlich. Sie ist eine elegante Frau, groß und mit dichter blonder Haarpracht. Aber es ist mehr als das, sie strahlt eine besondere Energie aus, während sie sich einen großen Milchkaffee bestellt und der Kellnerin dabei freundlich zulächelt ...

Elma seufzte. Ihr Bild von Margrét war ein anderes. Sie war zwar schön, und es mangelte ihr nicht an Selbstbewusstsein, aber dieses freundliche Lächeln war irgendwo verloren gegangen. Vielleicht zeigte sie das auch nur vor laufender Kamera und nicht, wenn Polizistinnen unbequeme Fragen stellten. Elma überflog den Teil des Interviews, in dem sie von ihrer Arbeit sprach, hielt aber inne, als sie Tinnas Namen las.

> »Zwei Personen sind mir in meinem Leben wichtiger als alles andere auf der Welt. Meine Tochter Tinna und meine Oma Svanhvít.« Als sie die Großmutter erwähnt, wird ihr Blick verträumt. »Meine Oma hat mein Leben wahrscheinlich am stärksten geprägt. Sie war vielleicht nicht wie andere Großmütter, bei denen es immer Kuchen und Küsschen gab. Nein, Oma Svanhvít mochte

keine Süßigkeiten und brachte mir viel eher Teetrinken und das Lesen von Auren bei. Als ich fünf war, jagte sie mir mit ihren Gruselgeschichten von Schwarzelfen Angst ein. Erzählte, dass sie in dunklen Steinen hausten – jahrelang habe ich mich nicht in die Nähe von Lavafeldern getraut.« Margrét lacht und fährt fort: »Sie sammelte Steine und meinte, jeder davon strahle eine bestimmte Energie aus. Der schönste Stein war groß und schwarz, ein Obsidian oder Hrafntinna. Seine Kraft sollte mich beschützen, und an dem Tag vor ihrem Tod hat sie ihn mir geschenkt.« Margrét verstummt und sieht eine Weile aus dem Fenster. »Deshalb habe ich meine Tochter nach ihm benannt. Für Oma«, sagt sie lächelnd. »Es war also ein schöner Zufall, dass sie mit so dichten schwarzen Haaren geboren wurde.«

Elma schloss den Tab. Das Interview brachte sie nicht wirklich weiter. Trotzdem hatte sie die Stelle mit den Schwarzelfen und der Lava stutzig gemacht. Die kleinen Jungs, die Maríannas Leiche gefunden hatten, hielten sie für einen Schwarzelf. Selbst war ihr neu, dass Schwarzelfen etwas mit Lavafeldern zu tun hatten. Elma gähnte und drehte sich im Stuhl zum Fenster. Vielleicht war sie Margrét gegenüber nicht ganz fair gewesen. Sie hatte bei ihrem Treffen zwar etwas überheblich gewirkt, aber das konnte natürlich gute Gründe haben. Nach der ersten Begegnung sollte man noch kein endgültiges Urteil über einen Menschen fällen. Alle hatten mal einen schlechten Tag.

Elma schaltete den Computer aus und stand auf. Es war kaum möglich, dass Margrét Maríanna getötet, ihre Leiche im Lavafeld versteckt hatte und dann zur Arbeit gefahren war und mit einem Lächeln auf dem Gesicht vor laufenden Fernsehkameras die Nachrichten gelesen hatte, als sei nichts gewesen. Außer der Mord ging ihr nicht nahe. Solche Menschen gab es schließlich auch – Menschen, ohne jegliche Moral. In der Psychologie sprach man von Amoralität, etwas, das häufig bei Serienmördern vorkam. In

Elmas Erfahrung war das bei den meisten Morden aber nicht der Hintergrund. Die Täter standen häufig unter Einfluss von Drogen oder Alkohol, hatten psychische Probleme oder waren krankhaft eifersüchtig. Aber wenn sie jetzt an Margréts Lächeln dachte, überlegte sie, ob sie vielleicht doch ein spezieller Fall war.

* * *

Auf dem Esstisch lagen überall Wachsstifte, als Elma am Abend zu ihren Eltern kam. Alexander kniete auf einem Stuhl und malte einen großen Tannenbaum mit bunten Christbaumkugeln und einem Stern auf ein Blatt Papier. Dabei streckte er die Zunge seitlich aus dem Mund.

»Was für ein schönes Bild«, sagte Elma und setzte sich zu ihm. »Ist das ein Weihnachtsbaum?«

»Das ist für Stekkjastaur.« Alexander richtete sich auf und betrachtete das fertige Bild, das er für den ersten der dreizehn isländischen Weihnachtsgesellen gemalt hatte, der dreizehn Tage vor Weihnachten von den Bergen herunterkam und Kindern Geschenke brachte, wenn er nicht gerade Schafe erschreckte.

»Kommt der heute Nacht?«

»Nein, morgen.«

»Für das schöne Bild gibt er dir sicher etwas ganz Tolles in deinen Schuh.« Elma strich über sein blondes Haar. »Das schönste Spielzeug in seinem Sack.«

Alexander sah sie mit offenem Mund an. »Wirklich?«

»Ja, klar«, sagte Elma. »Das ist so ein tolles Bild.«

Alexander schien nicht überzeugt. Nachdenklich starrte er lange auf seine Zeichnung. Vielleicht schreibe ich noch meinen Namen dazu ... und seinen auch.«

Elma nickte. »Ja, das kann sicher nicht schaden.«

»Kannst du mir helfen?

Elma lächelte und schrieb den Namen des Weihnachtsgesellen auf ein anderes Blatt, damit Alexander ihn abschreiben konnte.

Seine Vorfreude auf ein kleines Geschenk im Schuh war riesig, und Elma war ein wenig neidisch auf ihren Neffen. Der Glaube an die Weihnachtsgesellen und all die vorweihnachtlichen Zauber machte alles so schön und aufregend. Könnte sie doch bloß die Zeit zurückdrehen. Für ein paar Tage wieder Kind sein.

»Gibt es Neuigkeiten von eurem Fall?« Ihre Mutter setzte sich mit zwei Tassen Elma gegenüber und reichte ihr eine davon.

Elma nahm die heiße Tasse und entfernte den Teebeutel. »Hoffentlich können wir ihn bald lösen.«

»Ja, hoffentlich. Mir tut nur die Tochter der Frau so leid.«

»Ja, aber Hekla scheint es bei ihren Pflegeeltern ganz gut zu haben.«

»Das glaube ich sofort. Sæunn ist wundervoll«, sagte Aðalheiður. »Seit Sveinn aufgehört hat, gehe ich immer zu ihr.«

»Wie meinst du das, du gehst zu ihr?« Elma blickte auf.

»Sie ist Zahnärztin. Sie hat mit Kalli zusammen die Praxis hier die Straße runter. Ich war schon bei ihr, als sie den kleinen Sohn zu sich genommen haben«, fuhr sie fort. »Ich weiß, dass sie jahrelang versucht haben, eigene Kinder zu kriegen, aber das hat nicht geklappt, und irgendwann rannte ihnen die Zeit davon.«

»Gut, dass ich nicht altere«, platzte es aus Elma heraus.

Aðalheiður grinste und sagte: »Alles zu seiner Zeit, meine Liebe. In deinem Alter hatte ich schon zwei Kinder.«

»Das läuft nicht mehr so wie früher.« Elma wollte Kinder, aber in ihrer Vorstellung hatte sie immer noch genug Zeit. Allerdings war sie bereits dreiunddreißig und müsste wahrscheinlich bald eine Entscheidung treffen. Ihr Telefon klingelte und ersparte ihr eine längere Unterhaltung über etwaige Kinderwünsche.

»Hallo, Sævar«, sagte sie und stand auf.

»Soll ich dich um acht abholen kommen?«

Elma warf einen Blick auf die Uhr, es war kurz nach sieben.

»Ja, das wäre super«, antwortete sie. »Warte kurz. Was sagst du, Mama?« Sie drehte sich zu ihrer Mutter, die etwas gesagt hatte.

»Ob er schon gegessen hat, habe ich gefragt?«

Elma zögerte und wandte sich von dem fragenden Blick ihrer Mutter ab. »Meine Mutter will wissen, ob du schon gegessen hast.«

»Wir haben genug Pizzen bestellt«, sagte Aðalheiður, die plötzlich neben ihr stand.

»Wir haben genug ...«, begann Elma, aber Sævar unterbrach sie.

»Ja, ich höre sie«, sagte er und lachte. »Zu Pizza sage ich doch nicht Nein. Ich bin in fünf Minuten da.«

Elma legte auf und blickte zu ihrer Mutter, die bereits Teller aus dem Schrank holte und offensichtlich zufrieden mit sich selbst den Tisch deckte.

Sie saßen nur selten so lange beim Abendessen zusammen. Wobei die Teller schon lange leer waren, als sie schlussendlich aufstanden. Sævar und ihre Mutter hatten sich in Gespräche über englischen Fußball vertieft. Ihre Mutter war überzeugter Fan von Liverpool, genau wie Sævar. Mit Erstaunen hörte er ihr zu, als sie diesen und jenen Spieler aufzählte, seine ganze Geschichte kannte und starke Meinungen dazu hatte, was für das Team das Beste sei.

Irgendwann kamen sie auf das Thema Angeln, und da stieg Elma völlig aus. Sie wusste, wie gerne ihr Vater angelte. Er hatte jahrelang vergeblich versucht, ihre Schwester und sie dafür zu begeistern, ihnen Angeln gekauft und sie auf Ausflüge mitgeschleppt. Elma fand es anfangs spannend, saß am Ufer und starrte konzentriert auf den orangefarbenen Schwimmer auf dem Wasser. Aber als es dann zu regnen begann und die Stunden immer langsamer vergingen, schwand ihre Geduld, und sie konnte sich nicht mehr konzentrieren. Irgendwann biss ein Fisch bei ihr an und zog so fest an der Leine, dass sie losließ und die

Angel ins Wasser glitt. Ihr Vater versuchte noch, ihr in seinen kniehohen Stiefeln hinterherzulaufen, aber es war zu spät. Die Rute verschwand im Wasser, und Elma ging nie wieder angeln. Ihr Vater aber nutzte weiterhin jedes freie Wochenende, um zu irgendwelchen Seen zu fahren. Elma hatte keine Ahnung, dass Sævar dieses Hobby mit ihm teilte.

Es war schon nach acht, als sie zu Margrét fuhren und das Auto in der Einfahrt sahen. Ein Junge um die zwanzig öffnete ihnen die Tür, er trug etwas zu kurze Jeans und eine Baseballmütze.

»Ist deine Mutter zu Hause?«, fragte Elma.

»Meine Mutter?« Der Junge schien nicht auf Anhieb zu verstehen, wen Elma meinte, und ihr wurde bewusst, dass er Margrét wahrscheinlich nicht als seine Mutter bezeichnete. Aber dann schien der Groschen bei ihm zu fallen. »Wenn du Margrét meinst, dann ist sie drinnen. Magga!«

Er rief laut ihren Namen, ohne den Blick von ihnen abzuwenden, sodass Elma ein wenig erschrak.

Im Haus antwortete jemand. Der Junge ging ohne Verabschiedung weg, und für einen Moment warteten sie alleine draußen, während der Wind ihnen in den Rücken fegte. Dann kam Margrét zur Tür.

»Guten Abend.« Sie sah wesentlich besser aus als bei ihrer letzten Begegnung, schließlich war ihr Gesicht noch von den Nachrichten geschminkt. Umgezogen hatte sie sich aber offensichtlich, denn sie trug eine Jogginghose und eine Lesebrille auf dem Kopf.

»Könnten wir kurz reinkommen?«, fragte Sævar und ging ins Haus, noch bevor Margrét antworten konnte. »Ich mache hier mal zu, damit die Kälte draußen bleibt«, fügte er hinzu und schloss die Tür. Elma bedankte sich im Stillen bei Sævar für seine Direktheit, denn die eisige Kälte ging ihr bis in die Knochen.

»Ja, danke«, sagte Margrét. Sie zögerte und lächelte dann.
»Kommt doch rein. Wollt ihr Kaffee? Ich habe gerade frischen
gemacht.«

Elma lehnte dankend ab, doch Sævar nahm das Angebot an.
Sag immer Ja zu Kaffee, hatte er ihr einmal beigebracht. *Dann
entspannen sich die Leute. Zwei Bekannte, die zusammen Kaffee trinken. Da kann nichts schiefgehen.*

»Ich trinke immer so spät noch Kaffee«, sagte sie und reichte
Sævar eine Tasse. »Ich habe wahrscheinlich eine andere Routine als die meisten Menschen.« Sie setzte sich. »Mein Mann hat
schon erzählt, ihr hättet versucht, mich heute zu erreichen. Was
kann ich für euch tun?«

»Bei unserem letzten Gespräch meintest du, Heklas Mutter
Maríanna noch nie getroffen zu haben«, sagte Elma.

»Ja, ich glaube, das stimmt.«

»Hier ist ein Bild von ihr.« Elma legte ihr Handy mit dem Foto
auf den Tisch. »Mit dem Bild wurde auch im Frühjahr öffentlich nach ihr gesucht. Bist du sicher, dass du sie noch nie gesehen hast?«

Margréts Blick schweifte kurz zu dem Bild und wieder zurück.
»Wie gesagt, nein. Ich habe sie noch nie gesehen.«

»Aber das Bild kennst du doch bestimmt«, sagte Sævar. »Es
wurde wochenlang in allen Medien verbreitet.«

»Natürlich habe ich das Bild schon einmal gesehen, aber per-
sönlich habe ich sie noch nie getroffen.«

»Hekla und Tinna sind gute Freundinnen, nicht wahr?«

»Ja, sehr gute Freundinnen. Aber sie sahen sich nur an den
Wochenenden, die Hekla bei Sæunn und Fannar verbracht hat.
Die beiden habe ich über unsere Töchter ganz gut kennengelernt,
aber ihre leibliche Mutter, war ... nun ja, abwesend. In Wahr-
heit habe ich nie wirklich darüber nachgedacht, dass sie neben
Sæunn noch eine andere Mutter hatte.«

»Und du bist dir da ganz sicher«, sagte Elma.

Margrét seufzte und sah sich das Bild noch einmal an. Diesmal nahm sie sich etwas Zeit, bevor sie antwortete: »Ja, ja, ich bin sicher.«

»Ihr stammt beide aus Sandgerði«, sagte Elma. »Das ist kein großer Ort, also seid ihr euch dort bestimmt irgendwann über den Weg gelaufen.«

»Das mag sein«, sagte Margrét. »Aber es ist die Wahrheit, ich erinnere mich nicht, diese Frau jemals gesehen zu haben. Wenn wir beide aus Sandgerði kommen, kann es sein, dass ich sie einfach wieder vergessen habe. Wie alt ist sie noch mal?«

»Sie wäre dieses Jahr einunddreißig geworden.«

»Ah, ja. Das erklärt es. Sie ist einige Jahre jünger als ich, also habe ich sie vermutlich nie wahrgenommen. Wir sind weggezogen, als ich einundzwanzig war, da war sie dann, was ... fünfzehn?«

An Margréts Miene konnte Elma nicht erkennen, ob sie die Wahrheit sagte. Maríanna war damals erst fünfzehn gewesen und hatte sich in der Zwischenzeit bestimmt verändert. Und selbst in einem kleinen Dorf kannten sich nicht immer alle. Sie erinnerte sich ja auch nicht mehr an alle aus ihrer Schule, vor allem nicht an die Jüngeren. Mit der Zeit vergaß sie immer mehr Gesichter und Namen.

»Maríanna und ihre Eltern sind tatsächlich auch vor fünfzehn Jahren weggezogen«, sagte Sævar, als Elma schwieg. »In dem Jahr, in dem eure Töchter geboren wurden. Das Jahr, in dem ihr Bruder starb. Er hieß Anton.«

»Anton ...« Margrét sah sie abwechselnd an und hielt sich dann die Hand vor den Mund. »War ... war Maríanna etwa seine Schwester?«

Entweder war Margrét eine sehr gute Schauspielerin, oder sie wusste wirklich nicht, dass Maríanna die Schwester von Anton war. »Du kanntest ihn also?«, fragte Elma.

»Kannte ... nein, das kann man so nicht sagen.« Margrét stand auf und lehnte die Küchentür vorsichtig an. Dann nahm sie wieder Platz und räusperte sich. »Er kam vor vielen Jahren auf eine Party bei einer Freundin von mir. Ich hatte zu viel getrunken und lag irgendwann bewusstlos in einem Bett. Ich weiß nicht, wie lange ich weg war, aber als ich aufwachte, lag er auf mir. Es war ... schrecklich. Einfach schrecklich. Ich versuche, so wenig wie möglich daran zu denken. Wenn ich gewusst hätte, dass sie seine Schwester war ...«

»Hätte es einen Unterschied gemacht? Was Hekla betrifft?«

Margrét überlegte kurz. »Nein. Ich denke nicht.«

»Antons Familie hat diese Vorwürfe nie geglaubt«, sagte Elma mit Bedacht. »Sie waren sehr wütend über die ganze Angelegenheit und führten Antons Selbstmord darauf zurück.«

Margrét lächelte höhnisch. »Ja, so ist das in unserer Gesellschaft, nicht wahr? Nur weil ich mich nicht getraut habe, ihn anzuzeigen und dann den ganzen Prozess durchzustehen, wurde ich als Lügnerin abgestempelt. Ich hätte ihn umgebracht, das haben sie gesagt. Niemand kam auf die Idee, dass er sich vielleicht erhängt hat, weil er schuldig war. Weil er die Schande nicht ertragen konnte. Seine Familie kann ich natürlich verstehen. Es fällt einem schwer zu glauben, dass das eigene Kind zu so etwas fähig ist, aber er hat es nun mal getan.« Sie presste die Lippen aufeinander und sah aus dem Fenster. »Ob die Briefe wohl von ihr waren?«

»Welche Briefe?«

»Vor ein paar Jahren erhielt ich Drohbriefe. Ich gehe davon aus, dass sie von jemandem aus Antons Umfeld stammten.«

»Hast du das der Polizei gemeldet?«

»Das habe ich, ja. Auch als ich in einer Bar in Reykjavík die Treppe hinuntergestoßen wurde. Aber ich hatte getrunken, deshalb nahmen sie mich nicht wirklich ernst. Unglaublich, wie die eigenen Aussagen keine Rolle mehr spielen, wenn man schon ein Gläschen getrunken hat. Dann ist man nichts als ... ein Mädchen, das lügt.« Sie lächelte flüchtig. »Entschuldigt, ich ... ich habe schon lange nicht mehr an diese Zeit gedacht. Wollt ihr sonst noch etwas von mir wissen?«

Elma sah erst Sævar an und dann wieder Margrét. »Nein. Nein, vorerst nicht.«

Zehn Jahre

Am nächsten Morgen erwache ich auf dem Sofa, immer noch vollständig angezogen, mit dem Bilderrahmen in der Hand. Meine Wimpern kleben zusammen, also fällt es mir schwer, die Augen zu öffnen. Ich erinnere mich vage daran, mit offenem Mund und zusammengekauert wie ein kleines Kind geheult zu haben. Es war nicht wegen Hafliði. Nein, die Tränen galten dem, was ich verpasst habe, dem Leben, das ich nie hatte. Meiner Großmutter, dem kleinen Mädchen auf dem Bild und dem, was aus ihr geworden ist.

Als ich meinen Arm vom Kissen hebe, kommt ein schwarzer Strich zum Vorschein, und wahrscheinlich sieht mein Gesicht aus wie nach einem Unfall. Die Augen rot und geschwollen. Der Blick meiner Tochter, als sie aus ihrem Zimmer kommt, sagt mehr als tausend Worte. Sie fragt aber nicht, was los ist, sondern sieht mich nur etwas unsicher an und holt sich dann Frühstück. Ich setze mich zu ihr an den Tisch und frage mich, ob ich ihr alles erklären soll. Denn irgendwann wird sie Fragen stellen. Seit er nicht mehr zu uns kommt, fragt sie jeden Tag nach Hafliði. Am Ende beschließe ich, ihr die Wahrheit zu sagen. Kleine Mädchen müssen sich auf die Zukunft vorbereiten, darauf, wie es ist, verraten zu werden. Das werden sie ohnehin früh genug erleben.

Sie sieht mich die ganze Zeit an. Isst ihre Cerealien und kaut mit geschlossenem Mund. Als ich fertig erzählt habe, schweigt sie.

»Verstehst du, was ich sage?«, frage ich nach einer Weile, als sie nicht reagiert.

Sie nickt langsam.

»Gut. Denn er wird nicht wiederkommen. Nie mehr.« Ich öffne das Fenster und zünde mir eine Zigarette an. Seit Jahren habe ich nicht mehr geraucht, aber gestern habe ich mir eine Packung geholt.

»Hasst du ihn jetzt?«

»Was meinst du?« Ich blase den Rauch aus dem Fenster und sehe sie an.

»Hasst du Hafliði?«

»Ja«, sage ich nach kurzem Überlegen. »Ja, ich denke schon.« Ich kann beinahe sehen, wie meine Antwort ihr durch den Kopf geht, bevor sie aufsteht, ihren Teller wegräumt und in ihrem Zimmer verschwindet. Wie so oft frage ich mich, warum sie so seltsam ist. Sie lebt in einer Welt aus schwarz und weiß. Es gibt nichts dazwischen, nur gut und böse. Schön und hässlich.

Am nächsten Morgen höre ich, dass sie schon vor mir wach geworden ist. Als ich in die Küche komme, sitzt sie bereits beim Frühstück. Vollständig angezogen, die Haare zum Pferdeschwanz gebunden. Die Frisur sitzt gut, anscheinend haben sich meine ständigen Nörgeleien gelohnt. Sie hat darauf geachtet, keine Haare hervorstehen zu lassen. Und sie hat ein Oberteil angezogen, von dem sie weiß, dass es mir gefällt.

»Du siehst gut aus«, sage ich.

»Danke.« In ihrem Gesicht ist ansatzweise ein Lächeln zu erkennen.

Ich beobachte sie vom Fenster aus, der Zopf wippt bei jedem Schritt mit. Sie wirkt irgendwie so klein, umgeben von dieser Betonwüste. Ein winziger Punkt, der sich durch die Straßen bewegt. In ihrem kurzen Leben hat sie noch nicht viele an sich rangelassen, aber Hafliði mochte sie. Also ist es auch ganz gut, dass die Sache jetzt einfach vorbei ist. Nach unserer Trennung gestern hat er angeboten, dass sie weiterhin zu Besuch kommen könnte.

Als ob ich daran interessiert wäre, meine Tochter weiterhin zu ihm zu schicken, nach allem, was er getan hat.

Eigentlich habe ich kein Bedürfnis, noch einmal mit ihm zu sprechen, also öffne ich nur ungern die Tür, als er am Abend bei mir klopft. Die Entschuldigungen sprudeln aus ihm heraus. Er meint, sich nicht mehr an den Abend zu erinnern, er sei in der Stadt gewesen, aber habe eigentlich nicht viel getrunken. Jemand muss ihm etwas ins Getränk gemixt haben. Beinahe bekomme ich Mitleid. Aber in Wahrheit trauere ich ihm nicht nach. Wenn ich ihn ansehe, fühle ich mich völlig leer. Das Einzige, was mir fehlt, ist die Zukunft, die er versprochen hat. Bei allem, was er sagt, schüttle ich nur mehr den Kopf, drücke ihn weg, als er auf mich zugeht. Sehe ihm ohne jegliches Bedauern hinterher.

Es gibt so viele, die seinen Platz einnehmen können, und ich weiß jetzt, was ich will. Zu meinem neuen Ziel gehört auch ein anderer Job, ich will nicht mehr am Empfang der Kanzlei arbeiten. Deshalb blättere ich am nächsten Morgen durch die Stellenanzeigen in der Zeitung. In der Mittagspause schreibe ich Bewerbungen und schicke sie an alle Unternehmen, die mich interessieren.

Als ich nach der Arbeit nach Hause komme, steht ein Krankenwagen vor dem Gebäude. Die Polizei hat die Umgebung abgesperrt und befiehlt mir, woanders zu parken. Es kommt öfter mal vor, dass Krankenwagen vor dem Wohnblock stehen. Dort leben viele alte Menschen, und immer wieder sieht man Rettungssanitäter jemanden auf einer Trage hinausbringen. Aber die Polizei habe ich hier noch nie gesehen, also bekomme ich ein unwohles Gefühl. Als ich einen Parkplatz gefunden habe, gehe ich zu einem der Männer vor dem Haus.

»Was ist passiert?«, frage ich.

»Ein Unfall.« Seine Miene ist ernst.

»Wer ... ich wohne hier, und meine Tochter ist zu Hause. Ich muss zu ihr. Es ist doch nicht sie, die ...«

Der Mann schüttelt den Kopf. »Kinder sind nicht verletzt«, sagte er ruhig. »Der Verletzte ist ein Mann aus dem Erdgeschoss.« »Hafliði?« Ich blicke verwirrt in die Runde, und die Männer sehen einander an. »Ist es Hafliði?«, frage ich. »Kanntest du ihn?« »Ja, also ...« Ich räuspere mich. »Nein, er war nur ein Nachbar.« Als ich die Wohnung betrete, sitzt meine Tochter mit ihren Kopfhörern vor dem Fernseher. Sie bemerkt mich und lächelt mir zu. Ich setze mich zu ihr und lege den Arm um sie. Im Fernsehen läuft eine Doku über Erdmännchen, und es hat etwas Beruhigendes, neben ihr zu sitzen und diese kleinen Tiere auf dem Bildschirm zu sehen. Ihre Wärme zu spüren, als sie sich mit dem Kopf anlehnt. Zum ersten Mal seit Langem habe ich das Gefühl, alles wird gut.

Hafliði hatte draußen in dem kleinen Garten gesessen, der zu seiner Wohnung gehörte. Das Wetter war so gut, dass er wahrscheinlich die Augen geschlossen hat und die Sonne auf sein Gesicht scheinen ließ. Vielleicht hat er geschlafen, als es passiert ist. Vielleicht hat er den Blumentopf nie fallen sehen, keinen Schmerz verspürt. Ich hoffe es.

Das Seltsame ist aber, dass niemand den Blumentopf gesehen hat. Ein schwerer hellbrauner Terrakottatopf. Die Ermittler denken, der Topf sei von weit oben gefallen, also kommen nur wenige Wohnungen infrage. Darunter meine. Da das Unglück aber vor meinem Feierabend passiert ist, habe ich ein Alibi. Jemand hat uns am Wochenende streiten gehört, also rufen sie meine Vorgesetzten an, die bestätigen, dass ich bei der Arbeit war. Eine Woche später beobachte ich, wie seine Familie die Möbel aus der Wohnung in einem großen Umzugswagen wegbringt. Ich habe kein Interesse daran, noch einmal mit ihnen zu sprechen, also erfahre ich nur über die Nachbarn, wie es ihm geht. Hafliði wird für einige Wochen in künstlichem Koma gehalten, und als er aufwacht, ist er ziemlich verändert. Ein Gehirnschaden, von dem die Ärzte denken, er könne für immer bleiben. Er muss rund um die Uhr gepflegt werden, flüstern die Leute im Treppenhaus sensationshungrig. Der arme Mann.

Zwei Wochen nach dem Unfall bekomme ich einen Anruf. Als Antwort auf die meisten Bewerbungen hatte ich förmliche Absagen bekommen. Sie bedankten sich für mein Interesse, aber bedauerlicherweise bla, bla, bla. Ich warf die Briefe sofort weg und kam mir völlig wertlos vor. Aber jetzt ruft ein Mann von einem großen Medienunternehmen an.

»Ein Bewerbungsgespräch?«

»Ja, du hast dich für eine Stelle als Journalistin beworben, die wir jedoch bereits besetzt haben. Wir suchen aber gerade jemanden für eine andere Position, und da bin ich auf deine Bewerbung gestoßen.«

»Was für eine Position?« Ich erwarte etwas wie Putzen oder Telefondienst, deshalb verschlägt es mir fast die Sprache, als er meint, sie würden eine Nachrichtensprecherin suchen.

»Eine Nachrichtensprecherin?«, wiederhole ich.

»Ja, für die Abendnachrichten. Du weißt schon, im Fernsehen«, sagt er. »Ich habe deine Bewerbung gesehen und würde dich gerne zu einem Gespräch einladen. Passt es dir morgen?«

»Ja, das passt.«

»Super, dann um 14:00, Viktoría Margrét.«

»Margrét«, sage ich. »Ich werde nur Margrét genannt.«

DIENSTAG

Elma wickelte die dicke Stola enger um sich und schob den Stuhl im Besprechungsraum ein wenig näher zur Heizung. Die Stola war wie eine große Wolldecke und reichte ihr bis unter die Knie. Bei dieser Kälte wäre sie am liebsten in Wollsocken und Jogginghose zur Arbeit gekommen, aber das ging natürlich nicht. Wobei es keine offiziellen Vorschriften bezüglich der Arbeitskleidung gab, also müsste sie es vielleicht nur darauf ankommen lassen. Vor allem um Sævars Gesicht zu sehen. Er gab sich morgens jedenfalls keine große Mühe beim Anziehen. Meist trug er Jeans und ein T-Shirt. Manchmal einen Kapuzenpulli.

»Kalt?«, fragte Sævar, als er eintrat.

»Ich friere mich zu Tode«, sagte Elma. »Mir wird schon kalt, wenn ich dich nur in diesem T-Shirt sehe.«

»Könnte an Vitaminmangel liegen.« Sævar setzte sich, streckte seine Beine aus und schlug sie übereinander.

»Was?«

»Weil dir immer so kalt ist. Vielleicht bekommst du nicht genug Vitamine.« Sævar setzte einen tiefgründigen Blick auf. »Wie würdest du deine Ernährung beschreiben? Isst du genug Blumenkohl?«

Elma schüttelte den Kopf. »Wenn ich so viele Haare auf den Armen hätte wie du, könnte ich auch öfter im T-Shirt herumrennen.«

»Deshalb lasse ich sie extra wachsen«, sagte Sævar und strich stolz über seine dicht behaarten Arme.

»Pullis helfen auch ganz gut«, sagte Elma und versuchte, schnell das Thema zu wechseln, bevor Sævar weiter mit seinen behaarten Armen prahlte. »Schwer zu glauben, dass Margrét nicht begriffen hat, wer Maríanna war. Tinna ist wahrscheinlich Antons Tochter, also muss sie das Leben der Familie doch irgendwie mitverfolgt haben.«

Sie hatten bei dem Gespräch gestern nicht gefragt, ob Tinna Antons Tochter war. Die Frage schien irgendwie unangebracht, nachdem es Margrét offensichtlich schwerfiel, von den Geschehnissen zu erzählen. Mit Nachnamen hieß Tinna Hansen, genau wie ihre Mutter, aber zeitlich passte es.

»Das muss nicht zwangsläufig sein. Vielleicht ist Tinnas Vater auch irgendein anderer Mann«, sagte Sævar.

Elma legte ein Bild von Anton auf den Tisch. »Man sieht ein bisschen was von Margrét in Tinna, aber letzten Endes kommt sie ganz klar nach dem Vater.«

Sævar lehnte sich vor. »Findest du?«

Elma öffnete auf ihrem Handy noch einmal den Zeitungsartikel mit dem Interview und zeigte ihn Sævar. Das ist ein Bild von Tinna mit zehn Jahren.

Er pfiff leise. »Okay, ich nehme es zurück. Sie sehen sich sehr ähnlich.«

»Es ist jetzt nicht mehr so offensichtlich, weil Tinna ihre Haare blond färbt, aber auf diesen Bildern besteht kein Zweifel.«

»Sie hat sich sehr verändert.« Sævar reichte ihr das Handy zurück. »Aber wenn es stimmt, was Margrét sagt, dann kann ich gut nachvollziehen, dass sie nichts mit seiner Familie zu tun haben wollte.«

»Geht mir genauso. Es muss schrecklich sein, wenn einem nach so einer Erfahrung niemand glaubt«, sagte Elma.

»Es kommt aber durchaus vor.«

»Was?«

»Dass Mädchen lügen.«

»Ja«, antwortete Elma widerwillig. Sie musste eingestehen, dass er recht hatte. »Aber sehr, sehr selten. Ich meine, mit einem Prozess macht man ein riesiges Fass auf, niemand bei klarem Verstand würde ...« Sie verstummte, als Sævar die Hand hob.

»Niemand bei klarem Verstand. Das ist der springende Punkt. Was, wenn Margrét eben nicht bei klarem Verstand war? Ich weiß nicht, woran es genau lag, aber ich hatte bei ihr irgendwie das Gefühl, sie ...«

»Was meinst du?«

»Irgendwas an ihr passt nicht ganz ...«

»Vielleicht ihre Aura.«

»Ihre Aura?« Sævar zog die Augenbrauen hoch.

Elma lachte. »Ach, Margréts Großmutter las Auren. Das stand in dem Zeitungsartikel.«

»Nein, an der Aura liegt es sicher nicht. Das ist eher so ein Sensor, den ich habe.« Sævar grinste. »Maríanna wusste aber bestimmt, wer Margrét ist. Sie lebt ja nicht gerade in einer Höhle. Jeden Abend ist sie im Fernsehen. Das muss krass gewesen sein, als sie herausgefunden hat, dass Hekla und Tinna Freundinnen sind.«

»Und Cousinen. Der Gedanke muss ihr bei Tinnas Anblick gekommen sein«, sagte Elma. »Also, wenn Margrét Maríanna getötet hat, dann ist sie mit Maríannas Auto zum Grábrók-Krater gefahren. Von dort aus hat sie dann den Bus zurück nach Akranes genommen. Meinst du, die Busfahrer würden sie wiedererkennen? Sieben Monate später?«

»Unter normalen Umständen würde ich nicht davon ausgehen. Aber viele kennen Margrét aus dem Fernsehen, vielleicht erinnert sich tatsächlich jemand an sie«, sagte Sævar.

»Das war aber ein Freitag. Hätte Margrét um diese Uhrzeit nicht auf der Arbeit sein müssen?«

»Das fragen wir am besten ihren Arbeitgeber«, sagte Sævar und stand auf.

Die Dezembersonne leuchtete kurz in ihr Büro, aber das sollte nichts heißen. Draußen war es immer noch eiskalt und verschneit. Elma schloss die Augen und ließ die Sonne auf ihr Gesicht scheinen. Für einen Moment konnte sie ausblenden, dass es erst der Anfang war und noch einige lange und kalte Wintermonate bevorstanden.

Sævar hatte bei Margréts Arbeitgebern angerufen, doch die wollten einen Gerichtsbeschluss sehen, bevor sie ihre Krankheitstage offenlegten. Elma schickte Bilder von Margrét an das Busunternehmen, das die Strecke zwischen Bifröst, Borgarnes und Akranes bediente. Für alle Fälle schickte sie das Bild auch an alle Busunternehmen, die überhaupt in Bifröst anhielten, und bat die Verantwortlichen, mit allen Fahrern zu sprechen, die am 4. Mai Dienst hatten.

Es war schon Mittag, und während sie ein Fladenbrot mit geräuchertem Lammfleisch aß, scrollte sie nach Reiseangeboten und sah sich Hotels in warmen Ländern an. Sie stellte sich vor, wie sie mit einem bunten Cocktail in der Hand auf einer bequemen Liege am Beckenrand lag. Nein, Bier. Eiskaltes Bier. Deshalb hatte sie ganz gute Laune, als es an ihrer Tür klopfte.

»Komm rein«, rief sie und lächelte, als Sævar den Kopf in ihr Büro steckte. Für einen Augenblick sah sie ihn auch am Pool liegen. Wie er seine Hand um ihre Hüfte legte, sie an sich zog ...

»Was gibt's Neues?«

»Sie wollten wieder anrufen, falls Margrét jemandem bekannt vorkam.«

»Ich habe überlegt, dass wir in der Datenbank der Polizei, dem LÖKE-System, nach ihr suchen könnten. Wenn Margrét jemals Anzeige erstattet hat, sollten wir es dort finden.«

»Hörður hat den Zugang, ich werde ihn bitten, mal nachzusehen«, sagte Sævar. Er blieb kurz in der Tür stehen. »Planst du schon deinen Urlaub?«

»Ja, ich ...« Elma blickte auf den Bildschirm, wo ein Pool unter Palmen zu sehen war. »Man darf ja träumen.«

»Klar.« Sævar lächelte. »Buch einfach was. Und sag Bescheid, dann komme ich mit.«

Elma wurde rot und schloss die Seite. »Vielleicht mache ich das.«

* * *

Sie nahmen nebeneinander im Besprechungsraum Platz. Hörður hatte die Einträge aus der Datenbank ausgedruckt.

»Margréts Name erschien im Zusammenhang mit zwei Fällen«, sagte er. »Der erste ist zwölf Jahre alt. Da war sie in einer Bar in Reykjavík und ist eine Treppe hinuntergefallen, meinte aber, sie sei gestoßen worden. Sie erlitt eine Gehirnerschütterung und hat sich die Schulter gebrochen, also hat man noch mal ein wenig genauer nachgeforscht. Sie konnte aber nicht sagen, wer es war, und es gab keine Überwachungskameras in dem Bereich, also wurde nie mehr daraus.«

»Hat sie nicht vermutlich einfach ein bisschen viel getrunken und ist dann hingefallen?«, fragte Sævar.

»Das wäre natürlich naheliegend«, sagte Hörður. »Aber sie überreichte der Polizei auch einen Brief, den sie wenige Tage davor erhalten hatte. Davon gibt es Bilder, seht selbst.«

Er deutete auf ein paar ausgedruckte Bilder von den Briefen. Auf den ersten Blick wirkten sie harmlos. Eines zeigte eine Taufkarte, obwohl Tinna zu dem Zeitpunkt bereits drei Jahre alt war. Darauf waren eine rosa Wiege zu sehen und eine nette Botschaft, vorausgesetzt der Absender war jemand, den Margrét kannte. *Glückwunsch zur Tochter. Jetzt, wo ich weiß, wo du wohnst, komme ich vielleicht mal vorbei.* Elma verstand aber, dass die Worte von einem unbekannten Absender eher wie eine Drohung wirkten. Besonders im Zusammenhang mit Margréts Vergangenheit und allem, was sie durchgemacht hatte.

»Außerdem tauchte ihr Name noch bei einem deutlich ernsteren Fall vor fünf Jahren auf.« Hörður legte eine Akte auf den Tisch. »Ein Mann namens Hafliði Björnsson wurde schwer verletzt durch einen Blumentopf, der auf seinen Kopf fiel. Er lebte im Erdgeschoss eines siebenstöckigen Wohnblocks, und der Topf fiel vermutlich von einem der obersten Balkone. Margrét wohnte in der siebten Etage und wurde deshalb verdächtigt. Ein Nachbar teilte auch mit, dass Margrét und Hafliði sich am Wochenende davor gestritten hatten, sie führten zu der Zeit nämlich eine Beziehung. Margréts Arbeitgeber bestätigten aber ihr Alibi für den Zeitpunkt des Unfalls. Es wurde nie geklärt, woher der Blumentopf kam. In der sechsten Etage wohnte jedoch eine neunzigjährige Frau, die vielleicht nicht aufgepasst hat, auch wenn sie das entschieden zurückwies.«

»Lebt er noch?«

»Hafliði? Ja, ich denke schon. Die Frage ist eher, in welchem Zustand er ist«, sagte Hörður.

Der Fall hatte höchstwahrscheinlich nichts mit Maríanna zu tun und sah nach einem tragischen Unfall aus. Margrét wurde entlastet, aber der Zeitpunkt war dennoch seltsam. Sie hatten Streit, und wenige Tage darauf passierte das Unglück.

»Es bringt wahrscheinlich nichts, dem weiter nachzugehen«, sagte Sævar.

»Aber bei den Daten klingelt etwas bei mir«, sagte Elma.

»Welchen Daten?«, fragte Sævar.

»Zum Zeitpunkt des ersten Falles war Hekla drei Jahre alt, nicht wahr?« Sie nahm die Zettel und rechnete. »Und bei dem zweiten war sie zehn.«

Sævar sah aus wie ein lebendiges Fragezeichen.

»Das waren genau die Zeiträume, in denen Maríanna verschwand. Als Hekla drei war, wurde sie ihr weggenommen und mit zehn wieder. Das kann doch kein Zufall sein?«

»Aber Maríannas Name wird hier nirgendwo erwähnt«, sagte

Sævar. Wir haben auch schon nachgesehen, ob Maríannas Name im LÖKE-System auftaucht, aber da war nichts.«

»Ja, aber ... Maríanna führte zu der Zeit kein stabiles Leben, litt wahrscheinlich an Suchterkrankungen. Vielleicht hat sie Margrét aufgesucht und bedroht. Wollte womöglich ihren Bruder rächen.«

»Kann sein«, sagte Sævar.

»Das würde jedenfalls erklären, warum Margrét Angst vor Maríanna hatte, sie vielleicht sogar töten wollte.« Elma trank einen Schluck Wasser.

»Das Wiedersehen muss nach allem, was vorgefallen ist, ein ziemlicher Schock für beide gewesen sein«, sagte Hörður.

»Ja, definitiv. Maríanna hat Margrét ganz sicher wiedererkannt«, sagte Elma. »Wenn Maríanna die Absenderin der Briefe war, dann wusste sie, wo Margrét wohnte. Hat sie wahrscheinlich all die Jahre über beobachtet. Aber Margrét wusste vielleicht nicht von Anfang an, wer Maríanna war.«

Sævar rückte etwas näher zu ihr und beugte sich über die Briefe. Sein Geruch war Elma mittlerweile so vertraut, dass sie ihn fast nicht mehr bewusst wahrnahm, aber jetzt, als er ihr so nahe kam, konnte sie an nichts anderes denken. Sie sah auch ganz genau seine etwas langen Bartstoppel, die dunklen Haare und die dichten Augenbrauen. Als Hörður sich räusperte, rückte Sævar wieder weg, und Elma starrte wie gebannt auf den Tisch.

* * *

Was ging bloß in ihr vor? Elma öffnete an ihrem Schreibtisch eine Schublade nach der anderen und stöberte geistesabwesend, ohne sich zu erinnern, wonach sie eigentlich suchte. Sie hatte vor langer Zeit beschlossen, in Sævar nicht mehr als einen Freund zu sehen. Was, wenn es nicht funktionieren würde und sie aber gezwungen wären, weiterhin zusammenzuarbeiten? Sie schob die letzte Schublade versehentlich etwas fest zu und erschrak.

Beim Abendessen am Tag davor war ihr klar geworden, dass Sævar an Weihnachten alleine sein würde. Er hatte nur seinen Bruder, und Maggi wollte meist lieber in seiner Wohngemeinschaft bleiben. Er hatte dort eine sehr gute Freundin. Sævar hatte jede Menge Freunde, aber bei denen war es sicher genauso wie bei ihren Freundinnen – meist waren sie mit ihren Familien beschäftigt. Aber Sævar hatte auch keine Eltern mehr, die ihn abends zum Essen einluden oder dafür sorgten, dass ihm an den Wochenenden nicht langweilig wurde. Vielleicht war er einsam, aber sie war letztendlich nicht dafür verantwortlich, ihm Gesellschaft zu leisten, weder an Weihnachten noch an anderen Tagen. Vielleicht wollte er auch gar nicht, dass sie sich einmischte.

Elma drehte den Stuhl zum Fenster, nahm ihr Handy und tippte eine Nachricht an Jakob. *Willst du heute Abend vorbeikommen?*, schrieb sie. *Wenn du willst*, antwortete er sofort. Er klang ein klein wenig gekränkt, wenn man das aus so einer kurzen Nachricht herauslesen konnte. Sie hatte sich in den letzten Tagen kaum bei ihm gemeldet. Eigentlich gar nicht, seitdem er das Date vorgeschlagen hatte. Sie rieb sich die Schläfen und ging erleichtert ans Telefon, als es auf dem Tisch vibrierte und sie aus ihren Gedanken riss.

Es war ein Angestellter des Busunternehmens. »Ich habe mit jemandem gesprochen, der an dem Tag Dienst hatte«, sagt er. »Er ist hier, am besten redet ihr direkt miteinander.«

Sie hörte ein Rascheln, und dann erklang eine andere Stimme. »Natürlich erinnere ich mich an sie«, sagte der Mann. »Man fährt nicht jeden Tag eine Berühmtheit durch die Gegend. Zweifellos eine schöne Frau.«

Elmas Herz schlug schneller, und sie war in Gedanken wieder ganz bei dem Fall. »Bist du sicher, dass es genau an dem Tag war und es sich um Margrét handelte?«

»Absolut sicher. Das war mein letzter Dienst vor dem Urlaub, und ich erinnere mich noch gut an den Moment, als sie in den Bus einstieg.«

»Um welche Uhrzeit war das?«

Er musste nicht lange überlegen. »Ich bin um Punkt 20:56 Uhr losgefahren.«

»Vielen Dank für die Informationen«, sagte Elma. »Ich darf mich vielleicht noch einmal melden, falls wir noch Fragen haben.«

»Kein Problem«, sagte er. »Ihre Tochter war auch mit dabei. Das glaube ich zumindest, auch wenn sie ihr nicht unbedingt ähnlich sah.«

»Sie waren zu zweit?«

»Ja, da stiegen zwei Leute ein. Mutter und Tochter, schätze ich.«

* * *

Als Hekla den Ball bekam, stürmte sie sofort los. Bevor die Gegenspielerinnen sie überhaupt bemerkten, rannte sie schon an ihnen vorbei. Sie hörte Schreie und Rufe um sich herum, sah die Verteidigerinnen auf sich zukommen, war aber schneller als sie. Vor ihr stand nur noch die Torfrau, die sich breitbeinig mit ausgestreckten Armen zur Abwehr bereit machte. Als nur wenige Meter zwischen ihnen waren, schob Hekla die Zehen unter den Ball und schlenzte ihn auf das Tor zu. Er flog in hohem Bogen direkt ins Netz, und um sie herum brach Jubel aus.

Am Ende des Trainings war Hekla immer noch außer Atem, aber sie hatte ein Lächeln auf dem Gesicht, das nicht mehr verschwinden wollte. Als sie in der Umkleidekabine in den Spiegel blickte, erkannte sie sich kaum wieder. Die Wangen waren rot, das Haar zerzaust, und ihre Augen leuchteten. Das gelbe Trikot stand ihr gut, und sie wünschte sofort, es gäbe mehr und längere

Trainingseinheiten. Sie wollte nicht aufhören. Wollte einfach bis zum Umfallen weiterspielen.

»Hekla, willst du nicht duschen?« Tinna hatte ihr Trikot schon ausgezogen und stand in Unterwäsche vor ihr.

»Doch«, antwortete Hekla. Sie setzte sich auf die Bank und zog schnell die gelb-schwarze Uniform aus, bedeckte sich mit einem Handtuch und ging zur Dusche. Das war das Schlimmste an den Trainings.

Als sie fertig war, wartete sie auf Tinna, die sich noch schminkte und ihre Haare kämmte. Sie war plötzlich so distanziert und schien lieber Zeit mit Dísa zu verbringen als mit ihr. Ahnte sie, was in Hekla vorging? Hekla hatte ihre Gefühle nie ausgesprochen, weil sie vermutete, dass sie nicht erwidert wurden. Selbst wusste sie mittlerweile genau, was sie wollte. Wusste, warum sich die Beziehung mit Agnar nie ganz richtig angefühlt hatte. Sie hatte versucht, auf ihren Körper Einfluss zu nehmen, etwas in ihm auszulösen, wenn sie ihn küsste, aber vergeblich. War Tinna wie sie? Hekla konnte unmöglich erkennen, was in ihr vorging.

»Wollen wir los?«, fragte Tinna plötzlich, und Hekla blickte auf. Sie war so tief in Gedanken versunken gewesen, dass sie erst jetzt bemerkte, dass Tinna bereits vollständig angezogen auf sie wartete. Hekla stand auf und folgte ihr. Atmete erleichtert die kalte Außenluft ein. Da klingelte Tinnas Handy.

»Wer war das?«, fragte Hekla, als Tinna wieder aufgelegt hatte.

»Meine Mutter«, antwortete Tinna und setzte ihre Kapuze auf. Sie sah Hekla ernst an und lächelte dann. »Sie kommt uns abholen.«

»Warum?«, fragte Hekla. Sonst gingen sie meist zu Fuß nach Hause, schließlich hatten sie es nicht weit, und das Wetter war gut.

Tinna antwortete nicht und zuckte nur mit den Schultern. Kurz darauf fuhr ein weißer Volvo auf den Parkplatz vor der Sporthalle. Tinna stieg vorne ein und Hekla hinten. Margrét drehte sich um und begrüßte sie mit einem Lächeln in ihrem perfekten Gesicht. Das Lächeln hatte sich Tinna von ihrer Mutter abgeschaut und ahmte gerne ihr Auftreten nach, auch wenn sie sich ansonsten nicht sonderlich ähnlich waren. Manchmal schien es, als wolle sie genau so sein wie Margrét. Sie trug die Haare genau wie sie und zog heimlich ihre Sachen an. Ihre Mutter schminkte sie manchmal sogar noch vor der Schule, und einmal hatte sie auch Hekla und Dísa vor einem Schulball zurechtgemacht.

Hekla lehnte sich im Sitz zurück. Margrét und Tinna unterhielten sich leise, aber sie hörte nicht hin. Margrét fuhr schneller, und Hekla vertiefte sich in ihr Handy. Als sie wieder aufblickte, hatte die Landschaft draußen sich verändert. Die Ortschaft lag hinter ihnen, und durch das Fenster sah sie Pferde in Gruppen zusammenstehen.

»Wo fahren wir hin?«

Tinna drehte sich um. »Nur ein kleiner Ausflug.«

»Aber ... aber was ist mit Sæunn und Fannar?«

»Sæunn weiß Bescheid«, sagte Margrét. Ihre Blicke trafen sich im Rückspiegel. »Sie hat dir erlaubt, mit uns zu kommen.«

Hekla blickte wieder aus dem Fenster. Sie fuhren am Hafnarfjall entlang, auf der anderen Seite säumten kleine Birken die Straße, und im Hintergrund war das Meer zu sehen. Dann kamen sie nach Borgarnes, wo sie früher gewohnt hatte. Hekla musste an Maríanna denken und verspürte plötzlich eine unerwartete Sehnsucht. Je mehr Zeit verging, desto eher erinnerte sie sich an das Gute und vergaß das Schlechte. Das war seltsam, denn nach Maríannas Verschwinden hatte sie sich erst nur an die schlimmen Momente erinnert. Sie hatte die Polizei nur deshalb wegen der Fahrt nach Akranes angelogen, weil sie dachte, Maríanna würde zurückkommen und mit ihr schimpfen. Als sie das letzte Mal heimlich nach Akranes gefahren war, hatte Maríanna ihr am Wochenende darauf verboten, zu Sæunn und

Fannar zu fahren, und so hatte sie die beiden dann drei Wochen lang nicht gesehen.

Ihr Blick fiel auf Tinna, die ihre blonden Haare gerade mit geschickten Fingerbewegungen zu einem Zopf flocht. Es war, als spüre Tinna ihre Augen auf ihr, denn plötzlich drehte sie sich um und lächelte. Hekla sah schnell weg und fühlte, dass ihre Wangen erröteten.

* * *

»Ich würde sagen, wir haben ausreichend Gründe für eine Hausdurchsuchung.« Elma strich sich die Haare aus dem Gesicht und band sie zu einem Pferdeschwanz zusammen. Ihr war heiß, und sie atmete flach. Sie fühlte sich beinahe wie nach dem Sport, und ihre Hände waren schwitzig.

»Ja, ich kümmere mich um die Genehmigung«, sagte Hörður.

»Wir können sofort losfahren«, sagte Sævar.

Elma warf einen Blick auf die Uhr. Kurz nach vier. »Sie ist bestimmt schon auf dem Weg zur Arbeit.«

»Sollten wir dann nicht warten, bis sie wieder zu Hause ist?«, fragte Hörður. »Wir wollen keinen Fluchtversuch ihrerseits riskieren.«

»Gut, dass wir auf einer Insel leben«, sagte Sævar. »Menschen können nicht einfach so entkommen, bei jeder Airline muss man sich registrieren.«

»Das haben schon viele geschafft zu umgehen«, sagte Elma.

»Es ist trotzdem erstaunlich, wie oft Leute auf dieser kleinen Insel einfach verschwinden«, sagte Hörður und lehnte sich zurück. »Der vorliegende Fall ist ein gutes Beispiel. Wie viele sind wohl einfach so an Maríannas Leiche im Lavafeld vorbeispaziert, ohne sie zu bemerken? In der Gegend stehen viele Sommerhäuser, und jede Menge Touristen sind auch ständig dort unterwegs. In diesem Land gibt es jedenfalls haufenweise gute Verstecke.«

»Absolut«, sagte Sævar.

»Ja, das haben wir schon oft erlebt«, sagte Hörður und unterdrückte ein Gähnen.

Elma sah ihn an. In den letzten Tagen hatte er ungewöhnlich distanziert gewirkt. Hatte ihnen bei den Ermittlungen freie Hand gelassen und sich nur um die Formalitäten gekümmert. Offensichtlich setzte ihm Gígjas Krankheit sehr zu.

»Wie auch immer«, sagte er. »Ich kümmere mich um diese Erlaubnis und rufe auch gleich die Spurensicherung.« Er stand auf und schloss die Tür hinter sich.

»Hat sie ihre Tochter wirklich in die Sache mit hineingezogen?«, fragte Elma, als er weg war. Es fiel ihr schwer zu glauben, was der Busfahrer gesagt hatte. »Oder könnte das auch Hekla gewesen sein?«

»Nein, meinst du? Ist es nicht wahrscheinlicher, dass Hekla jetzt die Wahrheit gesagt hat? Dass sie schon wieder zu Hause war, als ihre Mutter bei Margrét aufgetaucht ist?«

»Ja, vielleicht.«

»Ich kann es mir aber trotzdem nicht so recht vorstellen«, sagte Sævar nach einer kurzen Stille.

»Warum nicht?«

»Margrét ist einfach so ...«

»Ich weiß.« Elma sah Margrét auf dem Fernsehbildschirm vor sich, sie wirkte einfach nicht fähig dazu, jemanden umzubringen. Sie sah Sævar an und fügte neckisch hinzu: »Funktioniert dein Sensor etwa nicht mehr?«

»Was?« Sævar zog die Augenbrauen hoch.

»Der Sensor. Du weißt schon, den du angeblich hast.«

»Ach, der. Er fällt manchmal aus, wenn hübsche Mädchen im Spiel sind.« Er lächelte verlegen. »Deshalb weiß ich bei dir auch nie, woran ich bin.«

Elma wurde rot, obwohl sie wusste, dass er nur scherzte. Sie ging nicht weiter darauf ein und sagte nur: »Vielleicht hat Margrét aus Notwehr gehandelt? Vielleicht war es Maríanna, die angefangen hat?«

»Aber warum dann die Leiche verstecken und nicht einfach die Polizei rufen?«

Bevor Elma antworten konnte, klingelte ihr Handy. Sie sah Jakobs Nummer aufleuchten. Schnell schaltete sie auf lautlos und steckte das Telefon wieder in die Tasche. Wieder einmal musste sie ihn enttäuschen und die Verabredung am Abend platzen lassen. Aber sie war jetzt nicht in der Verfassung, ihm das mitzuteilen, auch wenn das Warten die Sache vermutlich nur noch schlimmer machte.

* * *

Endlich hielt das Auto an. Es war schon nach fünf und stockdunkel. Hekla konnte durch das Fenster kaum etwas erkennen.

»Wo sind wir?«, fragte sie und rieb sich die Augen.

»Siehst du gleich«, antwortete Tinna und öffnete die Tür.

Hekla stieg ebenfalls aus. Der rote Kies aus schroffem Lavagestein knackte unter ihren Füßen, aber ansonsten war es völlig still. Am Himmel leuchteten die Sterne, und der Halbmond schien hell. Sie blickte sich um. Als ihre Augen sich an die Dunkelheit gewöhnt hatten, erkannte sie das Lavafeld an beiden Seiten des Weges. Das schwarze Gestein wirkte in der Finsternis bedrohlich, und sie hatte das Gefühl, beobachtet zu werden. Eine Bewegung hinter den Felsen zu sehen.

»Also gut, mir nach«, sagte Margrét und ging auf einem schmalen Pfad einen Hang hinauf.

Der Rindenmulch auf dem Weg war feucht, und Hekla roch das nasse Holz. Vor ihr ging Tinna neben ihrer Mutter und summte ein Lied. Kurz darauf erreichten sie ein Sommerhaus mit schrägem Dach und großer Terrasse.

Hekla fragte sich, ob der Plan war, dort zu übernachten. Sie hatte gar nichts dabei, nur ihren Rucksack mit den verschwitzen Sportsachen. Es kam ihr komisch vor, dass Sæunn ihr erlaubt hatte, mitten in der Woche wegzufahren. Das war etwas untypisch für sie.

Margrét brauchte einen Moment, um die Tür zu öffnen, doch als sie drinnen war, kam Hekla sofort auf andere Gedanken. Sie hatte noch nie so ein schönes Sommerhaus gesehen. Ab und zu mieteten Sæunn und Fannar ein Häuschen, aber das konnte es nicht mit diesem hier aufnehmen. Der Boden war von großen grauen Steinfliesen bedeckt, und an der Decke verliefen große Holzbalken. Im Wohnzimmer standen ein dunkelbraunes Ecksofa und ein Sessel mit einem Schaffell. An der Wand über dem Kamin hing ein ausgestopfter Rentierkopf. Der Esstisch war groß genug für mindestens zehn Leute, und darüber thronte ein riesiger Lüster, der aussah, als käme er direkt aus einem schottischen Landschloss.

»Wow«, sagte sie leise.

»Schön, oder?« Tinna lächelte.

Hekla hatte es die Sprache verschlagen, also nickte sie nur.

»Ist ja eiskalt hier«, sagte Margrét. Sie schaltete das Licht ein und durchsuchte die Küchenschränke. »Ich mach mal Feuer im Kamin. Wollt ihr euch nicht oben eure Schlafplätze einrichten?«

Hekla blickte hoch zu einem Mezzanin, von dem aus man einen guten Blick über das Wohnzimmer hatte.

Auf halbem Weg die Treppe hinauf rief Margrét ihnen hinterher.

»Mädels, die Handys bitte.« Sie lächelte schief und streckte eine Hand aus. »Hier gelten andere Regeln als zu Hause. Wir brauchen alle mal eine Pause von der Reizüberflutung.«

Hekla sah Tinna an, die ihre Augen verdrehte, aber ihr Handy überreichte.

»Du auch, Hekla.«

»Okay«, sagte Hekla und zog widerwillig ihr Handy aus der Tasche.

Margrét lächelte. »Stell dich nicht so an, du bekommst es ja wieder.«

Dann verschwand sie in der Küche, und Hekla folgte Tinna die Treppe hinauf.

* * *

»Hekla ist verschwunden«, sagte Sæunn sofort, als Elma ans Telefon ging. »Sie ist nach dem Training nicht wieder nach Hause gekommen, das sieht ihr eigentlich überhaupt nicht ähnlich. Normalerweise sagt sie Bescheid, wenn sie noch woanders hingeht, und sie kommt immer, immer zum Abendessen nach Hause. Sie weiß, wie wichtig mir das ist. Ich versuche schon die ganze Zeit, sie anzurufen, aber ich lande immer nur auf der Mailbox.«

Elma legte die Pizza beiseite, die jemand bestellt hatte, und wischte sich die Hände mit einem Stück Küchenrolle ab. Dann ging sie aus der Kaffeeküche ins Büro und machte die Tür hinter sich zu. »Wann hast du zuletzt von ihr gehört?«

»Das war gegen drei Uhr. Vor ihrem Training.«

»Okay. Und hast du es schon bei ihren Freundinnen versucht?«

»Ja, ich habe schon überall herumtelefoniert. Tinna geht auch nicht ran, ihr Handy ist aus«, sagte Sæunn. »Was, wenn etwas passiert ist? Ich habe mit Tinnas Stiefvater gesprochen, aber der wusste von nichts, und Margrét ist auch nicht zu erreichen, aber die ist arbeiten ...«

»In Ordnung, ich schaue, was ich tun kann«, sagte Elma und warf einen Blick auf die Uhr. Es war kurz vor neun, und in der Polizeistation hielten sich alle in Bereitschaft. Die Spurensicherung war auf dem Weg, und Margréts Haus wurde von einem unmarkierten Polizeiwagen bewacht. Bei ihrer Ankunft sollte sie sofort festgenommen werden.

»Ich habe nur so ein Gefühl, dass ...« Elma hörte Sæunn tief Luft holen. »Dass etwas vorgefallen ist.«

»Es gibt keinen Grund, jetzt davon auszugehen«, sagte Elma.
»Wir finden sie schon.«

Sie verabschiedete sich von Sæunn und setzte sich in Gedanken versunken hin. Dann rief sie Kári an, der vor Margréts Haus Wache hielt. »Hat sie sich noch nicht blicken lassen?«

»Nein, keine Spur von ihr.«

»Hast du ihre Tochter gesehen?«

»Außer ihrem Mann ist niemand raus- oder reingegangen«, sagte Kári.

Elma legte auf. Margrét müsste eigentlich mittlerweile zu Hause sein. Wurde sie bei der Arbeit aufgehalten, oder war sie danach noch woanders hingefahren?

Nach kurzem Überlegen rief sie bei Margréts Arbeitgebern an. In der Warteschleife erklang in schlechter Tonqualität ein Lied, das vor dreißig Jahren populär gewesen war. Endlich ging eine Frau ran und meinte, die meisten seien schon nach Hause gefahren. Sie solle am nächsten Tag noch einmal anrufen. Elma erklärte den Grund für ihren Anruf, und mit etwas Überredungskunst bekam sie schließlich die Handynummer von Margréts Chef. Er ging sofort ans Telefon, und im Gegensatz zu seinem Kollegen bat er weder um eine Genehmigung, noch hatte er Hemmungen, Details über seine Angestellte offenzulegen.

»Margrét ist heute nicht zur Arbeit erschienen«, sagte er knapp. »Wir haben versucht, sie anzurufen, konnten sie aber nicht erreichen.«

Elma bedankte sich und legte auf. Dann schnappte sich sie ihre Jacke und eilte in Hörðurs Büro.

Tinna und Hekla wurden zuletzt um fünf Uhr beim Fußballtraining gesehen. Elma parkte vor Margréts Haus und ließ den Blick über die Fenster schweifen. Drinnen brannte Licht, und das Auto von Margréts Mann stand in der Einfahrt. Waren Margrét und die Mädchen vielleicht zusammen unterwegs? Und wenn dem so war, bestand Grund zur Sorge?

Sie versuchte, sich einzureden, dass Margrét den Mädchen nichts antun würde. Selbst wenn sie Maríanna umgebracht hatte, war das nicht vergleichbar. Maríanna hatte sie bedroht. Sie als Lügnerin beschuldigt. Nein, die Mädchen waren vermutlich nicht in Gefahr. Zumindest Tinna nicht. Bei Hekla war sich Elma nicht ganz so sicher. Hatten Tinna und ihre Mutter etwa beide etwas mit Maríannas Tod zu tun? Der Busfahrer hat sie beide wiedererkannt. Hekla war zum Zeitpunkt der Vergewaltigung noch gar nicht auf der Welt gewesen, also konnte Margrét wohl kaum ihr die Schuld dafür geben.

Elma stieg aus dem Auto und ging mit Sævar zusammen Richtung Haus. Er klopfte laut an die Tür. Drei entschlossene Schläge. Als Leifur aufmachte, sah er erst sie an und bemerkte dann den Streifenwagen hinter ihnen. Elma sah, wie sich ein Schatten über sein Gesicht legte.

»Ist etwas passiert?«, fragte er erschrocken.

»Nein«, sagte sie schnell. Ihr war klar, wie das für ihn aussehen musste, ein Streifenwagen und zwei Polizisten vor der Tür. Fehlte nur der Pfarrer. »Es gab keinen Unfall, aber wir sind auf der Suche nach Margrét. Wir haben versucht, sie zu erreichen, aber sie geht nicht ans Telefon und war heute auch nicht arbeiten.«

»Was? Davon wusste ich nichts. Sie sollte eigentlich bei der Arbeit sein. Seid ihr sicher, dass sie nicht dort ist?«

»Sie ist gar nicht erschienen«, sagte Sævar.

»Dann habe ich keine Ahnung, wo sie stecken könnte. Ich dachte, sie sei arbeiten ...«

Elma seufzte innerlich. Am liebsten hätte sie ihm noch mehr Fragen gestellt, aber wahrscheinlich würde das nichts bringen. Leifur hatte keine Ahnung, wo seine Frau war.

»Was ist mit Tinna?«, fragte Elma.

»Tinna? Nein, die ist beim Training.«

»Das Training ist längst vorbei.«

»Tja, ich ...« Leifur fuhr mit der Hand durch seine dünnen Haare. »Tinna treibt sich ständig irgendwo herum. Margrét kümmert sich meist allein darum. Ich ... Was wollt ihr von den beiden? Worum geht es hier?«

»Das erklären wir später«, sagte Sævar. »Erst mal musst du bitte mit uns kommen.«

Leifur öffnete den Mund, doch als aus dem Auto hinter ihnen Männer stiegen, schloss er ihn wieder. Ein paar von ihnen trugen die weißen Overalls der Spurensicherung.

»Was ... warum ...?« Leifur erstarrte zur Salzsäule. Dann wurde seine Stimme lauter. »Was geht hier vor? Wer sind diese Leute?« Er deutete mit wilder Geste auf die Männer.

Einer von ihnen erreichte den Eingang, bevor sie antworten konnten. »Alle müssen so schnell wie möglich raus, damit wir das Haus durchsuchen können«, sagte er.

»Selbstverständlich«, sagte Sævar. Er wandte sich an Leifur. »Wir haben die Genehmigung für eine Hausdurchsuchung. Wenn du mit uns zur Polizeistation kommst, erklären wir dir alles. Befindet sich noch jemand im Haus? Wo ist dein Sohn?«

»Nein, niemand. Er ist nicht da. Aber was meinst du ... Hausdurchsuchung? Was ist hier los?«

Sævar seufzte und bat Leifur, mit ihm zu kommen.

Elma beobachtete, wie die Spurensicherung mitsamt ihrer Ausrüstung im Haus verschwand. Marianna hatte viel Blut verloren, wenn sie also hier umgekommen war, mussten noch irgendwo Spuren sein. Sie drehte sich um und sah Sævar mit Leifur bei einem der Polizeiautos stehen. Er sah völlig hilflos aus. Trotz der Kälte schimmerten Schweißtropfen auf seiner Stirn, und unter den Achseln waren dunkle Flecke zu erkennen. Wahrscheinlich hatte er keine Ahnung, ob Margrét schuldig war oder nicht. Jetzt mussten sie vor allem so schnell wie möglich die Mädchen finden.

»Hast du eine Vermutung, wo Margrét sein könnte?«, fragte Elma, als sie zu ihnen kam. »Fällt dir irgendetwas ein?«

Bevor er antwortete, sah Leifur sie kurz fragend an.

»Ich ... nein.« Ein Auto bog um die Ecke, und er drehte sich danach um, wandte sich dann aber wieder ihnen zu. »Außer vielleicht ... wir haben ein Sommerhaus. Aber sie hat in letzter Zeit nichts erwähnt, also bezweifle ich, dass sie da ist. Seid ihr sicher, dass sie nicht einfach auf dem Weg zur Arbeit einen Unfall hatte? Etwas anderes kann nicht sein, sie würde doch nie ...«

»Wo ist das Sommerhaus?«, unterbrach ihn Sævar.

»In der Nähe von Bifröst. Bei Grábrók.«

* * *

Hekla wurde wach, als Tinna sich aufsetzte und der Boden dabei knarrte. Ihr war richtig warm, also befreite sie sich von ihrer Wolldecke. Sie hatten sich auf dem Mezzanin ein Matratzenlager gebaut, und das einzige Licht kam von einer kleinen Lampe unter der Dachschräge. Als sie aus dem Fenster blickte, sah sie nur ihr eigenes Spiegelbild. Im Wohnzimmer leuchtete ein gelber Schimmer an der Wand, und im Kamin knisterte ein Feuer.

Tinna gähnte und sah Hekla an. »Gut geschlafen?«

»Mhm«, brummte Hekla. Sie hatte nicht vorgehabt zu schlafen, aber als ihr Kopf das Kissen berührte, nickte sie sofort ein. Wie viel Uhr war es überhaupt? Es musste schon spät abends sein, denn ihr Magen knurrte laut. Tinna sah sie an.

»Geht mir genauso.« Sie lachte, dann rief sie: »Mama!«

Das Ledersofa unten im Wohnzimmer knarrte. »Ja, Tinna.«

»Wir sind am Verhungern.«

»Dann kommt doch runter.«

Tinna kletterte ungeschickt die Treppe hinunter, und Hekla folgte ihr. Sie wollte nicht allein dort oben bleiben, aber wenn sie nicht so hungrig wäre, hätte sie auch bis zum Morgen schlafen können. Ihre Beine waren noch steif vom Training, und ihre Hand war eingeschlafen, nachdem sie darauf gelegen hatte. Margrét saß auf dem Sofa mit einer Wolldecke auf dem Schoß. Als sie unten angekommen waren, schob sie die Brille auf die Stirn und legte ihr Buch beiseite.

»Habt ihr gut geschlafen?«, fragte sie und lächelte. Ihr Gesicht und die Haare leuchteten im goldenen Schimmer des Feuers. Hekla fand, dass sie wie eine Schauspielerin aussah, trotzdem hatte sie immer ein wenig Angst vor ihr gehabt, wenn sie bei Tinna zu Hause war. Etwas an Margréts Nähe löste in ihr immer eine gewisse Befangenheit aus. Sie fragte sich dann, ob ihre Haare gut saßen oder ihre Kleidung vielleicht zerknittert war. Hekla war nicht ganz sicher, ob sie nur einen guten Eindruck machen wollte oder ob es noch einen anderen Grund hatte.

»Gibt es nichts zu essen?«, fragte Tinna.

»Ich habe Brot und Salat mitgebracht.« Margrét stand auf und schlüpfte in die Hausschuhe, die beim Sofa lagen. »Entschuldigt, dass es nicht mehr gibt. Das war eher so ein spontaner Ausflug. Setzt euch, ich bereite alles vor.«

Sie öffnete die Schränke der dunklen Küche und holte graue Teller hervor, die aussahen wie Steine. Dann befüllte sie eine Karaffe mit Leitungswasser und schenkte für sich selbst etwas Wein in ein Glas mit hohem Stiel. Hekla bemerkte, dass die Weinflasche auf dem Tisch schon fast leer war. Als alles bereit war, setzte sich Margrét zu ihnen an den Tisch und bat sie, sich zu bedienen.

»Hekla«, sagte Margrét nach einer kurzen Pause. Hekla blickte auf und sah sie fragend an. In Margréts Augen war ein seltsames Leuchten zu sehen. Als nehme sie Hekla zum ersten Mal richtig wahr. Sonst hatte sie immer eher das Gefühl gehabt,

Margrét schaue durch sie hindurch. Doch jetzt schien ihr Blick sie regelrecht zu durchbohren.

»Ja«, wollte sie sagen, aber auf halben Weg blieb ihr die Stimme weg. Sie räusperte sich und trank einen Schluck Wasser.

»Habe ich dir schon erzählt, dass Tinna und du miteinander verwandt seid?«

Hekla verschluckte sich beinahe an dem Wasser. Sie sah Tinna an, die nur lächelte, als überrasche die Neuigkeit sie nicht.

»Es stimmt.« Margrét lächelte schief. »Ihr seid Cousinen. Tinnas Vater war der Bruder deiner Mutter, also seid ihr sogar ... sogar nahe verwandt.«

»Aber ...« Hekla wusste nicht genau, wie sie auf die Information reagieren sollte. Das musste ein Missverständnis sein. »Er ist tot. Mamas Bruder ist schon lange tot.«

»Ja.« Margrét nickte. »Er starb, bevor Tinna auf die Welt kam. Er hat nie von ihr erfahren, und ich glaube, deiner Mutter war es auch nicht klar.«

Hekla wusste nicht viel über ihren Onkel Anton, außer dass er Selbstmord begangen hatte, als ihre Mutter mit ihr schwanger war. Maríanna hatte nicht viel über ihn geredet. Nur ab und zu erzählte sie von der einen oder anderen Erinnerung aus ihrer Kindheit, zum Beispiel als er sie einmal überredet hatte, ihren Adventskalender schon im November aufzumachen, und sie zusammen die ganze Schokolade verputzt hatten. Aber wenn Hekla mehr über die Familie erfahren wollte, war aus ihrer Mutter nichts herauszubekommen. Hekla hatte ihr nie erzählt, dass sie ihren Großvater auf Facebook gefunden und ihm eine Nachricht geschickt hatte. Seitdem schrieben sie manchmal miteinander. Es war auch nie die Rede davon gewesen, dass Anton ein Kind hatte. Das konnte einfach nicht sein. Und dann ausgerechnet Tinna? Das war unmöglich.

»Tinna weiß schon über alles Bescheid«, sagte Margrét. »Aber ich wollte dich hierherbringen, um dir die ganze Geschichte zu erzählen. Du hast ein Recht, das jetzt zu erfahren.«

»Was zu erfahren?«

»Nun ja ...« Margrét blickte auf ihr Glas und schwenkte es ruhig auf dem Tisch, sodass der Wein bis zum Rand schwappte. »Zu erfahren, was tatsächlich passiert ist. Und warum wir jetzt zusammenhalten müssen. Unser Geheimnis bewahren müssen.« Sie hob den Blick und sah Hekla direkt in die Augen. »Denkst du, du kannst das?«

* * *

Die Fahrt nach Bifröst schien ewig zu dauern. Mit Blaulicht fuhren sie weit über der Höchstgeschwindigkeit, aber trotzdem hatte Elma das Gefühl, im Zeitlupentempo am Hafnarfjall vorbeizukriechen.

»Vielleicht hat Hekla etwas gesehen?«, sagte Sævar, als sie über die Brücke bei Borgarnes fuhren. Bis zu dem Zeitpunkt hatten sie schweigend im Auto gesessen.

»Etwas gesehen?«

»Ja, ich meine, was, wenn sie Zeugin des Mordes an ihrer Mutter war und Margrét sie deshalb mitgenommen hat?«

»Das könnte sein«, sagte Elma. »Sie war womöglich bei Tinna, als ihre Mutter dort ankam. Aber warum es so lange geheim halten? Warum Margrét schützen? Ihre Mutter muss ihr doch trotz allem wichtiger gewesen sein?«

»Denkst du? Es kann schon sein, dass ihr Maríanna überhaupt nicht viel bedeutet hat. Und vielleicht war Margrét auch nicht diejenige, die sie beschützen wollte?«

»Wen ...« Elma zögerte. »Meinst du, sie wollte vielleicht Tinna schützen?«

Sævar zuckte mit den Schultern. »Oder beide. Gemessen an dem, was wir über Hekla wissen, hatte sie nicht gerade ein starkes soziales Netzwerk. Schon möglich, dass sie sehr weit gehen würde, um ihre Freundin nicht zu verlieren.«

»Cousine.«

»Was?«

»Wenn es stimmt, dass Anton der Vater von Tinna ist, dann sind sie Cousinen«, sagte Elma.

»Stimmt.« Sævar bremste, als sie das Ortsgebiet von Borgarnes erreichten. »Umso eher. Hekla würde sie nicht verlieren wollen. Aber vielleicht weiß sie auch gar nicht, dass sie verwandt sind.«

Als sie wieder das Ortsschild passierten, stieg Sævar sofort aufs Gas, und bald waren aus dem Fenster nur noch ferne Lichter von vereinzelten Häusern zu sehen.

Sævars Handy klingelte in seiner Tasche, und er reichte es Elma.

»Wir haben Blut gefunden«, sagte ein Mitarbeiter der Spurensicherung am anderen Ende der Leitung. »Der ganze Küchenboden leuchtet auf.«

Im Sommerhaus brannte kein Licht, und wenn nicht ein Auto davor gestanden hätte, hätte man denken können, das Haus wäre leer. Elma sah keine Bewegungen. Alle Vorhänge waren zugezogen.

»Glaubst du, sie sind da drinnen?«, flüsterte Sævar, auch wenn es eigentlich keinen Grund gab, leise zu sein.

»Vorhin haben wir eine Bewegung bemerkt«, sagte ein Polizist aus Borgarnes, der schon vor ihnen angekommen war. Sie hatten etwas abseits geparkt, aber konnten das Haus gut beobachten.

»Also sind sie da drinnen?«

»Ja, ich denke schon. Irgendjemand ist jedenfalls da. Vielleicht befinden sie sich in einem Raum auf der anderen Seite des Hauses mit Fenstern in die andere Richtung«, sagte der Polizist.

»Worauf warten wir noch?«, fragte Elma Hörður, der neben ihr stand. »Lasst uns doch einfach reingehen?«

»Ja«, sagte Hörður. »Du und Sævar gehen zur Tür. Wir anderen verteilen uns um das Haus, damit niemand entkommen kann. Vermutlich ist das nicht nötig, aber sicher ist sicher.«

Elma und Sævar gingen zum Haus und klopften. Sie spitzte die Ohren und meinte, leise Stimmen zu hören, die aber auch von einem Fernseher stammen konnten. Danach hob sie die Hand an die Stirn, um besser zu sehen, und hielt das Gesicht ganz nah an die Glasscheibe der Außentür. Drinnen waren ein Kleiderschrank und Schuhe zu erkennen. Auf dem Boden lagen zwei Paar Turnschuhe. Sie sah Sævar an.

»Margrét«, sagte er laut und klopfte noch einmal. Lauter. Sofort erklangen Schritte, und die Tür ging auf. Margrét stand vor ihnen und schien nicht überrascht, sie zu sehen. »Guten Abend.«

»Wo sind die Mädchen, Margrét?«, fragte Sævar.

Margrét antwortete nicht. Sie lächelte nur und sah sie an. Elma konnte ihren Blick nur schwer lesen. Sie sah genauso aus wie im Fernsehen. Freundlich. Aufrichtig.

»Wo sind sie?«, fragte Elma und betrat das Haus.

»Sie sind da drinnen.« Margrét deutete auf eine geschlossene Tür zu einem der Zimmer.

Elma ging an ihr vorbei, und Sævar folgte. Sie eilte zu dem Zimmer, aus dem ein Fernseher erklang, ohne zu wissen, was sie dort erwartete. Elma schnappte nach Luft, als sie die Mädchen auf dem Sofa liegen sah. Ihre Arme hingen schlaff nach unten, und in der Dunkelheit konnte sie nicht erkennen, ob sie atmeten. Für einen Moment schien die Welt stillzustehen, doch als Sævar das Licht anmachte, bewegten die Mädchen sich. Tinna hielt die Hand vor ihre Augen, und Hekla drehte sich auf die andere Seite. Als Tinna sie schließlich bemerkte, schien sie weder erschrocken noch überrascht. Sie richtete sich nur ein wenig auf und legte ihre Decke beiseite.

»Was ist los?«, fragte Hekla leise.

»Ihr müsst mit uns kommen«, sagte Elma. »Wir erklären euch alles auf dem Weg.«

»Wo ist Mama?«, fragte Tinna.

»Sie ...« Elma zögerte. »Sie fährt mit meinem Kollegen mit.«

»Warum?«, fragte Tinna. »Kann sie nicht im selben Auto fahren wie wir?«

»Das ist leider nicht möglich«, sagte Elma ruhig. »Wir erklären ...«

»Nein!« Die Stimme war so bestimmt, dass Elma verstummte. Tinna stand auf. Sie war deutlich größer als Elma, und plötzlich fand sie es unangenehm, ihr so gegenüberzustehen. Etwas in Tinnas Blick ließ sie einen Schritt zurücktreten.

»Tinna, wir ...«

»Ich war's«, sagte Tinna. »Mama hat nichts getan. Ich habe Maríanna umgebracht.«

MITTWOCH

Die Spurensicherung hatte bis spät in die Nacht gearbeitet. Als Elma am nächsten Morgen zur Arbeit kam, schaute sie die Bilder durch, die man ihr geschickt hatte. Die Blutspuren an den Wänden waren deutlich zu erkennen, und auf dem Boden hatte sich sogar eine Lache gebildet. Ein Forensiker war nach der Überprüfung zu dem Schluss gekommen, dass Maríanna auf dem Boden gelegen hatte, als sie geschlagen wurde. Sie mussten zwar noch endgültig klären, dass das Blut tatsächlich von Maríanna stammte, gingen aber davon aus. Wahrscheinlich wurde Maríanna in diesem Haus ermordet. Die Frage war nur, wer damit zu tun hatte.

Elma ging in die Küche und holte sich einen Kaffee. Anstatt zurück in ihr Büro zu gehen, setzte sie sich an den Tisch. Sie glaubte nicht, dass Tinna Maríanna umgebracht hatte, wie sie am Abend davor behauptet hatte. Wahrscheinlich wollte sie durch die Aussage ihre Mutter schützen, aber sicher war das auch nicht. Der Busfahrer hatte Margrét zusammen mit einem Mädchen gesehen, und die Beschreibung passte auf Tinna, sie war größer und kräftiger gebaut als ihre Mutter. Wahrscheinlich würde Tinna ein paar Tage in einer Psychiatrie für Minderjährige verbringen müssen, während alle Berichte fertiggestellt wurden. Aber sie war zum Zeitpunkt der Tat erst vierzehn Jahre alt gewesen, also würde sie nie angeklagt werden. Eine Untersuchungshaft kam auch nicht infrage, denn seit dem Mord war schon viel Zeit vergangen und somit nicht gerechtfertigt, Mutter und Tochter voneinander getrennt zu halten. Wenn Margrét und Tinna ihre Geschichten miteinander abstimmen wollten, war das ohnehin schon längst passiert.

Aber welche Rolle spielte Hekla bei dem Ganzen? Hatte sie den Mord an ihrer Mutter mit eigenen Augen gesehen? Elma war am Vorabend zusammen mit Hekla zurückgefahren. Auf dem Weg sagte sie nicht viel, saß nur auf der Rückbank und starrte aus dem Fenster. Zurück in Akranes ließ sie sich dann erleichtert in die offenen Arme von Sæunn und Fannar fallen, die bei der Polizeistation auf sie warteten.

Elma stellte den Kaffeebecher beiseite. Die Lust darauf war ihr vergangen, und Margréts Vernehmung würde jeden Moment beginnen. Sie hatte darum gebeten, ihren Anwalt dabeizuhaben, also war er auf dem Weg aus Reykjavík. Es war schon nach Mittag, und Elma hatte das Gefühl, keine Minute geschlafen zu haben. Am Vorabend hatte sie sich hingelegt und die Augen geschlossen, doch die Ereignisse waren ihr nicht aus dem Kopf gegangen. Sie hatte sich auf eine schlaflose Nacht eingestellt, aber zu ihrer Verwunderung war bereits der nächste Morgen angebrochen, als sie wieder die Augen öffnete. In dem Moment betrat Sævar die Kaffeeküche und erwischte sie beim Gähnen.

»Der Anwalt ist da«, sagte er. »Wollen wir es hinter uns bringen?«

Als Elma Margrét ansah, konnte sie sich unmöglich vorstellen, wie eine Auseinandersetzung mit ihr zu Maríannas Tod hätte führen können. Hatte sie sich tatsächlich über Maríanna gestellt, als sie bereits bewusstlos auf dem Boden lag, und weiter auf sie eingeschlagen?

Sævar schaltete ein Aufnahmegerät ein und las die Formalitäten vor. Margrét beobachtete ihn dabei, ihre Augen neugierig, der Blick ernst. Sie ließ sich ihre Aufregung kaum anmerken, trank aber ständig von ihrem Wasser, und Elma fiel auf, dass ihre Hände kreidebleich waren.

»Also gut«, sagte Elma. »Lass uns noch einmal wiederholen, was am Freitag, dem 4. Mai, passiert ist. Kannst du uns darüber berichten?«

»Ja.« Margrét räusperte sich leicht. »Ich machte mich gerade für die Arbeit bereit, als jemand an der Tür klopfte.«

»War außer dir noch jemand zu Hause?«

»Tinna und Hekla waren auf ihrem Zimmer.«

»In Ordnung«, sagte Elma. »Fahre bitte fort.«

»Ja, wie gesagt, jemand klopfte, und ich ging zur Tür. Mir war sofort klar, dass diese Frau mich kannte – das sah ich in ihren Augen. Sie sagte aber kein Wort ... starrte mich nur an.« Margrét senkte den Blick. »Sie fragte, ob ich sie wiedererkenne, und als ich verneinte, wollte sie mich sprechen. Wir gingen in die Küche, und sie teilte mir mit, wer ihr Bruder war. Das hat mich natürlich stutzig gemacht. Wobei das noch mild ausgedrückt ist, eigentlich war ich richtig unter Schock.«

»Könntest du ihren Bruder beim Namen nennen?«, bat Sævar. »Für die Aufnahme.«

»Anton stammte wie ich aus Sandgerði. Wir haben uns auf einer Party kennengelernt, auch wenn ich mich daran kaum noch erinnere. Ich weiß nur, dass ich im Schlafzimmer eingenickt bin und er auf mir lag, als ich wach wurde. Er hatte mich bereits ausgezogen.« Sie schloss die Augen. »Entschuldigt, ich ... Mein Leben lang habe ich versucht, den Geschehnissen dieses Abends zu entkommen. Ich habe mich vor diesen Menschen versteckt, die mir nicht geglaubt und mich für etwas verurteilt haben, für das ich nichts konnte. Als dann plötzlich seine Schwester in meiner Küche stand ... mir fehlen die Worte.« Margrét verstummte für einen Moment und blickte auf den Tisch. »Ich habe vielleicht nicht ganz richtig reagiert. Erst befahl ich ihr, zu gehen und ... Hekla mitzunehmen. Das war natürlich nicht fair, aber was mir widerfahren ist, war schließlich auch nicht fair. An dieser Sache ist gar nichts fair.«

»Wie hat sie darauf reagiert?«, fragte Sævar, als Margrét nicht fortfuhr.

»Sie nannte mich eine Lügnerin. Meinte, sie habe mich beobachtet und gesehen, was für ein Mensch ich sei. Dann wurde mir plötzlich klar, dass die Briefe von ihr sein mussten.«

»Die Briefe?«

»Ja, die Briefe«, sagte Margrét. »Drei Jahre nach Hrafntinnas Geburt erhielt ich den ersten Drohbrief. Glückwunsch zur Tochter, aber kein Absender. In einem weiteren Brief wurde Tinnas Kindergarten erwähnt, also machte ich mir Sorgen um ihre Sicherheit. Eines Abends wurde ich in einer Bar in Reykjavík die Treppe hinuntergestoßen. Ich sah nicht, wer es war, ging aber davon aus, dass es sich um den Absender der Briefe handelte. Daraufhin zogen wir um, meine Tochter und ich.«

Elma nickte. Sie kannte die Briefe und wusste, dass Margrét die Wahrheit sagte. »Hat Maríanna zugegeben, die Briefe verschickt zu haben?«

Margrét blickte auf und lächelte zögerlich. »Ja, das hat sie und dabei gelacht. Hat mich gefragt, ob ich Angst hätte. In dem Augenblick ... verlor ich die Kontrolle über mich. Ich schrie sie an und schubste sie, weil ich wollte, dass sie verschwindet.«

»Also kam es zu einem Kampf?«

Margrét warf ihrem Anwalt einen Blick zu, sah dann wieder Elma an und nickte. »Sie wollte mich nur verteidigen.«

Elma lehnte sich vor. »Wer? Wer hat versucht, dich zu verteidigen?«

»Tinna«, stammelte Margrét. »Sie wollte sie nicht umbringen. Sie kam nur aus ihrem Zimmer und hat uns gesehen. Sie dachte sicher, dass ich Hilfe bräuchte, oder ... ich weiß nicht, was sie dachte. Ich weiß nur, dass Maríanna plötzlich auf dem Boden lag und überall Blut war und ... oh Gott.« Margrét hielt die Hand vor den Mund, und Tränen strömten über ihre Wangen. »Was jetzt? Was passiert mit Tinna?«

Der Anwalt ergriff das Wort. »Hrafntinna war zum Zeitpunkt des Mordes vierzehn Jahre alt, also nicht strafmündig.«

Elma blickte Sævar an. Damit hatten sie nicht gerechnet.

»Könnten wir eine kurze Pause machen?«, stammelte Margrét. Sævar nickte und pausierte die Aufnahme. Elma stand auf, holte eine Serviette und reichte sie Margrét. Nach einer Weile hatte sich Margrét wieder beruhigt und war bereit fortzufahren.

»Wie ihr seht, hat sich meine Mandantin nicht des Mordes schuldig gemacht«, sagte Margréts Anwalt. »Ihre Tochter bestätigt die Aussage. Sie dachte, ihre Mutter wäre in Lebensgefahr, und hat auf diese Weise reagiert.«

»Ich möchte dich bitten, die Vernehmung nicht zu stören«, sagte Elma. Die Rolle eines Anwalts in Situationen wie dieser war eigentlich nur, alles mitzuverfolgen und auf die Rechte der Mandanten zu achten. Sein Plädoyer konnte bis zur Gerichtsverhandlung warten.

»Was ist danach passiert?« Sævar wandte sich an Margrét.

»Ich wusste einfach nicht, was ich tun sollte. Die arme Hekla war da und hat alles gesehen. Ich habe ihr befohlen, nach Hause zu fahren, und sie gebeten, niemandem davon zu erzählen.«

»Warum habt ihr die Leiche versteckt?«, fragte Elma. »Warum habt ihr dann nicht einfach die Polizei gerufen, wenn es ein Unfall war, Notwehr?«

»Wie gesagt, ich hatte Angst und wusste nicht, was ich tun sollte. Ich konnte nicht mehr klar denken. Mein einziger Gedanke in dem Moment war, Maríanna verschwinden zu lassen. So zu tun, als wäre nichts passiert. Ich meine, ich wusste ja, wie sie zu Hekla war. Sæunn und ich haben oft darüber gesprochen, und sie hat mir erzählt, wie diese Frau einfach abgehauen ist und die dreijährige Hekla allein gelassen hat. Eine Dreijährige! Stellt euch das mal vor. Ich dachte, niemand würde sie vermissen. Selbst Hekla schien die Sache nicht besonders nahezugehen. Ich habe ihr erklärt, dass sie jetzt zu Sæunn und Fannar ziehen könnte, wie sie es sich immer gewünscht hat. Aber vor allem wollte ich Tinnas Leben nicht zerstören. Sie würde zwar nicht wie eine Erwachsene verurteilt werden, aber der Stempel bliebe ihr trotzdem für immer. Ich weiß genau, dass die Menschen auf der Straße keine Richter brauchen – sie urteilen selbst. Und ihr Urteil ist so viel unerbittlicher als das der Justiz.«

Margrét trank den letzten Schluck Wasser aus ihrem Glas. Sie trug einen dicken hellbraunen Pulli mit V-Ausschnitt. Die Haare fielen lose über ihre Schultern, und das Gesicht war ungeschminkt, aber sah dennoch kamerareif aus. Es war etwas an der Art, wie sie gerade dasaß und den Blick nach vorne richtete, während sie sprach. Und dann war da die Stimme. Derselbe vertraute Tonfall. Als würde sie aus einem Manuskript lesen. Wenn Elma Margrét nicht auch einmal unter anderen Umständen getroffen hätte, wäre ihr womöglich nichts aufgefallen. Aber sie kannte eine andere Seite von ihr, und deshalb fragte sie sich, ob Margrét wirklich die Wahrheit sagte.

»Ein Busfahrer erinnert sich daran, dich und Tinna am 4. Mai von Bifröst nach Akranes gebracht zu haben«, sagte Sævar.

»Ich konnte nicht allein fahren«, sagte Margrét. »Das versteht ihr doch sicher. Ich habe versucht, die Leiche hochzuheben, habe es aber nicht geschafft. Hatte nicht genug Kraft.« Sie lehnte sich zurück und seufzte laut, als sei sie das Unverständnis leid. In dem Moment schien ihre Maske zu fallen, und Elma erkannte eine Wut in ihren Augen. Doch dann richtete sich Margrét wieder auf und sagte: »Hekla und Tinna werden meine Aussage beide bestätigen.«

* * *

Sie hatte nicht mit einer Umarmung gerechnet. Einer Rüge, ja, aber keiner Umarmung. Sæunns Kokosduft stieg ihr in die Nase, und dann kam auch Fannar auf sie zu. Ein bisschen unbeholfener, und seine Umarmung war etwas kürzer, aber dennoch herzlich und angenehm. Wie eine warme Decke. Nach der Zeugenvernehmung fuhren sie nach Hause, und Hekla nahm ein Bad, das ihr Sæunn eingelassen hatte. Über die Geschehnisse verloren sie kein Wort. Dafür war sie dankbar. Später im Bett kreisten ihre Gedanken aber andauernd um die Frage, ob sie etwas anders hätte machen können. Ob sie etwas anders machen *würde*.

Am 4. Mai hatte Hekla völlig unbemerkt den Schwimmunterricht verlassen. Sie ignorierte Maríannas Anrufe und rief Agnar an, er konnte sie aber nicht abholen kommen. Deshalb stieg sie in einen Bus nach Akranes, ohne genau zu wissen, was sie dort wollte. Sie war so wütend und wollte nur weg von Maríanna, die keine Ahnung hatte und der es völlig egal war, wenn Hekla das Fußballturnier verpasste. Aber sie konnte nicht zu Sæunn und Fannar gehen, denn das wäre Maríannas erste Anlaufstelle.

Tinna ging sofort ans Telefon. Ihre Mutter wunderte sich nicht, als sie plötzlich bei ihnen zu Hause auftauchte, schließlich war daran nichts außergewöhnlich, Hekla besuchte Tinna fast immer an den Wochenenden, wenn sie in Akranes war. Aber Maríanna rief weiter an, und schließlich besann sich Hekla eines anderen und beschloss, nach Hause zu fahren. Sie hatte Angst vor der Bestrafung und überlegte sich auf dem Weg jede Menge Ausreden: Sie hatte das Handy verloren, hatte mit Klassenkameraden zusammen gelernt (als ob Maríanna das glauben würde), hatte die Erlaubnis bekommen, nach dem Unterricht noch länger im Schwimmbad zu bleiben, war in die Bücherei gegangen, hatte den Hausschlüssel verloren, beim Lesen die Zeit übersehen ...

Als der Bus in Borgarnes ankam, war die Geschichte in ihrem Kopf vollständig ausgearbeitet, aber als sie nach Hause kam, war dort von Maríanna keine Spur. Nur diese Nachricht: *Verzeih mir. Ich liebe dich, Mama.* Sie dachte natürlich, dass sich die Nachricht auf das Fußballturnier bezog, und hatte deshalb ein noch schlechteres Gewissen wegen des heimlichen Ausflugs nach Akranes.

Als feststand, dass Maríanna nicht zurückkehren würde, sah sie die Nachricht in neuem Licht. Sie hatte nichts mit dem Turnier zu tun, sondern bedeutete, dass Maríanna beschlossen hatte, Nägel mit Köpfen zu machen. Das war zumindest ihr Plan gewesen.

Danach passierten die Dinge schnell und langsam zugleich. Umzug, neue Schule, neues Zimmer, neues Leben. Abendessen um sieben, der Wecker klingelte um halb acht, und fünf Tage die Woche stand Fußballtraining an. Und Hekla war glücklich. Zu glücklich, um über Maríanna nachzudenken. Zu zufrieden mit dem neuen Leben, um über Maríanna nachzudenken. Eigentlich war sie dankbar, als hätte Maríanna ihr endlich Freiheit geschenkt. So fühlte sie sich nämlich nach Maríannas Verschwinden – frei.

Es spielte keine Rolle. Was sie jetzt hatte, war so viel größer und wichtiger, und sie musste nur die Wahrheit ein kleines bisschen verdrehen. Sagen, sie hätte Dinge gesehen, die sie gar nicht mitbekommen hatte, damit Margrét und Tinna keine Schwierigkeiten bekamen. Dann konnte das Leben weitergehen wie bisher. Nein, nicht ganz wie bisher – besser.

Jetzt würde alles so viel besser werden.

MONTAG

In den letzten Tagen hatten sie den Fall von vorne bis hinten besprochen, aber in Wahrheit war er nicht mehr in ihrer Hand. Margrét stand eine Anklage bevor, aber Elma rechnete nicht mit einer langen Gefängnisstrafe. Tinna und Hekla bestätigten beide Margréts Aussage. Es gab keine Beweise, dass sich die Vorgänge möglicherweise anders zugetragen hätten, als sie behaupteten. Margrét hatte eine überzeugende Art, und die Menschen wollten ihr glauben.

Alle Medien berichteten von Margréts Fall. Schilderten, wie ein ganzer Ort sich nach einer vermeintlichen Vergewaltigung gegen sie gerichtet hatte, und irgendjemand bekam Wind davon, dass Maríanna – die Schwester des damaligen Täters – sie bedrängt hatte. Laute Stimmen forderten Margréts Freilassung. Der Fall wurde verdreht, und statt des Mordes beschuldigt zu werden, oder zumindest der Vertuschung eines Mordes, wurde Margrét als Opfer inszeniert. Als Heldin. Auch wenn die meisten sich einig waren, dass Margrét mit dem Verstecken der Leiche einen Fehler gemacht hatte, war die Tat in Anbetracht der Umstände schnell verziehen. Sie wollte nur ihre Tochter beschützen. Maríanna wurde in den Medien deutlich schlechter dargestellt. Wurde als miserable Mutter beschrieben und das Jugendamt dafür kritisiert, Hekla zu lange in ihrer Obhut gelassen zu haben. Insbesondere nachdem herauskam, dass sie Hekla als Dreijährige für drei Tage allein gelassen hatte. Die wenigen, die fanden, dass Margrét eine schwere Strafe verdient hatte, wurden von einer Welle kommentierfreudiger Internetnutzer überrollt, und verstummten. Elma ging sogar davon aus, dass die Überzeugungskraft der Nutzer sozialer Netzwerke sich auch auf die Gerichtsverhandlung auswirken würde.

Sie stützte das Kinn auf der Hand ab und sah Sævar an. »Irgendetwas stimmt hier nicht. Es ist etwas an ihr, das irgendwie … irgendwie nicht passt.«

»Wie meinst du das?«, fragte Sævar.

»Sie hat eine Seite, die sie im Fernsehen oder in Interviews und sogar, wenn sie vor einem steht, nicht offen zeigt. Sie scheint für die Kameras ein bestimmtes Gesicht aufzusetzen. Als wäre das ganze Leben ein Theaterstück. Sieben Monate lang hat sie ihr Geheimnis bewahrt und so getan, als wäre nichts gewesen. Hätte niemand die Leiche gefunden, wäre sie ohne Konsequenzen davongekommen.«

Sævar seufzte. »Margréts Version der Geschichte ist gut nachvollziehbar und durch einige Beweise gestützt. Die Schrift der Drohbriefe kann man sicherlich mit Maríannas Handschrift vergleichen, und dann wissen wir, ob sie die Absenderin war. Wenn Tinna schuldig ist, dann kann es gut sein, dass ihre Mutter so reagiert hat. Sie wollte ihre Tochter beschützen.«

Elma nickte. Eigentlich konnte sie ja auch nicht wirklich begründen, warum sie die Frau nicht leiden konnte. Vielleicht lag es nur daran, wie sie Elma ansah, als könne sie jeden Moment in Gelächter ausbrechen. Egal, wie oft sie sich in Erinnerung rief, dass Margrét nach der Vergewaltigung schrecklich behandelt worden war, empfand sie nicht das geringste Mitleid für sie.

Vielleicht war es einfach ihr widersprüchliches Auftreten, Elma gegenüber einerseits und im Fernsehen andererseits. Das war nicht dieselbe Person. Sie konnte gut verstehen, dass andere Menschen von der Frau auf dem Bildschirm begeistert waren. Sie war freundlich, warmherzig, offen und aufrichtig. Aber das war keinesfalls die Margrét, die Elma kennengelernt hatte.

Das Telefon klingelte, und Elma ging in ihr Büro und machte die Tür hinter sich zu. Es war Gulla vom Empfang.

»Hier ist eine Frau in der Leitung. Darf ich sie mit dir verbinden?« Elma blickte auf die Uhr, sie wollte eigentlich gerade gehen.

»Ja, ja. Verbinde sie mit mir.«

Die Frau stellte sich als Guðrún vor. Am Telefon konnte Elma ihr Alter nicht einschätzen. Die Stimme klang jung, aber sie sprach deutlich, und ihre Wortwahl war gehoben.

»Sie lügt«, sagte sie. »Margréts ganze Geschichte ist eine reine Lüge.«

»Entschuldige, wie war noch mal dein Name?« Sævar steckte den Kopf durch die Tür, und sie gab ihm ein Zeichen, kurz zu warten. Sie waren zum Mittagessen verabredet.

»Mein Sohn heißt Hafliði und war mit Margrét in einer Beziehung. Er war Hals über Kopf verliebt in sie und mochte auch ihre Tochter sehr, Hrafntinna. Ich bin ihnen nur einmal begegnet, aber das genügte. Sie hatte etwas Böses in sich, und man musste nicht viel Zeit mit ihr verbringen, um das zu erkennen. Aber Hafliði wollte davon nichts wissen. Liebe macht bekanntlich blind.«

Elma erinnerte sich an Hafliði von der Suche nach Margrét in der Datenbank der Polizei. Er war der Mann, der bei einem Unfall schwer verletzt worden war. Damit hatte Margrét aber nichts zu tun gehabt, hatte ein bestätigtes Alibi, weshalb Elma sich über den Anruf von Hafliðis Mutter wunderte. »Ich verstehe nicht ganz ...«

»Nein, ich dachte nur, es hilft vielleicht«, sagte die Frau. »Hafliði und ich standen einander sehr nahe, und ich sage *standen*, obwohl er noch lebt, denn er ist nicht mehr derselbe. Er ist am Leben, aber der Mann, der er einmal war, ist längst verschwunden. Am Vorabend des Unfalls hat Hafliði mich angerufen und einen Fehler in der Beziehung mit Margrét gestanden. Er habe ... sie betrogen.«

»Verstehe«, sagte Elma. Sie erinnerte sich, dass jemand Hafliði und Margrét ein paar Tage vor dem Unfall streiten gehört hatte, also war das wahrscheinlich der Grund dafür.

»Ich weiß, dass sie mit dem Unfall zu tun hatte. Daran besteht für mich kein Zweifel.«

»Was macht dich da so sicher?«

»Das versteht sich doch von selbst. Ein Blumentopf fällt nicht einfach so vom siebten Stock und schon gar nicht direkt auf Hafliðis Kopf. So etwas passiert einfach nicht. Er wurde hinuntergeworfen.«

Elma blickte auf die Uhr. Die Frau tat ihr natürlich leid. Das war ein schrecklicher Unfall. Aber noch mehr tat ihr leid, dass sie den Tatsachen nicht ins Auge blicken konnte und das Gefühl hatte, jemandem die Schuld geben zu müssen. Einen Täter finden zu müssen.

»Und dann war da die Halskette«, fügte die Frau hinzu.

»Die Halskette?«

»Zu seinem dreißigsten Geburtstag habe ich Hafliði eine Halskette mit Anhänger, einem »H«, geschenkt. Er hat sie nie abgenommen. Als er gefunden wurde, war die Halskette verschwunden. Wir haben seine ganze Wohnung auf den Kopf gestellt, aber vergebens.«

»Wahrscheinlich hat er sie einfach verloren.«

»Nein«, sagte Guðrún. »Nein, jemand hat sie von seinem Hals genommen. Dieselbe Person, die auch den Blumentopf hinuntergeworfen hat.«

Elma fand die Vermutung der Frau ganz schön weit hergeholt.

»Verstehe«, sagte sie. Sævar steckte erneut den Kopf durch die Tür und deutete auf seine Armbanduhr. Elma teilte ihm mit einer Geste mit, dass sie bald bereit sein würde.

»Darf ich dir ein Bild schicken?«

»Ein Bild?« Elma stand auf und nahm ihre Jacke, die auf dem Stuhl hing.

»Von der Halskette.«

»Ich weiß nicht, ob das etwas bringt.«

»Sieh es dir einmal an«, bat Guðrún. Falls du die Kette irgendwo findest, dann ...«

»In Ordnung, schick mir das Bild«, sagte Elma schnell. Sie war schon sehr hungrig, und jetzt steckte auch Begga mit ungeduldigem Blick den Kopf durch die Tür. Also gab sie Guðrún schnell ihre E-Mail-Adresse und ging in die Mittagspause.

Nach dem Essen setzte sich Elma wieder an den Schreibtisch. Für eine Weile saß sie da, starrte auf die Wand und fühlte sich innerlich seltsam leer. Das Essen hatte gut geschmeckt, bis Sævar ihnen Neuigkeiten mitteilte, die ihr den Appetit an ihrem Sandwich nahmen. Gígjas Krebs hatte ihre Knochen erreicht, und Hörður wollte sich für unbestimmte Zeit Pflegeurlaub nehmen. Elma wusste nicht viel über Krebs – zum Glück –, aber ihr war klar, dass es nichts Gutes bedeutete, wenn er bereits bis in die Knochen vorgedrungen war.

Gígja und Hörður waren seit ihrer Jugend ein Paar. Sie hatten Kinder und Enkelkinder und ein Leben, wie Elma sich es für ihre Zukunft wünschte. Die beiden waren sehr unterschiedlich, aber ihre Liebe zueinander unübersehbar, und es war auch offensichtlich, dass Gígjas Krankheit Hörður sehr zu schaffen machte. In den vergangenen Wochen war er oft mit den Gedanken woanders gewesen, und die Sorgen schienen ihn zu überwältigen. Wenn sie nur etwas tun könnte.

Elma musste an ihre Eltern denken. Ihre Ehe war natürlich nicht immer perfekt gewesen, vor allem als sie und ihre Schwester noch jünger waren, aber mit der Zeit wurde die Beziehung inniger. Vielleicht waren es die vielen gemeinsamen Reisen ins Ausland und die Hobbys, die sie mittlerweile teilten. Ihr Vater hatte ihrer Mutter zu Weihnachten Wathosen geschenkt, und im Sommer waren sie dann zusammen auf Angeltour gefahren.

Jetzt wollte ihre Mutter es genauso machen und ihrem Vater Tickets für ein Liverpool-Spiel schenken.

Elma seufzte, dann nahm sie das Telefon und rief Jakob an. Es war an der Zeit, ihm die Wahrheit zu sagen. Nach dem Gespräch setzte sie sich hin und fühlte sich zwanzig Kilo leichter. Hafliðis Mutter hatte ihr eine Mail geschickt. Sie öffnete den Anhang, und das Bild begann zu laden, nach und nach.

Der Mann auf dem Foto sah gut aus. Er hatte dunkles leicht gelocktes Haar, warme Augen und ein großes Lächeln. Die geraden Zähne strahlten weiß. Als Letztes erschienen der Hals und die Kette, und Elma wusste genau, wo sie diesen Anhänger schon einmal gesehen hatte.

Dreizehn Jahre

Aus meinem kleinen Mädchen ist ein Teenager geworden. Eine Dreizehnjährige, die Rapper liebt, deren Namen ich nicht kenne, eine Stunde lang unter der Dusche steht und eine weitere Stunde braucht, um sich zurechtzumachen. Ich habe ihr erlaubt, sich die Haare blond zu färben. Es steht ihr gut und betont das Graue in ihren Augen. Das kleine ängstliche Mädchen, das sie einmal war, ist beinahe völlig verschwunden. Niemand käme auf die Idee, dass sie in den ersten zehn Jahren ihres Lebens keine Freunde hatte und vor ihrem dritten Geburtstag kaum ein Wort gesprochen hat. Niemand würde bei ihrem Anblick ein Mädchen sehen, das immer mit gesenktem Blick umherging und nur mit grünen Zinnsoldaten gespielt hat. Sie sind längst nicht mehr da. Wir haben sie in eine Tüte gepackt und beim Umzug nach Akranes weggeworfen. Nur ich sehe manchmal noch Spuren von dem Mädchen, das sie einmal war. Sehe ihr Zögern, wenn sie in Situationen gerät, in denen sie nicht genau weiß, wie sie sich verhalten soll. Die meisten sehen nur ein Mädchen, das seine Worte sorgfältig wählt. Sie wissen nicht, dass sie in Wahrheit überlegt, was von ihr erwartet wird. Dass für sie nicht immer offensichtlich ist, wie soziale Interaktionen funktionieren.

Nachdem ich meinen Job als Nachrichtensprecherin angetreten hatte, hat sich so viel verändert. Ich habe mich verändert. Habe stark abgenommen und war wieder mehr wie früher. Plötzlich war mir egal, wer mich sah und wiedererkannte, denn ich musste mich für nichts schämen. Auf der Arbeit habe ich Leifur kennengelernt. Er leitet dort die Finanzabteilung. Hrafntinna und ich sind nach Akranes gezogen, weil er von dort war und zur Arbeit gependelt ist. Ich wollte gerne wieder in einen kleineren Ort ziehen, und meiner Tochter tat der Tapetenwechsel gut. Die neue Schule bot ihr viele Möglichkeiten, sich neu zu erfinden, und das klappte besser, als ich je zu hoffen gewagt hätte. So gut, dass ich sie mittlerweile kaum wiedererkenne. Das Zimmer meiner Tochter ist nicht, wie man es von anderen Teenagern kennt. Andere Mütter beschweren sich ständig über die Unordnung in den Zimmern ihrer Töchter und dass sie ständig am Handy hängen und ihre Hausaufgaben nicht machen. Das Zimmer meiner Tochter ist immer aufgeräumt. Jeder Gegenstand hat seinen Platz, jedes Kleidungsstück liegt sorgfältig zusammengelegt im Schrank, und die Schuhe stehen ordentlich aufgereiht auf einem Regal am Fußende des Bettes.

Mein Blick fällt auf ein Bild auf ihrem Schreibtisch. Tinna mit sechs Jahren an ihrem ersten Schultag. Irgendetwas habe ich damals also schon auch richtig gemacht. Habe ein Foto geschossen, wie Eltern das so machen sollen. Neben dem Bild liegt der Stein meiner Oma. Der Obsidian.

Ich öffne die Schublade des Schreibtisches. Sie ist voller Zettel und Bücher. Faserstiften in allen Farben und Radiergummis, die aussehen, als könnte man sie essen. Ein Hamburgerradierer, ein Ananasradierer und ein Hähnchenradierer. Zwischendurch waren sie einmal im Regal aufgereiht, aber jetzt hatte sie einen neuen Platz dafür gefunden. Ich streiche den Stapel mit Zetteln glatt und schiebe die Radiergummis zur Seite.

Da sehe ich die Halskette. Sie liegt ganz hinten in der Schublade, und als ich sie aufnehme, baumelt der Anhänger mit dem »H« vor meinem Gesicht. Plötzlich scheint der Boden zu beben, und ich setze mich an den Schreibtisch. Ich lasse die Kette wieder in die Schublade fallen und starre sie an. Dann schließe ich die Augen und denke an den Tag vor Hafliðis Unfall zurück. Erinnere mich gut an die Kette um seinen Hals, als er in der Tür stand und sich entschuldigte. Und ich sehe Hrafntinna vor mir, wie sie bei ihrem Kennenlernen darauf gedeutet hat. *Hey, das ist mein Buchstabe*, höre ich sie sagen. Ich sehe, wie die beiden nach ihren »H«s greifen, als sei es das Symbol ihrer Verbindung zueinander. *Hasst du Hafliði, Mama?*, hat sie gefragt. Die Welt schwarz oder weiß. Gut oder böse.

Meine Hände zittern, als ich aufstehe und die Schublade vorsichtig schließe. Während ich weiter das Haus putze, frage ich mich: Wer ist sie eigentlich? Wer ist dieses Mädchen, das ich da in die Welt gesetzt habe?

DIENSTAG

Tinna starrte auf den Mixer, der gefrorenes Obst zu einem rosa Brei verwandelte. Jetzt waren sie, Leifur und ihr dummer Stiefbruder alleine zu Hause. Sie war gestern wieder zurückgekommen, nachdem sie ein paar Tage mit Ärzten verbracht hatte, die dachten, sie könnten sie analysieren. Ohne ihre Mutter war es ganz schön einsam im Haus. Sie wünschte sich, Margrét hätte nicht gehen müssen, wusste aber auch, dass es keinen anderen Weg gab. Hoffentlich würde sie nicht lange weg sein. Sie konnte sich nicht vorstellen, auf längere Sicht ohne sie in diesem Haus zu leben. Am liebsten wäre sie mit ihr gegangen. Sie waren immer ein Team, Mama und sie, und anders konnte sie sich das Leben nicht vorstellen.

All die Jahre hatte Tinna ihre Mutter nur einmal nach ihrem Vater gefragt und es nach Margréts Reaktion nie wieder getan. Aber jetzt wusste sie Bescheid. Seit Maríanna an dem Frühlingstag im Mai zu ihnen gekommen war, wusste sie, dass er Anton hieß und tot war. Noch vor ihrer Geburt gestorben war. Als sie im Internet nach ihm suchte, fand sie nur irgendeinen Artikel aus seiner Jugend, als er Island bei einer Mathe-Meisterschaft vertrat. Das Interesse an Mathematik hatte sie also von ihm, genau wie die dunklen Haare und den kräftigen Körperbau. Tinna wünschte, sie wäre ihrer Mutter ähnlicher. Sie wollte kleiner sein und zartere Gesichtszüge haben. Eine kleinere Nase und nicht so dunkle Haare. Sie hatte sich große Mühe gegeben, ihrer Mutter ähnlicher zu sehen. Hatte die Haare blond gefärbt, sich ihre

Sachen zum Anziehen ausgeliehen und ihr Verhalten nachgeahmt. Hatte den Gesichtsausdruck und das Lächeln genau studiert und sie vor dem Spiegel geübt, bis ihr die Wangen wehtaten. Das gefiel ihrer Mutter, und sie wollte alles tun, um sie glücklich zu machen. Solange sie glücklich war, war alles viel einfacher. Sie warf einen Blick aus dem Küchenfenster und bemerkte ein Auto, das vor ihrem Haus parkte und aus dem eine Frau stieg. Sie erkannte sie wieder. Das war die Polizistin, die zu ihrem Sommerhaus gekommen war. Tinna griff nach ihrem Erdbeer-Lipgloss und trug ihn auf. Dann steckte sie einen Strohhalm in den rosa Smoothie und ging zur Tür.

Die Polizistin nahm ihr gegenüber am Küchentisch Platz, und Tinna bemerkte, dass sie trotz des Lächelns nervös war. Die gerötete Haut am Hals ließ sie auffliegen.

»Ich wollte nur kurz mit dir sprechen«, sagte die Frau. »Nichts Ernstes, versprochen.«

Tinna lächelte nicht zurück. Wenn ihre Mutter nicht da war, musste sie niemandem etwas vormachen. Außerdem war sie es leid, sich ständig so anstrengen zu müssen. So unglaublich leid. Am liebsten hätte sie die Frau rausgeworfen, aber sie wusste es besser und hielt sich zurück. Im Laufe der Jahre hatte sie gelernt, ihre Impulse unter Kontrolle zu behalten, die sie manchmal unüberlegte Dinge tun ließen.

»Schöne Kette hast du da«, sagte die Frau.

Tinna griff nach dem »H«, wie immer, wenn sie verunsichert war.

»Wo hast du die her?«, fuhr die Frau fort.

»Die war ein Geschenk«, sagte Tinna, was beinahe auch stimmte. Jedenfalls hatte er sich nicht gewehrt, als sie den Anhänger abgenommen hatte. Erst versteckte sie die Kette in ihrer Schreibtischlade. Holte sie nur ab und zu hervor und sah sie sich an. Sie besaß auch einen Anhänger mit einem »H«, den sie als Kind von ihren Großeltern mütterlicherseits bekommen hatte, aber der war aus Silber, Hafliðis Kette war aus Gold. Vor etwa einem Jahr hatte sie die Kette ihrer Großeltern abgenommen und stattdessen Hafliðis Kette um ihren Hals gelegt. Warum sollte sie etwas tragen, das von Leuten kam, die sich weder für sie noch ihre Mutter interessierten? Als Margrét die Kette beim Abendessen mit Leifur sah, warf sie ihr einen seltsamen Blick zu, sagte aber nichts. Seit dem Tag hat sie die Kette nicht wieder abgenommen.

»Ein Geschenk von wem?«

»Einem Freund.« Hafliði war ihr Freund gewesen. Das dachte sie zumindest. Aber als er ihre Mutter betrogen hat, hat er auch Tinna betrogen und all seine Versprechen.

Die Frau legte plötzlich ihr Handy auf den Tisch, und Tinna sah Hafliði vom Bildschirm lächeln. So fröhlich und gutmütig wie eh und je, immer bereit, mit ihr zu spielen oder zusammen Dokumentationen über Tiere oder den Weltraum zu schauen. Ihr physikalische Grundsätze zu erklären und zusammen Mathe zu lernen. Dinge, für die sich ihre Mutter nicht interessierte.

»Kennst du diesen Mann?«

»Das ist Hafliði«, sagte Tinna. Abstreiten war zwecklos, das wusste sie. Ihr war auch bewusst, dass es völlig egal war, was die Frau sagte. Sie konnte ihr nichts anhaben.

»Hat er dir die Kette gegeben?«

Tinna nickte. Ja, so konnte man es auch sehen. Hafliði hatte ihr die Kette am Tag des Unfalls zum Abschied gegeben.

»Erinnerst du dich an seinen Sohn, Stefán?«

»Ja.« Tinna erinnerte sich gut an ihn. Diesen selbstgefälligen Nervtöter, der seinen Papa für sich allein haben wollte, hatte sie von Anfang an nicht ausstehen können. Wenn ihre Mutter und Hafliði länger zusammengeblieben wären, hätte sie schon einen Weg gefunden, ihn irgendwie loszuwerden. Bei dem Gedanken, wie sie sich als Zehnjährige allerlei Wege überlegt hatte, ihn aus dem Weg zu schaffen, musste sie lächeln.

»Er sagt, sein Vater habe die Kette am Morgen des Unfalls noch getragen.«

»Er hat sie mir mittags gegeben. Nachdem ich nach Hause gekommen war.«

»Also warst du zum Zeitpunkt des Unfalls zu Hause?«

»Ja, das war ich.«

»Hast du gesehen, was passiert ist?«

»Nein.«

Die Polizistin sah sie eine Weile eindringlich an, und Tinna erwiderte den Blick. Die Frau hatte schöne Augen. Grau, braun und grün zugleich. Tinna fragte sich, ob sie das anmerken sollte, aber nach kurzer Überlegung beschloss sie, lieber zu schweigen. Ihre Mutter hatte ihr beigebracht, anderen Menschen nicht zu vertrauen. Ihr gesagt, dass, wer freundlich wirkte, oft etwas Bestimmtes von einem wollte. Menschen waren ständig dabei, zu täuschen und betrügen. Genau wie Hafliði.

»Ich habe mit Hafliðis Mutter gesprochen«, sagte die Frau. »Du weißt es vielleicht nicht mehr, aber ihr habt euch einmal getroffen.«

Tinna erinnerte sich gut an die Frau, die sie und ihre Mutter so verabscheut hatte.

Die Polizistin fuhr fort. »Sie rief mich an und erzählte mir von der Kette. Wie sehr sie danach gesucht hatten. Ich denke, sie hätte sie sehr gerne wieder.«

Tinna umklammerte den Anhänger fest und schüttelte langsam den Kopf.

»Das war ein Geschenk von Hafliði. Sie gehört jetzt mir.«

Sie sah der Polizistin hinterher, als sie wieder wegfuhr, und strich schnell mit dem Finger über das »H«. Hätte Hafliði ihre Mutter doch bloß nicht betrogen. Damit hatte er ihren ganzen Plan kaputt gemacht. Die ganze Zukunft, die ihnen als glückliche Dreierfamilie bevorstand. Sie hatte sich so gefreut, endlich eine richtige Familie zu haben. Einen Papa. Er war immer so

gutmütig und lustig gewesen, nicht wie Leifur, der ständig arbeitete und jedes Mal rot im Gesicht wurde, wenn er sich mit ihr
unterhalten sollte. Wenn Hafliði sie und ihre Mutter nicht verlassen hätte, wäre alles so viel besser gewesen. Aber das spielte
keine Rolle mehr, jetzt hatte sie ja Hekla, und ihre Mutter wäre
auch bald wieder da. Dann würde alles wieder in Ordnung kommen.

Epilog

I

Es kommt mir vor, als wäre ich fünfzehn Jahre in die Vergangenheit gereist. Wie damals liege ich in einem Bett mit Bezug, der sich wie Papier anfühlt und an der Haut klebt. Vor der Tür stehen Wärter und bewachen mich. Der einzige Unterschied ist, dass sie mir jetzt kein Kind an die Brust halten. Kein Geschrei weckt mich nachts auf. Ich bin allein.

Ich frage mich, was jetzt über mich erzählt wird. Wie die Artikel klingen und wie die Leute auf der Straße reden. Ich habe das Gefühl, dass sie diesmal auf meiner Seite sind. Das sehe ich in den Augen der Gefängniswärter. Keine Vorurteile, nur Mitleid und Bedauern. Ich muss gestehen, dass ich mich in der Opferrolle ganz gut mache. Ich weiß, was ich tun muss, um klein und hilflos zu wirken. Kann verschämt den Blick abwenden und die fürsorgliche Mutter spielen. Die Rolle spiele ich seit Jahren.

Ich schließe die Augen und reise in Gedanken zurück nach Sandgerði, in eine Zeit, als das Leben sorgenfrei war, frei von Kindern und der Verantwortung, die sie mit sich bringen.

Als ich um die zwanzig war, ging ich jedes Wochenende feiern. Oft sowohl freitags als auch samstags und manchmal unter der Woche auch. Und damit war ich nicht allein, die meisten in meinem Alter und auch viele deutlich Ältere, die ihren Platz im Leben noch nicht ganz gefunden hatten, haben das auch so gemacht. Leute, die keine Familie und, seit sie achtzehn waren, denselben Job hatten. Die jahrzehntelang im immer gleichen

Trott festsaßen. So ist nun einmal das Leben im Dorf, wo man sonst nicht viel machen kann.

Im Ort gab es eine Bar. An den Wochenenden war sie sehr beliebt, und es gehörte fast zur Gewohnheit, dort zusammenzukommen. Die Abende waren immer gleich und verschmelzen in der Erinnerung. Dieselben Leute, Woche für Woche. Alkohol, Tanz, betrunkenes Lallen und heimliche Küsse. Manchmal trafen wir uns erst bei jemandem zu Hause, der gerade sturmfrei hatte, und manchmal bei einem von den Älteren.

Eines Abends Ende August waren die Eltern einer Freundin auf Urlaub, und wir haben alle zu ihr eingeladen. Es war ein ungewöhnlich warmer Sommertag. Alle Türen standen offen, manche hielten sich drinnen auf, andere im Garten oder im Whirlpool. In diesen Sommernächten wird es nicht dunkel. Die Sonne stand kurz unter dem Horizont, doch sie erhellte trotzdem noch den Himmel, und die Nacht schien endlos. Jemand gab uns Pillen, die wir ohne Hinterfragen nahmen. Immer mehr trafen ein, und plötzlich war das Haus gepackt voll. Überall waren Leute. Leute, die wir kaum kannten und die viel älter waren als wir. Nachdem die Pillen angefangen hatten zu wirken, spielte das aber keine Rolle.

Ich weiß nicht mehr, was passiert ist oder wie wir genau beisammen gelandet sind. Eine Gruppe fand sich im Schlafzimmer zusammen. Wir berührten und unterhielten uns, rauchten. Erzählten uns Dinge, die wir sonst nie erzählt hätten. Und da war er plötzlich, dieser Junge, ein paar Jahre älter als wir. Er gehörte nicht zu den Beliebten. Ganz im Gegenteil. Er war dick, sein Gesicht voller Pickel, und die Haare glänzten fettig. Das dünne Baumwollshirt, das er immer trug, klebte an seinem verschwitzten Rücken. Ich kannte seinen Namen nicht, erinnerte mich aber aus der Schule noch an den Geruch. Der Geruch von Schweiß und ungewaschenen Haaren. Unter normalen Umständen hätten wir ihn nicht eingeladen, aber an dem Abend sagte niemand was.

Es war auch alles in Ordnung, als wir plötzlich nur noch zu zweit waren und er über meine Hand strich. Wir küssten uns, seine Lippen waren so weich, und ich wehrte mich nicht, als er mich auszog. Ich erinnere mich noch, wie es war, seinen Körper zu berühren und ihn auf mir zu spüren. Weiß noch, wie ich über den verschwitzen Rücken strich und ihn an mich drückte. Als könne ich nicht genug bekommen. Als wolle ich einfach nur ganz nah bei ihm sein.

Ich muss eingeschlafen sein, denn plötzlich schien die Sonne ins Zimmer und auf meinen nackten Körper. Trotzdem war mir kalt. An dem Morgen fühlte ich mich schlecht, obwohl ich mich in der Nacht so gut gefühlt hatte. Es wurde nicht besser, als ich auf den dicken und abstoßenden Körper neben mir blickte. Die rissige weiße Haut genau sehen konnte, die Pickel auf dem Rücken und die glänzende Stirn. Er bewegte sich nicht, als ich mich anzog. Plötzlich kamen alle Erinnerungen an die Nacht zurück. Sie lösten in mir ein derartiges Ekelgefühl aus, dass ich mich im Bad übergab. Ich muss ständig an die Nacht denken. Das war so widerlich. Abstoßend. Ich hatte ihm erlaubt, mich zu berühren, und ich hatte ihn berührt. Was, wenn uns jemand gesehen hatte? Was, wenn jemand mitbekommen hatte, dass wir zusammen im Zimmer waren?

Zwei Wochen vergingen, bis es sich herumsprach. Es war wieder ein Wochenende, und wir trafen uns wie gewohnt in der Bar. Ein Junge, den ich kaum kannte, drängte sich an mich heran und fragte mich direkt. Natürlich habe ich es abgestritten, aber ich merkte, dass er mich durchschaut hatte und plötzlich alle Bescheid wussten. Ich sah es in ihren Blicken, höhnisch und verachtend. Das Machtverhältnis zwischen mir und den anderen hatte sich verändert, und ich tat das Einzige, was ich in der Situation tun konnte: lügen.

Ich gab meinen Freundinnen ein Zeichen, mit mir auf die Toilette zu kommen, wo ich in Tränen ausbrach. Dann habe ich mich übergeben, bevor ich erzählte, wie er mich festgehalten und ich geschrien hätte, ohne gehört zu werden. Es fühlte sich an, als würde ich die Geschichte von jemand anders erzählen, und ich steigerte mich hinein und ließ mich von dem Mitleid der anderen anspornen. Irgendwann glaubte ich die Geschichte selbst. In Wahrheit habe ich kaum Erinnerungen an den Abend. Vielleicht hat er mich wirklich vergewaltigt. Vermutlich. Unter normalen Umständen hätte ich nie mit ihm geschlafen, und das wussten alle. Ich wusste es selbst am besten. Eine meiner Freundinnen muss gleich zu den anderen gegangen sein und alles erzählt haben, denn plötzlich wussten sie Bescheid.

Dann wurde es richtig verrückt. Ein paar Jungs aus unserer Clique gingen zu ihm nach Hause, und ich erfuhr, dass sie ihn übel zugerichtet haben. Danach musste ich eigentlich nur noch still alles beobachten.

Für seine Familie war das sicherlich sehr schlimm. Ich meine, sie hatten mit der schwangeren fünfzehnjährigen Tochter vermutlich schon genug um die Ohren. Als sich die Vergewaltigung herumsprach, ging auch das Gerücht um, das Kind sei von ihrem eigenen Bruder. Niemand wusste, wer der Vater war, also war es eine logische Schlussfolgerung. Ich erinnere mich besonders gut an ein Wochenende, an dem jemand Farbe auf ihr Haus geschüttet hat. Als wir am nächsten Morgen daran vorbeifuhren, war die weiße Garagentür voller roter Flecke. Wir sahen den Vater des Jungen, der mit einem Schwamm versuchte, die Farbe abzuwischen. Ich vergesse nie sein Gesicht, als er sich in unsere Richtung drehte. Es war so emotionslos und leer. Ich saß auf der Rückbank, und die Fenster des Autos waren abgedunkelt, also hat er mich sicher nicht gesehen, aber trotzdem spürte ich seinen Blick auf mir.

Ich glaube, die Eltern haben beide ihre Jobs verloren. Wahrscheinlich wurden sie nicht direkt rausgeworfen, aber aus irgendeinem Grund konnten sie sich nach allem, was passiert war, nicht mehr vorstellen, weiter dort zu arbeiten. Ich erinnere mich nicht genau. Ich erinnere mich auch nicht, Anton danach wiedergesehen zu haben. Er ist einfach verschollen. Davor hat man ihn öfter mal in der Imbissbude gesehen, wo er sich immer eine große Portion Pommes bestellte, aber danach hat er sich nirgendwo mehr blicken lassen. Ein paar Wochen sind vergangen, die Anklage ging nie wirklich durch, weil keine Beweise vorhanden waren und er natürlich alles abstritt. Aber das spielte keine Rolle. Seine Mitbürger hatten ihn bereits verurteilt, und das genügte im Grunde.

Kurz darauf hat Antons Vater ihn in der Garage gefunden. Am Strick.

Und dann waren sie plötzlich weg. Noch bevor sie das Haus verkauft haben sogar. Eines Tages waren sie einfach wie vom Erdboden verschluckt. Monatelang fuhr ich Tag für Tag auf dem Weg zur Arbeit an ihrem Haus vorbei und war gezwungen, die weiße Garagentür mit den roten Farbflecken zu sehen. Hätte alles geklappt, wäre das auch das Ende der Geschichte gewesen. Natürlich hätte ich mit einem schlechten Gewissen leben müssen, aber davon habe ich mich bis dato nicht bedrücken lassen.

Aber nachdem Anton sich umgebracht hatte, begannen die Leute zu reden. Manche, die an dem Abend auch auf der Party waren, erzählten angeblich, ich hätte gelogen. Vermutlich haben meine Freundinnen mich verraten, die Mädchen, die noch mit uns im Zimmer waren, bevor wir plötzlich nur noch zu zweit waren. Vielleicht haben wir schon angefangen miteinander zu flirten, bevor alle gegangen sind. Erst hat niemand etwas gesagt, aber ihr Verhalten mir gegenüber hat sich verändert. Ich wurde nicht mehr zu den gemeinsamen Abenden eingeladen, und Leute sahen mich vorwurfsvoll an. Als wäre ich an seinem Tod schuld.

In gewisser Weise wurde sein Ruf dadurch wiederhergestellt, und ich frage mich, ob ihm das bewusst gewesen war. Ob er verstanden hatte, dass Selbstmord der einzige Weg war, die Leute zu überzeugen. Es hat jedenfalls funktioniert. Plötzlich waren sich alle sicher, dass ich lüge. Die Leute, die ich über die Jahre hinweg malträtiert hatte, waren am lautesten. Sie waren wie Aasgeier. Ich habe sie lachen gehört, die süße Rache in ihren Augen gesehen. Natürlich blieb ich bei meiner Geschichte, aber auf einmal wurde mir nicht mehr geglaubt, und sogar bei meinen Eltern kamen Zweifel auf. Eines Tages fragten sie mich direkt, und ich muss etwas komisch reagiert haben, in die falsche Richtung geblickt oder etwas Falsches gesagt haben, denn auch sie glaubten mir nicht. Ich spürte, dass sie mir beide nicht glaubten.

Da war ich also, ihre kleine Prinzessin, verachtet und geächtet. Man nannte mich eine Mörderin, munkelte, ich hätte Schuld an Antons Tod. Es brachte nichts, sie daran zu erinnern, dass ich nicht den Strick um seinen Hals gelegt habe. Gott, wie sehr ich ihn dafür hasse. Ich wünschte, ich hätte seinen Kopf durch die Schlinge gesteckt, seine letzten Zuckungen mitangesehen, während sie ihm den Hals zuschnürte. Am Ende konnten Mama und Papa es nicht mehr ertragen. Sie hatten schon immer viel Wert auf ihren sozialen Status gelegt. Ein Blick auf unser Haus genügte, es wurde jedes Jahr frisch gestrichen, und den Garten ließen sie sogar professionell pflegen. Der Schein bedeutete ihnen alles. Also verschwanden sie. In Wahrheit hatten sie schon lange den Traum gehegt, wieder nach Schweden zu ziehen, wo sie als junge Erwachsene zusammen studiert hatten, und sie taten so, als hätte es nichts mit mir zu tun. Als würden sie sich aus purem Zufall plötzlich für Immobilienanzeigen in Stockholm interessieren. Sie boten mir an mitzukommen, aber ich war schon über zwanzig, und rechtlich gesehen waren sie nicht mehr für mich verantwortlich. Ich habe gemerkt, dass sie mich nicht dabeihaben wollten. Das war relativ offensichtlich, als sie vorschlugen, mir eine Wohnung in Reykjavík zu besorgen.

Zu der Zeit ahnte ich schon, dass ich vielleicht schwanger war. Ich ließ sie eine Wohnung für mich kaufen, und innerhalb einer Woche war das Zuhause meiner Kindheit in Kartons verpackt, meine Eltern weg und ich in einer Mietwohnung am Stadtrand, während ich darauf wartete, die Schlüssel zu meiner eigenen Wohnung zu bekommen. Am selben Tag vereinbarte ich einen Arzttermin. Mein Bauch war immer größer geworden, und der Arzt musste ihn nur mit irgendeiner Pampe einreiben und das Gerät draufhalten, bis ein kleines, unscharfes Wesen auf dem Bildschirm über mir erschien. Der Herzschlag hallte durch den kleinen Untersuchungsraum, und ich starrte auf das kuriose Ding vor meiner Nase und hoffte, nur zu träumen. Aber dem war nicht so, und da war es, ein Kind, zur Hälfte ich und zur Hälfte ein Mann, den ich hasste. Ich sah es an, wie es sich auf dem schwarzen Bildschirm bewegte, und hoffte, das kleine Herz würde aufhören zu schlagen, damit ich nicht für den Rest meines Lebens der Vergangenheit ins Auge sehen müsste.

Während der Schwangerschaft dachte ich noch, alles würde sich verändern, wenn sie einmal da wäre, aber es stellte sich heraus, dass ich immer noch derselbe Mensch war. Unglücklicher und launischer, aber immer noch ich. Die einzige Veränderung war dieses Kind. Ein kleines Mädchen, das weder lachte noch lächelte. Nur still dasaß und seine Umwelt beobachtete.

Hrafntinna war mein Karma. Meine Strafe.

Ich drehe mich im Bett auf die andere Seite und wickle mich in die dünne Decke. Es zieht in dem Zimmer, aber mir ist trotzdem warm. In den letzten Wochen habe ich mehr über diese Jahre in Sandgerði nachgedacht als in den letzten fünfzehn Jahren zusammen. Meine Versuche zu vergessen waren anscheinend vergeblich. Die Erinnerungen saßen tief und wurden gut verwahrt. Es kommt mir vor, als wäre es gestern passiert.

Den 4. Mai kann ich in Gedanken wie einen Film abspielen. Maríanna war gealtert, seit ich sie vor fünf Jahren zum letzten Mal gesehen hatte. Damals stand sie in Hafliðis Tür. Aber an diesem Frühlingstag im Mai sagte Maríanna nichts. Statt fies zu grinsen, fragte sie nach Hekla, und ich sah die Panik in ihren Augen. Nachdem ich ihr mitgeteilt hatte, dass sie Hekla knapp verpasst hätte, stand sie starr in der Tür, als wolle sie noch etwas sagen. Ich wünschte, sie hätte es gut sein lassen. Wir hätten uns höflich verabschieden und so tun können, als wären wir uns nie begegnet. Aber sie beschloss, das Fass aufzumachen.

»Ich wollte ohnehin mal mit dir sprechen«, sagte sie.

Ich bat sie hinein und servierte ihr in der Küche einen Kaffee. Und da saß sie dann am Tisch, umklammerte die Tasse, und ich sah das Drehen der Zahnräder in ihrem kleinen Gehirn, während sie überlegte, wie sie anfangen sollte. Schließlich sah sie mich an.

»Erkennst du mich wieder?«, fragte sie.

Ich überlegte, ob ich lügen sollte. Ich hätte sagen können, dass ich mich nicht an sie erinnere, und dann wäre es vielleicht nicht so weit gekommen. Womöglich hätte sie aufgeatmet, wäre gegangen und nie mehr wiedergekommen. Aber das habe ich nicht getan.

»Wir haben uns vor fünf Jahren getroffen, nicht wahr?«, sagte ich und fügte scherzhaft hinzu: »Dieser Pulli steht dir um einiges besser als das T-Shirt meines Ex-Freundes.«

Sie lächelte flüchtig und legte ihr Handy auf den Tisch.

»Wir kennen uns schon von davor«, sagte sie und trank einen Schluck Kaffee. Als ich nichts sagte, fuhr sie fort. »Ich komme aus Sandgerði, genau wie du. Ich erinnere mich gut an dich, du sahst immer so elegant aus. So hübsch. Ich wollte immer so sein wie du. Ich habe sogar meine Mutter um einen Pulli gebeten, den ich an dir gesehen hatte. Einen violetten mit asymmetrischem Ausschnitt. Und ich habe versucht, dein Lächeln nachzuahmen, deinen Haarschwung. Wie alle anderen Mädchen damals auch, schätze ich.«

Ich lächelte und musterte sie, war auf der Hut, wie immer, wenn jemand erwähnte, aus Sandgerði zu sein. Dann bestand immer die Gefahr, dass sie die Geschichten über mich kannten, und ich wusste nie, welcher Seite sie glaubten. Maríanna war ein paar Jahre jünger als ich, und ich konnte mich beim besten Willen nicht daran erinnern, sie aus Sandgerði zu kennen. In meiner Zeit dort war sie mir nie aufgefallen, aber sie hatte auch nichts an sich, was ins Auge stach.

»Du erinnerst dich nicht an mich, stimmt's?« Sie blickte sich um. Außer uns war niemand da, nur Tinna saß in ihrem Zimmer. »Nein, das dachte ich mir.«

»Verzeihung, ich ... es ist einfach so lange her, seit ich dort gelebt habe.«

»Ich habe es dort geliebt. In Sandgerði waren wir glücklich, bis ... bis mein Bruder starb. Er hieß Anton. An ihn erinnerst du dich vielleicht.«

Als sie den Namen ihres Bruders aussprach, wusste ich sofort, wer sie war. Die schwangere kleine Schwester. Es war aber nicht verwunderlich, dass ich sie nicht erkannt hatte. Maríanna hatte sich sehr verändert, seit sie fünfzehn war. Sie war immer etwas feist gewesen, genau wie ihr Bruder, aber jetzt bestand sie nur noch aus Haut und Knochen. Ihre Wangen waren eingefallen, und durch das dünne Oberteil waren die knochigen Ellenbogen zu erkennen.

Ich stand auf, holte ein Glas aus dem Schrank und überlegte. Dann ließ ich das Wasser erst ein wenig laufen und spürte ihren Blick auf mir, während ich das Glas befüllte. Als ich mich wieder zu ihr drehte, erwartete ich ein wütendes Gesicht, aber sie sah nur traurig aus. Auch wenn ich mir selbst keine Schuld gab, was das Schicksal von Antons Familie betraf, wusste ich um das Nachspiel meiner Lügen.

Zu meiner Überraschung entschuldigte sie sich. Die Stimme klang aufrichtig, und ich setzte mich ihr gegenüber. »Ich bin nicht gekommen, um dich zu beschuldigen oder einen Aufstand zu machen. Ich wollte nur um Verzeihung für alles bitten. Wie wir dich behandelt haben und dass wir dir nicht geglaubt haben. Ich habe viele Jahre meines Lebens durch Wut vergeudet. Anton hat mir alles bedeutet. Er war mein bester Freund, und als ich erfahren habe, was er getan hat ... wollte ich es erst gar nicht glauben. Aber es stimmt, nicht wahr? Er hat das wirklich getan. Er hat dich vergewaltigt.«

Ich trank das Glas in einem Zug aus, bevor ich sie ansah. Es war kurz vor vier, und ich musste los zur Arbeit. In Maríannas Augen sammelten sich Tränen, und sie sah mich an, wartete auf eine Antwort.

Die Lüge all die Jahre mit mir herumzutragen war schwerer gewesen als gedacht. Antons Gesicht erschien mir im Traum, vorwurfsvoll und kalt, bis ich schweißgebadet aufwachte. Am schlimmsten waren die Nächte, in denen ich ihn im Traum berührte, ihn küsste und ihm erlaubte, das Gleiche mit mir zu tun. Ich überlegte, wie befreiend es sein könnte, endlich auszupacken und Vergebung zu erhalten. Vielleicht würden die Träume dann aufhören. Also traf ich eine Entscheidung und rückte mit der Wahrheit heraus. Kaum waren die Worte ausgesprochen, spürte ich die Erleichterung. Seit diesem Moment, in dem ich zum ersten Mal log, hatte sich alles in meinem Leben wie eine Strafe angefühlt. Die Geburt, das Kind und all die Jahre, die ich auf mich allein gestellt und gedemütigt vor mich hinleben musste. Jetzt könnte ich endlich frei sein. Frei von dem Fluch, der mich seit Antons Tod begleitete.

Doch dann blickte Maríanna auf, ihre Augen waren nicht mehr weich und unterwürfig, sondern glühten vor Wut. »Ich wusste es«, sagte sie. »Ich wusste, dass du gelogen hast.«

»Aber ...«

Sie lachte höhnisch. »Ich habe dich all die Jahre beobachtet. Du hast dich versteckt wie eine kleine Ratte.«

»Wie? Du hast mich beobachtet?« Ich musste an all die Situationen denken, in denen ich das Gefühl hatte, verfolgt zu werden.

Die Briefe, die ich bekommen hatte. »Du warst das also?«, fragte ich und sah sie an.

Sie grinste verächtlich. Dasselbe höhnische Grinsen, das ich schon aus dem Treppenhaus vor Hafliðis Wohnung kannte. »Natürlich war ich das. Denkst du, ich würde dich mit all dem durchkommen lassen? Du hast meine Familie zerstört. Wegen dir ging alles kaputt. Mein Leben, das meiner Mutter, meines Vaters. Und Antons. Nur weil du nicht zugeben konntest, mit ihm geschlafen zu haben.« Maríanna war hochrot im Gesicht, und ihre Hände zitterten. Ihre Stimme war so laut, dass Tinna sie unmöglich überhören konnte. »Du verdienst es nicht, glücklich zu sein. Die Briefe sollten dir Angst einjagen, und als ich dich kurz nach dem Tod meiner Mutter mit diesem Mann gesehen habe ...« Sie verstummte und schob ihren Kiefer hin und her. »Es war nicht schwer, mit ihm nach Hause zu gehen. Nicht, nach ...«

»Nach was?«

Maríanna antwortete nicht, und plötzlich wurde mir etwas anderes klar. »Die Bar. Die Treppe. Du warst diejenige, die ich auf der Toilette getroffen habe.« Ich sah das Mädchen vor mir, das mich im Spiegel angestarrt hatte. »Du hast mich die Treppe hinuntergestoßen.«

Maríanna stand auf und griff nach ihrem Handy auf dem Tisch. Sie eilte Richtung Flur, aber ich lief ihr hinterher. »Wo willst du hin?«

Sie drehte sich hastig um und hielt mir das Handy unter die Nase. »Jetzt werden alle erfahren, wer du wirklich bist«, fauchte sie.

Die Aufnahme lief. Sie hatte jedes einzelne Wort aufgezeichnet.

Maríanna stürmte hinaus, und ich sah mein Leben zerfallen. Der Job beim Fernsehen, der Ruhm, den ich erlangt, und die Familie, die ich endlich aufgebaut hatte.

Der einzige Ausweg war, sie aufzuhalten.

Zum Glück war Tinna noch keine fünfzehn, als ich Maríanna umgebracht habe. Sie kam aus ihrem Zimmer, als sie den Lärm hörte. Beobachtete entsetzt, wie ich dafür sorgte, dass Maríanna ihre letzten Worte gesprochen hatte. Ich erklärte ihr natürlich alles, und sie verstand, warum ich keine andere Wahl hatte. Maríanna war böse. Sie wollte uns schaden. Mehr musste Hrafntinna nicht wissen, denn wie immer war ihre Welt schwarz und weiß.

Durch die vielen True-Crime-Dokus wusste Hrafntinna ganz genau, wie man heimlich eine Leiche loswurde. Sie war es, die mir Handschuhe und eine Mütze reichte, bevor wir ins Auto stiegen und auf ihren Vorschlag hin Richtung Grábrók fuhren. Von den Ausflügen ins Sommerhaus kannte sie das Lavafeld dort wie ihre Westentasche. Sie befahl mir, den Plastiksack wieder mitzunehmen, nachdem wir die Leiche platziert hatten. So würde der Körper schneller zerfallen und die Natur am Ende die Beweismittel vernichten.

Hrafntinna verstand auch, warum sie die Schuld auf sich nehmen musste. Vierzehnjährige Kinder landen nicht im Gefängnis. Nein, man würde sie nur in Anstalten schicken, aber ihren Namen nicht öffentlich machen. Sogar Hekla war bereit, zu meinen Gunsten auszusagen, nachdem ich ihr alles erklärt hatte. Ich wusste, dass neben Tinna noch weitere Zeugen nötig waren. Sie stand mir zu nahe, und ihre Aussage allein genügte nicht. Die Cousinen ähnelten sich in vielerlei Hinsicht. Hekla sehnte sich genauso verzweifelt nach einer Familie und Freunden wie meine Tinna früher. Also passte es perfekt, als mir klar wurde, dass wir ihr genau das bieten konnten.

Was Maríanna betrifft, so hatte sie die Sache nie zu Ende gedacht. Sie kam nie darauf, dass Tinna Antons Tochter war. Diese dumme Nuss. Ich frage mich, ob das etwas geändert hätte. Wäre sie bereit gewesen, die Aufnahme zu löschen? Wäre sie bereit gewesen, ihren geistlosen Racheakt gegen mich aufzugeben?

Letztendlich spielt es keine Rolle. Wenn Tinna und Hekla gute

Mädchen sind und sich an die Geschichte halten, die wir gemeinsam beschlossen haben, wird alles gut. Ich könnte natürlich für das Verstecken der Leiche eingebuchtet werden, aber mein Anwalt hat mir versichert, dass mir keine schwere Strafe droht. Am Ende war ich nichts als eine gute Mutter, die ihre Tochter beschützen wollte.

Und das ist im Grunde das, was ich immer versucht habe zu sein – eine gute Mutter.

II

24. Dezember

Diese Sonne war unmöglich dieselbe Sonne, die mit kalten Strahlen das ganze Jahr über auf Island schien. Diese Strahlen waren warm und weich. Elma ließ sich von ihnen einhüllen, während sie am Pool lag. Sie griff nach einem eiskalten Bier und trank einen großen Schluck.

Es war eine gute Idee gewesen, die Feiertage auf Teneriffa zu verbringen. Besser noch – eine großartige Idee. Elma war nicht sicher, ob sie je so eine gute Idee gehabt hatte. Sie trank die letzten Tropfen aus und drehte sich auf den Bauch. Ließ die lindernde Sonne auf die Muskelentzündung scheinen, die sie im letzten Jahr geplagt hatte. Sie schloss die Augen, das Bier sorgte für eine wohlige Taubheit, und das Gelächter der Kinder im Pool wurde zu einem angenehmen Surren, das immer weiter in die Ferne rückte.

Plötzlich spürte sie etwas Eiskaltes auf dem Rücken und zuckte zusammen.

»Was soll das!« Sie drehte sich um.

Sævar stand mit einer Tube Sonnencreme zwischen ihr und der Sonne.

»Du bist schon ganz rot auf dem Rücken«, sagte er. Sein heimliches Grinsen entging ihr nicht. »Ich wollte dich nur vor Schlimmerem bewahren.«

Elma seufzte, aber es stimmte. Sie hatte bereits einen Sonnenbrand. Ihre helle Haut war so lange keinen Sonnenstrahlen ausgesetzt gewesen, dass sie kaum aus dem Flugzeug ausgestiegen war, als die Röte sich bereits ausbreitete und die Sommersprossen überall auf der Nase und den Wangen und der Stirn nach vielen Jahren im Tiefschlaf stolz auf die Bühne traten. Sie ließ sich von Sævar die Schultern eincremen und drehte sich dann wieder auf den Rücken.

»Bist du traurig, so weit weg von zu Hause zu sein?«

Sie konnte sich die Frage nicht verkneifen. Es war der Heilige Abend, und sie waren weit weg von ihren Familien, dem Schnee und der üppigen isländischen Weihnachtsbeleuchtung. Sie verstand nicht ganz, wie das passiert war. Es ging alles so schnell. Eines Tages hatten sie nur einen Moment nicht nachgedacht, während vor dem Fenster ihres Büros der Sturm brauste. Elma war noch verkatert vom siebzigsten Geburtstag ihres Vaters, und Sævars Bruder hatte gerade angerufen und darum geben, Weihnachten mit seiner Freundin verbringen zu dürfen. Wie ein Zeichen erschien eine Werbung für eine Reise nach Teneriffa, und fünf Minuten später hatten sie gebucht. Zu zweit. Ohne darüber nachzudenken. Ohne genau zu wissen, was sie taten.

»Ach Elma.« Sævar legte sich neben sie auf eine Liege und schloss die Augen. Nach wenigen Tagen war seine Haut bereits schön braun gebrannt. »Muss ich antworten?«

Elma lächelte. Am Pool waren sie von vielen Leuten umgeben. Familien, älteren Menschen und Pärchen. Von dort aus hatte man direkten Zugang zum Strand. Am ersten Abend waren sie dorthin gegangen, nachdem sie beim Essen ein paar Cocktails zu viel getrunken hatten. Hatten sich hingesetzt, aufs Meer geblickt und die Zehen im Sand vergraben. Um sie herum war es warm

und angenehm. Noch nie im Leben hatte Elma so sehr das Gefühl gehabt, in einem Traum zu leben.

Sævar richtete sich halb auf und schirmte die Augen vor der
Sonne ab. »Und was ist mit dir? Hast du schon Heimweh?«
Elma lächelte. »Muss ich antworten?«

Nach einer Weile stand sie auf und ging zum Pool. Ihr war so
heiß, und Schweißperlen hatten sich auf ihrem Körper gesammelt. Sie tauchte eine Zehe ins kalte Wasser. Setzte sich dann
hin und wollte gerade den ganzen Fuß eintauchen, als sie jemanden hinter sich hörte. Sie konnte nur noch schnell nach Luft
schnappen, bevor sie ins eiskalte Wasser fiel.

Personenregister

Elma
Aðalheiður und Jón: Elmas Eltern
Dagný: Elmas Schwester
Viðar: Dagnýs Mann
Alexander und Jökull: Elmas Neffen
Davíð: Elmas früherer Partner, der sich das
Leben genommen hat
Sigurður und Þuríður: Davíðs Eltern
Jakob: Elmas Nachbar und Freund

Sævar: Elmas Kollege bei der
Kriminalpolizei
Magnús: Sævars Bruder
Hörður: Leiter der Kriminalabteilung
Gígja: Hörðurs Frau
Begga: Kollegin und Freundin von Elma

Maríanna
Hekla: Maríannas Tochter
Sæunn und Fannar: Heklas Pflegeeltern
Bergur: Sæunns und Fannars Adoptivsohn
Hafþór: Der Mann, mit dem sich Maríanna
kurz vor ihrem Verschwinden
getroffen hat
Anton: Maríannas Bruder

Þór: Maríannas Vater
Elín und Unnar: Maríannas ehemalig Nachbarn und
Vermieter
Bryndís: Elíns Mutter
Agnar: Heklas Freund
Tinna und Dísa: Heklas Schulfreundinnen
Margrét: Tinnas Mutter
Alfreð: Heklas Schulfreund

Hafliði: Mann aus der Schule
Stefán: Hafliðis Sohn
Guðrún: Hafliðis Mutter

Der Verlag Kiepenheuer & Witsch hat sich zu einer nachhaltigen
Buchproduktion verpflichtet. Gemeinsam mit unseren Partnern und
Lieferanten setzen wir uns für eine klimaneutrale Buchproduktion
ein, die den Erwerb von Klimazertifikaten zur Kompensation des
CO_2-Ausstoßes einschließt. Weitere Informationen finden Sie unter
www.klimaneutralerverlag.de

1. Auflage 2023

Titel der Originalausgabe: *Stelpur sem ljúga*
© 2019 Eva Björg Ægisdóttir
All rights reserved
Aus dem Isländischen von Freyja Melsted
© 2023, Verlag Kiepenheuer & Witsch, Köln
Alle Rechte vorbehalten
Covergestaltung: FAVORITBUERO, München
Covermotiv: © Cavan Images/GettyImages; © Smartha/shutterstock
Karten auf den Umschlaginnenseiten: Christl Glatz |
Guter Punkt, München
Gesetzt aus der Maecenas, entworfen von Michał Jarociński,
und der Century Gothic
Satz: Buch-Werkstatt GmbH, Bad Aibling
Druck und Bindung: GGP Media GmbH, Pößneck
ISBN 978-3-462-00296-6

Hochspannung und psychologische Finesse aus dem Land der Gletscher und Vulkane

In der Kleinstadt Akranes kennt jeder jeden und das Alltagsleben verläuft in ruhigen Bahnen. Bis eines Tages am Leuchtturm, dem Wahrzeichen der Stadt, eine unbekannte Tote gefunden wird. Polizistin Elma, die selbst erst vor Kurzem aus Reykjavík in ihre Heimatstadt zurückgekehrt ist, übernimmt die Ermittlungen. Und schon bald stößt sie auf ein Geheimnis aus der Vergangenheit der Toten, dessen Folgen bis heute nachwirken.

Mehr zur Krimi-Reihe erfahren Sie hier:
www.kiwi-verlag.de/moerderisches-island

Kiepenheuer & Witsch